La passion de Tara

*

L'héritier irlandais

*

Le secret des McMahon

TRISH WYLIE

La passion de Tara

éditions HARLEQUIN

Cet ouvrage a été publié en langue anglaise
sous le titre :
HER REAL-LIFE HERO

Traduction française de
ALEXIS VINCENT

Ce roman a déjà été publié en janvier 2007

HARLEQUIN®
est une marque déposée par le Groupe Harlequin

Photos de couverture
Homme : © GETTY IMAGES/ALTRENDO
Paysage : © GETTY IMAGES/DAVID CLAPP/OXFORD SCIENTIFIC

83-85, boulevard Vincent-Auriol, 75646 PARIS CEDEX 13.
Service Lectrices — Tél. : 01 45 82 47 47
www.harlequin.fr
ISBN 978-2-2802-4772-6

1.

« Jack Lewis se tenait dans l'embrasure de la porte et la contemplait avec un sourire insolent. Plaquée sur son torse, sa chemise ruisselant de pluie moulait sa musculature puissante. Catherine déglutit péniblement. Cet homme lui coupait littéralement le souffle ! Jamais, jusqu'à leur rencontre, elle n'avait eu autant conscience de sa féminité. Et depuis qu'il était entré, la cabine du capitaine paraissait avoir diminué de volume…

— Je vous plais tant que ça, pour que vous me regardiez ainsi ? lui demanda-t-il brusquement.

— Je vous regarde ? répliqua-t-elle.

— Vous me dévorez des yeux, lady Catherine.

— Et alors ?

Elle fut la première surprise par son audace. Comment ce vulgaire pirate arrivait-il à lui faire oublier son impeccable éducation de jeune aristocrate et à la transformer en femme fatale ? Avait-elle mené trop longtemps une existence de recluse, pour que l'envie de rencontrer un homme balaie d'un seul coup ses principes et ses valeurs morales ? Sans doute pas : un vieux duc perclus de rhumatismes ne l'aurait certainement pas fait réagir d'une manière aussi intense ! Non, son trouble s'expliquait tout simplement parce que Jack était magnifique, avec ses boucles brunes, son visage de dieu grec, et ses yeux d'un bleu profond qui la dévisageaient sans ciller.

En un pas, il la rejoignit. Une lueur dangereuse dansait au fond de ses prunelles.

— Voulez-vous en voir davantage ? murmura-t-il.

Le cœur de Catherine s'affola dans sa poitrine comprimée par son corset, comme un oiseau se cognant aux barreaux d'une cage. La pluie battait les fenêtres, et la mer démontée faisait valser le plancher sous ses pieds. Ils semblaient si loin de tout, perdus au milieu de nulle part en pleine tempête... Soudain, un coup de folie lui fit perdre le sens des convenances. Juste une nuit ! Elle voulait juste une nuit avec cet homme, une nuit pour vivre ses fantasmes les plus inavoués, une nuit dont le souvenir brûlant la suivrait jusqu'à sa dernière heure...

— Que désirez-vous ? reprit Jack.

— Que vous m'embrassiez.

— C'est tout ? insista-t-il, moqueur.

— Pour commencer...

Il lui releva le menton de l'index et continua de se rapprocher, avec une lenteur qui faillit la faire hurler de frustration.

— Je ferai tout ce que vous voudrez, lady Catherine. Ici, ni le protocole ni l'étiquette ne vous empêcheront de réaliser vos rêves les plus secrets.

Elle mocdsliq < seoif ùi 7712zefoimoiwsdfg »

— Bon sang, Perceval, arrête de piétiner mon clavier !

Le gros matou contempla Tara en clignant amoureusement des yeux pendant qu'elle le déposait par terre. Il devait être 20 heures. Perceval dînait toujours à 20 heures précises, sans se soucier de savoir si sa maîtresse était ou non au milieu d'un chapitre torride.

— Dire que j'ai travaillé toutes ces années pour devenir un auteur à la mode et que je me retrouve à la merci d'un félin psychorigide ! Et la passion, dans tout ça ?

Pourtant, Tara sourit et se leva sans hésiter. Son reflet en fit autant dans la fenêtre, que la nuit transformait en miroir, et elle fit une petite révérence à son double.

— Une autre soirée palpitante dans la vie de l'écrivain Tara Devlin. Tout en réhydratant son visage de trentenaire avec un excellent masque à la crème d'avocat, elle travaille vêtue d'une vieille robe de chambre écossaise et chaussée d'une paire de charentaises, la tête couverte d'un délicieux et avant-gardiste assortiment de papillotes. Bien qu'incarnant l'esprit romantique de son époque, Tara est toujours célibataire et presque vieille fille. Ce qui ne l'empêche pas de rester optimiste, même si ses chances de rencontrer un homme disponible et présentable soient aussi minces qu'une tranche de carpaccio. Mesdames et messieurs, je vous présente Tara Devlin !

Et elle fit une nouvelle révérence devant sa fenêtre.

Soudain, un coup frappé contre sa porte la fit sursauter. Qui pouvait la déranger à une heure pareille ?

Tara serra la ceinture de sa robe de chambre et marcha jusqu'à la lourde porte de chêne pour ouvrir. Un homme trempé par la pluie entra aussitôt à l'intérieur. Une fois à l'abri, il la contempla attentivement de ses yeux d'un bleu intense. Tara resta muette. Grand et large d'épaules, son visiteur était tout simplement superbe ! Il avait un regard pétillant d'humour et d'intelligence, et un sourire totalement irrésistible. Pendant un instant, elle se demanda si le sommeil ne l'avait pas surprise à son clavier. S'agissait-il d'un rêve ?

— Je vous dérange ?

L'inconnu semblait pourtant bien réel. Il l'observa un moment avec insistance avant de lui agiter la main sous le nez.

— Allô ? Il y a quelqu'un ?

Ce geste la tira de sa stupeur admirative. Non seulement il ne sortait pas d'un merveilleux songe, mais en plus il inondait sa moquette.

— Il pleut à verse, ou bien vous êtes allé vous baigner tout habillé ?

— Il pleut, confirma-t-il. Vous n'entendez pas l'orage ? C'est un vrai déluge !

— Non, j'étais… occupée.

Il suivit son regard et vit l'ordinateur allumé sur le bureau.

— Ah, vous surfiez sur Internet, c'est ça ?

— Pas exactement.

Son sourire se figea lorsqu'elle sentit sa peau la tirailler au coin de la bouche et du nez. Une vague de panique la submergea. « Mon Dieu, se dit-elle avec effarement. Je suis en train de discuter avec l'homme le plus sexy de l'hémisphère Nord et j'ai un masque à l'avocat sur la figure ! »

— Oh, zut ! Je dois ressembler à la créature du lagon vert !

L'homme éclata de rire, d'un rire chaleureux et communicatif qui la fit vibrer de plaisir.

— Ma foi, c'est une nuance assez intéressante. J'aime bien vos pantoufles également.

— Oh, mon Dieu !

— Ne vous inquiétez pas, je sais bien que vous ne vous attendiez pas à recevoir de la visite.

— Non, en effet. Vous êtes perdu ?

— Pas du tout : je suis votre voisin.

Cet homme incroyablement sexy habitait la maison voisine ?

— C'est vous qui avez acheté cette ruine ? s'étonna Tara. Vous devez être fou !

— Un peu, en effet, répondit-il en lui serrant la main. En fait, j'adore bricoler.

— Vous allez être servi. Je m'appelle Tara Devlin, et normalement, je ne ressemble pas à ça…

— Je suis dévoré de curiosité. Et quelque chose me dit que je ne serai pas déçu…

Tara retira brusquement la main de celle de son voisin et resserra la ceinture de sa robe de chambre.

— Etes-vous passé dans un but précis, ou juste pour me dire bonsoir ? demanda-t-elle.

— En fait, j'aimerais pouvoir prétendre qu'il s'agit d'une simple visite de courtoisie, mais j'ai peur que mes intentions soient un peu plus intéressées. Ma jeep est en panne et j'ai besoin de joindre le garagiste.

— Vous n'avez pas le téléphone ?

— Pas encore, et le réseau n'est pas suffisant pour mon mobile. M'autorisez-vous à utiliser votre ligne ?

Tara le dévisagea sans répondre. Il était vraiment séduisant… Pourtant, il n'avait pas la beauté froide d'un mannequin. Son visage, loin d'être parfait, avait des traits marqués qui lui donnaient un charme profondément viril et complètement craquant. Et chaque fois qu'il souriait, de petites rides lui plissaient le coin des yeux. Il portait de grosses bottes, un épais pull de laine beige et un vieux jean complètement trempé. Se pouvait-il que sa chemise soit mouillée également ? Tara pensa soudain à Jack Lewis, son héros romanesque, et son imagination s'envola.

— Tara ?

Qui avait jamais prononcé son prénom d'une manière aussi sexy ? Personne, songea-t-elle en remettant les pieds sur terre.

— Oui, pardon. Le téléphone est par là…

Tara lui désigna l'appareil, et l'homme leva un sourcil étonné en voyant le combiné en forme de Titi.

La jeune femme ne le quitta pas des yeux pendant qu'il tapait son numéro sur le ventre du célèbre personnage de dessin animé.

Son esprit survolté poursuivait déjà la scène, évidemment d'après le scénario de son livre. « Cela fait vraiment trop longtemps que tu n'as pas fréquenté un garçon », lui fit remarquer une petite voix intérieure, celle de son bon sens.

— Allô ? McIlvenna ? Oui, bonsoir. Ma jeep est en panne et je me demandais si vous pouviez passer la chercher… Sur Coast Road, oui… Une demi-heure ? C'est parfait. Je vous attends chez moi… Mon nom ? Jack Lewis.

La surprise manqua faire suffoquer Tara.

— Quel nom avez-vous dit ? s'écria-t-elle.

Jack reposa Titi entre les griffes de Grosminet et se retourna. Décidément, sa voisine était bizarre. Et pas seulement à cause de son visage couvert d'un masque verdâtre…

— Pardon, j'aurais dû me présenter tout de suite. Je m'appelle Jack Lewis.

— Jack Lewis ?

— Oui. Vous ne devriez pas enlever ce truc de votre visage ? Mes sœurs se plaignent toujours que ça leur donne des plaques rouges quand elles le gardent trop longtemps.

— Non, rétorqua la jeune femme sans le quitter des yeux. Vous vous appelez *vraiment* Jack Lewis ?

Jack hésita un instant. Où voulait-elle donc en venir ?

— Oui. Pourquoi ?

— Impossible ! Tout simplement impossible ! s'écria-t-elle avec un rire vaguement inquiétant.

— Ah bon ? Et pourquoi ?

C'était impossible, pensa Tara, au bord de la panique. Elle venait juste de l'inventer ! Jack Lewis était censé être un pur produit de son imagination. Il ne pouvait tout simplement pas être… lui !

Jack aperçut soudain un énorme chat installé sur le bureau, devant l'ordinateur.

— Très beau matou, murmura-t-il avec prudence.

Il détestait les chats…

— C'est une blague, n'est-ce pas ? insista Tara. Qui vous a demandé de jouer cette comédie ?

— J'ai peur qu'il ne s'agisse pas d'une blague, répondit-il très doucement. Je m'appelle vraiment Jack Lewis, depuis le jour de ma naissance. Et je ne comprends pas du tout de quoi vous voulez parler. Mais merci de m'avoir laissé utiliser votre téléphone.

Il entreprit de battre prudemment en retraite vers la porte d'entrée, mais la jeune femme lui barra le chemin.

— Quel âge avez-vous ? s'enquit-elle.

— Trente et un ans.

— Exact jusqu'à présent, répondit-elle, l'air songeur. Et combien de sœurs avez-vous ?

— Quatre…

— Impossible ! s'écria-t-elle.

Comment pouvait-il savoir tout ça ? Avait-il lu son manuscrit ? Ou bien avait-il rencontré Eleanore, son éditrice ?

— Est-ce que vous connaissez Eleanore ? demanda-t-elle aussitôt.

— Ecoutez, mademoiselle, dit Jack en faisant un pas sur la droite, je ne connais aucune Eleanore, à part ma grand-tante. Mais elle a quatre-vingt-sept ans et vit en Ecosse, aussi je ne pense pas qu'il s'agisse d'elle.

La jeune femme lui bloquait toujours la sortie.

— C'est elle, j'en suis sûre ! poursuivit-elle. Et elle vous a demandé de jouer cette comédie pour apporter à mon existence un peu de cet imprévu dont elle me parle tout le temps ! Etes-vous une sorte de gigolo ?

Jack faillit s'étrangler.

— Pardon ?

— Vous savez, un genre de prosti…

— Oui, merci, je sais ce que veut dire « gigolo » !

— Alors, est-ce qu'Eleanore vous a engagé pour… pour… enfin, vous savez…

Il la vit rougir sous son masque d'argile. Sa robe de chambre s'était un peu ouverte et dévoilait un triangle de peau rose et fraîche. Jack sursauta en se rendant compte de la direction que prenait son regard. Sa sœur aînée avait raison, il ne sortait pas assez !

— Non, je ne sais pas, répondit-il enfin. Mais vous semblez en savoir plus long sur moi que moi-même. Pourquoi aurais-je été engagé ?

La jeune femme écarquilla les yeux et prit une profonde inspiration.

— Je crois que vous devriez partir à présent, dit-elle.

— Alors que j'ai été engagé pour… pour faire quoi ? Vous draguer, c'est ça ?

— Jack Lewis ne me draguerait pas !

— Et pourquoi ça ?

— Parce que je ne suis pas son type de femme ! rétorqua-t-elle après une seconde de réflexion.

— Quel est son type de femme ?

— Des femmes grandes et belles, sophistiquées, élégantes… avec du sex-appeal !

— Qui en a décidé ainsi ? Peut-être que je préfère les femmes petites et intelligentes, avec une forte personnalité et le sens de l'humour.

— Vous n'êtes pas Jack Lewis !

— Si, je vous le jure !

— Je ne vous crois pas.

Jack soupira. Ce jeu ne les menait nulle part…

— Comme vous voudrez. Mais je vous assure que personne ne m'a envoyé ici. Vous êtes ma première voisine dans un rayon d'un kilomètre et c'était allumé chez vous. Je ne fais pas partie d'une vaste conspiration destinée à vous… hum… faire passer une nuit de rêve.

Elle sursauta d'indignation.

— Je vous demande pardon ?

— Si vous croyez qu'on vous envoie un gigolo, c'est sans doute parce que certains de vos amis pensent que vous en avez sérieusement besoin, non ?

— C'est faux ! rétorqua la jeune femme, outrée. Je n'ai absolument pas besoin de… *ça* !

— Vraiment ? Vous habitez au milieu de nulle part avec un chat, vous portez une vieille robe de chambre et des papillotes un samedi soir… De sérieux indices de célibat !

— De quel droit me parlez-vous ainsi ?

— J'ai raison, n'est-ce pas ? répliqua Jack en souriant. Depuis quand n'avez-vous pas couché avec un homme ?

La jeune femme le contempla bouche bée, puis se jeta brusquement sur lui. Il eut juste le temps de lui attraper les poignets pour l'empêcher de lui arracher les yeux.

— Vraiment, mademoiselle, vous n'avez pas besoin de vous jeter dans mes bras ainsi !

— Vous êtes prétentieux, arrogant et grossier ! cria-t-elle. Sortez de chez moi sur-le-champ !

Jack comprit qu'il était allé trop loin et se trouva soudain terriblement embarrassé. La situation lui avait semblé si surréaliste qu'il l'avait prise comme un jeu. Pas la jeune femme, à en croire sa colère !

— Ecoutez, commença-t-il, je crois que nos relations ont pris un mauvais départ. Nous sommes voisins, alors ne pensez-vous pas que nous devrions au moins…

— Dehors !

Et elle lui désigna la porte d'une main tremblant de fureur. Jack soupira et franchit le seuil.

— Comme vous voulez, mais…

Il se retournait pour lui faire face, mais la lourde porte de chêne claqua à quelques millimètres de son nez.

— Vous êtes vraiment folle, lui cria-t-il. On ne vous l'a jamais dit ?

Tara refusait de se laisser perturber par son nouveau voisin. Qu'il prétende être le héros de son roman si ça l'amusait, elle avait des sujets de préoccupation plus importants. Comme finir son livre. Or, depuis l'arrivée de ce malotru, elle n'avait cessé de le scruter par la fenêtre pendant qu'il travaillait dans sa maison… Mais à présent, elle avait décidé d'oublier cet homme pour se concentrer sur *son* Jack Lewis.

En dépit de ses bonnes résolutions, Tara ne put éviter d'entendre les ragots des commères locales lors de son expédition à l'épicerie du village, qui faisait également office de bureau de poste. C'était l'unique commerce du hameau de Ross's Point, cent vingt-deux âmes et deux tiers, Mme Dalgety étant enceinte de six mois.

— J'ai entendu dire qu'il n'était pas marié, expliquait Mme Donnelly, les bras croisés sur son ample poitrine. Pourtant, à son âge, un homme comme lui devrait déjà avoir une épouse. Pensez-vous qu'il soit… comment disent-ils à présent… *gay* ?

Tara pouffa en silence derrière les boîtes de corn flakes, et regretta que Jack Lewis nc soit pas là pour entendre ça.

Mme McHugh haussa les sourcils sous ses boucles mauves parfaitement permanentées.

— Geraldine Donnelly, tu imagines toujours ce genre de choses lorsqu'un homme n'est pas marié à trente ans !

— Eh bien, que veux-tu, je ne trouve pas ça naturel, rétorqua Geraldine en dodelinant du chef. Un beau garçon comme lui, pourquoi n'a-t-il pas trouvé de femme ? Il doit bien y avoir une raison. Pourtant, notre Philomène est libre et elle a tout ce qu'il faut pour rendre un homme heureux !

Et également cinquante kilos de trop, songea Tara. Sheila Mitchell, qui avait à peu près son âge, sourit avec indulgence derrière son comptoir.

— Peut-être qu'il n'a pas encore rencontré la femme de sa vie ? suggéra-t-elle.

Ses deux clientes la regardèrent avec indignation.

— Et pourquoi ça ? répondit Edith McHugh. Franchement, quel est son problème si sa famille n'a pas encore réussi à lui trouver une gentille petite femme ? Savez-vous qu'il a pris le numéro de téléphone de Fiona et qu'il ne l'a jamais appelée ? Une belle fille comme elle lui aurait parfaitement convenu !

— Peut-être qu'il n'a pas eu le temps ? observa Sheila.

— Le manque de temps n'excuse pas le manque de courtoisie ! rétorqua Geraldine. Philomène l'a invité à dîner et il n'a même pas pris la peine de lui répondre. J'ai entendu dire qu'il parlait avec toutes les femmes célibataires du coin, et qu'il n'est pas sorti avec une seule d'entre elles. Ce n'est pas normal, à son âge. Tu t'es mariée à vingt-quatre ans, Sheila. Un âge déjà bien avancé, à mon avis. De mon temps, on t'aurait considérée comme une vieille fille et personne ne t'aurait regardée.

Se rappelant brusquement la présence de Tara, les trois femmes se retournèrent d'un bloc pour la regarder.

— Ce n'est pas dirigé contre vous, bien sûr, précisa Geraldine.

— Bien sûr, rétorqua Tara en serrant les dents.

— Et vous, avez-vous été séduite par ce Jack Lewis ? lui demanda Sheila.

Tara serra davantage les dents. Rejoindre docilement la cohorte de femmes qui attendaient que Jack Lewis les appelle ? Sûrement pas ! Elle préférait les hommes de ses romans, merci bien. Eux au moins ne risquaient pas de lui briser le cœur.

— D'abord, est-on sûr qu'il s'agisse bien de son vrai

nom ? répondit Tara en maudissant le feu qui lui montait aux joues.

— Je pense que Sheila est bien placée pour le savoir, déclara Geraldine Donnelly. Elle est la postière, après tout, et elle vérifie l'identité de ses clients pour éviter les fraudes. N'est-ce pas, Sheila ?

— C'est vrai. Et il m'a montré son permis de conduire lorsqu'il m'a fait un chèque pour l'épicerie, l'autre jour.

— Incroyable..., murmura Tara.

— Alors, vous l'avez déjà rencontré ou pas ? lui demanda brusquement Geraldine.

— Oui, répondit Tara à contrecœur. Il est passé chez moi. Avez-vous de la soupe de tomate ?

— A votre droite, avant-dernière étagère, répondit Sheila. Pourquoi est-il venu chez vous ? Juste pour se présenter ?

Tara écarta la crème de champignon et trouva la soupe de tomate. Elle étudia longuement l'étiquette pendant que les trois femmes la dévisageaient en retenant leur souffle. On aurait entendu voler une mouche…

— Sa jeep était en panne et il avait besoin d'appeler le garagiste pour que celui-ci vienne le dépanner, dit-elle enfin.

— Et que pensez-vous de lui ? insista Sheila.

— Nous n'avons pas eu le temps de bavarder très longtemps. Il me paraît… correct. Dans son genre, ajouta-t-elle à voix basse.

— Et tout à fait célibataire, renchérit Edith. Et pas assez laid pour qu'on redoute de devoir lui préparer son petit déjeuner !

Sheila se mit à rire, Geraldine afficha un air choqué et Tara devint de la même couleur que sa boîte de soupe.

— Je n'ai pas remarqué, répondit-elle. Après tout, madame McHugh, tout le monde sait que je suis très heureuse d'être une vieille fille. En outre, il paraît tout à fait capable de se préparer son petit déjeuner tout seul.

Elle traversa la boutique et déposa ses achats devant Sheila, sans cesser de sourire d'un air crispé.

— Ne vous vexez pas, Tara, lui déclara Sheila d'une voix douce. Ces dames ne voulaient pas vous blesser. Je suis sûre que Jack Lewis sera un voisin très agréable et que ce sera sympathique d'avoir quelqu'un de votre âge à proximité. Faites juste attention de ne pas le laisser vous mener en bateau, comme Fiona et Philomène. Si vous parlez de nouveau avec lui, proposez-lui de venir au pique-nique du village, dimanche prochain, ce serait gentil.

— Je suis certaine qu'il est très occupé avec ses travaux, répondit Tara. Sa maison est une vraie ruine et il ne doit pas avoir de temps à perdre. D'ailleurs, je ne crois pas qu'il craigne la solitude. Sinon, il n'aurait pas été aussi impoli avec Fiona et Philomène.

— En tout cas, si vous changez d'avis…

— Merci, Sheila.

Tara rangea ses achats dans son sac à dos et sortit en laissant les commères continuer leurs ragots. Elle emprunta la ruelle qui sortait du petit village, puis le chemin qui longeait la falaise et conduisait jusqu'à sa maison dominant la baie.

Sa mauvaise humeur s'envola bien vite : par une journée telle que celle-là, les contrariétés ne faisaient pas le poids ! Le soleil brillait dans un ciel d'azur où flottaient quelques nuages cotonneux, qui semblaient n'être là que pour parfaire le décor. En contrebas, la mer également bleue moutonnait sous la brise du large, iodée et vivifiante. C'était idyllique !

Pour gagner sa maison, il lui fallait d'abord passer devant la demeure de Jack Lewis. La grande bâtisse avait dû être ravissante autrefois, mais des années d'abandon et le vent du large lui avaient fait payer un lourd tribut. Il faudrait beaucoup de travaux pour lui redonner une allure civilisée.

Un peu plus loin se dressait son cottage, plus modeste certes, mais en très bon état. Tara sourit en l'admirant, entouré de son jardin et protégé par ses murets de pierres. C'était son Eden, son refuge contre la méchanceté et la dureté du monde !

Un éclair rouge attira son regard alors qu'elle dépassait la grande maison. Il y avait une échelle appuyée contre un mur, et en haut, un homme. Jack Lewis…

Elle s'efforça de ne pas le regarder. De toutes ses forces.

Elle s'ordonna de ne pas admirer ses jambes musclées, moulées dans son vieux jean usé. Elle fit un effort surhumain pour détourner les yeux alors qu'il fixait la gouttière, ses biceps roulant sous les manches courtes de son T-shirt rouge. Et elle tenta vraiment de ne pas admirer les reflets dorés que le soleil donnait à sa chevelure châtaine. « Cette obsession qu'il t'inspire est ridicule, lui reprocha sa raison. Depuis qu'il a acheté cette maison, tu ne penses qu'à cet homme, au point de construire ton intrigue romantique autour de lui… Tu ferais mieux de te reprendre avant de te retrouver sur la liste des pauvres femmes qui attendent, l'âme en peine, qu'il daigne les appeler ! »

Tara vit soudain l'échelle osciller dangereusement. Et elle se rappela soudain qu'à la page vingt-trois de son manuscrit, Jack Lewis tombait du mât de son bateau et se cassait la cheville. Jusqu'où cet idiot irait-il pour attirer son attention ?

L'échelle se balança de nouveau, et la gouttière se détacha brusquement du toit. Avec une bordée de jurons bien sentis, Jack Lewis bascula dans le vide.

2.

Jack avait vu arriver Tara Devlin. En réalité, il l'avait même vue partir, tout à l'heure. Et il avait été très surpris ! Qui aurait cru qu'une fois débarrassée de son masque vert et de son horrible robe de chambre sa mystérieuse voisine était une vraie beauté ?

Elle avait quitté sa maison une demi-heure plus tôt, vêtue d'un jean et d'un T-shirt qui mettaient en valeur sa silhouette très féminine. En passant à côté de chez lui, elle avait pris soin de regarder ostensiblement vers la mer, et cela l'avait profondément agacé. Détournerait-elle la tête chaque fois qu'ils se croiseraient ?

En la voyant partir à pied, il en avait déduit qu'elle allait faire ses courses au village et il avait décidé de sortir en attendant son retour. De cette manière, il pourrait entamer une conversation aimable lorsqu'elle repasserait, échanger avec elle les propos anodins qu'on partageait entre voisins civilisés. Et elle devrait se montrer franchement grossière pour l'éviter, cette fois ! Il en avait pour au moins un an de travail dans cette maison : cette fille ne pourrait pas l'ignorer aussi longtemps. Ce serait vraiment puéril de sa part !

En plus, c'était la plus jolie fille à dix kilomètres à la ronde. Il le savait, car toutes les célibataires du canton s'étaient présentées à lui depuis son arrivée, au point que parfois, il avait l'impression d'être le seul homme restant sur la planète. Et suivant l'axiome bien connu, c'était bien sûr la plus jolie qui ne s'intéressait pas à lui. Cela froissait un peu son ego et le poussait à en apprendre davantage sur sa voisine.

Comme la véranda se trouvait être le meilleur point d'observation, il avait guetté son retour et, dès qu'il avait aperçu sa silhouette au bout du chemin, il avait couru dehors avec son échelle. Dans sa hâte, il avait oublié d'en coincer le pied à l'aide de quelques briques, comme il le faisait toujours. Il ne s'en était souvenu qu'une fois au sommet.

Tara s'était arrêtée au bout de son jardin et avait rapidement examiné sa maison, qui passait sans doute pour une ruine à ses yeux. La brise venue de la mer caressait les boucles blondes qui entouraient son beau visage et effleuraient ses épaules. Elle était vraiment ravissante, et Jack avait grimpé encore un échelon pour mieux la voir.

Mais elle s'était détournée et avait continué son chemin vers son cottage. Puis, soudain, elle avait jeté un regard vers lui.

Jack avait immédiatement attrapé la gouttière pour se donner une contenance. L'avait-elle surpris en train de la dévisager ?

« Au lieu de te comporter comme un voyeur, tu ferais mieux de la saluer », lui avait fait remarquer son bon sens.

Il s'était cramponné à la gouttière et avait fait un mouvement pour se tourner vers le chemin. L'échelle s'était mise à osciller de plus belle, et la gouttière avait brusquement cédé.

Une fraction de seconde plus tard, Jack se retrouvait en chute libre. Le choc, douloureux, lui arracha un cri.

Lorsqu'il reprit ses esprits, Tara était penchée au-dessus de lui et lui palpait doucement le crâne.

— Vous allez bien ? Etes-vous conscient ?

Ses mains descendirent vers ses bras, puis ses jambes, à la recherche d'une éventuelle fracture.

— Vous m'entendez ? Tout va bien ?

— Bonjour…

— Bonjour, répondit-elle avec douceur. Vous vous êtes fait mal ?

— Oui, mais je crois que je n'ai rien de cassé.

Il souriait comme un idiot. Au moins, elle lui parlait. « Mission accomplie ! » se dit-il.

— Vous êtes-vous cogné la tête ? reprit-elle.

— Je ne pense pas, mais ce serait ma faute de toute façon : si seulement je n'avais pas oublié de bloquer l'échelle avec des briques ! Je ne suis pas si stupide, d'habitude.

— Vraiment ?

Son expression malicieuse le fit rire.

— Oui, je sais ce que vous pensez, dit-il. Heureusement que je suis tombé sur la partie la plus charnue de mon anatomie !

Elle cessa de sourire et fronça les sourcils quand il essaya de se remettre debout.

— Que faites-vous ? demanda-t-elle.

— Ce que les humains font depuis… deux millions d'années ? On appelle ça « se lever », je crois ?

— Non, surtout pas !

— Ah bon ? On dit comment, chez vous ?

— Vous n'êtes donc jamais sérieux ?

— Excusez-moi, c'est une vieille habitude. Avec quatre sœurs plus âgées, savoir répondre du tac au tac est une question de survie. Vous avez des frères ou des sœurs ?

— Un frère…

— Plus jeune ou plus âgé ?

Tara se releva. Après tout, s'il était capable de faire la conversation, c'est qu'il n'était pas à l'article de la mort.

— Bon, puisque vous n'avez rien…, commença-t-elle.

— En réalité, rétorqua-t-il aussitôt, j'ai une bosse là, et j'ai un peu la tête qui tourne. Mais je suis sûr que ça va passer.

Elle hésitait sur la conduite à suivre. Partir ou rester ? Avec la réputation sulfureuse que Jack Lewis avait, il aurait mieux valu s'éclipser… Mais s'il avait plus tard un malaise sérieux, jamais elle ne se pardonnerait de l'avoir abandonné ainsi. Après tout, sa chute avait été rude !

Elle laissa échapper un soupir découragé et se pencha pour lui palper l'arrière de la tête. Ses doigts glissèrent dans l'épaisseur soyeuse de ses cheveux avec un véritable plaisir. Jack détourna légèrement la tête, et la jeune femme se rendit compte qu'il évitait ainsi de plonger les yeux dans le décolleté que sa position lui plaçait quasiment sous le nez. Cette délicatesse inattendue la toucha, surtout de la part d'un homme jusque-là insupportable.

— Ah oui, vous avez une bosse, remarqua-t-elle soudain.

— Evidemment ! Vous pensiez que je mentais ?

— Cela ne vous arrive jamais ?

— Pour vous parler plus longtemps, j'en serais capable.

Et il lui adressa un sourire ravageur. Tara se raidit devant ce numéro de charme qu'il avait dû accomplir avec toutes les filles du comté.

— Vous pouvez arrêter ce cinéma. Ça ne marche pas avec moi, je suis immunisée.

— C'est un défi ?

En voyant son sourire s'accentuer, Tara soupira de nouveau. Bien entendu, un tel don Juan ne pouvait interpréter sa remarque autrement ! Elle lui lâcha la tête et lui tendit la main pour l'aider à se relever.

— Cette tactique d'approche est efficace, d'habitude ? demanda-t-elle d'un air intéressé. Y a-t-il beaucoup de femmes qui finissent par coucher avec vous juste pour avoir la paix ? C'est une technique inédite…

— Vous voilà bien cynique ! N'avez-vous jamais imaginé que les femmes pouvaient tout simplement apprécier ma nature joviale ?

— Non, jamais. Une personnalité exaspérante, ce n'est vraiment pas ce qu'une femme peut apprécier chez un homme.

— Vous semblez être experte dans le domaine des attentes amoureuses féminines…

— J'ai quelques idées sur la question, en effet.

— Seriez-vous par hasard une sexologue ? Oh, s'il vous plaît, dites-moi que vous êtes sexologue !

En dépit de ses efforts, Tara ne put s'empêcher d'éclater de rire.

— Vous aimeriez ça, n'est-ce pas ?

— Et comment !

— Désolée de vous décevoir…

Jack poussa un soupir théâtral et lui attrapa la main.

— Tant pis, je vais devoir élargir le champ de mes fantasmes pour y inclure votre profession. Dites-moi donc quel est votre métier, Tara Devlin. Un métier adorable, j'en suis certain…

Elle essaya de retirer sa main, mais Jack refusait de la libérer. Agacée, elle leva les yeux au ciel. Jamais elle n'avait rencontré un homme aussi horripilant !

— Sérieusement, vous n'arrêtez donc jamais de flirter ? Et vous ne pourriez pas me rendre ma main ?

— Pourquoi ?

Tara, qui avait toujours eu de bons réflexes, lui donna un coup de pied à la cheville. Jack poussa un cri de douleur et lui lâcha la main.

— Mais ça fait mal ! protesta-t-il.

— C'est le but. Mais je vois avec plaisir que cela vous a fait oublier votre bosse et vos vertiges.

— Décidément, répondit-il en éclatant de rire, je crois que je vais beaucoup apprécier notre voisinage. Quelque chose me dit qu'on ne doit pas s'ennuyer avec vous.

— Je n'ai aucune intention de jouer le rôle d'attraction locale, rétorqua-t-elle avec froideur.

— Oh, allez ! Ne me dites pas que vous ne vous amusez pas, vous aussi…

Même s'il y avait eu la moindre trace de vérité dans cette affirmation, Tara ne l'aurait jamais admis. Après tout, Jack Lewis était officiellement le séducteur local et elle n'avait aucune envie d'être sa prochaine Elvire. Les quelques échecs sentimentaux de son passé lui suffisaient. Son célibat et la paix qui l'accompagnait lui convenaient tout à fait.

Et puis, il portait le même nom que son héros… Puis cette chute… Mieux valait ne pas mélanger fiction et réalité !

— Pourquoi êtes-vous tombé ? demanda-t-elle.

— La force de gravitation, je suppose ?

— Mais non ! A cause de quoi êtes-vous tombé ?

— Eh bien… l'échelle n'était pas stable et j'ai perdu

l'équilibre. Mais je continue de penser que la gravité m'a aidé, ajouta-t-il, amusé.

Il cachait quelque chose, Tara le devinait. D'ailleurs pourquoi évitait-il son regard ?

— Hum… Quand allez-vous me dire qui vous êtes vraiment ?

— Je pensais que nous avions dépassé ce stade. Que vous faut-il ? Ma carte d'identité ?

— Je sais que vous vous appelez Jack Lewis. Sheila, la postière, a vu vos papiers. Ce qui me déconcerte, c'est que j'ai déjà écrit toute cette histoire, votre arrivée inattendue un soir d'orage, votre chute… Enfin, avec des variantes romanesques, mais tout de même. Ne trouvez-vous pas que ce hasard est troublant ?

— Ainsi, vous êtes écrivain ? Et ce que vous écrivez prévoit l'avenir ? Des horoscopes, peut-être ?

Tara fut soudain gênée. Jamais son métier ne l'avait embarrassée jusque-là, mais en parler devant cet homme aussi séduisant la gênait.

— J'écris des romans historiques, avec des intrigues sentimentales.

— Des romans historiques et sentimentaux ? reprit-il avec un sourire en coin. Mais encore ?

— Eh bien, si le cadre se situe dans un passé plus ou moins ancien, les sentiments des protagonistes, eux, sont plus contemporains et ils se comportent d'une manière à laquelle le lecteur peut facilement s'identifier, précisa-t-elle en citant la brochure publicitaire de son éditeur. Les relations entre les personnages sont plus… plus modernes.

Tara avait l'impression de s'enferrer. Jack resta pensif une seconde avant de se remettre à sourire.

— Modernes ? Jusqu'à quel point ?

— Comment ça ?

— Vous et moi savons très bien qu'une relation « moderne » implique un élément physique, non ?

Mais pourquoi avait-elle lancé ce sujet de conversation ? Pourquoi ne pas avoir simplement dit « historique » et oublié le reste ?

— Heu… Oui, en effet.

— Alors si je ne me trompe, mademoiselle Tara, vous décrivez des aventures sexuelles !

— Oh, allez au diable, rétorqua-t-elle, piquée au vif. Contrairement à vous, tout le monde ne pense pas qu'à ça ! Vous êtes le type le plus insupportable que j'aie jamais rencontré !

Les joues en feu, Tara tourna les talons et s'éloigna.

— Vous devriez sortir plus souvent, s'écria Jack en lui emboîtant le pas, vous verriez des hommes pires que moi !

— C'est supposé m'encourager ? Je préfère abandonner !

— Il était temps !

Il la saisit par le bras et l'attira à lui. Et, avant que Tara ait eu le temps de réagir, il l'embrassa sur la bouche.

Comment tout cela était-il arrivé ? Elle décrivait ce genre de scène tous les jours, mais jamais cela ne se produisait dans la vraie vie ! En tout cas pas pour elle. Et voilà que son voisin, un casanova, était en train de l'embrasser !

Ce n'était certes pas la première fois qu'un homme l'embrassait, mais en général ils n'étaient pas de parfaits inconnus… Le plus étrange, si elle voulait être honnête, c'est qu'il ne s'y prenait pas mal du tout. Plutôt bien, même. Il dosait adroitement douceur et fermeté et lui donnait l'impression d'être délicieusement féminine et vulnérable.

Sa peau avait un léger parfum musqué qui acheva de lui faire perdre la tête. Tara se laissa enfin aller au plaisir de ce baiser et Jack en profita pour la serrer davantage contre lui.

Mais soudain, sa dignité se réveilla. Elle le repoussa brusquement avant de lui asséner un coup de sac à dos sur la tête. Jack perdit l'équilibre et tomba pour la seconde fois.

— Espèce de butor arrogant ! s'écria-t-elle.

— Mais qu'avez-vous donc dans ce sac ? demanda-t-il en se frottant l'œil.

— Comment osez-vous m'embrasser ?

— Je trouvais que c'était une bonne idée. Où est le problème ? Vous n'avez pas encore écrit cette scène ?

— Si vous me touchez encore une fois, j'appelle la police ! Je connais l'inspecteur et il vous aura à l'œil !

— Je le connais aussi, et il est tellement myope qu'il ne verrait pas une vache au milieu d'un couloir. Si je n'avais pas un traumatisme crânien auparavant, je suis sûr d'en avoir un maintenant…

— Ça vous apprendra à embrasser des femmes qui ne veulent pas de vous.

Jack se releva enfin. Quand il cessa de se frotter l'œil, Tara le dévisagea d'un air horrifié.

— Oh, mon Dieu !

— Quoi ? C'est si terrible que ça ?

La jeune femme regarda son sac à dos et son expression devint encore plus catastrophée.

— Oh, mon Dieu !

— Vous vous répétez. Je suis défiguré, c'est ça ?

Il rebroussait déjà chemin vers la maison d'un pas chancelant quand Tara se précipita pour le soutenir.

— J'avais oublié… excusez-moi ! balbutia-t-elle.

— Oublié que vous transportiez une enclume ?

— Non, une boîte de soupe de tomate.

— Vous venez de me frapper avec une boîte de soupe de tomate ?

Tara lui adressa un petit sourire timide.

— Je trouvais que c'était une bonne idée…

— Et c'est vous qui vouliez appeler la police ?

Ils franchirent la porte et entrèrent dans le hall de la maison. Tara jeta un coup d'œil à gauche et à droite, et découvrit de vastes pièces vides, avec des bandes de vieux papier peint à moitié décollé. Jack continua d'avancer et ils entrèrent dans la cuisine. Là, il tomba lourdement sur une chaise, devant une table de bois.

— J'ai bescin de glace, et peut-être aussi d'un bon verre, déclara-t-il en désignant le réfrigérateur.

Tara ouvrit la porte du congélateur et scruta l'intérieur.

— Petits pois ou haricots verts ?

— Pardon ?

— Vous n'avez pas de glaçons, alors vous voulez des petits pois ou des haricots verts surgelés ?

— Choisissez vous-même. Vous semblez vous y connaître en légumes…

Pleine de culpabilité, Tara s'assit en face de Jack, tandis qu'il appliquait le sac de petits pois sur son œil. Une tentative de meurtre, c'était beaucoup, se dit-elle, même pour un vaurien dans son genre…

— Je suis désolée de vous avoir frappé avec ma boîte de conserve, reprit-elle. Heureusement que le pain de mie a atténué le choc, sinon je vous aurais sans doute assommé.

— C'est une consolation.

— Quoi qu'il en soit, vous n'auriez pas dû m'embrasser ainsi.

— D'accord. Comment aurais-je dû vous embrasser ?

— Vous n'auriez pas dû m'embrasser du tout, rétorqua-t-elle en fronçant les sourcils. Pas sans que je vous le demande !

Jack, son sac de petits pois sur la tempe, la contempla avec une mine narquoise.

— Parce que c'est toujours vous qui demandez à un homme de vous embrasser ? Vous donnez vos instructions à chaque étape ? « Maintenant, j'aimerais que tu m'embrasses ». Et ensuite « A présent, si tu es d'accord, tu pourrais me pousser sur le lit et… »

L'éclair de colère qui brilla dans les prunelles de la jeune femme arrêta Jack. Il prit une profonde inspiration.

— Et si nous déclarions une trêve ?

— Quel genre de trêve ?

— Le genre de trêve qui prévoit qu'on ne se jettera aucun aliment à la figure, en boîte ou pas, et que nous essaierons d'avoir des relations amicales.

— Amicales ? Vous et moi ? Honnêtement, ça m'étonnerait que ça marche.

— Pourquoi pas ?

— Nous ne nous entendons pas.

— Nous n'avons même pas essayé.

— Mais je viens de vous frapper avec une boîte de soupe de tomate !

— Je suis bien placé pour m'en souvenir, rétorqua-t-il en faisant la grimace. Pourtant vous devez bien admettre qu'on ne s'ennuie pas quand nous sommes ensemble.

— Vous êtes prêt à risquer votre second œil ?

— Si vous me promettez que la prochaine fois, vous utiliserez des champignons…

Tara ne put réprimer un sourire.

— Vous êtes vraiment fou ! D'accord, si vous me promettez d'arrêter de me draguer. Et d'être moins agaçant. Vous pensez que vous y parviendrez ?

— Non. Draguer fait partie de mon caractère, c'est quelque chose que je fais sans réfléchir, comme respirer. Mes sœurs m'ont d'ailleurs souvent dit que cela finirait par m'attirer des ennuis. Et je m'aperçois aujourd'hui qu'elles avaient raison, ajouta-t-il en soulevant son sac de petits pois.

Elle poussa un soupir accablé.

— Je ne comprends pas pourquoi vous tenez tant à ce que nous soyons amis.

— Sans doute parce que je vous aime bien. Sans aucune raison valable pour ça, je l'admets…

Tara l'examina un instant en silence. Il l'intriguait, en effet. En tout cas il avait raison sur un point : la vie n'avait rien d'ennuyeux lorsqu'ils étaient ensemble. Et ils étaient voisins. A long terme, ce serait vraiment embarrassant s'ils ne parvenaient pas à trouver un terrain d'entente…

La voix de la tentation se mit à résonner dans un recoin de son cerveau : « D'un point de vue littéraire, il serait intéressant de comprendre son fonctionnement psychologique. Après tout, le personnage de séducteur éhonté est fréquent dans tes livres, tu pourrais utiliser cette expérience pour ton travail. Et tu es prévenu : tu sais qu'il faut se méfier de lui… »

— D'accord, finit-elle par répondre, mais vous ne m'embrasserez plus.

Jack afficha un grand sourire et lui tendit la main.

— Marché conclu, dit-il en lui serrant les doigts. Je ne vous embrasserai plus. Jusqu'à ce que vous me le demandiez !

3.

« Jack désirait lady Catherine depuis le premier instant où il l'avait vue. Elle le fascinait, l'intriguait et l'exaspérait tout à la fois. Leur rencontre avait bouleversé sa vie.

Les tempêtes qui avaient agité leur relation s'éloignaient peu à peu, et il se rappelait avec émotion le soir où ils avaient presque fait l'amour. Pourtant, d'une certaine façon, il était soulagé qu'ils se soient arrêtés à temps. Avec son éducation stricte, lady Catherine aurait sans doute regretté d'avoir cédé à un moment de passion, et les remords auraient fini par gâcher ce beau souvenir.

Jack ne voulait pas que cela se passe ainsi.

Il tourna la tête pour la regarder qui entrait dans la pièce. Tout le monde en fit autant. Elle était particulièrement brillante dans son rôle de maîtresse de maison et d'hôtesse, et il fut jaloux de cette admiration générale.

Quand elle le rejoignit enfin, il la prit par le bras et examina avec insistance la lourde robe de brocart doré volée sur ce galion espagnol.

— Votre toilette provoque un véritable scandale, vous vous en rendez compte ?

— Je la trouve parfaite. Que lui trouvez-vous de si scandaleux ?

— Cela doit être mon imagination, répondit-il en souriant. Elle me fait immanquablement penser à la cabine du capitaine et à tout ce qui s'y est passé, à ce que j'ai… »

— C'est ça, votre roman ?

Tara sursauta et manqua tomber de sa chaise en entendant la chaude voix masculine résonner dans son dos. Elle se retourna et découvrit Jack, debout devant sa porte-fenêtre.

— Jack, quelle surprise de vous voir !

L'esprit encore dans son roman, Tara avait parlé sur un ton mondain. En réalité, la surprise était assez limitée puisque Jack lui rendait visite tous les matins depuis une semaine…

— Vous aussi vous m'avcz manqué, répondit-il. Alors, où en êtes-vous à présent ?

— Pardon ?

— Là-dedans, précisa-t-il en désignant l'ordinateur du menton. Votre travail avance ?

Tout en parlant, il entra dans le salon et approcha de l'écran pour lire sa page. La jeune femme l'éteignit aussitôt.

— Très bien, merci. Et pas grâce à vous.

En effet, elle avait essayé de rebaptiser son héros, mais sans le moindre résultat. *Son* Jack gardait le visage du véritable Jack, quel que soit son nouveau nom.

— Je vous ai pourtant exposé la vision masculine de la relation amoureuse idéale.

— Oh, j'en garde un souvenir très vif !

— En tout cas, votre bouquin m'en apprendra davantage sur le sujet. Il pourrait m'aider à découvrir la faille dans votre armure.

Pour souligner ses propos, il lui adressa un sourire irrésistible et lui remit une mèche folle derrière l'oreille. Ne s'arrêtait-il donc jamais ? se dit Tara.

— Flirtez-vous même dans votre sommeil ? demanda-t-elle.

— Il ne tient qu'à vous de le découvrir.

— Ne rêvez pas ! s'exclama-t-elle en riant.

Machinalement, Jack se frotta l'œil et la jeune femme, qui avait suivi son mouvement, éprouva comme toujours une pointe de culpabilité. Il avait quand même eu un œil au beurre noir pendant plusieurs jours !

— Rassurez-vous, tout va bien. C'est très dangereux, la soupe…

— Ne me dites pas que votre pauvre mère vous obligeait à en manger quand vous étiez petit, vous me feriez pleurer de compassion.

Jack détourna la tête et regarda dehors.

— Non, je ne vous le dirai pas.

— Est-elle bonne cuisinière ?

— Je n'en sais rien. Elle nous a quittés il y a bien longtemps.

Tara eut soudain le sentiment pénible d'avoir fait une gaffe. Sa mère était-elle partie ou bien morte ?

— Elle a décidé qu'un garçon c'était vraiment trop dur à supporter après quatre filles, poursuivit-il, et elle a fait sa valise quand j'avais deux ans. Ce n'est pas si grave que ça…

— Vous trouvez ? J'aurais dit le contraire, surtout pour un petit enfant.

— Je suis un grand garçon, maintenant, dit-il en haussant les épaules. J'ai tourné la page.

— Je suis désolée…

— N'en parlons plus, l'interrompit-il. Venez plutôt m'aider avec la peinture.

— La peinture ?

— Oui, le truc visqueux qu'on passe sur les murs, vous savez ? Ma maison a besoin d'une couche ou deux et comme je suis un homme, au cas où vous ne l'auriez pas encore remarqué, je suis supposé n'avoir aucun goût en matière de couleurs. Voulez-vous m'aider ? A moins que vous ayez une idée plus intéressante pour nous occuper ce matin ?

Tara remit ses mèches en place et fit la moue. Jack s'accouda à son bureau, envahissant un peu plus son espace, et la dévisagea avec une lueur de défi au fond des yeux. Elle déglutit péniblement. Il était vraiment l'homme le plus viril qu'elle ait jamais rencontré, ce qui la déconcertait au plus haut point. Son esprit combatif la força à relever le menton. Ce n'était pas un macho dans son genre qui allait la transformer en femmelette rougissante et peureuse !

— C'est curieux, répondit-elle en soutenant son regard, mais je ne vois pas ce qu'on pourrait faire de plus excitant tous les deux que d'aller voir des bidons de peinture.

Jack lui fit un clin d'œil et lui ébouriffa les cheveux.

— Je vous expliquerai en route. Allez, venez !

— Vous êtes assommant !

Pourtant elle se levait déjà...

Le magasin de peinture se trouvait à trente kilomètres, aussi Jack décida-t-il d'en acheter en grande quantité. Ainsi que du papier peint. Et, bien qu'il lui ait demandé son aide, il n'hésita pas à discuter les choix de Tara.

— Non, pas de fleurs ! Je refuse d'avoir du papier à fleurs chez moi !

Tara lui mit l'échantillon sous le nez.

— Ce sont à peine des fleurettes. Un semis minuscule, en réalité. Une femme pourrait bien habiter un jour dans cette maison, vous savez !

— Pas pendant que j'y vivrai.

— Cela va sans dire...

— Qu'entendez-vous par là ?

Tara examina de nouveau le papier, la tête penchée sur le côté.

— C'est pourtant ravissant. Très chic, même.

— Non, vraiment, qu'entendiez-vous par là ? insista Jack. Vous pensez que personne ne voudrait vivre avec moi ? Je sais pourtant faire le ménage et la cuisine. Et je vous assure que je suis très gentil.

— Je n'en doute pas, rétorqua Tara, amusée. D'ailleurs les femmes tombent à vos pieds comme des mouches. Regardez ; moi, par exemple : je vous trouve totalement irrésistible !

— Super ! Alors, laissez tomber le papier et rentrons à la maison.

— Mais je croyais que nous étions là pour acheter de la peinture ? répondit-elle en riant.

— Je n'arrive pas à croire que vous préfériez passer un après-midi à regarder du papier peint à fleurs plutôt que de me laisser vous guider vers des sommets de volupté, des pics de…

— J'ai compris, merci, l'interrompit-elle en rougissant jusqu'aux oreilles.

Tara n'arrivait pas à y croire ! Comment pouvait-il agir ainsi ? A un moment, il la taquinait, et une seconde plus tard il essayait tout simplement de l'attirer dans son lit ! Parlait-il sérieusement ? Elle n'arrivait pas à déterminer s'il s'agissait d'un jeu ou pas…

Une voix féminine la tira de sa perplexité :

— Salut, Jack !

Tara découvrit devant eux une femme absolument superbe. Le genre de créature que le Jack Lewis de son roman aurait aimée… Bizarrement, le vrai Jack se transforma aussitôt. L'étincelle de malice qui pétillait dans ses yeux s'éteignit et il prit un visage fermé qu'elle ne lui avait encore jamais vu.

— Sarah…

— Quelle surprise, n'est-ce pas ? reprit l'inconnue. Ne me présentes-tu pas ton amie ?

— Non.

Tara sursauta devant cette impolitesse et tendit sans réfléchir la main à la femme.

— Tara Devlin. Et pour être précise, nous ne sommes pas encore tout à fait amis.

— Oh, répliqua Jack, je ne suis pas non plus un ami de Sarah.

— Il n'est pas nécessaire de se montrer impoli, Jack, répondit la femme en levant les sourcils. Nous avons vécu trop de choses ensemble pour nous montrer aussi mesquins, tu ne penses pas ?

Jack resta pensif un instant avant de secouer la tête.

— Allons, Jack, déclara Tara avec un petit rire nerveux. Faites un effort pour être aimable.

— Non, et ne le faites pas non plus, lui répondit-il. Vous le regretteriez.

Et sur ces mots, il avança vers la caisse en poussant le Caddie, sans même un regard en arrière. Sarah le contempla, son beau visage parfaitement impassible.

— Il peut être très irritant par moments.

— Je sais, répondit Tara, embarrassée. Et impoli.

Sarah l'examina un instant en silence avant de reprendre la parole.

— Tara, c'est ça ? Vous êtes sa dernière conquête ?

— Sûrement pas ! Je suis immunisée contre son charme.

— Il peut se montrer terriblement séducteur.

— Oui, il me l'a prouvé.

— Faites attention : il pourrait vous briser le cœur avant même que vous ne vous en rendiez compte. Il ne peut pas s'empêcher de séduire les femmes et il est incapable de s'engager dans une relation.

— Je vous assure qu'il est inutile de me dire tout ça. Je ne suis pas…

— Oh, si ! Vous verrez. Aucune femme ne lui a jamais résisté. C'est un don qu'il a.

Tara se rendit soudain compte que cette inconnue lui était antipathique. Pourquoi Jack l'avait-il abandonnée en sa compagnie ?

— Je vous assure qu'il est inutile de me mettre en garde. Il ne m'intéresse pas. Pas de cette manière en tout cas.

— Tant mieux pour vous. Nous avons été fiancés pendant deux ans. Au bout du compte, cela ne m'a rapporté que du chagrin.

Tara la contempla avec surprise. Sarah ne lui semblait pas le genre de femme à souffrir pour un homme…

— Il ne pouvait pas s'empêcher de séduire d'autres femmes. C'est une maladie, chez lui. Comme chez son ami, ce play-boy ridicule, Adam. Avec ce genre d'hommes, vous vous retrouvez seule sans avoir compris ce qui vous arrivait.

Pendant le trajet de retour, un profond silence régna dans la jeep. Le regard dans le vide, Tara ne cessait de ruminer les paroles de Sarah. Au fond, elle ne savait rien de Jack. En fait, tout ce qu'elle avait entendu à son propos confirmait sa réputation de don Juan sans scrupule. Un casanova compulsif… Et il n'avait rien fait pour la convaincre que cette rumeur était mensongère. Bien au contraire, son attitude depuis leur première rencontre ne faisait que la confirmer, ce qui ne le rendait pas spécialement sympathique !

Pourtant, contre toute attente, son cœur continuait d'espérer en secret qu'un homme attachant se cachait derrière cette façade peu flatteuse. Ses yeux rieurs n'avaient-ils pas brillé à plusieurs reprises d'une lueur presque vulnérable, et sa voix ne se teintait-elle pas parfois d'un troublant accent de sincérité ?

Jack lui prit la main pour attirer son attention.

— Tara ? Que vous a dit Sarah qui vous perturbe autant ?

— Que vous aviez été fiancés.

— « Aviez » est le mot clé de cette phrase.

— Combien de fiancées avez-vous eues ?

— Des douzaines. C'est la réponse que vous attendiez, n'est-ce pas ?

— Après ce que cette femme m'a dit, je n'attendais pas autre chose, rétorqua-t-elle en fronçant les sourcils.

— Croyez-vous tout ce qu'on vous dit ?

— Non, mais…

— Mais vous prêtez l'oreille aux pires ragots à mon sujet. J'attendais mieux de votre part.

— Je ne sais rien de vous, admit-elle. Pourtant, ce que Sarah m'a raconté me semble plausible. Pourquoi ne vous expliquez-vous pas ?

— Me croiriez-vous ?

— Essayez, vous verrez bien. Parlez-moi donc de cette femme.

— Pour être honnête, je n'en ai pas du tout envie.

Déçue, Tara détourna les yeux. Si seulement il s'était défendu contre ces accusations !

Un nouveau silence pesant tomba dans l'habitacle.

— Tenez-vous vraiment à ce que je vous en parle ? reprit-il au bout d'une minute.

— Ce ne sont pas mes affaires.

Jack fronça les sourcils.

— Vous me considérez comme un sale type, n'est-ce pas ?

— Je n'ai aucune idée de ce qui s'est passé entre vous deux, et pour être honnête, cela m'est complètement égal. Je suis désolée si cela froisse votre ego.

— Ce ne sera pas la première fois ! rétorqua-t-il. Cela signifie donc que nous ne passerons pas le reste de la journée au lit ?

— Vous pouvez passer le reste de la journée où vous voulez. En ce qui me concerne, j'ai l'intention de rester avec mon chat et de travailler sur mon manuscrit.

— Je sens qu'il va arriver des choses horribles à mon double littéraire…

— Pas du tout. En fait, j'aime bien votre double.

— Qu'a-t-il donc que je n'ai pas ?

Une personnalité moins irritante, une nature plus aimable, un caractère plus scrupuleux, une manière d'agir plus décente avec les femmes… La liste était longue, mais Tara opta pour une réponse courte.

— C'est un gentleman.

Jack engagea la jeep dans l'allée pleine de nids-de-poule, puis s'arrêta devant chez lui. Il détacha sa ceinture de sécurité et se tourna vers sa passagère.

— Vous croyez donc que je suis un type qui saute sur tout ce qui porte un soutien-gorge, et qui abandonne ses victimes tout de suite après ? N'avez-vous jamais pensé que vous ne me connaissiez pas assez pour porter un tel jugement ? Ou qu'il était injuste de vous baser sur une conversation de deux minutes avec une inconnue pour décider que tout est ma faute ? Je me demande vraiment pour quel genre de salaud vous me prenez.

— N'essayez pas de me donner le mauvais rôle, Jack Lewis ! Ce n'est pas moi qui saute sur toutes les femmes du coin et qui collectionne leurs numéros de téléphone.

— Ah, je comprends…, répliqua-t-il avec un sourire fatigué. Vous n'avez jamais envisagé qu'en tant que rare homme célibataire dans un rayon de quarante kilomètres, j'attirais forcément l'attention ? Depuis mon arrivée au village, les femmes se ruent sur moi pour me fourrer leur numéro de téléphone dans la poche et me présenter à toutes les vieilles filles de leur famille ! Croyez-moi, je n'ai pas eu besoin d'aller les chercher !

— Vraiment ?

— Oui, vraiment ! Au point que je redoute même d'aller à l'épicerie du village. Pourtant, un véritable séducteur profiterait de la situation pour abuser de ces femmes au lieu de les garder à distance !

Ses paroles n'étaient pas dénuées de logique et Tara se sentit brusquement embarrassée.

Jack lui jeta un dernier regard blessé avant de sortir de la jeep en claquant la portière. Immobile, elle s'accorda un instant pour réfléchir alors qu'il ouvrait le coffre pour en retirer ses pots de peinture.

Lorsqu'il revint pour chercher le papier peint, elle l'attendait les bras croisés, appuyée contre la voiture.

— D'accord.

Il s'arrêta et la contempla d'un air surpris.

— D'accord quoi ?

— D'accord. Vous avez *raison*, ajouta-t-elle en serrant les dents.

— A quel propos ?

Mal à l'aise, Tara s'agita d'un pied sur l'autre et décroisa les bras pour fourrer les mains dans ses poches.

— Eh bien, sur presque tout ce que vous avez dit, si cela vous fait plaisir.

Il restait silencieux.

— Je ne connais pas assez cette femme pour tenir compte de ses paroles, ajouta-t-elle.

Jack continuait de l'observer sans rien dire.

— J'admets aussi qu'on ne peut pas se faire une opinion sur quelqu'un en prêtant foi aux rumeurs et aux ragots. Je reconnais que j'avais des préjugés à votre encontre et je suis prête à les oublier.

Jack restait muet. Diable, songea-t-elle, il ne lui facilitait pas la tâche ! Elle résista à l'envie de hurler de frustration.

— Et au passage, je précise que je ne vous considère pas comme un salaud, conclut-elle.

Sans que son visage n'exprime quoi que ce soit, il fit deux pas en avant et se posta à quelques centimètres d'elle. Puis il leva la main et lui caressa la joue du revers des doigts. Un sourire apparut enfin sur ses lèvres.

— Cela a dû beaucoup vous coûter de me dire tout cela, non ? lui demanda-t-il.

— Oh, oui !

Leurs corps se touchaient presque et il continuait de lui caresser délicatement le visage. La chaleur qui émanait de son corps la grisait, ses yeux l'hypnotisaient. Elle se mit à penser incendie, tempête, volcan… et gros ennuis…

Il pencha la tête et sans réfléchir, elle ferma les yeux et s'humecta les lèvres. Il l'embrassa délicatement… sur le front.

Quand elle rouvrit les paupières, il l'observait d'un air narquois.

Partagée entre la colère, l'humiliation de ne pas avoir été embrassée et la honte de savoir qu'il avait évidemment remarqué qu'elle s'y attendait, elle rougit jusqu'aux oreilles.

— Vous, espèce de…

Il la fit taire en lui posant l'index sur les lèvres.

— Ne gâchez pas ce moment émouvant avec une nouvelle bordée de flèches !

— Vous…

— Je vous l'ai dit : je ne vous embrasserai pas sans que vous me le demandiez.

— Je ne vous le demanderai pas !

— Oh, si, vous le ferez, malgré vos préventions. Vous m'aimez bien. Au fond de vous, vous le savez déjà, même si vous refusez encore de vous l'avouer.

— Jack Lewis, vous êtes insupportable !

Il éclata de rire alors qu'elle s'éloignait en fulminant.

— Moi aussi, je vous trouve très attirante, Tara Devlin ! Lorsque vous serez prête à l'accepter, je serai là !

4.

— Cette fois, tu t'es surpassé !

Jack sourit fièrement devant les murs couverts de lambeaux de papier peint.

— Elle est extraordinaire, n'est-ce pas ?

Adam Donovan examina la pièce d'un air consterné avant d'examiner son ami.

— Au sens propre du terme, sans doute.

— Je suis tombé amoureux.

— On dit que l'amour est aveugle, fit remarquer Adam. Dans ton cas, il est aussi inconscient.

— Ce n'est pas moi qui ai dilapidé une partie substantielle de mon héritage pour m'acheter une voiture capable de pulvériser les limitations légales de vitesse !

Adam soupira et se tourna vers la fenêtre pour admirer son nouveau bolide.

— Un psychanalyste te dirait que c'est un truc sexuel. Mais ça, ajouta-t-il en embrassant la pièce d'un geste, c'est de la démence !

— Il faut apprendre à voir sous la surface des choses.

Ils quittèrent la pièce et Adam fit un écart pour éviter une latte de plancher pourrie.

— Je sais voir sous la surface, protesta-t-il.

— Je ne parlais pas des vêtements de luxe de tes top models.

— Ne commence pas à te moquer de ce que tu ne connais pas. Tu n'as pas idée de ce qu'un homme peut tirer de ce genre de recherches. Tu vis d'ailleurs comme un moine, désormais.

— Pas du tout !

— D'accord. Tu es juste célibataire.

— Non plus.

— Ah bon ? Aurais-tu une amourette en cours dont tu ne m'aurais pas parlé ?

Les deux hommes passèrent dans la cuisine et Jack tourna inconsciemment les yeux vers la fenêtre pour regarder chez sa voisine. Il fronça les sourcils en se rendant compte de ce qu'il venait de faire.

— Non, répondit-il enfin.

— Tu as des voisins ? s'enquit Adam.

— Oui…

— Homme ou femme ?

— Femme.

Adam se pencha pour examiner la maison voisine avec curiosité.

— Hmm… Le bon âge ?

— Je me demande ce que cela veut dire !

— Pas assez jeune pour te valoir des ennuis avec la justice, et pas assez vieille pour que tu aies honte de sortir avec elle.

Malgré lui, Jack ne put s'empêcher de rire.

— Tu es la honte de tous les hommes honnêtes de ce pays, Adam !

— Je contribue à garder un équilibre dans ce bas monde, mon vieux. Que feraient les braves garçons dans ton genre sans quelques dépravés comme moi pour les mettre en valeur ? Alors, à quoi ressemble-t-elle ?

Jack osa enfin regarder la petite maison de Tara sans se cacher.

— Elle est singulière.

— Singulière ? Comment ça ?

— Tu peux imaginer tout ce que tu veux, mon cher !

— J'ai assez d'imagination pour envisager le pire, crois-moi !

— Il y a quelques siècles, les types dans ton genre

passaient toutes leurs matinées à se battre en duel avec de braves garçons comme moi.

— Oh, allons ! répondit Adam en souriant. Je ne peux pas manifester un peu de curiosité amicale ?

— Essaie simplement de sympathiser avec elle, et je pourrais être celui avec qui tu te battras demain matin, rétorqua Jack.

— Ne me dis pas que tu l'apprécies déjà à ce point. Jack, mon vieux, qu'as-tu donc en tête ? T'installer ? Comment vais-je continuer à mener ma vie de célibataire si tu te ranges ?

— Rassure-toi, je n'ai pas l'intention de me marier.

— Aïe ! Tu as prononcé le mot interdit !

Jack ouvrit le réfrigérateur et jeta une boîte de soda par-dessus son épaule, qu'Adam attrapa à la volée. Puis il en ouvrit une pour lui-même. Il se tourna alors et s'appuya contre la porte métallique.

— Il paraît que cela réussit à certaines personnes…

Adam haussa les sourcils d'un air sceptique en s'asseyant sur le coin de la table. Il avala une gorgée de soda avant de reprendre la parole.

— Je me demande depuis quand tu y songes… N'avais-tu pas décidé que le mariage n'était pas fait pour toi ?

— Je n'ai jamais dit le contraire.

— Alors que veux-tu dire ?

— Que cela marche pour certaines personnes, c'est tout.

— Comme qui ?

— Tess, Rachel, Lauren… Leur mariage est solide.

— Tes sœurs sont des femmes, mon vieux.

— Il faut être deux pour se marier.

— Les femmes apprécient plus le mariage que les hommes. C'est une question de genre sexuel. Ecoute, tu ne vas quand même pas me dire que tu n'es pas mieux célibataire que pieds et poings liés, comme tu l'étais avec… je ne sais pas, moi… Sarah ? suggéra-t-il en haussant les épaules.

— Ma liaison avec Sarah peut difficilement servir de point de comparaison !

— D'accord. Mais si on prend Sarah comme degré zéro pour notre petite expérience et… disons… Cameron Diaz comme la femme idéale, alors, où se situe ta singulière voisine ?

Jack resta pensif un instant, un petit sourire au coin des lèvres.

— Entre zéro pour Sarah et dix pour Cameron Diaz ?

Jack leva les yeux pour réfléchir et remarqua une trace d'humidité au plafond. Il faudrait s'en occuper plus tard…

— Il m'est impossible de donner une note à Tara. Elle est… différente. Et ne te moque pas de moi : c'est vrai. Elle est… Je ne sais pas. Intéressante. Amusante. Différente.

— Oh, oh…

— Quoi ?

— Différente, ce n'est pas bon. Différente, ça veut dire problèmes en vue !

— Et pourquoi « différente » ne pourrait pas tout simplement signifier « différente » ? Différente des femmes avec qui je suis sorti jusqu'à présent ? Différente de celles qui t'attirent jusqu'à ce que tu te lasses d'elles ?

— O.K., j'en ai assez entendu ! déclara Adam en l'écartant de la porte du réfrigérateur. Tu as besoin d'une bière bien fraîche et d'un moment sympa entre copains pour reprendre pied dans le monde réel.

— Non, j'ai besoin de travailler à cette maison pour l'avoir terminée avant mes cinquante ans. Allons, Adam, je viens juste de rencontrer cette fille, ce n'est pas la fin du monde !

— Crois-moi, j'en ai assez entendu. Elle est en train de t'attirer dans sa toile. Fiche le camp, Jack ! Fiche le camp avant qu'il soit trop tard, sinon tu te retrouveras avec une alliance au doigt en train de pousser un landau sans avoir eu le temps de comprendre ce qui t'arrive.

— Tu es fou, Adam ! Je t'ai dit que je n'étais pas mordu.

— Tu as dit qu'elle était *différente* !

— Je te jure que je ne l'épouserai pas, ni elle ni une autre, sans ta permission formelle.

Adam hocha la tête et réprima son envie de rire.

— Il y a intérêt. Nous sommes les deux derniers à avoir résisté à cette épidémie qui a touché tous nos amis. Les hommes du monde entier comptent sur nous, nous ne pouvons pas les laisser tomber.

— Adam, personne ne t'a jamais dit que tu avais besoin d'une psychothérapie ?

C'était la journée des visites…

— Depuis quand lis-tu des romans féminins ?

Jack soupira et reprit le livre des mains de sa sœur.

— Et toi, demanda-t-il, depuis quand fouilles-tu dans mes affaires ?

— Depuis toujours, rétorqua Tess en haussant les épaules. Ça fait partie des prérogatives d'une grande sœur. Alors, n'as-tu pas une nouvelle à annoncer ? Ou peut-être commences-tu seulement à comprendre combien il est triste d'être encore célibataire à ton âge ? A moins que tu ne cherches quelques trucs dans ce bouquin ?

Elle lui retira le livre des mains et étudia la quatrième de couverture.

— Oh, mais je l'ai déjà lu, ce roman ! Si tu as besoin de tuyaux, alors tu as trouvé le bon auteur. Je suppose que c'est une mamie sexagénaire qui a roulé sa bosse et qui connaît la musique. Ou plutôt les hommes…

Jack ne put retenir un éclat de rire.

— Pas du tout. D'ailleurs, c'est ma voisine !

— Tu plaisantes ?

— Pas du tout.

Il arracha le livre des mains de Tess et le fourra dans un placard, entre les pâtes et une bouteille d'huile.

— Et crois-moi, ajouta-t-il, elle n'a rien d'une grand-mère.

Tess porta son mug à ses lèvres et étudia son frère d'un œil inquisiteur, tout en buvant son thé.

— Et à quoi ressemble-t-elle ?

— Elle est intéressante.

— Et tu l'aimes bien ?

— Possible…

— Tu as déjà couché avec elle ?

— Tess ! s'exclama-t-il en fronçant les sourcils. Il y a des limites !

— Depuis quand ? Nous t'avons mieux élevé que ça. Avec quatre sœurs, tu n'as jamais eu aucune chance de garder un secret. D'ailleurs rappelle-toi la dernière fois que tu as voulu jouer au plus fin : cela ne t'a pas porté chance.

— Cette mésaventure m'a servi de leçon.

Tess rinça sa tasse dans l'évier en le surveillant du coin de l'œil. Puis, après l'avoir posée dans l'égouttoir, elle se rapprocha de son frère pour le serrer dans ses bras. Devoir se hisser sur la pointe des pieds pour pouvoir l'embrasser l'amusait toujours : il avait été son petit frère si longtemps qu'elle ne s'habituait toujours pas à le voir si grand.

— Je suis contente de te revoir, Morpion.

— Moi aussi, Fusili.

Tess se mit à rire et ramena en arrière la masse de cheveux frisés qui retombait en cascade sur ses épaules. Ce surnom de pâtes lui venait de ses boucles serrées, que certaines femmes payaient fort cher à leur coiffeur et que la nature lui avait offertes gracieusement.

— Tu ne crois pas que tu as gagné assez d'argent avec ces maisons pour en garder une pour toi ? reprit-elle. Sam adorerait avoir son oncle Jack près de chez nous. Il répète sans cesse combien tu es drôle. Cela donne à Pete l'impression d'être aussi intéressant qu'un plat de nouilles.

— Mais Pete *peut* être aussi intéressant qu'un plat de nouilles, rétorqua Jack.

Tess lui jeta l'essuie-mains à la figure.

— Je te rappelle que tu parles de l'homme que j'aime, alors attention ! Ce n'est pas parce qu'il n'aime pas autant bricoler que toi qu'il n'est pas un type bien.

— Oh, je suis sûr qu'il est très bon pour certains bricolages.

Tess rougit jusqu'à la racine des cheveux.

— Jack, tu es vraiment insupportable !

— Les vieilles habitudes sont dures à perdre. Mais tu m'aimes quand même.

Tess lui adressa un sourire affectueux.

— Alors, est-ce si terrible d'habiter de nouveau près de chez nous ?

Jack devait admettre que savoir ses quatre sœurs installées dans un rayon de trente kilomètres l'avait aidé à prendre la décision d'acheter cette maison. Elles lui avaient manqué. Quand leur mère avait quitté le domicile conjugal, ils étaient tous devenus très proches. Jack les adorait, même si elles l'avaient souvent rendu fou.

— Eh bien, c'est une épreuve, je l'admets, répondit-il avec ironie. Surtout au rythme auquel vous vous reproduisez toutes. Tu comprends, je n'ai pas envie de devenir un baby-sitter à temps plein !

— Ne raconte pas d'histoires : nous savons toutes que tu adores les enfants.

— J'avoue que j'ai un faible pour un ou deux de vos rejetons…

— Alors, reste !

— Il me faudra au moins un an pour rendre cet endroit habitable, c'est déjà ça. Ensuite, on verra.

Machinalement, il regarda par la fenêtre la maison de sa voisine, cachée dans la verdure. Tess suivit son regard et un petit sourire se dessina sur ses lèvres.

— Je devrais peut-être la rencontrer ?

— Qui ça ?

— Ne joue pas à l'innocent avec moi, tu sais très bien de qui je parle.

— Je la connais à peine ! Je devrais commencer par la convaincre de me voir régulièrement avant que vous ne vous lui fassiez subir son examen d'entrée dans le clan, tu ne crois pas ?

— Elle ne t'adore pas déjà ? Je te croyais irrésistible.

Jack désigna l'hématome qui n'avait pas encore complètement disparu au coin de son œil.

— C'est une marque d'adoration ? s'enquit-il.

— Tu plaisantes ! Elle t'a frappé ?

Tess s'approcha de son frère pour l'examiner de plus près et émit un sifflement admiratif.

— Quel punch ! Elle est championne de boxe ?

— C'est une longue histoire.

— Tu l'avais mérité ?

— Oui, sans doute.

— Ma compassion pour toi vient de baisser d'un cran.

— Merci pour ton soutien, chère sœur !

Ils échangèrent un sourire plein de complicité, puis Tess se retourna pour observer à son tour la maison de Tara.

— Cela te ferait du bien d'avoir quelqu'un dans ta vie, reprit-elle. Quelqu'un qui te stimule et te fasse rester en place plus de cinq minutes.

— Tu m'as déjà dit que tu voulais que je reste ici, j'ai compris le message ! protesta Jack. Et je me débrouille très bien sans personne. La vie de célibataire est très agréable !

— Non, tu as besoin de quelqu'un. Il faut essayer une nouvelle fois. Aie confiance en toi ! Tu es un homme après tout, tu as des besoins comme tous les autres. Tu ne peux pas me cacher cela.

— Je n'ai jamais rien réussi à te cacher, ça ne va pas commencer aujourd'hui…

— Et ça durera longtemps, conclut Tess avec un sourire plein de tendresse. Allons, Jack, il est temps que tu commences à vivre vraiment !

Perceval entra avec un miaulement effaré par la porte ouverte, suivi par un petit chien d'une race indéterminée, et enfin par un petit garçon. Tous trois firent deux fois le tour du salon avant que le chat et le chien ne réussissent à ressortir. L'enfant n'eut pas cette chance.

— Oh ! Attends une seconde, petit !

Le gamin se débattit entre les bras de Tara comme un beau diable.

— Laissez-moi partir !

— D'accord, si tu me promets que tu arrêteras de courir comme un fou.

Comme l'enfant continuait de gigoter, Tara le hissa sur un des hauts tabourets disposés devant le bar de sa cuisine américaine. Elle savait qu'il était trop petit pour en descendre sans son aide.

— J'ai au moins le droit de savoir qui court dans ma maison derrière mon pauvre chat, reprit-elle en riant.

Il la contempla avec une paire d'yeux d'un bleu de porcelaine.

— Je n'ai pas le droit de parler à des inconnus, protesta-t-il.

— Et je suis une inconnue ?

L'enfant acquiesça d'un air méfiant.

— Sandy va se perdre, reprit-il.

— C'est le nom de ton chien ?

— Oui.

— Je m'appelle Tara, dit-elle en lui tendant la main.

Le petit garçon hésita une seconde avant de la lui serrer.

— Et moi, c'est Sam.

— Bonjour, Sam. Ravie de te rencontrer. Tes parents sont à la plage ?

— Non, maman est dans cette grande maison.

— Celle de Jack ?

Il acquiesça, et ses boucles brunes s'agitèrent autour de son petit visage. Tara l'examina plus attentivement et lui découvrit une ressemblance certaine avec son voisin. Son fils ? Une vague déception l'envahit. Pourquoi ne lui en avait-il pas parlé ? Elle croyait pourtant que tous les hommes étaient fiers de leurs enfants, surtout de leur fils…

— Ils savent que tu es ici ?

Le gamin haussa les épaules.

— Ils vont croire que tu t'es perdu si tu restes trop longtemps…

Sam réfléchit un instant à cette idée, puis un sourire éclaira son visage. Un sourire irrésistible, digne héritage de son père.

— Vous avez du jus de fruits ?

— Je crois que oui, répondit Tara en cachant un sourire.

— Je peux en avoir ? S'il vous plaît ?

Tara contourna le comptoir et ouvrit le réfrigérateur pour en sortir une bouteille de jus d'orange.

— Je suppose que tu aimerais aussi manger un biscuit ?

— Quel genre de biscuit ?

— Lesquels préfères-tu ?

Sam resta muet quelques secondes, le temps d'envisager la question sous tous ses angles. Cela devait être un trait de caractère propre à sa mère, songea la jeune femme, car il ne le tenait certainement pas de Jack !

— J'aime bien ceux au chocolat, déclara-t-il enfin avec gravité.

— C'est bien ce que je pensais.

Elle lui tendit le verre de jus d'orange et ouvrit un placard pour en tirer une boîte à biscuits. Puis, se penchant vers lui, elle prit un air de conspirateur.

— Il faut d'abord me promettre que tu ne diras à personne que j'ai du chocolat chez moi, d'accord ?

— Pourquoi ? répondit-il à voix basse. Votre maman vous interdit d'en manger ?

— Non, c'est mon ventre. Le chocolat me fait grossir.

Elle fit ressortir son estomac et se gonfla les joues d'air. Sam éclata de rire.

— Moi, ça ne me fait pas grossir, précisa-t-il. Je peux en manger beaucoup !

— Tu as de la chance.

Un biscuit et une gorgée de jus d'orange plus tard, il reprit la parole.

— Vous n'êtes pas grosse. Vous n'avez pas mangé de chocolat aujourd'hui ?

— Non. Je n'en mange qu'un petit peu de temps en temps, quand j'ai été sage. Il m'a fallu très longtemps pour ne plus être grosse, alors je fais attention.

— Vous avez été grosse ?

La voix de Jack fit sursauter Tara, et son cœur s'emballa dans sa poitrine. Il se tenait dans l'encadrement de la porte, le petit chien dans les bras, et il la contemplait d'un air interrogateur.

— Oh oui, très grosse, répondit-elle.

— Grosse comment ? Les femmes exagèrent souvent.

— Un vrai ballon.

Intrigué, Jack examinait Tara de la tête aux pieds. La revoir le remplissait d'une profonde satisfaction. Ne s'était-il vraiment écoulé que vingt-quatre heures depuis leur dernière conversation ? Il se mit à sourire. Aujourd'hui, personne ne pouvait accuser Tara de ressembler à un ballon ! Sa chevelure couleur de miel, sa bouche aux lèvres pleines, la ligne sinueuse de son cou et les courbes voluptueuses de sa poitrine… A son avis, elle avait les rondeurs nécessaires aux endroits adéquats.

Oui, Tara Devlin était ravissante. Mieux que ravissante : proche de la perfection. Cela faisait longtemps qu'il n'avait pas rencontré une femme qui l'attirait autant. Peut-être à cause du défi qu'elle incarnait ? Parce qu'elle ne manifestait aucun intérêt à son égard ? Non, pas tout à fait. Il se rappelait leur unique baiser et la manière dont elle avait commencé à s'abandonner entre ses bras avant de se reprendre. En réalité, il y avait quelque chose de stimulant chez elle qui ne relevait pas uniquement du domaine physique. Une question de personnalité, sans doute…

— Vous n'êtes pas mal à présent, reprit-il.

Elle haussa les sourcils d'un air indigné.

— Pas mal ? *Pas mal ?* Cela valait vraiment la peine de perdre tous ces kilos pour entendre un tel compliment. N'en rajoutez pas, vous me feriez perdre la tête !

Après un soupir théâtral, elle colla le dos de sa main sur sa bouche dans une attitude de feinte affliction qui fit pouffer le petit garçon. Jack réprima un sourire. Combien il aurait aimé lui faire vraiment perdre la tête ! Mais chaque fois qu'il faisait un pas vers elle, Tara semblait en faire deux en arrière. Elle était différente, assurément. Et elle l'intriguait au plus haut point.

— C'est une invitation ? demanda-t-il. Car si c'est le cas, je serais ravi d'essayer, même si ce n'est pas très convenable devant Sam.

Celui-ci ne perdait pas une miette de son goûter improvisé, ni de cette conversation étrange qui semblait l'amuser beaucoup.

— Dis donc, toi, reprit Jack, ta mère te cherche. Tu ferais mieux de rentrer et d'aller te débarbouiller. Tu as la figure couverte de chocolat.

— Chez toi, oncle Jack ?

— *Oncle* Jack ? répéta Tara en se retournant brusquement.

Ce dernier la regarda avec une pointe d'ironie avant de déposer le chien par terre et d'aider Sam à descendre du tabouret.

— Allez, file te laver. Je vous rejoins dans une minute.

Le petit garçon quitta la cuisine en courant, suivi de son chien. Une fois qu'ils furent seuls, Jack croisa les bras sur sa poitrine et la scruta d'un air accusateur.

— Vous pensiez que Sam était mon fils.

— J'avoue que l'idée m'a traversé l'esprit. Vous vous ressemblez beaucoup.

— Vous croyez donc que j'ai une ribambelle d'enfants cachés dont je ne vous aurais pas parlé ?

Tara se sentit brusquement mal à l'aise. Il venait de la surprendre une nouvelle fois en flagrant délit de suppositions sans fondement…

— Eh bien, franchement, j'ai quelques excuses, non ? Avec votre beauté ravageuse et ce charme inné…

— En dépit de la pointe de sarcasme que je perçois dans vos paroles, je préfère prendre cela pour un compliment. Mais vous me devez néanmoins des excuses.

— Des excuses ? Pourquoi ?

— Pour avoir tiré des conclusions hâtives à mon sujet. C'est une seconde nature chez vous !

Il fit un pas dans sa direction et Tara jugea plus prudent de mettre la table entre eux.

— Je ne m'excuserai pas. C'est vous qui tirez des conclusions hâtives. C'est une de vos manies, comme celle de flirter outrageusement. Vous ne pouvez pas vous en empêcher.

Jack avança jusqu'à la table.

— Vraiment ? dit-il en se penchant en avant. Je suis en train de flirter avec vous en ce moment ?

— Oui, répondit-elle, la bouche sèche.

— Pourriez-vous me décrire ce que je fais ? Expliquez-moi donc, je comprendrai mieux ce qui vous dérange.

Tara avait le cœur qui battait de plus en plus vite. Une fois encore, Jack Lewis la défiait sur son propre terrain, celui des mots. Mais l'écrivain en elle ne pouvait résister au plaisir de jouer le jeu.

— C'est dans votre manière de me regarder, expliqua-t-elle.

— Vraiment ? Et je vous regarde comment ?

— On dirait que vous me touchez avec vos yeux. Parfois, votre regard est si intense que j'ai l'impression de sentir vos mains sur moi.

Sans perdre son air un peu narquois, Jack fixa sa poitrine avec insistance.

— Ah oui ? Ça marche n'importe où ?

Tara se sentit envahie par une vague de chaleur. Son propre corps la trahissait !

— Pour vous, je représente un défi, poursuivit-elle. Parce que je ne me laisse pas faire.

Jack la contempla un instant en souriant avant de reprendre la parole.

— Demandez-le-moi.

— Quoi donc ?

— De vous embrasser.

Tara l'examina un instant. Il était sans aucun doute l'homme le plus sexy qu'elle ait jamais vu. En tout cas, hors de son imagination. Et celle-ci s'en donnait à cœur joie depuis que Jack Lewis avait emménagé à côté ! A présent qu'elle le connaissait mieux, elle pouvait sentir quand il la désirait, rien qu'en observant ses prunelles s'obscurcir. Elle prit son temps pour admirer ses cheveux châtains, son nez droit, sa bouche bien dessinée aux lèvres légèrement entrouvertes…

Pourquoi ne pas le lui demander, en effet ? Mais avait-elle le droit de céder, de se permettre cette expérience ? Ce serait sans nul doute très instructif pour son travail. D'un autre côté, Jack ne risquait-il pas de devenir encore plus insupportable après ce baiser ?

Il ne cessait de l'observer pendant qu'elle se livrait à ce débat intérieur.

— Vous en avez envie. Alors, qu'est-ce qui vous retient ? demanda-t-il.

— J'essaie de décider si ça vaut le coup ou pas.

— Un simple baiser ?

— Oh ! fit-elle en riant, je suis sûre que cela ne sera pas aussi simple ! Pouvez-vous me garantir que nous en resterons là ?

— Nous en resterons là si vous le souhaitez. Mais si vous avez envie d'autre chose…

— … vous vous ferez un plaisir de vous exécuter, c'est cela ?

— Il me sera difficile de me dérober, rétorqua-t-il avec un sourire.

— Et après ?

— Un moment exaltant de sensua…

— Non, le coupa-t-elle. Je veux dire *après* ?

— Sans vouloir me vanter, je pense avoir assez de ressources pour nous occuper quelques…

— Quelques quoi, Jack ? demanda-t-elle en se redressant soudain. Quelques nuits ? Une ou deux semaines, un mois ? Jusqu'à ce que vous vendiez votre maison et que vous partiez ailleurs dénicher une nouvelle conquête ?

— De quoi avez-vous peur ? s'enquit-il d'une voix douce.

La question la prit au dépourvu. Oui, qu'est-ce qui lui faisait peur ? Qu'il découvre qu'elle n'était pas une bombe sexuelle au lit ? Qu'elle n'était qu'une personne humaine, avec ses défauts ? Qu'il ne voie dans cette histoire qu'une simple passade ? Une liaison sans conséquence et sans lendemain ?

Tara écrivait des romans sentimentaux, et elle voulait le même genre d'histoire que dans ses livres, ou alors rien du tout. Elle cherchait l'amour, la loyauté, l'âme sœur. Un héros. Elle avait besoin de croire à ces choses-là. Avoir une relation purement sexuelle sans aucune autre implication n'était pas dans sa nature. Même si cet homme l'attirait follement. Même si elle avait désespérément envie de vivre une expérience passionnée et sensuelle, et de connaître ce dont parlaient les magazines féminins.

— A quoi pensez-vous ? demanda-t-il.

— J'essayais d'imaginer ce que cela me ferait de coucher avec vous.

— Vraiment ? rétorqua-t-il, un peu estomaqué.

— Enfin, pas sur le plan technique, se corrigea-t-elle avec un petit rire nerveux. J'envisageais l'impact que cela pourrait avoir dans mon existence.

— Et… ?

Elle baissa les yeux.

— Vous devez comprendre que coucher avec quelqu'un que je connais à peine n'est pas mon style. Après tout, nous ne nous connaissons que depuis… combien de temps ? Deux semaines ?

— Alors que suggérez-vous ? Que nous tournions la page et oubliions cette attirance ?

Tara n'était pas sûre d'en avoir vraiment envie. L'idée que Jack Lewis puisse l'oublier sans plus d'efforts donnerait un sacré coup à son ego !

— Vous en seriez capable ? rétorqua-t-elle.

— Non, je ne le pense pas. D'ailleurs, cela ne me tente pas vraiment.

— Mais pourquoi moi ?

Jack resta pensif un instant. Et lorsqu'il reprit la parole, il avait perdu ce ton provocant et exaspérant.

— Parce que je ne peux pas m'empêcher de penser à vous tout le temps. Parce que quand je me réveille au milieu de la nuit, je me demande si vous dormez, et si vous m'enverriez une boîte de conserve à la figure si j'allais frapper à votre porte. Parce que vous me fascinez.

Tara le contempla avec surprise. Il semblait presque timide. Non, impossible ! C'était Jack Lewis, le dragueur invétéré, l'homme toujours sûr de lui !

— Bon, reprit-il, maintenant vous me faites peur. Dites quelque chose !

Elle restait muette, incapable de parler. Jack était visiblement de plus en plus gêné.

— Allez, s'il vous plaît !

Sans un mot, Tara commença à contourner la table.

— Criez, si cela vous chante, dit-il. Envoyez-moi une bordée d'injures…

Tara l'avait rejoint. Presque contre lui, elle leva la tête pour croiser son regard.

— Pourquoi ne me posez-vous pas la question ? lui demanda-t-elle enfin.

— Quelle question ? répondit-il en respirant plus vite.

— La seule vraiment importante. Avez-vous déjà oublié ? Ou n'avez-vous pas l'habitude qu'on renverse les rôles ?

— Ma chère, je suis prêt à renverser tout ce que vous voulez, murmura-t-il.

— Encore des mots ! Avez-vous peur de moi ? Peur qu'une femme puisse vous battre sur votre propre terrain ?

— Moi ? Peur ? De vous ?

Alors qu'elle allait répondre, il la fit taire en lui posant l'index sur les lèvres. Un sourire renversant se dessina sur sa bouche. Tara ne bougea pas. Il lui caressa doucement la joue et baissa légèrement la tête.

— Quelle était la question, déjà ? murmura-t-il.

Elle se contenta de sourire. Jack se rapprocha encore. Ils se touchaient presque, mais elle restait immobile, le cœur battant la chamade.

— Ah oui, je me souviens. Il était question d'un baiser. Vous ne pouvez pas refuser ce que nous éprouvons l'un pour l'autre, ajouta-t-il d'une voix grave et rauque. Tenez, voyez vous-même.

Il lui prit la main pour la poser sur son torse. A travers ses pectoraux musclés, Tara sentit les battements sourds et puissants de son cœur.

— Embrassez-moi, Jack…

Il inclina encore un peu plus la tête. Un délicieux vertige la saisit. Tous ses sens se réveillèrent et la réalité prit une intensité inédite pour elle. Ainsi, c'était ce qu'on appelait la sensualité ? Ce qu'on appelait désirer quelqu'un ? C'était infiniment plus fort que tout ce qu'elle avait jamais pu décrire dans ses livres. Et bien plus naturel qu'elle n'aurait voulu l'admettre.

Son esprit lui criait qu'elle ne le connaissait pas assez pour partager avec lui un moment aussi important. Son cœur la suppliait d'attendre encore, de prendre le temps de construire une relation de confiance et de respect mutuel avant de s'abandonner. Mais son corps lui ordonnait de profiter simplement du moment présent.

Le temps se figea. Chaque seconde semblait durer une éternité. Jack baissait toujours la tête, jusqu'à ce que leurs bouches ne soient plus qu'à quelques millimètres l'une de l'autre.

— Eh bien, chuchota-t-il, puisque vous me le demandez…

5.

Dès l'instant où leurs lèvres s'effleurèrent, Tara sut que la situation la dépassait complètement. D'habitude, c'étaient les prémices, la tension qui précédait le baiser, qui l'excitaient le plus. Mais cette fois, ce contact entre leurs bouches était simplement une promesse muette de ce qui allait arriver, et cette promesse était assez forte pour lui faire perdre la tête.

Jack l'enlaça pour la serrer contre lui. Sans réfléchir, elle lui prit le visage entre ses mains pendant qu'il l'embrassait avec fougue. Ce fut comme un tremblement de terre de sensualité, un raz-de-marée voluptueux qui l'emportait sans retour possible.

C'était injuste. Vivre un tel moment entre les bras d'un homme qui, de toute évidence, n'était pas le bon ! Mais Tara n'eut guère le temps de s'appesantir sur le manque de fair-play de l'existence. Son esprit se vidait déjà de toute pensée rationnelle pour se livrer à cette extase inconnue et tout simplement divine.

Un siècle plus tard, Jack releva doucement la tête sans cesser de lui caresser la nuque. Tara le contempla avec stupeur, essoufflée comme après un marathon.

— Je savais que ce serait comme ça avec toi, murmura-t-il.

Comme une éruption volcanique ? Une explosion atomique ?

— Comme quoi ? demanda-t-elle en recouvrant ses esprits.

— Exquis. Sublime. Passionné. Comme tout ce que tu décris si bien dans tes livres, et plus encore.

— C'est un truc chimique, non ? hasarda-t-elle. Quelque chose d'hormonal ?

— Je n'en sais rien, rétorqua-t-il en riant. En tout cas, cela montre que nous sommes compatibles et que ce sera encore mieux lorsque nous ferons…

— *Lorsque ?* Ne devriez-vous pas dire « si » ? Vous me semblez bien sûr de vous, Jack Lewis !

— Vous ne pouvez pas nier que ce baiser indique une forte attirance sexuelle entre nous.

— Sexuelle, d'accord, je ne le nie pas. Mais je crois qu'il en faut davantage pour établir une relation intime.

— Vous seriez un mauvais écrivain si vous pensiez le contraire, mais vous devez admettre que c'est un bon début !

— Vous parlez comme un homme, Jack.

Tara se dégagea de son étreinte, agacée de sentir son propre corps résister à cet arrachement. Il lui fallut quelques secondes pour surmonter l'impression de vide qui la submergea une fois le contact rompu avec Jack.

— Vous croyez peut-être que faire l'amour résout tous les problèmes, reprit-elle, mais le fait que nous ne soyons pas capables d'avoir une conversation civilisée sans nous disputer relativise plutôt la prétendue compatibilité dont vous parlez.

— Vous êtes décidément la femme la plus agaçante que j'aie jamais rencontrée, rétorqua Jack en luttant pour garder son calme. Cela vous contrarie donc tant d'admettre que je vous attire ?

— Oui !

— Pourquoi ?

— Parce que je ne suis pas partante pour une banale petite aventure, même si c'est sexuellement très agréable.

— A la différence de vous, je suis assez mûr pour admettre que je suis attiré par vous. Lorsque vous aurez atteint le même degré de maturité, passez-moi un coup de téléphone !

Et il fit demi-tour pour sortir.

Tara demeura muette de surprise. Personne ne lui avait jamais avoué la désirer avec autant de franchise. Jack ne voyait-il en elle qu'un moyen d'assouvir une simple pulsion sexuelle ? Cette éventualité la plongea dans une brusque colère.

— Et si je couchais avec vous, Jack, qu'arriverait-il ? Nous nous rendrions une petite visite chaque fois que le besoin s'en ferait sentir ? Une fois par semaine, peut-être ? C'est ainsi que vous voyez la situation ?

— Pourquoi faudrait-il tout déterminer à l'avance ? rétorqua-t-il en se retournant pour lui faire face. Doit-on graver des règles dans le marbre avant que rien n'ait commencé ?

— Parce que je n'ai peut-être pas envie d'être utilisée et jetée comme un Kleenex. J'estime valoir un peu mieux que ça !

— Ai-je jamais dit le contraire ?

Sa réponse la prit au dépourvu. L'avait-il dit ? Avait-il laissé croire qu'il n'éprouvait pas une certaine sympathie à son égard ? Avait-il déclaré qu'ils n'auraient jamais qu'une aventure éphémère ? Non. Alors, qu'attendait-elle de lui exactement ? Sa faculté à gérer son attirance physique pour un homme s'avérait encore plus difficile qu'elle ne l'avait imaginé. Tout était bien plus facile dans les livres…

Jack la contempla un instant, puis hocha la tête avec un sourire amer.

— Voilà visiblement un exemple de l'incommunicabilité entre les sexes. Vous attendez de ma part un engagement solennel alors que vous n'êtes même pas prête à accepter vos propres pulsions physiques. De mon côté, je veux juste le temps de comprendre où cette histoire pourrait nous mener. L'un de nous deux va devoir baisser la garde, sinon nous risquons de passer l'année qui vient à nous éviter. En tout cas, ce que nous éprouvons l'un envers l'autre existe, et il faudra bien que nous l'affrontions tôt ou tard. Je ne veux pas vous faire de promesse que je ne pourrai pas tenir, ajouta-t-il. C'est une erreur que je ne commettrai pas une seconde fois dans ma vie.

Il la contempla encore quelques secondes avant de tourner les talons et de disparaître par la porte-fenêtre, la laissant bouche bée et avec une douleur au cœur qui refusait de se dissiper.

« L'un de nous deux va devoir baisser la garde ». Il avait raison. Mais ce ne serait sûrement pas elle !

Elle venait juste de trouver la réponse mordante à lui lancer lorsqu'un bruit de pas résonna dans sa cuisine.

— Ah, non ! s'écria-t-elle en se retournant. Après ce que vous m'avez dit, n'espérez pas revenir en douce et m'embrasser pour arranger la situation !

— J'espère bien le faire, mais je préférerais embrasser le type magnifique que je viens de voir sortir de chez toi !

Tara écarquilla les yeux en découvrant son amie.

— Lizzie ? Que fais-tu ici ?

— A en juger par la poussière qu'il y avait sur le T-shirt de ce demi-dieu et celle qui orne ta poitrine, j'interromps visiblement une scène torride, rétorqua la jeune femme avec un regard pétillant de malice.

Tara baissa les yeux et découvrit que son T-shirt était maculé de plâtre. Satané Jack Lewis !

— La cerise sur le gâteau, bougonna-t-elle.

Lizzie la suivit à travers le rez-de-chaussée jusqu'à sa chambre, et s'appuya contre le chambranle de la porte tandis que Tara ôtait son T-shirt et le jetait rageusement dans le panier de linge sale.

— Tu te rappelles que c'est notre soirée de célibataires, n'est-ce pas ? demanda Lizzie. Et si tu as pour moi un homme comme celui que je viens de voir, je suis prête à faire tout ton repassage jusqu'au jour du Jugement dernier !

Tara ouvrit le tiroir de sa commode avec tant d'énergie qu'il sortit complètement du meuble et se renversa sur le plancher. Un juron lui échappa. Elle jeta le tiroir vide sur son lit et attrapa un T-shirt aux couleurs vives, qu'elle enfila avec brusquerie.

— Est-ce une forte tension sexuelle que je sens dans l'air ? demanda Lizzie.

— Il y a une forte tension sexuelle chez Tara ?

Une femme élégante venait d'apparaître à côté de Lizzie, obstruant complètement l'ouverture de la porte.

— Et ce n'est pas sur papier ? ajouta la nouvelle venue. J'ai du mal à le croire !

— Moi aussi, Laura. Qui l'aurait cru ? rétorqua Lizzie. Mais j'ai toujours soupçonné Tara de tirer ses informations de quelque part. Peut-être s'agit-il d'un cobaye ?

— Si le cobaye en question est l'homme qui est entré dans la maison d'à-côté, alors j'aimerais bien me livrer à quelques expériences avec lui. Toute la nuit.

Tara tourna un regard noir vers ses amies.

— Il en serait sans doute enchanté !

Deux paires d'yeux la scrutèrent attentivement alors qu'elle remettait le tiroir dans la commode, avant d'y jeter en vrac tous ses vêtements.

— Qu'est-ce qu'il y a ? demanda-t-elle soudain à ses amies en leur faisant face.

— Rien du tout, répondit Lizzie. Et toi, Laura ?

— Non, je ne pense à rien du tout.

— Tu vois, pas de quoi t'énerver…

Tara poussa un soupir exaspéré devant l'air taquin de ses deux amies.

— D'accord, d'accord. Si vous voulez savoir qui il est, vous n'avez qu'à le demander. Pas la peine de sortir le grand jeu !

Ses deux visiteuses s'assirent aussitôt sur le lit et la bombardèrent de questions.

— Alors, qui est-ce ?

— Depuis combien de temps le connais-tu ?

— Avez-vous déjà couché ensemble ?

— Il a un frère ?

— Arrêtez ! s'écria Tara avant d'éclater de rire. Si vous voulez vraiment *tout* savoir, alors il nous faut un verre de vin.

Les trois amies la suivirent dans la cuisine sans cesser de papoter avec excitation.

— Oui, du vin ! Et des biscuits à apéritif, surtout si c'est une longue histoire !

— C'est super, reprit Laura en souriant. Je ne sais même plus depuis combien de temps Tara n'a pas eu d'amant. Ça remonte à quand ? Les années 1980 ?

— Très drôle !

— Tara a un *amant* ?

Tara appuya le front sur le plan de bois de son comptoir et poussa un soupir théâtral.

— L'été prochain, s'exclama-t-elle, je m'exile en Mongolie inférieure pour être sûre d'être tranquille !

Son amie Mag, qui venait d'arriver, l'embrassa sur la joue.

— Ma vieille, nous irions te rejoindre même là-bas. Nos soirées de célibataires sont une tradition sacrée !

— On en a fait une chez Lizzie il y a un mois. Peut-être pourrions-nous ralentir le rythme ? suggéra Tara.

Un verre de vin se retrouva entre ses mains.

— Tu râlais moins lorsque j'ai laissé tomber Donald et que je subissais vos sarcasmes ! rétorqua Laura.

Un éclat de rire général secoua la joyeuse assemblée.

— C'était tordant ! s'exclama Lizzie. Après ton aventure avec Mickey, il ne te restait plus qu'à sortir avec un Pluto pour avoir le tiercé gagnant !

— Vous êtes vraiment terribles ! déclara Tara en riant avec les autres.

Elle leva son verre à la santé de ses amies, en but une gorgée et le reposa sur le bar.

— Il s'appelle Jack et c'est mon voisin.

Le petit cercle se resserra autour d'elle.

— Il n'était pas ton voisin la dernière fois que nous sommes venues.

— Sinon, nous l'aurions remarqué.

— Il est marié ?

— Pourquoi demandes-tu cela ?

— J'ai vu sa femme et son fils quitter la maison en arrivant.

— C'était sa sœur et son neveu, expliqua Tara.

— Dieu soit loué ! s'exclama Mag en lui étreignant le bras. Un miracle est arrivé !

Et un fou rire retentit de nouveau dans la cuisine.

En regagnant sa maison, Jack avait croisé les deux superbes créatures qui se rendaient chez Tara. Peut-être que celle-ci avait une sorte de sonnette d'alarme qui mobilisait la cavalerie chaque fois qu'on l'embrassait, avait-il songé, amusé.

Une douche et un petit en-cas le remirent de bonne humeur. Il réussit même à se convaincre qu'il maîtrisait la situation. Après tout, il était assez grand pour faire face à cette incroyable attirance qu'il éprouvait pour Tara. Il n'était pas responsable si elle semblait incapable d'affronter un simple désir physique. Même si, pour sa part, il s'agissait du désir le plus ardent qu'il ait jamais expérimenté…

Après le départ de Tess et de Sam, Jack eut davantage de temps pour réfléchir. Tara n'avait sans doute pas la même expérience que lui. Bien sûr, il n'enchaînait pas les conquêtes… mais il avait connu pas mal de femmes qui voulaient absolument lui passer la corde au cou ! Mais s'il avait tenu à se fixer, il aurait pu épouser Sarah. Ou bien une de celles qui s'étaient montrées si impatientes de le fréquenter, dès son arrivée au village. Cette fébrilité lui avait donné l'impression d'être le premier prix d'une tombola !

Jack ne demandait pas l'impossible : il voulait juste qu'on le laisse choisir. Etait-ce trop exiger ? Si Tara s'intéressait vraiment à lui, elle essaierait de mieux le connaître et cesserait de le considérer comme un vil séducteur. Après tout, il était un homme comme les autres, qui essayait de gagner honnêtement sa vie et d'accomplir des choses dont il puisse être fier. Etait-ce un crime ? Si elle oubliait ses préjugés et prenait le temps de faire vraiment sa connaissance, ils auraient peut-être une chance de faire un bout de chemin ensemble.

Mais si elle n'en était pas capable, alors pourquoi devrait-il être le seul à prendre des risques ? Il ne voulait pas se retrouver une nouvelle fois avec une harpie sur le dos, qui l'accuserait de méfaits qu'il n'avait jamais commis et qui le harcèlerait jusqu'à ce qu'il ne reste que ruines fumantes d'une relation au départ agréable. Une fois lui avait suffi et il n'avait aucune envie de recommencer !

Une bière à la main, il s'installa sous le porche pour admirer le soleil qui se couchait sur l'Océan dans une éclatante symphonie de rouge et d'or. Des éclats de rires arrivaient jusqu'à lui depuis la maison voisine.

— Salut !

Il décroisa ses jambes et se tourna pour découvrir une jeune femme ravissante qui se tenait près de lui.

— Bonjour. Vous êtes… ?

— Mag, répondit-elle en lui tendant la main. Une amie de Tara. Et vous êtes Jack, n'est-ce pas ?

Il lui serra la main, un peu surpris par cette entrée en matière plutôt directe.

— Oui, c'est bien ça. C'est Tara qui vous envoie ?

— Sûrement pas ! Elle va piquer une crise en apprenant ce que je suis en train de faire !

— Et qu'êtes-vous en train de faire ?

Mag se mit à sourire et son petit nez se plissa délicieusement.

— Nous sommes réunies pour passer la soirée entre copines et j'ai pensé que ce serait une bonne idée de vous dire où nous comptions sortir.

— Au cas où la police viendrait vous chercher ?

— Non, bien que cela soit déjà arrivé !

Jack ne put s'empêcher de rire.

— Si vous savez dans quel bar nous allons, reprit Mag, vous pourriez y passer prendre un verre plus tard. Comme par hasard, vous comprenez ?

— Je ne suis pas certain que cette rencontre « fortuite » soit bien accueillie…

— Je sais que Tara ne facilite pas toujours la tâche des hommes qui s'intéressent à elle, répondit Mag en soupirant. Je pourrais vous donner une liste longue comme le bras de garçons qui auraient été parfaits pour elle…

— Et comment savez-vous que je serais parfait pour Tara ?

La jeune femme laissa échapper un rire cristallin.

— Parce qu'un homme qui a réussi à la mettre dans un tel état de nerfs en si peu de temps est forcément parfait pour elle ! Et vous me semblez être le genre d'homme capable de lui faire oublier son sérieux.

— Et si j'avais justement envie de quelque chose de sérieux ?

A peine avait-il parlé que Jack s'étonna d'avoir prononcé ces mots. Quelle mouche le piquait donc ?

Mag eut un petit sourire en coin.

— Dans ce cas, vous aurez besoin de toute l'aide possible, et vous pourrez compter sur nous toutes.

Elle lui donna le nom du bar où la petite bande comptait sortir plus tard, et Jack lui serra de nouveau la main pour prendre congé.

— J'ai été ravi de faire votre connaissance, Mag.

— Moi aussi, Jack. Ah, au fait, Laura voudrait savoir si vous avez un frère ?

Une foule compacte remplissait le bar. Accoudé au comptoir, Jack observait Tara et ses amies qui s'amusaient comme des folles.

Il n'avait eu aucun mal à les repérer dans ce petit pub de campagne. Et il n'était pas le seul : leur petit groupe attirait les regards de tous les hommes présents !

Leur tenue n'avait pourtant rien d'extravagant. Sans minijupe ni bustier au décolleté abyssal, elles dégageaient une telle vitalité, un tel charme et une telle bonne humeur qu'on ne pouvait que les admirer.

Jack avait failli s'étrangler en découvrant Tara. Elle portait un jean noir et un pull à emmanchures américaines, qui dévoilait deux ravissantes épaules et moulait la poitrine la plus agréable qu'il avait jamais contemplée. Ses cheveux ressemblaient à une réclame pour shampooing : souples et brillants, ils encadraient son adorable visage comme de longues franges de soie. Quant à son visage… comment les femmes arrivaient-elles à ce résultat ? Avec un minimum de maquillage, leurs yeux devenaient soudain immenses, leurs cils paraissaient doubler de longueur et leurs lèvres se transformaient en une gracieuse invitation au baiser.

Lorsqu'elle marcha jusqu'à la petite piste de danse et se mit à onduler langoureusement, la température de Jack grimpa brutalement de plusieurs degrés. Il se détourna et avala une grande rasade de bière pour se calmer.

— Il est toujours là ?

Sans cesser de danser, Lizzie se tourna pour jeter un regard vers le bar.

— Oui. Il a l'air à deux doigts d'exploser.

— Je ne le trouve pas si mal, moi…

— Je n'ai *jamais* dit le contraire !

Mag éclata de rire pendant que Laura levait les bras et mimait la danse du ventre.

— Oui, je le trouve aussi appétissant qu'une pâtisserie cent pour cent pur beurre, s'exclama-t-elle. Tu ferais mieux de contrôler ton agressivité compulsive, Tara, d'autant plus qu'il est visiblement fou de toi.

Tara résista à la tentation de le regarder.

— Oui, de moi et de toutes les femmes qui ne ressemblent pas aux rescapées d'une catastrophe aérienne.

— Ce n'est pas vrai, c'est au moins la troisième qui vient se coller à lui, protesta Laura, et il n'a fait que leur sourire poliment avant de te regarder de nouveau.

— Vraiment ? Trois femmes ? De moins de cent ans ? Et il est resté de marbre ?

Incapable de résister davantage à la curiosité, Tara jeta un œil vers le bar où Jack sirotait sa bière.

— Bien moins, confirma Mag, même si la dernière devait peser cent kilos. Pourquoi n'y vas-tu pas pour bavarder un instant avec lui. Ce serait si terrible ?

— Si tu veux, proposa Laura, je peux y aller à ta place !

— Pas question ! protesta Tara.

— Mais puisqu'il ne t'intéresse pas…

— Je n'ai pas dit qu'il ne m'intéressait pas ! C'est juste que je ne l'aime pas tant que ça et que je ne comprends pas pourquoi je le trouve aussi attirant.

Les quatre amies quittèrent la piste de danse pour

regagner leurs places, et Laura en profita pour donner un coup de coude à Tara.

— Tu devrais coucher avec lui !

— On aura tout entendu, rétorqua Mag en pouffant. Ce genre de conseil à notre fleur bleue nationale !

— Fleur bleue ou pas, protesta Laura, si elle couche avec lui, elle saura au moins si ça marche sur ce point avant de s'engager dans une liaison plus sérieuse.

Les trois jeunes femmes la contemplèrent d'un air réprobateur, et Laura prit une mine innocente.

— Quoi ? A quoi bon perdre son temps si ça ne marche pas au lit ?

— Laura, tu es un homme dans un corps de femme ! s'écria Lizzie horrifiée.

— Tu es impayable, ajouta Mag. Heureusement que nous savons que tu accordes autant d'importance que nous aux soupers aux chandelles et aux bouquets romantiques !

— Je n'ai jamais dit le contraire. Mais vous devez admettre que l'aspect physique est quand même très important. L'époque où une femme ne devait avoir aucune libido est terminée depuis belle lurette, les filles. Aujourd'hui, il est admis qu'on goûte au fruit défendu avant de passer devant monsieur le maire, et je trouve ça très bien. Nous n'avons pas toutes envie d'une amitié platonique de dix ans avant de sauter le pas, comme Tara !

— L'amitié est importante, protesta cette dernière.

— Je ne le nie pas. Je dis juste que, de la part d'un conjoint, j'attends des satisfactions un peu plus physiques !

— Je préfère mettre l'accent sur quelque chose de plus durable, rétorqua Tara.

— Une relation dure longtemps si les deux partenaires s'entendent bien au lit…

Mag éclata une nouvelle fois de rire.

— Lorsque tu seras mariée et que tu auras des enfants, tu comprendras vite que ce n'est pas ça qui fait la différence ! Crois-en mon expérience de mère de famille : mieux vaut un mari capable de préparer un repas tout seul ou de sortir tes trois gamins un après-midi entier pour te laisser te reposer plutôt qu'un étalon !

— Non pas que nous sous-estimions cette dernière qualité, précisa Lizzie en souriant.

Tara écoutait leur conversation sans cesser de regarder Jack, toujours accoudé au bar. Leurs regards se croisèrent une seconde avant qu'elle ne détourne les yeux.

— Je ne peux pas me transformer, reprit-elle. J'attends plus que des nuits torrides.

— As-tu déjà vécu des nuits torrides ?

— Laura !

— Je ne pense pas que ce soit le cas, expliqua celle-ci en se tournant vers Lizzie. Et c'est pour cette raison que je crois qu'elle aurait intérêt à avoir une liaison avec cet homme. Ce serait une bonne expérience, et ça lui permettrait de prendre une décision en toute connaissance de cause.

Le raisonnement était osé mais pas illogique, pensa Tara. Pourtant, il allait à l'encontre de tous ses principes.

Mag la tira de sa rêverie en lui prenant gentiment la main.

— Es-tu sûre de ne pas pouvoir construire une relation stable avec cet homme ?

— Jack Lewis ? D'après ce que je sais de lui, il est aussi stable qu'un papillon ! C'est un macho à l'ancienne mode, un genre que nous pensions toutes être disparu depuis un siècle. C'est peut-être pour cela qu'il m'attire autant.

— Peut-être qu'en le connaissant mieux tu découvriras qu'il possède d'autres valeurs démodées qui vont avec le reste. Peux-tu honnêtement affirmer que tu as pris le temps de chercher ?

— Non, avoua Tara.

— Ça ne te ressemble pas.

— Certes, mais je ne suis plus vraiment moi-même ces derniers temps.

Mag eut un petit sourire en la voyant regarder de nouveau vers le comptoir.

— Pourquoi ne lui proposerais-tu pas de sortir avec toi ? Allez dîner ensemble. Que risques-tu ? Au pire, découvrir que tes appréhensions sont fondées. Mais tu pourrais aussi t'apercevoir que tu t'es trompée à son sujet et qu'en réalité tu as tiré le numéro gagnant du Loto !

— Et dans un cas comme dans l'autre, ajouta Laura en riant, tu auras la possibilité de passer une nuit torride !

— Avez-vous envie de danser ?

Jack manqua s'étrangler avec sa bière.

— Avec vous ?

— J'ai trois amies si vous préférez quelqu'un d'autre, répondit Tara. Mais je dois vous prévenir que Mag est mère de famille et que Lizzie va bientôt se marier.

— Je ne veux danser avec aucune de vos amies.

Et il regarda droit devant lui d'un air dégagé et indifférent. En réalité, pour admirer le profil parfait de la jeune femme dans le miroir du bar…

Il resta pensif un instant, une moue vaguement désapprobatrice sur les lèvres.

— La dernière fois que vous m'avez demandé de faire quelque chose, lui rappela-t-il, cela s'est terminé en dispute.

— Comme d'habitude, dit-elle en soupirant. Je vous signale que j'essaie simplement d'être *aimable* avec vous.

— Ce sont vos copines qui vous l'ont demandé ?

— Elles me l'ont suggéré, en effet, mais vous devez avoir déjà compris que je ne faisais rien contre mon gré.

— Oui, je crois le savoir.

Il la regarda enfin en face avant de poser sa chope sur le comptoir et de se lever.

— Bon, alors allons-y, dit-il en lui prenant la main. Montrons-leur de quoi nous sommes capables.

Il la conduisit jusqu'à la petite piste et la prit par la taille pour la serrer contre lui.

— Nous allons découvrir si nous avons le même sens du rythme…

En tout cas, songea Tara, le rythme de la musique s'accordait à celui de son cœur, qui s'emballait dans sa poitrine.

Jack commença à bouger en même temps qu'elle, tout en guidant ses mouvements. Lorsqu'ils eurent le même tempo, il commença à la faire virevolter entre ses bras. Les autres danseurs s'écartèrent progressivement pour leur laisser de la place, à mesure que leurs figures devenaient plus complexes et qu'ils accéléraient leurs mouvements.

Tara ne put s'empêcher de sourire. Ils devinaient instinctivement leurs mouvements respectifs et dansaient de plus en plus vite, comme s'ils avaient fait cela toute leur vie. Du coin de l'œil, elle aperçut ses amies qui se contorsionnaient sur leurs chaises pour mieux les voir. Ils suivaient la musique endiablée sans aucun faux pas. Lorsque la dernière note résonna enfin, Tara se retrouva dans les bras de Jack, à bout de souffle mais secouée de rire, et la foule applaudit bruyamment leur performance.

Jack la contempla avec des yeux emplis de joie.

— C'est ce qu'on appelle danser, non ?

Elle ne put qu'acquiescer, trop essoufflée pour répondre. Il en profita pour déposer un petit baiser sur ses lèvres, ce qui provoqua une nouvelle vague d'applaudissements parmi les clients du bar. Oubliant tous ses doutes, Tara l'attrapa par le cou et lui rendit son baiser.

— D'accord, vous savez danser, admit-elle. Cela vous place un échelon plus haut que l'homme des cavernes.

— Une nouvelle chose que vous savez sur mon compte.

— Je suppose que nous progressons, en effet.

— Vous, en tout cas, répondit-il, soudain sérieux. En revanche, je ne suis pas sûr que vous ayez vraiment envie que je vous connaisse mieux.

La musique reprit, plus calme cette fois, et il continua de la faire danser. Tara avait l'impression que ses pieds glissaient sur un nuage.

— Pourquoi dites-vous cela ? demanda-t-elle.

— Chaque fois que nous nous rapprochons, comme maintenant, vous trouvez le moyen de déclencher une dispute et nous nous retrouvons à la case départ.

— Comment ? C'est moi qui déclenche nos disputes ? Ce n'est quand même pas toujours ma faute : vous avez vous aussi votre part de responsabilité.

— Peut-être que oui, admit-il avec un sourire séducteur.

Peut-être que non… Peut-être aussi qu'il vous est plus facile de vous disputer avec moi plutôt que de chercher à savoir si je vous conviens.

— D'accord, monsieur le psychologue. Je vais faire un effort. Mais ce sera à ma manière.

— C'est-à-dire ?

— Nous allons tout recommencer depuis le début. Nous bavarderons comme si nous ne nous connaissions pas et nous verrons si nous sommes capables d'établir une véritable relation.

Jack s'écarta d'elle et l'observa avec méfiance. Une véritable relation ? Cette observation ne pouvait qu'inquiéter un célibataire endurci comme lui. Il la scruta un long moment avant de prendre sa décision. Après tout, il n'était pas un lâche. Et que risquait-il ?

— Sans obligation ? demanda-t-il.

— Sans aucune obligation. Une expérience, si vous préférez.

— Marché conclu.

6.

Le dîner était une idée de Mag. Une idée géniale, avait-elle dit. Tara en était moins convaincue.

— Essaie d'être gentille avec lui, pour changer. Laisse-lui sa chance.

— Mais je suis gentille, avait protesté Tara. Je suis *toujours* gentille !

— Bien sûr. Tu es juste sur la défensive, c'est tout.

Il y avait eu un silence sur la ligne.

— Sur la défensive ?

— Oui. Du genre « fichez-moi la paix, espèce de vermine ». Tu vois le tableau…

— C'est faux ! C'est juste que Jack est un vrai casse-pieds la plupart du temps !

Mag avait soupiré et pris sa voix raisonnable de mère compréhensive.

— Admets-le, Tara. Ce garçon t'affole et tu ne sais pas comment te comporter avec lui. C'est le premier qui approche de si près ton idéal masculin.

— Quel idéal ? Je n'ai pas d'idéal !

— Bien sûr que si, avait patiemment insisté Mag. Tu le décris dans tous tes livres. Ton idéal, ton héros, l'homme que tu n'as jamais rencontré dans la vie réelle et qui te pousse à claquer la porte au nez de tous ceux qui s'intéressent à toi !

— Parce qu'il n'existe que dans mon imagination.

— Dis plutôt dans tes fantasmes.

— C'est la même chose.

— Jusqu'à ce que tu rencontres Jack.

— Jack Lewis n'est pas mon idéal masculin, avait protesté Tara.

— Il y correspond trait pour trait, et c'est ça qui te pétrifie.

Un nouveau silence assourdissant était tombé sur la ligne.

— Tu es toujours là ?

— Hum… Bon, Jack est un homme séduisant, mais il ressemble autant à mon héros qu'un chihuahua à un lion. Et aucun de mes héros n'a jamais irrité l'héroïne à ce point !

— Tu aimes son esprit, son charme. Il incarne un défi, et c'est nouveau pour toi. En plus, il est beau, ce qui ne gâte rien ! Admets donc qu'il t'attire ! Tu n'y étais pas préparée et cela te déstabilise, rien de plus. Alors, essaie d'être aimable et prends le temps de mieux le connaître avant de l'envoyer promener. Crois-moi, tu ne cours aucun risque.

— Cette réplique figure dans tous les films catastrophe que j'ai vus, avait répondu Tara en soupirant.

— Que faites-vous dans ma cuisine ?

Tara se retourna et découvrit Jack, appuyé contre le chambranle de la porte.

— J'ai sonné mais vous ne m'avez pas entendu avec ce bruit infernal.

Jack jeta un coup d'œil à sa ponceuse posée dans le hall, puis tourna de nouveau la tête vers sa voisine qui vidait un sac à provisions sur le plan de travail tout neuf de sa cuisine.

— Bon, je reformule ma question. Qu'êtes-vous en train de faire dans ma cuisine, mademoiselle Devlin ?

« Sois aimable ! se répéta Tara. Même si c'est difficile ! »

— Vous n'êtes donc pas heureux de me voir ? répondit-elle d'une voix mielleuse.

— Je n'ai pas dit ça. Pourquoi cette nourriture ? Vous avez peur que je meure de faim ?

— Pas le moins du monde. Nous avons rendez-vous ce soir, avez-vous oublié ?

Jack ouvrit des yeux ronds en comprenant enfin où elle voulait en venir.

— Vous avez l'intention de préparer le dîner ?

— Oui. Vous avez l'air très occupé, alors j'ai pensé que je pourrais vous donner un coup de main.

— Vous savez faire la cuisine ?

« Sois aimable… »

— Vous aurez la réponse d'ici à une heure.

— Vous auriez aussi bien pu m'inviter chez vous…

Cette idée lui avait traversé l'esprit, mais elle avait préféré cette solution. Ainsi, il lui serait possible de partir à tout moment si le besoin s'en faisait sentir. Et Jack ne pourrait pas imaginer qu'il y avait autre chose qu'un repas au menu…

— Pourquoi vous montrez-vous si suspicieux tout d'un coup ? rétorqua-t-elle.

— Nous aurions pu sortir…

— Vous êtes occupé. Ce sera plus simple ainsi.

Jack la contemplait pensivement. Une femme en train de préparer un repas dans *sa* cuisine… Il ressentait cela comme une invasion. Ç'avait quelque chose de trop… domestique. A l'étape suivante, il se retrouverait en pantoufles, à lire le journal dans un salon au papier peint à fleurs ! Et en plus elle argumentait au nom du bon sens ! Son instinct lui criait de filer sans demander son reste et de lui abandonner la maison…

— Je dois prendre une douche.

— Vous avez encore le temps.

— Mais nous pouvons toujours sortir, insista-t-il. Je peux m'autoriser cette dépense somptuaire, je ne suis pas encore ruiné…

Sa visiteuse se contenta de le regarder avec un sourire suave qui ne lui disait rien de bon.

— Vous êtes propriétaire de cette maison : croyez-moi, vous serez ruiné avant de vous en rendre compte ! Alors, ne laissez pas passer l'occasion de faire un repas gratuit.

— Bon, je vais me doucher. Mais je vous préviens, ajouta-t-il en agitant un index vindicatif dans sa direction, je sais très bien que vous mijotez quelque chose : ne me sous-estimez pas !

— Un homme averti en vaut deux, n'est-ce pas ?

Jack fronça les sourcils et quitta la pièce avec l'impression qu'une menace planait sur lui.

Tara, aimable avec lui ?

Cela n'annonçait rien de bon…

Tara examinait Jack, installé de l'autre côté de la table. Il ressemblait à une photo publicitaire pour une eau de toilette de luxe. Il était tout simplement beau à se damner ! songea-t-elle en avalant distraitement une gorgée de vin.

— J'ai encore de la peinture sur le nez ? demanda-t-il.

— Pardon ?

— Vous n'arrêtez pas de me regarder. Je suis encore sale ?

— Non, pas du tout.

Et elle continua de l'admirer béatement. Jack se mit à sourire.

— Alors quoi ?

— C'est juste qu'une fois lavé, vous avez l'air… bien.

— C'est un compliment ? Il faut que j'inscrive le jour et l'heure dans mon calepin.

— Je vous ai déjà fait des compliments, protesta Tara.

— De nos jours, les hommes ne prennent pas « homme des cavernes » pour un compliment.

— Sauf si c'est un trait de caractère qu'ils cultivent.

— Vieux jeu ne veut pas forcément dire primaire.

— Vous êtes un homme vieux jeu ?

— Je pense qu'une femme devrait pouvoir se reposer sur son compagnon de temps en temps. Le laisser la soulager de ses soucis. C'est mal ?

— Non, admit-elle. Je suis moi aussi un peu vieux jeu. Comme j'écris des romans historiques, c'est sans doute une déformation professionnelle.

— Ainsi, vous êtes une femme moderne avec des valeurs vieu jeu ? Comment cela fonctionne-t-il exactement ?

— Ne vous moquez pas de moi.

— Je n'en avais pas l'intention. Nous sommes là pour mieux nous connaître, non ? C'est bien le but de ce dîner ?

Soupçonneuse, Tara le scruta sans rien dire. Depuis qu'il était sorti de la salle de bains, il se montrait d'une bonne humeur anormale. Il avait quelque chose en tête et cela ne lui plaisait pas du tout ! Peut-être avait-elle été trop gentille ? Croyait-il qu'il allait la mettre dans son lit sans coup férir ? Soudain, une idée lui traversa l'esprit.

— Vous n'êtes pas habitué à voir une femme dans votre cuisine, n'est-ce pas ? demanda-t-elle, certaine qu'elle avait vu juste.

— Je ne me sens pas très à l'aise sur le terrain domestique, je l'admets. C'est un nouvel élément à inscrire dans la longue liste de mes défauts, n'est-ce pas ? Cela fait de moi une sorte de psychotique ? Une fois encore, vous me jugez sans me connaître !

Tara oublia instantanément d'être aimable.

— C'est faux !

Ils se dévisagèrent en silence à travers la table. Tara fulminait intérieurement. Il n'avait pas entièrement tort, mais elle ne l'aurait jamais avoué même sous la torture.

Elle l'avait effectivement rangé dans la catégorie « homme des cavernes ». Peut-être pour éviter d'avoir à découvrir ce qu'il pouvait cacher sous son masque de séducteur invétéré ? Ou pour éviter d'être déçue par ce qu'un examen plus objectif aurait pu lui révéler ?

— Vous avez la tête de quelqu'un qui vient de prendre une décision capitale, reprit Jack. Puis-je savoir de quoi il s'agit ?

Complètement prise de court, Tara lui donna la première excuse qui lui passait à l'esprit.

— Je pensais à votre taille.

— Pardon ?

— Oui, vous êtes beaucoup plus grand que moi, et aussi beaucoup plus fort. Cela m'intimide.

— C'est pour cette raison que vous êtes sur la défensive ?

— Oui. Et aussi à cause de la manière dont votre présence remplit la pièce lorsque vous entrez quelque part. Peut-être aussi parce que j'ai l'impression que vous pourriez me faire agir contre ma volonté. C'est pour cela que je trouvais plus sûr de venir dîner ici. Ainsi je peux partir si je me sens dépassée par les événements, comme cela m'arrive parfois avec vous.

Jack la fixait des yeux sans rien dire et la jeune femme sentit ses joues s'empourprer.

— Je vous dis tout ça pour que vous compreniez mon point de vue, ajouta-t-elle, terriblement embarrassée. A côté de vous, je me sens toute petite, vulnérable et... féminine, d'un point de vue très primaire, vous voyez ?

Tara se serait donné des claques ! Sans le vouloir, elle lui avait quasiment avoué l'attirance qu'il lui inspirait ! Jack continua de la dévisager en silence, puis, au bout d'un moment qui parut durer une éternité, il hocha la tête.

— D'accord.

— D'accord ? C'est tout ce que vous trouvez à dire ?

— Que voulez-vous que je réponde ?

— Je ne sais pas, protesta-t-elle. Que vous me comprenez un peu mieux maintenant, quelque chose dans ce genre. Cela ne vous laisse quand même pas indifférent, si ?

— Rien en vous ne me laisse indifférent, rétorqua-t-il avec un petit sourire. Je pense que je suis aussi déconcerté que vous par cette situation. Vous avoir ici, dans ma cuisine, est tellement inattendu !

— Où auriez-vous voulu aller ?

— J'aurais sans doute choisi le petit restaurant de l'autre côté de la baie. L'endroit a une vue magnifique sur l'Océan, des sièges confortables et une atmosphère décontractée. Je n'aurais pas été obligé de porter une cravate, ajouta-t-il en souriant.

Tara se sentait beaucoup plus à l'aise maintenant que la conversation revenait sur un terrain plus anodin. Elle répondit à son sourire et avala une gorgée de vin.

— C'est drôle, je ne vous imagine pas en cravate.

— Pourtant j'en portais tous les jours. Cela explique sans doute pourquoi je les déteste à présent.

— Vous travailliez dans un bureau ? s'enquit-elle, intriguée.

— J'étais architecte, répondit-il. Enfin, je le suis toujours, techniquement parlant. J'ai juste compris que je préférais accomplir le travail en personne plutôt que de le confier à d'autres.

Tara eut du mal à cacher sa surprise.

— C'était pourtant un emploi stable et sans doute bien rémunéré, non ?

— Je me débrouille plutôt bien. J'ai un associé pour mes opérations immobilières, Adam. C'est lui qui s'occupe de tout le côté administratif que je déteste. Maintenant que vous connaissez mes plus sordides secrets, reprit-il en riant, parlez-moi de vous. Avez-vous toujours été écrivain ?

— Non, mais j'ai toujours rêvé tout éveillée. J'ai envoyé des manuscrits pendant un an avant d'en vendre un. A présent, cela marche bien mieux. Et grâce à mes parents, j'ai un petit pécule qui me permet de rester sereine lorsqu'un éditeur tarde à m'envoyer un chèque.

Jack nota la soudaine tristesse qui teintait le regard de la jeune femme. Il posa sa fourchette.

— Ils sont morts ?

— Oui, il y a quelques années. Ils se consacraient beaucoup à leur carrière et n'avaient guère de temps l'un pour l'autre. Leur histoire est classique : un divorce, la culpabilité envers les enfants, qu'ils ont essayé de racheter avec de l'argent… Rien que de très ordinaire.

— C'est pour cela que vous restez célibataire ?

— Oh oui, bien sûr, c'est l'unique raison, rétorqua Tara en riant. Pourtant, les prétendants font le siège de ma maison et je dois les chasser à coups de fusil chaque matin. Vous ne les avez jamais vus bloquer mon allée ?

— Je dois me lever trop tard.

— Et vous, pour quelle raison êtes-vous toujours seul ?

— La chance ? suggéra-t-il en souriant.

Tara éclata de rire et se leva. Il l'aida à débarrasser, puis mit de l'eau à chauffer pour faire un café. Un moment plus tard, ils se retrouvaient devant leurs tasses fumantes, à grignoter des petits grains de café enrobés de chocolat noir. Ce fut Tara qui reprit la première leur conversation.

— Dites-moi, pourquoi trouviez-vous si terrible de me voir dans votre cuisine ?

— Parce que je ne savais pas que vous saviez cuisiner, répondit-il.

La jeune femme lui jeta un regard noir.

— Vous ne me croyez pas ? Bon, je vais essayer d'être honnête. Voyez-vous, une femme en train de cuisiner dans la cuisine d'un homme, c'est une scène très… familiale. Et cela ne me plaît pas car en général, les scènes familiales conduisent à un engagement affectif, ce que les célibataires endurcis voient comme une menace.

— Alors, vous vous considérez comme un célibataire endurci ?

— C'est une question piège ?

— Je ne suis pas là pour vous séduire, Jack, lui rappela-t-elle en souriant.

— Ah bon ? Si j'avais su, je ne me serais pas changé…

Tara lui adressa un petit sourire par-dessus sa tasse de café.

— Vous pensez être le seul capable de jouer à ce petit jeu ? s'enquit-elle. Cuisiner n'est pas la seule chose qu'on puisse faire dans cette pièce, surtout avec une table aussi grande.

Jack la regarda caresser langoureusement le bois ciré, et il déglutit avec difficulté. Elle souriait tout en l'observant à travers ses longs cils de biche.

— Encore un peu de café ? lui demanda-t-elle d'une voix suave.

Jack insista pour la raccompagner jusqu'à sa porte.

— Au cas où vos prétendants attendraient encore, précisa-t-il.

Ils s'arrêtèrent entre leurs deux maisons et s'assirent dans l'herbe, sous la voûte étoilée du ciel, pour regarder l'Océan dans lequel la lune se reflétait.

— Nous avons fait des progrès, non ? demanda Jack.

— Oui, fit Tara avec une petite moue.

— Vous ne savez pas où vous en êtes avec moi, n'est-ce pas, Tara Devlin ?

Elle se tourna vers lui. Elle n'avait pas besoin de lumière pour deviner l'expression de son visage que l'obscurité lui cachait. Ses traits étaient gravés dans sa mémoire désormais, pour le meilleur et pour le pire.

— C'est vrai, admit-elle. Pas plus que vous ne savez où vous en êtes avec moi.

— Vous n'arrivez pas à me faire entrer dans une de vos cases toutes prêtes…

— Tout comme vous.

Ils échangèrent un sourire de connivence avant de se retourner pour admirer l'Océan qui murmurait au loin.

— Que font les gens dans notre situation ? reprit Jack.

— Ils se contentent sans doute d'attendre pour voir comment les choses évoluent.

— Nous pourrions suivre ce chemin.

— Nous pourrions, oui…

— Je ne peux vous faire aucune promesse, Tara.

Elle acquiesça sans quitter l'horizon des yeux.

— Moi non plus.

— J'ai déjà connu une relation désastreuse et je m'en mords encore les doigts. Mais je peux vous assurer que je ne vous mentirai jamais.

Tara acquiesça. Un diplôme en psychologie n'était pas nécessaire pour comprendre de qui il parlait.

— Je n'en demande pas plus.

Jack tendit la main et lui prit le menton pour l'obliger à lui faire face. Il scruta son visage un instant avant de reprendre la parole.

— Je vais vous embrasser, la prévint-il. Je préfère vous avertir à l'avance, afin que vous puissiez vous sauver si vous le préférez. Il vous suffit d'un mot pour que j'arrête.

Ces mots la firent sourire davantage. Peut-être que l'amabilité était contagieuse, finalement ?

Jack s'approcha lentement.

— Votre dernière chance, murmura-t-il alors que leurs bouches n'étaient plus qu'à quelques centimètres.

— Taisez-vous…

— D'accord.

Et il l'embrassa. Un frisson délicieux traversa Tara. Au moins, ce qui se passait maintenant ne faisait naître aucune question : c'était du désir pur et simple ! Tout en répondant à son baiser, elle se rapprocha de Jack pour se blottir dans ses bras. C'était exactement le genre de scène romantique que ses livres décrivaient et qu'elle n'avait encore jamais vécue dans la vraie vie, et elle comprit alors que jamais la fiction ne pourrait égaler la réalité.

C'était comme tomber dans un vide sans fond. Comme planer au-dessus du monde. Comme être aspirée dans une autre dimension. Le désir qui la galvanisait décuplait tous ses sens et l'attente tétanisait chacun de ses muscles.

Lorsque Jack abandonna sa bouche et commença à l'embrasser dans le cou, un gémissement lui échappa.

— Dis-moi que tu as envie de moi, lui chuchota-t-il à l'oreille. Dis-moi que je ne suis pas le seul à vouloir aller plus loin…

— Tu le sais déjà, répondit-elle d'une voix torturée par le désir. Comment pourrais-tu l'ignorer ?

— J'ai besoin de te l'entendre dire.

Dans son cœur gonflé d'émotion, la fierté livra une courte bataille au désir avant de perdre à plate couture.

— J'ai envie de toi, répondit-elle en lui caressant le visage. Je crois que j'ai envie de toi depuis le début…

— Je t'intimide toujours ? Tu te sens toujours vulnérable ?

— Oui, toujours, admit-elle en détournant la tête. C'est la première fois que j'éprouve une telle attirance pour un homme et j'avoue que c'est assez perturbant.

— Je comprends très bien. Nous sommes dans la même situation.

La surprise la fit se redresser. Il ne pouvait pas parler sérieusement !

— Je ne te crois pas !

— Pourtant c'est vrai, insista-t-il. De toute ma vie,

jamais une femme ne m'a autant fait perdre la tête que toi. Tu préférerais que je te mente ?

— C'est le cas ?

— Non. J'ai eu des liaisons, je ne prétends pas le contraire, et même plus d'une, mais je n'ai jamais éprouvé autant de désir pour quiconque avant toi.

Jack l'enlaça et l'embrassa de nouveau, plus fougueusement cette fois. Gémissant de plaisir, la jeune femme se serra contre lui et s'agrippa à ses épaules comme une naufragée à une planche providentielle.

Doucement, ils basculèrent sur l'herbe épaisse, emportés par le flot tumultueux de la passion.

7.

« Jack s'appuya nonchalamment à la barre de son navire pendant que la femme le dévisageait. Oublier les erreurs de son passé n'avait rien de facile, et Eliza ne faisait pas exception à cette règle. Jamais il n'avait connu avec elle ce qu'il vivait avec Catherine, et à présent, Jack savait pourquoi sa liaison avec Eliza avait tourné court. A travers toutes les femmes qu'il avait connues, c'était déjà Catherine qu'il cherchait, avant même de la connaître. Il ne l'avait compris qu'en la rencontrant enfin.

Et maintenant qu'il la connaissait, il avait conscience que le destin lui accordait une chance inespérée.

Eliza n'avait pas eu cette chance. Après l'avoir quitté, elle avait épousé un homme assez âgé mais très riche qui lui avait apporté la stabilité à laquelle elle aspirait.

— Non, dit-elle.

— Eliza, sois raisonnable !

— Ce serait plus simple pour toi, n'est-ce pas ?

Au même instant, le tonnerre retentit avec la violence d'un coup de canon. Un éclair de lumière aveuglante se découpa sur le ciel d'un gris plombé et frappa le pont, la tuant sur le coup. Il ne resta plus rien qu'une paire de bottines fumantes. Son premier mouvement de stupéfaction passé, Jack fut secoué d'un fou rire irrésistible… »

Tara releva le nez de son ordinateur et regarda par la fenêtre. La voiture de sport rouge était toujours là et n'avait pas bougé depuis que Sarah en était descendue pour entrer chez Jack, une bonne heure plus tôt, tirée à quatre épingles et hissée sur des talons vertigineux.

Que faisait ici l'ancienne maîtresse de Jack ? Lors de leur dernière rencontre, ce dernier avait clairement montré qu'il ne souhaitait plus la voir. Evidemment, les brouilles finissaient toujours par s'oublier, les exemples ne manquaient pas. Et les amants se réconciliaient…

Cette idée la mettait en transe : la possibilité que Sarah remette la main sur Jack lui déplaisait souverainement ! Comme la plupart des couples qui se séparaient, ils avaient sans doute encore beaucoup de problèmes à régler, mais cela ne lui plaisait pas du tout de les savoir enfermés dans la maison depuis une heure. En réalité, elle était terriblement jalouse ! Et cela la rendait folle…

Aussi avait-elle essayé d'écrire pour passer le temps. Sans beaucoup avancer : son chapitre se terminait toujours par la mort atroce de l'infortunée Eliza, ce qui ne convenait pas du tout à un roman romantique. Mais la faire disparaître, écrasée par la chute d'une montgolfière, dévorée par des requins ou foudroyée sur le pont d'un bateau avait quelque chose de thérapeutique…

Tara avala une gorgée de thé et tourna une nouvelle fois la tête vers la fenêtre. Soudain, la porte de la maison voisine s'ouvrit. Instinctivement, Tara se cacha derrière le double rideau alors que Jack sortait sous le porche avec sa visiteuse.

Jack avait une expression impassible. En revanche, Sarah souriait en lui parlant. Elle se hissa sur la pointe des pieds et l'embrassa sur les joues, avant de redescendre gracieusement les marches du porche et de remonter dans le coupé rouge. Le moteur démarra et l'auto disparut dans un nuage de poussière.

Jack resta immobile à regarder la route, puis il se tourna vers la maison de Tara. La jeune femme crut un instant qu'il l'avait vue, mais il se contenta de tourner les talons et de rentrer chez lui.

Incapable de rester en place, Tara se mit à faire les

cent pas dans son salon, sous le regard vert de Perceval, allongé dans le canapé.

— Ne me regarde pas comme ça ! lui dit-elle. Bon, je sais, je ferais mieux d'y aller et de lui demander sans ambages ce qu'elle faisait chez lui. Je pourrais aussi lui téléphoner ?

Elle se tourna vers l'appareil qui se mit miraculeusement à sonner, la faisant sursauter. Elle décrocha après une minute d'hésitation.

— Salut. Alors, ce dîner galant ?

Dieu merci, c'était Mag qui venait à la rescousse ! Tara lui narra son dîner chez Jack, en passant pudiquement sous silence l'apothéose dans laquelle celui-ci s'était terminé. Pour tempérer l'enthousiasme bruyant de son amie, elle lui raconta la visite de Sarah, un instant plus tôt.

— Ils ont peut-être décidé de rester bons amis ? suggéra Mag.

— Vu la manière dont il lui a parlé au magasin de bricolage, cela m'étonnerait, rétorqua Tara.

— Ou alors elle avait des affaires à récupérer ?

— Qui tenaient dans les poches de son tailleur ?

— Elle passait dans le coin et s'est arrêtée pour lui dire bonjour ?

— Désolée, mais ça ne marche pas non plus. La route de Ross's Point ne va nulle part.

Mag soupira au bout de la ligne.

— Ma fois, je ne sais pas quoi te dire. Si cela te préoccupe tellement, pourquoi ne vas-tu pas lui poser la question ?

— Impossible ! s'écria Tara.

— Parce que cela pourrait lui laisser croire que tu tiens à lui ? Il est vrai que ce serait quelque chose d'affreusement immature.

Tara fronça les sourcils. L'ennui, avec ses amies, c'est qu'elles devinaient toujours ses pensées les plus secrètes.

— Bon, j'admets qu'il y a sûrement une pointe d'immaturité dans mon comportement.

— Sans compter une bonne dose de jalousie.

— Sans doute, avoua Tara avec une grimace. Mais ce

n'est pas comme si j'étais sa fiancée. Une nuit passée avec un homme, ce n'est pas comme une promesse d'amour éternel !

Mag éclata de rire à l'autre bout de la ligne et Tara rougit comme une pivoine en comprenant la gaffe qu'elle venait de commettre.

— Oh, ma chérie, c'est encore meilleur que dans tes livres ! Tu as passé la nuit avec lui ? Alors, raconte !

— Raconter quoi ?

— Avez-vous vraiment sauté le pas ?

— Je ne vois pas du tout de quoi tu veux parler.

— Tu ne veux pas répondre ? reprit Mag, qui s'amusait de plus en plus. C'est donc que tu as quelque chose à cacher ? J'en étais sûre ! Tu as enfin un amant !

A présent écarlate, Tara cherchait une réponse appropriée. En vain.

— Tout est ta faute, protesta-t-elle. C'est toi qui n'arrêtes pas de me répéter que Jack est mon héros.

— Pas tout à fait, la corrigea son amie. J'ai simplement dit que de tous les hommes que tu avais rencontrés, il était sans doute celui qui s'en rapprochait le plus, et que tu refusais de l'admettre.

— Bon, alors je veux bien admettre qu'il a sans doute plus de qualités que je ne lui en attribuais au début.

— Il est de l'étoffe des héros romanesques ?

— Pas s'il continue de fréquenter son ex !

— Alors pose-lui la question.

— Je te déteste, conclut Tara avant de raccrocher.

Jack tournait en rond dans sa cuisine en fulminant. Quelle impudence ! La visite de Sarah l'avait rempli d'une colère qui refusait de se dissiper.

Comment avait-il pu se montrer aussi aveugle ? Quand il l'avait rencontrée, il l'avait prise pour la femme idéale. Belle, intelligente et ambitieuse, elle correspondait tout à fait à la compagne qu'il recherchait. Pourtant, leur relation ne l'avait pas rendu heureux. Des failles étaient apparues assez rapidement entre eux, et lorsqu'il avait commencé à changer de vie, ces failles n'avaient fait que se creuser, jusqu'à ce qu'il comprenne qu'ils n'étaient pas faits l'un pour l'autre. Evidemment, il l'avait profondément blessée, ce dont il ne se montrait pas fier…

Il avait voulu se racheter une bonne conscience en se répétant que c'était la seule solution. Il valait mieux rompre leur relation au plus vite plutôt que de passer sa vie dans le mensonge, puisqu'en réalité ils étaient totalement incompatibles. Comment auraient-ils pu surmonter cet obstacle majeur ? En se séparant de Sarah, il lui donnait la chance de refaire sa vie avec quelqu'un qui lui conviendrait mieux, un homme à la hauteur de ce qu'elle attendait. Ce n'était pas sa faute si cela n'avait pas marché ainsi.

Il vivait toujours avec Sarah lorsqu'il avait monté son affaire avec Adam, quand il avait acheté sa première maison et commencé ce travail de rénovation qui lui avait fait gagner beaucoup d'argent. Petit à petit, ses profits avaient augmenté, et il avait pu acquérir une troisième maison sans faire d'emprunt.

Et maintenant, Sarah lui réclamait la moitié de son capital et menaçait de le traîner devant les tribunaux ! Il avait travaillé dur pendant des années pour gagner son indépendance financière, et elle menaçait à présent de lui prendre la moitié de ce qu'il avait durement acquis !

Et on s'étonnait après ça que les hommes refusent de s'investir dans une relation sentimentale ?

Tout en grommelant, Jack passa de pièce en pièce jusqu'à ce qu'il arrive devant la porte de communication encore murée entre le salon et la salle à manger.

Cela ferait l'affaire pour soulager ses nerfs…

Le premier coup de masse lui fit un bien immense.

— Ça, c'est pour avoir été assez idiot de croire que tu étais une fille bien !

Une douche de plâtre jaillit au second coup.

— Et ça, c'est pour ne pas avoir écouté Adam et ne pas t'avoir fait signer de reçu lorsque je t'ai rendu ce satané argent !

Un nuage de poussière monta vers le plafond au troisième coup.

— Et ça, c'est pour m'être fourvoyé dans cette liaison désastreuse, si longtemps que je ne suis désormais plus capable d'affronter sereinement une relation amoureuse !

Des gravats tombèrent à ses pieds au quatrième coup.

Une relation amoureuse ? Sans réfléchir, il regarda par la fenêtre dans la direction de chez Tara. Oubliant sa colère, il laissa tomber sa masse.

Il avait envie de la voir, de lui parler, d'oublier en sa compagnie sa conversation pénible avec Sarah. Mais sous quel prétexte ? Ses yeux tombèrent sur un des bidons de peinture qu'ils avaient achetés ensemble, et un sourire passa sur ses lèvres.

— Sarah est passée me rendre visite, déclara Jack avec nonchalance.

— Oui, fit Tara. J'ai vu sa voiture devant chez toi.

— Tu m'espionnais donc ? répondit-il. Super ! Cela prouve que je t'intéresse !

La jeune femme, perchée sur son échelle, se retourna et le menaça de son pinceau.

— Tu veux que je recommence à t'ignorer ?

— Sûrement pas ! Je préfère de beaucoup la surveillance, cela donne de meilleurs résultats.

Il lui adressa un clin d'œil qui la fit rougir. Pour cacher son trouble, elle retourna à sa peinture.

— Alors, veux-tu que je te raconte notre entrevue ou pas ? reprit-il.

— Pas si tu n'as pas envie d'en parler…

« Menteuse ! » se dit Tara.

— Cela ne t'ennuierait pas que je garde le silence ?

— Si, un peu, avoua-t-elle avec un petit sourire.

Il resta songeur un instant, le temps de replonger son rouleau dans le bac de peinture. Tara, qui l'observait du coin de l'œil, en profita pour admirer le mouvement excitant de ses pectoraux sous le tissu usé de son vieux T-shirt.

— Si je comprends bien, tu te fâches si je me tais, et tu te fâches aussi si je te raconte quelque chose qui te déplaît.

— C'est possible, admit-elle. En fait, je me fâcherai surtout si tu as quelque chose de déplaisant à me raconter.

Jack la regarda avec un grand sourire auquel elle fut incapable de ne pas répondre.

— Je préfère ça. Cela montre que tu t'intéresses à moi !

Il trouvait le moyen de marquer des points même dans les situations les plus délicates ! Agacée, Tara retourna à sa peinture en haussant les épaules. Qu'il aille au diable avec ses finesses oratoires !

Cinq minutes s'écoulèrent en silence. A la sixième, Tara n'y tint plus.

— Bon, très bien, ne me dis rien. Mais je te signale que c'est toi qui as parlé de la visite de Sarah !

— Ah ! s'exclama Jack en reposant son rouleau. Je savais qu'il y avait un piège ! Pourquoi ne me demandes-tu pas carrément ce que tu voudrais savoir ?

— Et Mag qui m'accuse d'être sur la défensive !

— Je dois me sentir visé ? Suggérerais-tu que c'est moi qui suis sur la défensive ?

La lumière se fit soudain dans l'esprit de Tara. Elle reposa son pinceau et le dévisagea avec surprise.

— Mais oui ! Toutes nos chamailleries, ces piques que nous nous envoyons sans cesse… ce n'est pas uniquement ma faute !

Jack eut l'air embarrassé et se mit à triturer le manche de son rouleau.

— Je ne vois pas du tout de quoi tu veux parler. Si tu veux mon avis, tu essaies uniquement d'éluder le fait que tu es jalouse !

Et sur ces mots, il sortit de la pièce.

— Bien sûr que je suis jalouse !

— Attention, tu vas encore perdre ton calme…

Tara croisa les bras sur sa poitrine en souriant. Les marches de l'escalier grincèrent alors que Jack descendait au rez-de-chaussée, mais elle savait qu'il l'entendait très bien dans la grande maison vide et qu'il attendait sa réaction. Elle savait même quelle tête il faisait en cet instant !

— Tu vois, tu recommences ! Tu essayes de me faire perdre mon calme pour qu'on oublie que nous étions en train de parler de toi.

— Si tu le dis, c'est sans doute vrai. En attendant, c'est toi que la visite de Sarah contrarie.

— Je n'ai jamais prétendu le contraire. J'ai même trouvé une bonne douzaine de manières assez jouissives de trucider l'ex du Jack Lewis de mon roman.

La maison resta silencieuse. Tara descendit de son échelle, posa son pinceau et se pencha par-dessus la rambarde de l'escalier en tendant l'oreille. Toujours aucun bruit.

— Tu comptes te cacher toute la journée, ou vas-tu enfin te comporter en homme ?

— Quelle horreur, répondit une voix féminine. Ils sont en général tellement immatures !

Tara laissa échapper une exclamation de surprise en voyant apparaître en bas de l'escalier une belle jeune femme blonde.

— Oh… heu… bonjour, balbutia-t-elle.

— Bonjour, répondit l'inconnue avec un sourire éclatant. Et vous êtes… ?

— Tara.

— Vous êtes peintre ? Décoratrice ?

— Tu n'arriveras pas à lui faire avouer quoi que ce soit, l'interrompit Jack en apparaissant à côté de la jeune femme. Crois-moi, j'ai déjà essayé. Tara, voici ma sœur Rachel. Rachel, voici Tara, la femme qui va finir par m'envoyer à l'asile psychiatrique.

— Ravie de vous rencontrer, déclara Rachel avec un sourire encore plus éclatant. Il était temps que tu trouves quelqu'un, mon vieux ! Qui veut un café ?

Sans attendre de réponse, elle disparut en direction de la cuisine. Jack leva un regard confus vers Tara et haussa les épaules en signe d'excuse.

— Cette fois, je n'y suis pour rien…

— Nous reprendrons notre conversation plus tard, le prévint-elle tout en le rejoignant.

Il l'attrapa par le bras alors qu'elle le dépassait, et l'attira brièvement contre lui pour déposer un baiser sur ses lèvres.

— Parfois, c'est le seul moyen que je trouve pour t'empêcher de me chercher des noises, lui chuchota-t-il.

— Ne crois pas t'en tirer à si bon compte !

Il y avait une seconde femme dans la cuisine, une autre sœur de Jack. Un peu moins grande que Rachel, avec des cheveux sagement coiffés en queue-de-cheval, mais dotée d'un sourire tout aussi aimable.

— Bonjour. Vous êtes Tara, n'est-ce pas ? Je suis Lauren, la sœur de Jack.

— Je suis heureuse de vous rencontrer, répondit Tara en lui serrant la main.

— Alors, depuis combien de temps connaissez-vous le Morpion ? reprit Lauren.

— Pardon ?

— C'est le nom de cet olibrius, expliqua Rachel en désignant son frère du menton. On l'appelait comme ça quand il était petit et le surnom lui est resté. C'est plus rigolo maintenant, remarquez…

— En effet, répondit Tara en riant.

— Très amusant, s'écria Jack en croisant les bras. Alors les filles, vous avez aussi apporté les photos de moi bébé, tout nu sur un oreiller ?

— Zut, j'ai oublié ! s'exclama Rachel. Et toi, Lauren ?

— Non, elles sont dans mon autre sac.

— Tant pis, on y pensera la prochaine fois. Alors, à propos de quoi vous disputiez-vous ? Cela semblait intéressant…

Tara rougit et Jack vola à sa défense.

— Rachel, fiche-lui la paix !

— Ne faites pas attention à lui, il fait beaucoup de bruit mais il ne mord pas.

Rachel terminait à peine de parler que la porte du jardin s'ouvrait et qu'une troisième sœur entrait à son tour. Celle-ci avait un visage familier et ses cheveux étaient incroyablement bouclés. Elle contempla Tara de ses grands yeux bleus et lui adressa un sourire avant de se tourner vers Jack pour l'embrasser.

— C'est elle ? lui demanda-t-elle. L'écrivain ?

Tara jeta un regard interrogateur à Jack qui lui sourit timidement.

— Oui, c'est elle.

— Eh bien tu avais raison. Elle n'a rien d'une mamie !

— Bon, les filles, reprit Jack dans un effort désespéré pour reprendre le contrôle de la situation. A quoi dois-je l'honneur de cette visite de groupe tout à fait imprévue ?

Lauren, qui s'affairait autour de la cafetière, tendit une tasse à Tara et lui désigna une chaise.

— Réunion familiale, déclara-t-elle. Tess voulait qu'on se voie pour parler de l'anniversaire de papa.

— Et aucune de vous n'a pensé à m'appeler avant de venir ?

Un peu embarrassée, Tara déclara :

— Vous avez sans doute beaucoup de choses à vous dire ; je vais vous laisser.

Rachel contra aussitôt sa tentative de fuite en la poussant vers une chaise.

— Pas avant que vous n'ayez bu votre café et que vous ne nous ayez raconté le sujet de votre dispute avec le Morpion. Le suspense me donne mal à l'estomac et Jack monte sur ses grands chevaux chaque fois qu'on lui pose une question sur sa vie privée…

— Vraiment ? rétorqua Tara en le regardant avec un sourire.

— Mais de quelle dispute parlez-vous ? demanda Tess.

— Tara et Jack se chamaillaient quand nous sommes arrivées, expliqua Rachel.

— C'était plutôt une discussion animée, la corrigea Lauren.

— Eh, les filles, s'exclama Jack, vous n'avez jamais entendu parler du mot « privé » ?

— N'est-ce pas celui que tu avais écrit sur une feuille scotchée à la porte de ta chambre, autrefois ?

— Celle qu'on a arrachée au moins mille fois ?

Rachel se tourna vers Tara et lui adressa un sourire rassurant.

— Vous pouvez nous envoyer au diable si vous le souhaitez, lui expliqua-t-elle. Mais avec la famille, il faut juste apprendre à souffrir, j'en ai peur.

Et elle envoya du bout des doigts un baiser à son frère.

— Ce n'était pas une dispute mais une conversation personnelle, alors fichez-nous la paix. Nous aimons avoir ce genre d'échange verbal quand nous nous voyons.

— Mais de quoi parliez-vous ? s'enquit Tess en se tournant vers Tara.

La jeune femme rougit et prit le temps de boire une gorgée de café pour recouvrer ses esprits.

— Je faisais remarquer à Jack qu'il était toujours sur la défensive…

— Et comment !

— Je n'arrête pas de le lui dire.

— Super, déclara le principal intéressé en soupirant. Je suppose que c'est ça, la solidarité féminine ?

— … et nous en étions là lorsqu'il a préféré s'enfuir plutôt que d'admettre que j'avais raison, termina Tara.

— C'est faux, protesta Jack, et si tu ne veux pas que j'explique à ces fouines ce que j'ai fait pour clore le débat, je te conseille de ne pas dire un mot de plus.

— J'ai quand même raison !

— *Tara !*

Les trois sœurs buvaient visiblement du petit lait. Tara se contenta de lever le menton et de croiser les bras sur sa poitrine.

— Quoi, *Jack* ?

Rachel éclata de rire.

— Génial ! Jack a enfin rencontré quelqu'un qui lui tient tête !

— Rachel !

— Ce n'est pas la peine de te fatiguer, ce ton autoritaire ne marche pas avec moi, Morpion ! Et nous savons toutes que tu es toujours sur la défensive dès qu'il s'agit de tes sentiments.

Tess, qui gardait le silence depuis un instant, se pencha pour regarder Tara dans les yeux.

— Est-ce important pour vous s'il est sur la défensive ? Qu'il puisse avoir une raison de l'être ?

La question laissa Tara songeuse. Si Jack la lui avait posée, Tara aurait sans doute hésité à répondre, mais pour une raison inconnue, il lui semblait nécessaire d'être franche avec Tess.

— Oui, je crois que c'est important, avoua-t-elle.

— Pourquoi ?

— Parce qu'en dépit de mes doutes, je crois que je l'aime bien. Même si je n'ai pas abandonné l'espoir de changer d'avis.

Jack la contempla avec des yeux écarquillés et un large sourire vint éclairer son beau visage.

— Ça alors ! s'écria-t-il. Tu ne m'aurais jamais avoué cela, même sous la torture !

— Tu ne me l'as jamais demandé non plus, lui fit-elle observer. De toute façon, il faudrait être stupide pour ne pas l'avoir compris, et nous savons tous les deux que tu es tout sauf idiot.

— Un autre compliment ? Je n'en reviens pas.

Tess, un petit sourire au coin des lèvres, se cala contre son dossier de chaise.

— Et comment en êtes-vous arrivés à parler de ça ?

— Jack m'accuse toujours d'être sur la défensive, et j'ai brusquement compris qu'il l'était au moins autant que moi.

— Vous êtes vous aussi sur la défensive ?

— Un peu, oui, avoua Tara. Même pas mal… Mais Jack a le don de me faire sortir de mes gonds ! Il peut se montrer arrogant, irritant, horripilant, en deux mots, parfaitement insupportable !

— Elles le savent déjà, observa Jack.

Ses trois sœurs acquiescèrent.

— Alors, vous me comprenez. La moitié du temps, j'ai envie de l'étrangler.

— Et l'autre moitié ? demanda Jack, amusé.

— Vous voyez ce que je veux dire ? demanda Tara aux trois jeunes femmes.

Rachel lui adressa un grand sourire complice avant de se tourner vers son frère.

— Je l'aime bien, cette Tara ! annonça-t-elle.

— Moi aussi, répondit-il. Je crois que je vais continuer à la voir quelque temps.

— Comme j'habite la maison d'à côté, je crains que tu n'aies pas vraiment le choix.

— N'en soyez pas si sûre, intervint Tess. Il a la mauvaise habitude de disparaître sans crier gare.

— J'espère bien que je découvrirai également la raison de cette manie, répondit Tara.

— Oh, c'est facile à comprendre ! C'est simplement à cause de… Aïe !

Rachel jeta un coup d'œil accusateur à Tess qui venait de l'interrompre d'un bon coup de pied dans la cheville.

— Je pense que Jack est assez grand pour l'expliquer à Tara s'il le souhaite.

— Tu as sans doute raison, admit Rachel. Ne vous inquiétez pas, Tara : pêcher les informations, c'est la moitié du plaisir qu'on éprouve à fréquenter quelqu'un de nouveau ! Sans cela, on n'aurait souvent rien à se dire…

Elles furent interrompues par un bruit de pas du côté du hall d'entrée.

— Jack ? Les filles ? Vous êtes là ?

La quatrième sœur de Jack apparut dans l'embrasure de la porte, aussi ravissante que les trois précédentes. Même si elle appréciait cette atmosphère chaleureuse, Tara profita de cette interruption pour se lever et prendre congé.

Rachel la serra dans ses bras avec sympathie.

— Je suis très heureuse de vous avoir rencontrée et j'espère vous revoir bientôt.

— Merci.

— Nous nous revoyons plus tard, d'accord ? lui dit Jack.

— D'accord.

Peut-être qu'il lui donnerait enfin la raison de la visite

de Sarah ? Après avoir salué tout le monde, Tara quitta la pièce pour rentrer chez elle, heureuse du clin d'œil et du tendre sourire que Jack lui avait adressés avant de la laisser filer.

Il faisait déjà nuit lorsqu'il vint frapper à sa porte.

— Salut, lui dit-elle en s'écartant pour le laisser entrer.

Il se pencha pour déposer un petit baiser sur ses lèvres et la suivit dans le salon, où elle retomba dans le canapé d'où il l'avait tirée.

— Tu as dîné ? demanda-t-il.

— Grignoté. Ça va, toi ?

— Je suis fatigué, répondit-il en s'asseyant à côté d'elle. C'est normal, avec toutes ces femmes qui m'ont forcé à réfléchir !

— Pauvre petit !

Elle lui caressa doucement les cheveux, et il posa la tête sur le dossier du canapé sans la quitter des yeux.

— Sarah est passée me voir.

— Merci, j'avais enregistré l'information.

— Tu penses sûrement que cela signifie quelque chose…

— C'est une possibilité, en effet.

— … et je pourrais ne rien te dire et te laisser échafauder mille théories.

— J'ai une imagination très fertile.

Jack lui sourit. Ce petit tête-à-tête tranquille lui plaisait. Et surtout, l'idée de la rassurer lui plaisait. Etait-elle vraiment jalouse ? Maintenant qu'il l'avait devant lui, il comprenait que oui.

— Tu n'as aucune raison de t'inquiéter, déclara-t-il.

— Tant mieux.

Soudain mal à l'aise, Jack ouvrit la bouche pour ajouter quelque chose, se ravisa, et se leva du canapé.

— Ça t'ennuie si je fais du café ? A moins que tu ne préfères un thé ? Tu as peut-être faim ?

Sans attendre sa réponse, il battit en retraite vers la cuisine.

Tara se leva à son tour pour le suivre et le regarda remplir la bouilloire, surprise de constater avec quelle facilité il était entré dans sa vie. Si on lui avait dit un mois plus tôt qu'elle trouverait normal de voir un homme préparer un café dans sa cuisine, elle aurait éclaté de rire ! La rapidité avec laquelle tout cela arrivait aurait même dû l'inquiéter…

— Tu me fuis encore ? demanda-t-elle enfin.

— Je ne suis allé que dans la cuisine, protesta-t-il. Ce n'est pas vraiment une fuite !

— Certes, mais tu m'évites quand même, n'est-ce pas ? Si j'étais paranoïaque, je pourrais m'en inquiéter.

— Es-tu paranoïaque ?

— Pas plus qu'une autre. Je constate seulement que tu préfères prendre le large plutôt que d'affronter les sujets avec une implication… sentimentale ? Emotionnelle ? Choisis le terme qui te convient. C'est peut-être pour cette raison que tu ne t'installes jamais longtemps au même endroit, d'ailleurs ?

— Bravo ! rétorqua-t-il en claquant des mains. Ecrivain et psychanalyste !

— Et à présent, tu te montres cruel, parce que c'est plus facile que de me répondre.

— Ça doit être dur d'avoir toujours raison, reprit-il plus gravement.

— Je me trompe comme tout le monde. Mais en l'occurrence, j'ai vu juste, non ?

— Tu as l'impression que je te repousse ?

— Que tu essayes, en tout cas. Mais ça ne marche pas, ajouta-t-elle avec un petit sourire.

— Qu'est-ce que j'ai fait pour mériter ça ? répondit-il en levant les yeux au ciel.

Mais lorsque leurs regards se croisèrent, il n'y avait plus la moindre trace d'antagonisme entre eux, et ils avancèrent l'un vers l'autre en même temps, pour se retrouver au milieu de la cuisine. Jack la prit dans ses bras et la serra contre lui avant de baisser la tête et d'examiner attentivement son visage aux traits fins.

— Je te propose un marché : si tu te montres patiente

avec moi, tu auras le droit de me poser une question en échange. Tu es d'accord ?

— Cela me semble acceptable.

Il lui souleva le menton de l'index et déposa un baiser sur ses lèvres.

— Alors, j'écoute ta question.

Tara lui sourit et ferma à demi les paupières.

— Où est mon café ?

8.

— C'est agréable de voir quelqu'un d'heureux.

Tara releva le nez de son porte-monnaie et dévisagea Sheila Mitchell qui la regardait avec un sourire sympathique.

— Moi ?

— Ma foi, je ne vois personne d'autre ici, rétorqua l'épicière en riant. C'est drôle, vous êtes la seconde personne que je rencontre aujourd'hui avec cet air si particulier. Ça doit être la journée…

Tara fut incapable de cacher sa bonne humeur plus longtemps.

— Vraiment ? Je me demande qui cela pouvait être.

— Oh, je crois que nous le savons toutes les deux. Je suis contente pour vous. Vous méritiez d'avoir quelqu'un dans votre vie, et il n'est pas vilain du tout ! Rassurez-vous, ajouta-t-elle plus bas, je ne dirai rien aux commères du coin. Votre secret est en sécurité avec moi.

La clochette de la porte d'entrée retentit et les deux femmes tournèrent la tête en même temps. Tara retint de justesse une exclamation de surprise en découvrant le beau visage froid de Sarah. Celle-ci la reconnut malheureusement sur-le-champ.

— Tiens donc, quelle bonne surprise ! L'amie de Jack.

— Bonjour, Sarah…

— Et vous vous rappelez mon nom, remarqua la jeune femme en haussant les sourcils. C'est gentil à vous. Je suis ravie de vous rencontrer.

Tara ne pouvait pas en dire autant ! En réalité, l'ex-petite amie de Jack était sans doute la dernière personne qu'elle souhaitait croiser.

Sheila, qui toussotait discrètement, lui rappela sa bonne éducation.

— Oh, pardon… Sarah, voici Sheila Mitchell, la propriétaire de l'épicerie. Sheila voici… quelqu'un que Jack a connu il y a quelque temps : Sarah… ?

La nouvelle venue garda son expression impassible en hochant la tête en direction de Sheila.

— Sarah Fitzgerald. Intéressante, votre manière de me présenter. Très subtile… Je suis désolée, reprit-elle avec un sourire poli, mais j'ai oublié votre nom.

— Tara.

— Ah oui, bien sûr, je m'en souviens à présent. C'est terrible, ajouta-t-elle en regardant Sheila, mais j'ai une mémoire des noms absolument désastreuse. Je n'oublie jamais un visage, mais je suis incapable de retenir un nom.

— J'ai une tante qui est exactement comme vous, répondit Sheila avec un sourire bienveillant.

— C'est affreux, n'est-ce pas ? Ce défaut me donne l'air tellement impolie ! J'espère que vous ne m'en voulez pas, Tara. Je suis sûre que votre nom ne m'échappera plus désormais. La prochaine fois que nous nous rencontrerons, nous serons pratiquement de vieilles amies.

Tara eut un sourire contraint. Malgré la courtoisie de ce petit discours, il avait un goût mi-figue, mi-raisin qui la laissait vaguement nauséeuse.

— Vous venez rendre visite à Jack ? demanda-t-elle.

— Eh bien, comme j'étais dans le coin, j'ai décidé de faire un petit détour par ici pour le voir. C'est parfois un peu embarrassant, mais je crois que nous progressons. Vous savez comment cela se passe entre deux ex, ajouta-t-elle en se tournant vers Sheila.

Celle-ci cacha difficilement sa surprise et jeta un regard inquiet vers Tara.

— Heu… oui, j'imagine que ce n'est pas toujours simple, répondit l'épicière. Vous ne pensez pas, Tara ?

— Je n'en ai aucune idée, rétorqua cette dernière d'un

ton ferme. J'ai beau avoir une armée d'ex dans la région, je vis une existence tellement retirée que je n'en croise jamais aucun.

Sarah eut un petit rire artificiel.

— Je comprends pourquoi Jack vous apprécie tant : vous partagez le même genre d'humour. C'est une des choses qui m'ont plu chez lui, et je devine que nous allons nous entendre à merveille toutes les deux.

« Quand les poules auront des dents », songea Tara avec un vague sourire. Sheila suivait cet échange avec une pointe d'amusement au fond des yeux.

— Je suis certaine que Jack sera très content de revoir une... hum... amie, déclara-t-elle avec prudence.

Sarah laissa échapper un petit soupir et haussa les épaules.

— Nous verrons...

— Cela fait longtemps que vous avez rompu ?

Tara dévisagea Sheila avec stupeur. Jamais elle n'aurait osé poser une question aussi directe ! Le pétillement au fond des prunelles de la douce Sheila indiquait d'ailleurs que d'autres questions allaient suivre, tout aussi indiscrètes !

— Un certain temps, répondit Sarah.

— Et vous le voyez toujours beaucoup ?

— Non, je ne peux pas dire cela. Mais je crois que nous allons souvent nous rencontrer dans les semaines à venir.

Tara suivait la conversation comme un match de tennis. Sarah se tourna dans sa direction et lui adressa un grand sourire.

— J'ai beaucoup pensé à lui récemment.

— Ah ?

— Oui, vous savez comment c'est, lorsqu'il reste des questions en suspens entre deux personnes. Alors j'ai décidé de prendre le taureau par les cornes pour voir si nous arriverions au moins à mener une conversation courtoise tous les deux. Qu'en pensez-vous ?

— Moi ? Oh, vous savez, je ne pense pas beaucoup. Ça me fatigue.

— Je suis certaine du contraire, répondit Sarah. Vous

ne gagneriez pas votre vie en écrivant des romans si vous n'étiez pas une femme intelligente.

— C'est curieux, je ne me souviens pas vous avoir dit que j'étais écrivain, rétorqua Tara.

— Vraiment ? Oh, dans ce cas, c'est sûrement Jack qui l'aura mentionné, lorsqu'il me parlait de la réception pour l'anniversaire de son père.

— Vous allez vous rendre à l'anniversaire de son père ?

Sarah la contempla avec de grands yeux.

— Evidemment ! Les Lewis ont été ma famille pendant longtemps, je ne pouvais pas refuser son invitation.

— Non, bien sûr, répondit Tara en serrant les dents.

La porte d'entrée s'ouvrit brutalement. Jack regarda Tara traverser le hall d'entrée, toute nimbée de soleil. Elle lui jeta un coup d'œil sans s'arrêter.

Il ôta son masque et éteignit sa ponceuse.

— Salut !

— Salut…

— Ça va ?

— Oui, répondit-elle depuis la cuisine. J'ai frappé mais tu ne m'as pas entendue, avec tout ce bruit.

Jack la suivit, un peu étonné par son attitude.

— C'est assez bruyant, admit-il. Tu es sûre que tout va bien ?

— Oui, très bien.

Sans un regard pour lui, elle vida son sac à dos et rangea les provisions au fur et à mesure dans le placard.

— Ah, bien, dans ce cas…

— Je vais mieux de seconde en seconde.

Sa tâche terminée, elle referma son sac et le jeta sur son épaule avant de rebrousser chemin vers la porte… et vers Jack. En arrivant devant lui, elle lui adressa un de ses petits sourires qui le faisaient toujours fondre et se hissa sur la pointe des pieds pour déposer un petit baiser sur ses lèvres.

Il y répondit tout en comprenant instinctivement que quelque chose la contrariait.

— Tu ne veux pas me dire ce qui te préoccupe ?

— Oh, tu le découvriras bien assez vite.

— Nous allons toujours à l'anniversaire de mon père ce soir ?

— Oh, oui ! Je ne voudrais manquer ça pour rien au monde !

Et sur ces mots, la jeune femme sortit de la maison, le laissant avec l'impression désagréable que quelque chose ne tournait pas rond.

La fête d'anniversaire se déroulait dans la maison du père de Jack, pleine pour l'occasion de la famille Lewis au grand complet, avec les conjoints de chacune des filles et plusieurs enfants qui jouaient dans le jardin. Jack ne quittait pas Tara d'une semelle et lui donnait l'impression, au fond assez rassurante, de lui servir de chevalier servant.

Dana, la plus jeune de ses sœurs, réussit finalement à lui parler sans témoin devant le buffet qui avait été dressé sur la grande table de cuisine.

— Je suis heureuse d'avoir l'occasion de discuter avec vous, déclara Dana.

Les deux jeunes femmes échangèrent un sourire complice tout en remplissant leurs assiettes de délicieuses salades composées. A l'autre bout du séjour, Jack bavardait avec Tess à voix basse. En voyant sa mine contrariée, Tara devina que le sujet dont ils débattaient ne lui plaisait pas particulièrement…

Dana, qui avait suivi son regard, eut un gentil sourire.

— Il n'est pas très commode ces derniers jours, n'est-ce pas ? s'enquit-elle.

— Non, il paraît soucieux. Cela ne me regarde pas, bien sûr…

— J'ai l'impression que si. Sauf erreur de ma part, vous le regardez souvent lorsqu'il a la tête tournée.

Tara se sentit rougir. Pourtant, il n'y avait pas une once

de malice dans l'expression de Dana, au contraire pleine de bonté.

— En effet, admit-elle.

— C'est pour cette raison que mes sœurs vous adorent toutes déjà.

— Je ne suis pas certaine que ce soit vrai de Tess, fit remarquer Tara.

Dana haussa les épaules et sourit avec indulgence.

— Etre l'aînée n'est pas toujours facile, et Tess a un instinct très protecteur vis-à-vis de nous tous, un instinct presque maternel. C'est pour cela qu'elle a été plus blessée que nous lorsque Jack a pris ses distances récemment.

— Je comprends cela.

— Avez-vous une famille très unie ? reprit Dana.

— Non. Mes parents sont morts et je ne vois mon frère que très rarement.

— Je suis désolée. Vous devez vous sentir bien seule…

— J'ai des amis. Mais il est sûr que je n'ai jamais connu ça…

Et elle désigna d'un geste de la main la pièce remplie de Lewis de tous les âges. Il y avait bien sûr le père, entouré de ses filles, de ses gendres, de ses petits-enfants…

Quant à elle, grandir dans sa propre famille ne lui avait guère appris le bonheur. C'était en partie à cause de cela qu'elle avait choisi de s'isoler dans le monde de ses rêves. Les personnages qui peuplaient son imagination pouvaient être heureux les uns avec les autres, et ils pouvaient vivre les grandes histoires d'amour qu'elle n'avait jamais rencontrées dans la vraie vie et qu'elle avait renoncé à y trouver…

Un doute la saisit brusquement. Avait-elle vraiment renoncé ? Elle fronça les sourcils et oublia son appétit.

— Vous avez eu beaucoup de chance, conclut-elle.

— Oui, je sais, répondit Dana en l'observant avec affection.

— Pourquoi l'as-tu amenée ?

— Quelle drôle de question, répondit Jack à voix basse. Tu ne l'aimes pas ?

Tess, accoudée près de la fenêtre du salon, secoua la tête dans un geste plein de frustration.

— Je ne la connais pas assez pour avoir une opinion valable. Je trouve simplement que tu ne devrais pas entamer une nouvelle relation avant d'en avoir vraiment terminé avec Sarah.

— Tu crois donc que je devrais garder Tara à distance ?

— N'est-ce pas ce que tu fais avec nous toutes ? Depuis que tu t'es séparé de Sarah, tu n'es plus le même. Tu déménages sans arrêt et tu ne nous parles plus de rien. Qu'essaies-tu de faire ? Nous protéger ? Contre quoi ? Peut-être que nous aimerions t'aider, Jack.

— Je suis assez grand pour me débrouiller seul, Tess, rétorqua-t-il.

— Non ! tu te renfermes sur toi-même, voilà ce que tu fais.

— Je ne me renferme pas sur moi-même, protesta Jack agacé. Et j'aimerais vraiment que tu cesses de prendre mon attitude comme une offense personnelle. J'avais juste besoin de temps pour réfléchir à ce qui est arrivé et pour tourner la page. Et j'avais besoin de le faire sans que vous vous inquiétiez à mon sujet.

— Mais nous sommes ta famille, insista Tess. Nous sommes là pour nous entraider ! Tu ne nous as jamais laissé une chance de te soutenir. Tu ne réussiras jamais à me faire croire que ton conflit avec Sarah ne menace pas tout ce que tu as mis tant d'énergie à construire. Ni que cela ne te blesse pas encore davantage que votre séparation.

— Alors tu penses que je devrais vous laisser me serrer dans vos bras jusqu'à ce qu'elle me fiche la paix ? Je me battrai, Tess, et crois-moi, je gagnerai. Parce que c'est ma vie et que je ne la laisserai pas tout détruire, en dépit de ce que j'ai pu lui faire. Elle prétend avoir été mon épouse, dans les faits sinon légalement, et affirme que cela lui donne des droits sur mon capital. Mais elle n'était pas là quand je travaillais !

— Je le sais bien ! s'exclama Tess avec impatience. Je ne dis pas que tu devrais tout abandonner sans te battre, mais nous avons le droit de te soutenir si tu as besoin d'aide. Même si c'est juste pour nous confier tes tracas. Tout le monde a besoin de parler ! Je ne comprendrai jamais cette attitude idiote de macho taciturne…

— Je ne suis pas un macho taciturne. Je suis capable de me défendre tout seul !

Tess leva les yeux au ciel et soupira.

— Je n'ai jamais dit le contraire. Je dis simplement que tu n'es pas obligé de te défendre tout seul. Bon sang, pourquoi laisses-tu cette histoire avec Sarah te couper de ta famille ? Tu es tout le temps sur la défensive, Tara a raison. Et tu es sur la défensive car tu te sens vulnérable. Et sans doute parce que tu as un peu peur. Mais ça, pour que tu l'admettes !

Jack regarda Tara un instant, et celle-ci lui adressa un doux sourire. Sa tension se relâcha aussitôt. C'était comme tourner son visage vers le soleil un jour de grand froid. Rasséréné, il se tourna de nouveau vers sa sœur.

— Oui, vous avez raison toutes les deux. Je suis sur la défensive. Comme tout le monde, non ? On craint tous de commettre une erreur ou de s'attacher à la mauvaise personne.

— Justement. Le moment pour entamer une nouvelle relation est très mal choisi, tu le sais ?

— C'est possible, admit-il en hochant la tête. Pourtant, ce n'est pas moi qui suis allé la chercher. Je ne peux pas t'expliquer pourquoi, mais malgré nos problèmes mutuels, j'ai le sentiment que nous sommes faits l'un pour l'autre.

Perplexe, Tess le contempla une seconde en silence.

— Elle est déjà si importante pour toi ?

— On dirait, oui. Je ne sais pas pourquoi. Ou peut-être que je ne suis pas encore prêt à t'en parler. De toute la famille, tu es celle qui soulignera le mieux tous les obstacles qui nous attendent. Ce serait sans doute une bonne chose pour quelqu'un de trop optimiste, mais pas forcément pour quelqu'un qui est déjà très pessimiste.

— Parfait. Il faut que j'arrête de m'inquiéter à ton sujet, c'est ça ?

— Tess, pour l'amour du ciel, s'exclama Jack en fronçant les sourcils. Je sais que tu t'inquiètes pour moi et j'en suis heureux. Tu es ma grande sœur et je t'aimerai jusqu'à la fin de mes jours. Mais tu dois me laisser courir mes propres risques et vivre ma vie. Je suis assez grand pour cela. Quand j'aurai besoin de toi, je sais que tu seras là, et c'est suffisant.

— En d'autres termes, ça signifie « fiche-moi la paix », non ?

— En l'occurrence, oui.

Tess le regarda avec tristesse avant d'acquiescer.

— D'accord, je ne m'en mêlerai pas, Jack. Mais sache simplement que je tiens à toi. Nous venons juste de te retrouver, et je serais très triste que tu disparaisses de nouveau pendant des mois.

— Cela n'arrivera pas.

— Prends ton temps avec Tara, ajouta-t-elle en lui serrant le bras. Si tu tiens à elle, ne l'entraîne pas dans une histoire dont tu ne sais pas encore si elle durera. C'est ta première petite amie depuis Sarah, et en général, ce n'est pas un excellent pronostic pour l'avenir…

— Tu t'inquiètes pour Tara à présent ?

— Je ne la connais pas, mais je te connais. Et si tu lui fais du mal, je sais que tu seras dévoré de culpabilité pendant longtemps. Je ne veux pas que cela t'arrive.

9.

En se garant devant sa maison, Tara découvrit la voiture de sport désormais familière. Son estomac se noua. Cette femme était comme une mauvaise grippe ! On pensait à peine en être débarrassée qu'elle revenait !

Dans quelques jours, son amie Lizzie se mariait, et elle lui avait demandé d'être sa demoiselle d'honneur. Si bien que Mag et elle avaient passé la journée en ville à faire les boutiques. Tara se sentait d'une humeur excellente en rentrant, sentiment que la perspective d'une soirée avec Jack n'avait fait que renforcer. Mais voir la voiture de Sarah devant chez lui l'avait immédiatement rembrunie.

Tara coupa le contact du moteur et pianota sur le volant. Que faire ? Elle pouvait aller frapper à la porte de Jack et lui demander de but en blanc ce qui se passait. Ou alors marcher subrepticement jusqu'à la fenêtre du salon pour écouter sans être vue. Non, songea-t-elle, c'était absurde.

Ses doigts pianotèrent de plus belle.

Jack avait beau ne vouloir aucune règle gravée dans le marbre, ils n'en avaient pas moins une liaison désormais. Et une liaison sans doute importante, Tara n'était ni assez aveugle ni assez bornée pour ne pas l'avoir compris.

Elle savait également que cette liaison pouvait encore être facilement rompue. S'ils arrivaient désormais à passer plus de cinq minutes ensemble sans se chamailler, cela ne signifiait pas pour autant que leur relation reposait sur des bases solides…

Aussi savoir Sarah chez Jack l'inquiétait beaucoup. Il

détestait cette femme, pourtant ! Son instinct avait beau l'assurer qu'il n'y avait plus rien entre eux, cela ne suffisait pas à calmer ses craintes. La présence chez Jack de cette créature pernicieuse la contrariait profondément.

Tara resta dix minutes derrière son volant, à ruminer ses pensées et à imaginer une nouvelle fin particulièrement horrible pour Eliza, dévorée vivante par des fourmis carnivores. Voilà ce qu'elle méritait !

Jack observait la silhouette assise à l'intérieur de la voiture. Cela faisait une éternité qu'elle attendait là. Pour quelle raison ? La radio devait jouer un morceau de musique particulièrement beau, ou alors elle bavardait avec une de ses amies sur son portable… Dans son dos, Sarah continuait de parler.

— Je ne veux que ce qui me revient de droit.

— Et tu crois vraiment que la moitié de tout ce que j'ai gagné ces dernières années t'appartient légitimement ? rétorqua-t-il en se retournant.

— Tu n'aurais jamais eu les moyens d'acquérir toutes ces maisons si tu n'avais pas eu l'argent de la première. Celle que nous avons achetée ensemble.

— Celle que je t'ai remboursée plus que généreusement ?

— Il s'agissait d'un investissement, le corrigea-t-elle.

— Comme c'est romantique !

— C'est toi qui as changé, protesta-t-elle. Tu n'étais plus l'homme ambitieux avec lequel je m'étais fiancée. Tu étais devenu un travailleur manuel !

— Je suis heureux ainsi. Si tu m'aimais autant que tu le prétends, tu aurais été heureuse que je trouve ma voie. En fait, tout ce que tu me reproches, c'est d'avoir été le premier à avoir trouvé le courage de déclarer forfait.

Sarah secoua la tête et un froncement de sourcils plissa son joli front.

— Tu savais que j'avais de l'ambition, Jack, que j'avais des projets à long terme. Tu savais que je voulais me marier. Nous aurions même pu avoir cette famille que tu désirais tant. Mais tu as tout gâché lorsque tu t'es lancé dans ces affaires stupides. Cette vie, ajouta-t-elle en embrassant la maison d'un geste de la main, ce n'est tout simplement pas pour moi. Et tu le savais lorsque tu as pris la décision de commencer.

— L'eau a coulé sous les ponts depuis, Sarah. Je ne peux pas revenir en arrière et changer ce qui est arrivé. Nous n'étions pas faits l'un pour l'autre, c'est tout. Mais cela ne veut pas dire que je suis prêt à t'abandonner le fruit d'années de travail. Alors combien te faut-il pour que tu me fiches enfin la paix ?

Du coin de l'œil, il voyait toujours Tara au volant de son auto. Combien il aurait donné pour s'y trouver lui aussi, pour bavarder et rire avec elle, pour se réchauffer le cœur à ses joyeuses plaisanteries !

— La moitié, Jack. Je te l'ai déjà dit.

— Jamais.

Où le menait sa relation avec Tara ? Il devait y réfléchir avant de commettre une erreur. Elle le méritait. Car ils ne pourraient pas continuer ainsi sans franchir une étape, tôt ou tard. C'est ainsi qu'évoluaient toutes les relations amoureuses.

— Je l'obtiendrai. Même davantage si je le peux. J'ai perdu trop de temps avec toi, tu me dois cet argent.

Le mariage ? Des enfants ? Tout ce qu'il avait refusé avec Sarah, pourrait-il le trouver avec Tara ?

Il pivota sur ses talons pour faire face à sa visiteuse et fut surpris de voir l'expression vindicative sur son beau visage.

— Tu ne l'obtiendras pas. Je me battrai. Je veux bien t'accorder une petite somme, en échange d'un papier signé confirmant que tu abandonnes toute réclamation ultérieure. Si tu refuses, j'irai devant les tribunaux et tu risques bien de te retrouver sans un centime. J'en ai assez de tout ça, Sarah, tu dois le comprendre. C'est fini. Terminé.

— Que dira ta petite amie lorsque tu te retrouveras sur la paille ? rétorqua froidement Sarah. T'entretiendra-t-elle avec ses petits romans ? Tu as bien changé si tu es prêt à te laisser entretenir par une femme en attendant de te remettre à flot !

— Sors d'ici. Si je n'avais pas été certain de ne plus t'aimer, cette rencontre aurait suffi à m'en convaincre.

— Nous nous retrouverons devant le juge.

Et sur ces mots, Sarah tourna les talons et sortit de la pièce.

Tara en avait assez de rester dans sa voiture. Comprenant que rentrer chez elle ne chasserait pas son impatience, elle décida d'aller faire une promenade pour se calmer.

Ses pensées revinrent à la fête d'anniversaire de M. Lewis et aux conversations qu'elle avait eues avec Dana et Rachel. Seule Tess l'avait évitée…

— C'est super de voir Jack heureux avec quelqu'un !

— Vous avez du courage : ce n'est pas un garçon facile. Mais c'est un type bien, vous verrez…

Tara avait vu Jack jouer avec ses neveux et nièces, puis discuter affectueusement avec son père, à qui il ressemblait beaucoup. Cela lui avait fait deviner qu'il serait encore très beau, même à un âge avancé. A ce moment-là, Tara avait pris conscience qu'elle était amoureuse de lui.

Pourtant, ce ne fut que sur le chemin côtier, en regardant les vagues se briser sur les rochers, qu'elle en eut la certitude. La voiture de Sarah gâchait tout. Jack avait réussi à vaincre ses défenses et à lui montrer que la vie à deux pouvait être un bonheur. Mais la présence de son ex représentait un avertissement.

Combien de temps durerait leur aventure ?

Dans combien de temps se retrouverait-elle seule de nouveau ?

Une angoisse inconnue lui serrait désormais le cœur, comme une gangue de glace.

Le comportement de Tara avait changé depuis la fête d'anniversaire de son père. Jack n'aurait pas su dire en quoi, mais il avait l'impression que l'étincelle qui l'animait s'éteignait peu à peu. Mais pourquoi ?

Son cœur se serra quand il la découvrit dans sa longue robe de demoiselle d'honneur. Elle était d'une beauté à couper le souffle ! Son beau visage rayonnait, entouré d'un halo de cheveux dorés et éclairé d'un sourire serein, alors que Lizzie prononçait ses vœux. Durant toute la cérémonie, il fut incapable de la quitter des yeux. Une fois le service terminé, il ne se souvenait de rien, sinon de sa beauté, de son charme, des larmes qui lui avaient rempli les yeux lorsque la marche nuptiale avait retenti. Ils auraient aussi bien pu être seuls tous les deux dans l'église…

La réception qui suivit, en revanche, fut complètement différente. Toutes les amies de Tara étaient présentes, et surexcitées !

Lizzie, superbe dans sa robe de mariée, faisait le tour de toutes les tables pour discuter avec ses invités, après le repas.

— Mais vous êtes le danseur ! s'exclama-t-elle en voyant Jack.

— Le danseur ? rétorqua-t-il, étonné.

— Oui, je vous ai vu au pub, l'autre soir… Je crois que Tara n'a jamais eu un si bon cavalier de toute sa vie.

— Oui, ça devait être moi, concéda-t-il avec un sourire.

Une magnifique créature élégamment vêtue vint les rejoindre et lui adressa un sourire séducteur.

— On a beaucoup parlé de vous récemment.

— Ah oui ? Et qu'avez-vous dit à mon sujet ?

— Oh, je pense que vous seriez gêné de l'apprendre ! Les hommes ne savent pas de quoi discutent les femmes dans leurs dos. Ils préfèrent imaginer que nous parlons de couture ou de cuisine, ça nous rend plus inoffensives.

Lizzie lui adressa un sourire rassurant.

— Je vous présente Laura. Vous ne craignez rien tant que vous êtes avec Tara. Mais si vous ne l'étiez pas… je vous conseillerais de fuir à toutes jambes sans vous retourner, ajouta-t-elle à mi-voix.

Mag, qui avait été sa voisine de table pendant le dîner, se mit à rire.

— Sauf si vous aviez envie d'être attrapé, évidemment, précisa-t-elle.

— Et ils sont nombreux ceux qui le souhaitent, déclara Laura.

— J'ai un ami, Adam, reprit Jack. Vous devriez faire sa connaissance. Je suis sûr que vous vous entendriez très bien tous les deux. Vous vous ressemblez beaucoup.

— A-t-il une belle voiture ?

— Juste une Porsche.

La carte de visite de Laura apparut comme par magie sur la table.

— Dites-lui de m'appeler…

Rejoignant le petit groupe, Tara s'appuya familièrement sur l'épaule de Laura.

— Coucou ! J'ai raté quelque chose ?

— Nous faisions la connaissance de Jack, expliqua Laura. Il est vraiment appétissant !

Ce compliment fit grimacer Jack.

— Oui, aussi appétissant qu'un gâteau au chocolat. Tu ne trouves pas, Tara ?

— Absolument, rétorqua celle-ci en riant. Nappé de crème anglaise ! C'est tout à fait toi, Jack.

Surtout vêtu de son magnifique costume sombre ! Tara avait d'ailleurs noté qu'en dehors de la mariée, qui n'avait d'yeux que pour son mari, toutes les invitées l'avaient admiré. Cette constatation l'avait remplie d'un curieux mélange de fierté et de jalousie…

Mais le petit orchestre, en attaquant un air endiablé, ne lui laissa pas le temps de s'abandonner à ces sentiments mitigés.

— On peut toujours compter sur Tara pour nous amener quelqu'un d'aussi séduisant que les héros de ses romans, fit remarquer Lizzie.

— Oui, comme celui dont tu nous parlais récemment, rétorqua Laura. Tu sais, ce personnage qui ressemblait à un homme que tu admirais…

— C'était il y a une éternité, protesta Tara.

Elle jeta à ses amies un regard menaçant et essaya d'entraîner Jack vers la piste de danse. Mais ce dernier avait déjà mordu à l'hameçon.

— De qui s'agit-il ? demanda-t-il.

— Oh, d'un inconnu sur lequel Tara a fantasmé pendant des jours, répondit Laura sans tenir compte des coups d'œil furibonds de son amie. Son imagination débordante a complété la réalité avec des détails torrides. J'imagine qu'il y a toujours un fond de vérité dans tous les personnages de fiction, non ?

— Tu as fantasmé sur un inconnu pendant des jours ? répéta Jack intrigué. Etait-il beau, au moins ?

— Pas mal, sans plus, répondit la jeune femme. Tu sais, j'ai beaucoup d'imagination : c'est ce qui me permet d'écrire mes romans…

Jack continuait de sourire en dépit du nœud qui lui serrait l'estomac. « Je suis jaloux ! » pensa-t-il tout à coup. Et cela n'avait rien d'agréable ! Les explications de Tara ne changeaient rien à la réalité : un type l'avait fait fantasmer, et ce n'était pas lui !

Laura ajouta de l'huile sur le feu.

— Tu minimises l'épisode, Tara ! En fait, cet inconnu l'a complètement tourneboulée. Elle s'est enfermée et ne quittait plus le clavier de son ordinateur.

Tara ne souriait plus du tout. Elle jeta un regard furieux à Laura avant de se retourner vers Jack.

— Nous pourrions peut-être aller danser, non ?

— Bonne idée.

Il adressa un signe de tête à la tablée avant de prendre la main de la jeune femme et de l'accompagner jusqu'à la piste.

Ils se mirent à danser et restèrent silencieux un moment, avant qu'il ne se décide à parler.

— A propos de ce type… Tu le vois encore ?

— De temps en temps, répondit-elle en détournant les yeux.

— Et il te fait toujours fantasmer ?

— Hum… ce n'est pas ce que tu imagines.

— Alors explique-toi !

Surprise par son ton impérieux, Tara le regarda en face.

— Tu es jaloux ?

— Si tu continues de fantasmer sur ce type tout en sortant avec moi, alors oui, je suis fichtrement jaloux !

Elle lui adressa un sourire radieux. Cela lui plaisait donc de le rendre jaloux ? se demanda-t-il. Décidément, les femmes resteraient une énigme pour lui.

— L'homme en question…

— Non, je ne veux pas en entendre davantage, l'interrompit-il. Après tout, peut-être que tu as besoin de fantasmer sur un inconnu à distance pour écrire tes romans. Cela ne me regarde pas.

— Je crois que si. Et personne ne m'avait jamais fait fantasmer ainsi jusqu'à présent. C'était tout à fait inédit.

— Cela signifie sans doute quelque chose, rétorqua Jack en serrant les lèvres. Tu devrais essayer d'en savoir plus à son sujet pour voir si cette attirance est justifiée. Après tout, c'est peut-être le destin qui vous a fait vous rencontrer.

Elle se serra contre lui langoureusement et leva la tête vers lui.

— C'est aussi certainement le destin qui m'a fait choisir son nom pour le héros de mon roman.

Jack mit quelques secondes avant de comprendre. Ebahi, il baissa la tête vers Tara.

— Tu veux dire que cet inconnu, c'est moi ?

La jeune femme acquiesça.

— Tu me regardais de loin ? Et je te faisais fantasmer ?

— Tu travaillais tous les jours devant mes fenêtres pendant que j'essayais d'écrire mon nouveau roman, protesta-t-elle. Tout est arrivé par accident…

— Alors si je comprends bien, j'ai servi de modèle au Jack Lewis de ton livre ?

Elle acquiesça en silence.

— Alors la première fois que je t'ai dit mon nom…

— J'ai eu une crise de panique ! avoua-t-elle en rougissant. Pendant un moment, j'ai cru que quelqu'un t'avait parlé de mon personnage, c'était vraiment bizarre ! J'aurais pu choisir des milliers d'autres noms…

— Peut-être l'avais-tu déjà entendu ?

— Je ne suis pas sénile ! protesta-t-elle. Si quelqu'un m'avait dit ton nom, je m'en serais souvenue !

Pensif, Jack releva la tête et continua de danser tout en essayant d'assimiler ces informations nouvelles. C'était vraiment étrange.

— Et suis-je à la hauteur de mon double romanesque ?

Tara se rendit compte qu'elle pénétrait sur le terrain dangereux de l'ego masculin. Cette question l'avait tourmentée également. Elle aurait été très déçue que Jack n'égale pas son héros littéraire, et quelques soirées d'introspection avaient fini par lui faire comprendre que cette crainte l'avait sans doute incitée à le repousser tout d'abord. Il était bien plus facile de vivre avec son fantasme intact plutôt que d'être déçu par la réalité. Sans compter que dans ce dernier cas, elle aurait été incapable de continuer d'éprouver une telle empathie pour le Jack Lewis de son roman…

Heureusement, le temps avait fini par lui ouvrir les yeux. Le vrai Jack était très différent du personnage forgé par son imagination. Très différent, mais pas décevant du tout, bien au contraire ! Mais comment le lui avouer sans trahir ses sentiments les plus intimes ? S'il la rejetait après cela, que lui resterait-il ? Avoir le cœur brisé et être dépouillée de sa dignité la terrorisait !

— Tu es bien mieux que lui, finit-elle par répondre. Tu es réel.

— Je n'ai pas déçu tes fantasmes ?

— Non…

— Toute notre histoire n'est donc pas une sorte de recherche que tu mènes pour la crédibilité de ton personnage ?

— Bien sûr que non !

— Ni le produit de la curiosité ?

— Non.

Jack la contempla avec tendresse, et Tara ne détourna pas le regard, dans l'espoir qu'il saurait lire dans ses yeux la sincérité de son cœur.

Il parut soudain comprendre quelque chose.

— Tu me repoussais parce que tu avais peur !

— C'est vrai…

— Peur de quoi exactement ? Que je sois comme l'homme qui te faisait fantasmer ?

— Oui, murmura-t-elle.

— Ton héros ?

— Quelque chose comme ça…

— C'est une grande responsabilité !

— Si je te l'avais dit dès le début, tu aurais pris tes jambes à ton cou, lui fit-elle remarquer avec un sourire timide.

— Mais je croyais que tu voulais justement que je garde mes distances ?

— Je suppose qu'une partie de moi-même ne le voulait pas.

La musique les enveloppait comme un doux nuage harmonieux, et ils continuaient de danser l'un contre l'autre, perdus dans leur monde, conscients qu'ils avaient une des conversations les plus importantes de leur vie. Jack était terriblement ému de voir cette jeune femme d'ordinaire si farouche s'abandonner ainsi entre ses bras. Son mélange d'énergie, de force et de vulnérabilité le touchait profondément, et il savoura le bonheur de la tenir contre lui, de sentir leurs deux corps bouger à l'unisson au rythme lent de l'orchestre.

Finalement, il fut incapable de retenir la question qui le harcelait.

— Tara, ne serais-tu pas amoureuse de moi, par hasard ?

Il la sentit aussitôt se raidir entre ses bras.

— Est-ce que cela changerait quelque chose si je l'étais ?

— Ce n'est pas une réponse. Je ne suis pas un héros romanesque, tu sais…

— Je sais, Jack, et c'est aussi bien. Tu es parfait ainsi. Avec ta montagne de défauts…

Malgré cette petite pique, il ne put maîtriser une soudaine anxiété. Jamais il ne serait à la hauteur de ce qu'elle attendait de lui ! Et jamais non plus il ne se pardonnerait de la blesser… Mais il était incapable de la regarder en face et de lui expliquer qu'il ne pouvait pas lui promettre de ne jamais lui faire de mal. Il ne pouvait pas non plus lui demander de gâcher ses plus belles années à attendre qu'il soit capable de s'engager dans une relation stable.

Comme il l'avait fait avec Sarah.

Cette fois, c'était différent. Il savait qu'il aimait trop Tara pour risquer de la blesser, de la décevoir. Il ne voulait pas voir la lueur chaleureuse de ses beaux yeux s'éteindre, comme cela s'était déjà produit par moments ces derniers temps.

Sans compter qu'il ne pouvait négliger l'aspect financier. Sa fierté lui interdisait de s'engager dans une relation alors que son capital se trouvait menacé par une éventuelle action en justice de Sarah.

Comme une machine emballée, son esprit cherchait de nouvelles excuses pour qu'il quitte Tara et pour le convaincre que c'était la seule solution honorable. Au fond, il connaissait déjà la seule et véritable raison.

Il n'était pas assez sûr de lui pour accepter de l'aimer.

— Dis quelque chose, intervint-elle.

— Je ne peux pas… tout cela me dépasse, Tara. Je suis désolé, mais j'ai peur de ne pas être capable de répondre à tes attentes.

Une immense tristesse accabla soudain Tara, et son cœur se mua en pierre dans sa poitrine. Elle réussit à ravaler les larmes qui lui montaient aux yeux, malgré la douleur qui la broyait intérieurement.

— Je comprends…

— Je n'ai jamais rencontré quelqu'un comme toi.

— Ne te fatigue pas, Jack, ça va.

Elle s'écarta de lui et le regarda en silence, pour mémoriser chaque trait de son visage et se rappeler jusqu'à sa mort le jour où un homme lui avait brisé le cœur pour la première fois.

— A bientôt, Jack Lewis.

Sur ces mots, elle tourna les talons et se dirigea comme

une somnambule à travers la foule des danseurs jusqu'à la porte de sortie de la salle.

Mag étudia le visage de Tara et fut frappée par son teint presque translucide, par les cernes sombres qui soulignaient ses yeux, que toute vivacité avait désertés.

— Tu as une tête terrible.

— Je t'adore moi aussi, Mag…

— C'est la vérité !

— J'ai la grippe. Tu voudrais que j'aie l'air en pleine forme ?

Mag haussa les épaules et laissa échapper un soupir exaspéré.

— La grippe, bien sûr ! Cela n'a rien à voir avec le fait que tu sois tombée amoureuse pour la première fois de ta vie et que ça tourne au désastre…

Tara, roulée en boule sur le canapé de son amie, eut un soubresaut.

— Comme si tu n'avais aucune responsabilité dans tout ça ! s'exclama-t-elle. N'est-ce pas toi qui m'as encouragée à mieux connaître Jack ?

— Je ne pouvais pas savoir que votre histoire tournerait aussi mal. Si tu me racontes les choses horribles qu'il t'a dites pour te mettre dans cet état, je prends ma voiture sur-le-champ et je vais lui coller mon poing dans la figure ! Même s'il me faut une échelle pour y arriver.

Tara n'eut même pas la force de sourire. Elle ignorait complètement que l'amour pouvait être une chose aussi douloureuse. Comment son éditrice avait-elle pu lui acheter ses romans, alors que son expérience du cœur humain présentait de telles lacunes ?

Heureusement qu'il y avait Mag ! Son amie fidèle l'avait aidée à soigner les premiers symptômes de sa grippe et de sa déception sentimentale avec des flots de thé, une couverture moelleuse et une compassion à toute épreuve.

— Alors, que veux-tu me dire ?

Tara soupira et tourna la tête vers l'écran de télévision, sur lequel passait un dessin animé pour enfants.

— De quoi veux-tu que je parle ?

— Des raisons qui t'ont déprimée au point que tu te rendes malade, par exemple.

— J'ai la grippe, protesta Tara en essuyant une larme furtive. Faut-il que j'invente une histoire pour avoir la paix ?

— Oh, fit Mag avec une grimace. De mauvaise humeur, je vois…

— Fiche-moi la paix, par pitié ! répondit Tara en enfouissant la tête sous sa couverture.

— Pas question, rétorqua Mag. Quel genre d'amie serais-je si je te laissais te morfondre dans mon canapé sans rien faire ?

Elle avala une autre gorgée de café et attendit une minute avant de reprendre la parole.

— Tu es toujours vivante ?

La couverture bougea mollement, mais elle n'obtint aucune réponse.

— Très bien, j'ai tout mon temps. Préviens-moi quand tu seras prête à parler.

— Je suis amoureuse de Jack, répondit Tara en sortant de sous sa couverture.

— Je crois que j'avais saisi ce point-là, merci.

— Non, je veux dire que je suis véritablement amoureuse. Folle amoureuse. Pour la vie !

— Hum…

— Je ne comprends pas comment cela a pu m'arriver. Je ne veux pas être amoureuse de lui !

— Je sais.

— Je ne veux être amoureuse de personne d'ailleurs ! Non pas que je veuille vivre seule toute ma vie…

— Bien sûr.

— … mais je voudrais rencontrer quelqu'un de… je ne sais pas…

— Moins dangereux pour ton cœur ?

— Voilà, c'est ça !

— Un type genre : quatre enfants, un chien et une maison avec un petit jardin.

— Exactement ! Je savais que tu comprendrais. Un homme qui m'offre la sécurité, la stabilité, et une compréhension mutuelle.

— Des choses très importantes, confirma Mag en hochant la tête. Mais pour les longues soirées d'hiver, un peu de passion ne serait pas de trop, non ?

— Oui, peut-être.

— Sinon tu risques de trouver ennuyeux de faire tes deux enfants virgule quatre. Après tout, il faut quelques tentatives avant que ça marche. Plusieurs nuits, pour être plus précise. Alors autant que ça ressemble un peu à ce que Laura décrivait si bien. Tu vois ce que je veux dire ?

Tara devint rouge comme une pivoine.

— Oui, très bien…

— A moins bien sûr qu'avec Jack, ça ne soit pas…

— Ne va pas plus loin, l'interrompit Tara.

— Pourquoi ? Après tout, Jack n'a pas l'air d'un homme à qui il faut fournir une vidéo explicative !

— Mag !

— D'accord, j'arrête. Mais tu dois admettre que c'est un bon point à son crédit. Penses-tu qu'il serait un bon père ?

Tara ferma les yeux alors que des souvenirs de Jack avec ses neveux et nièces lui revenaient à l'esprit. Ferait-il un bon père ? Oui, il serait le meilleur !

Elle tourna des yeux pleins de larmes vers son amie et acquiesça en se mordant la lèvre.

— Donc, pour résumer, reprit Mag, il est terriblement sexy, il a le sens de l'humour, il te met sans cesse au défi et t'encourage à te dépasser, il se débrouille bien avec les enfants et il gagne bien sa vie. Jusque-là, je ne me trompe pas ?

Tara secoua la tête négativement.

— Tu oublies juste un détail, Mag. Il ne veut pas de moi.

Mag la contempla avec des yeux écarquillés alors que Tara fondait en larmes.

— Mais que diable s'est-il passé entre vous ?

— Je crois… qu’il a compris… que j’étais amoureuse de lui ! répondit Tara en sanglotant.

— Et il t’a laissée tomber ?

— Il m’a dit… que c’était trop pour lui… qu’il ne serait pas à la hauteur… Et puis, je suis une menteuse ! Une horrible menteuse !

— Tara, je ne comprends rien de ce que tu me racontes. D’abord, pourquoi dis-tu que tu es une menteuse ?

— Parce que j’écris des romans sentimentaux depuis des années et que je ne savais pas qu’être amoureuse faisait si mal !

10.

— Tu as une mine affreuse.

Jack jeta un regard morne en direction de Tess.

— Qui ? Moi ? Tu dois me confondre avec quelqu'un d'autre. J'ai toujours l'air épanoui, même au saut du lit. C'est un don de la nature.

— Oui, bien sûr ! rétorqua sa sœur en lui donnant un petit coup sur l'épaule. Et tu préférerais mourir à petit feu plutôt que d'admettre que tu es malheureux. J'imagine que c'est à cause de Tara ?

— Ne commence pas…

— Je n'ai jamais arrêté. Vous seriez-vous disputés ?

— C'est une litote. Je ne la vois plus. Cela doit te faire plaisir, non ?

Tess l'examina pensivement, sans même prendre la peine de répondre à sa question provocatrice.

— Que s'est-il passé ?

— Cela n'a aucune importance.

— Puisque cela te met dans cet état, je crois que si.

Jack examina la pointe de ses chaussures.

— Oui, tu as sans doute raison. Mais cela n'a plus d'importance désormais. J'ai tout gâché une fois encore.

— Tu l'aimes ?

— Cela ne change rien.

— Bien sûr que si, rétorqua Tess en éclatant de rire. Arrête de jouer les gros durs et de prétendre que ce genre de choses t'arrive chaque mois !

— Je me demande pourquoi tu insistes autant puisque

tu ne l'aimais pas, répondit-il avec colère. C'est bien toi qui affirmais qu'il était trop tôt pour que je me lance dans une nouvelle relation sentimentale, non ? Eh bien tu avais raison. Tu es contente ?

— Je n'ai jamais dit que je ne l'aimais pas ! protesta Tess, étonnée. Je l'aime bien, surtout si elle te rend heureux. Et pour l'instant, son absence te rend visiblement malheureux. J'imagine qu'en fait, il n'y a pas de bon ou de mauvais moment pour tomber amoureux.

Jack haussa les épaules et regretta de s'être aventuré seul dans la cuisine avec sa sœur. Il aurait mieux fait de rester avec le reste de la famille, réunie pour un nouvel anniversaire…

Au bout d'un instant, voyant que son frère ne répondait pas, Tess reprit la parole.

— Elle t'a laissé tomber ?

— Non, en fait, c'est moi qui ai rompu.

— Alors que tu es amoureux d'elle ? C'est d'une logique !

— Je n'ai pas dit que j'étais amoureux de Tara.

— Non, mais c'est quand même le cas.

— Tess, je crois simplement que je ne suis pas l'homme dont elle a besoin. Elle cherche un héros de roman, et franchement, je ne me sens pas à la hauteur. Surtout en ce moment.

— A cause de Sarah ?

— Peut-être, finit-il par admettre.

— Ainsi, non seulement Sarah t'a fait passer des moments affreux, mais en plus, elle réussit à t'empêcher de retrouver le bonheur !

— Vas-tu me laisser en paix, Tess ? Tu n'as plus besoin de jouer à la maman avec moi : je suis un grand garçon désormais.

— Dans ce cas, conduis-toi en adulte et ne laisse pas ton passé handicaper ton avenir !

Jack sentait sa patience s'amenuiser à vue d'œil. Tess avait toujours eu le don de remuer le couteau dans la plaie, et dans son état, il n'était pas du tout d'humeur à le supporter…

— Qu'aurais-tu donc fait à ma place ? Sarah risque de me prendre tout ce que j'ai : j'aurais dû laisser Tara m'entretenir ? Quel beau début pour une histoire d'amour !

Sa sœur le contempla une nouvelle fois avec stupeur.

— Tu veux dire que tu t'es séparé de Tara parce que tu as peur qu'elle ne t'aime plus si tu n'es pas indépendant financièrement ?

— Mais non ! Enfin, oui, peut-être en partie.

Tess leva les yeux au ciel.

— Ce que tu peux être stupide !

— Merci, ce sont exactement les paroles d'encouragement dont j'ai besoin.

— Ce n'est quand même pas ma faute si tu es sentimentalement inhibé !

— Sentimentalement inhibé ? C'est faux !

— Et comment ! rétorqua sa sœur en balayant son objection d'un geste énergique. Tu avais déjà du mal à gérer tes émotions avec Sarah. Tu te prends pour un type infaillible, quelqu'un qui n'a pas le droit de se tromper. Redescends donc sur terre, Jack ! Tu es humain, comme nous tous, et tu ferais mieux de l'accepter avant de gâcher ta vie.

— Tu ne sais pas de quoi tu parles. J'ai simplement pensé que je n'avais pas le droit de faire souffrir Tara.

— Telle que je la connais, je suis sûre qu'elle saute de joie à l'heure qu'il est. Pourquoi refuses-tu d'accepter tes désirs profonds ? Ne t'es-tu jamais interrogé sur ton travail ? Tu construis des maisons, des foyers qui abriteront des familles. Et je suis sûre qu'au fond de toi, tu sais déjà qu'en réalité, tu accomplis ce travail en pensant à ta propre famille. Celle que tu veux fonder sans vouloir l'admettre. Parce que si tu admettais ce désir secret, tu serais obligé d'admettre également combien ta solitude te pèse.

La colère de Jack avait disparu. Les mots de sa sœur se frayaient un chemin dans son esprit, et même s'il luttait pour les contrer, il savait déjà qu'elle avait raison.

— Si tu penses vraiment tout cela, pourquoi voyais-tu d'un mauvais œil ma liaison avec Tara ? objecta-t-il.

— Parce que j'avais peur que tu t'attaches à elle simplement parce qu'elle était là, parce que tu avais envie de te fixer. Et que tu commettes une erreur encore plus grosse que la dernière fois.

— Ce n'est pas pour ces raisons que j'aime Tara.

Tess acquiesça et son expression grave s'éclaira d'un sourire.

— Je l'ai bien compris. Tu ne serais pas si malheureux si elle ne comptait pas. Mais elle, est-elle amoureuse de toi ?

Jack songea à la manière dont les grands yeux de Tara s'adoucissaient lorsqu'elle le regardait, comment ses petites plaisanteries réussissaient à le tirer de ses moments de mauvaise humeur. Puis il se rappela le chagrin qui avait assombri ses prunelles la dernière fois qu'il l'avait vue.

— Je pense que oui.

— Et crois-tu que tu pourrais être heureux avec elle ? T'imagines-tu dans cinquante ans, marié avec elle et avec une demi-douzaine de Jack et de Tara miniatures autour de vous ? En général, c'est un bon test.

— Nous ne sommes séparés que depuis une semaine et je suis déjà malheureux comme les pierres, alors oui pour la première question. Quant à la seconde, cette perspective ne me semble pas si mauvaise, en effet.

— Alors je pense toujours que tu es stupide. Si elle t'aime et que tu l'aimes, tu es vraiment idiot de la laisser filer. Et pour mettre les points sur les « i », je la trouve très sympathique.

— Ne t'inquiète pas, je vais essayer de recoller les morceaux, si c'est encore possible. Cela fait un moment que j'y pense, mais tu as réussi à me convaincre.

— Tu vois que l'avis d'une grande sœur n'est pas toujours inutile ! rétorqua Tess avec un grand sourire. As-tu également un plan d'action à propos de Sarah ?

Un sourire plissa le coin de la bouche de Jack, qui reprit son air malicieux.

— Dana a trouvé la solution à ce problème. Elle veut rejoindre Donovan & Lewis en tant qu'architecte d'intérieur, et devenir une associée. Aussi lui ai-je vendu mes parts de la société. Je suis un simple employé désormais.

— Tu abandonnes ton affaire ?

— Pas du tout ! La société existe toujours et je la dirige avec Adam et Dana. Je ne figure plus parmi les actionnaires, c'est tout. Je continue de faire ce qui me plaît, et je gagne un salaire très confortable pour ça.

— Mais Sarah peut toujours revendiquer la moitié de l'argent que tu as touché, non ?

— Oui, rétorqua Jack en riant. Je lui ai envoyé hier un chèque de cinquante euros !

Tess resta muette une seconde avant de comprendre le tour de passe-passe génial de Dana.

— C'est fantastique, s'exclama-t-elle en éclatant de rire.

— Oui. Notre sœur est un vrai démon en affaires ! Le pauvre Adam… La vie au bureau va devenir très intéressante, à mon avis.

Ils échangèrent un sourire complice. Par la porte de la cuisine leur parvenaient les rires du reste de la famille, rassemblée dans le salon.

— Et que comptes-tu faire à propos de Tara ? reprit Tess.

— Je ne sais pas encore.

— Méfie-toi. Une femme désespérée est difficile à reconquérir.

Il fit la grimace. L'idée qu'il faisait souffrir Tara le mettait à la torture.

— Comment envisages-tu de la demander en mariage si tu es incapable de lui dire le mot magique ? reprit Tess en souriant.

— Je le lui dirai ! Dès que je la verrai, je lui dirai combien je l'aime. La question qui me préoccupe, c'est comment la retrouver…

— S'il n'y a que ça, je pense que je peux t'aider, rétorqua sa sœur.

Tara sourit au groupe de femmes réuni dans l'auditorium. Cela faisait une éternité que son éditrice n'avait pas organisé une conférence avec ses lectrices, et tout en s'asseyant au bureau installé sur l'estrade, elle fit lentement des yeux le tour du public. Elle en était à la moitié de la salle lorsqu'un regard d'un bleu qu'elle ne connaissait que trop l'arrêta net.

Elle réprima difficilement une exclamation de surprise, puis fronça imperceptiblement les sourcils en faisant un geste du menton vers la porte, pour indiquer à Jack qu'il devait sortir. Il se contenta de lui adresser un sourire angélique.

« Je vais le tuer ! » songea Tara en se tournant vers Eleanore, qui continuait de parler au micro.

— Et maintenant, je vous demande d'applaudir Tara Devlin ! conclut l'éditrice.

Les applaudissements résonnèrent dans la salle comme le tonnerre. Jack, seul homme au milieu de toutes ces femmes, ne fut pas en reste. Tara afficha un sourire un peu crispé pendant que le silence retombait dans le public et que Jack se calait dans son fauteuil.

Eleanore descendit de l'estrade, la laissant seule face au micro. La séance de questions était ouverte.

— Madame Devlin, demanda une jeune fille, pourriez-vous nous dire d'où vous tirez vos idées d'intrigues, s'il vous plaît ?

— Parfois, je m'inspire d'un film dont je n'aime pas la fin, ou bien d'un lieu romantique… En réalité, cela peut être beaucoup de choses, mais en définitive, ce qui compte véritablement, ce sont les personnages et leurs relations, et la manière dont leur personnalité évolue à mesure que l'intrigue progresse.

— Basez-vous tout ce que vous écrivez sur votre expérience personnelle ?

Jack haussa les sourcils d'un air interrogateur et se pencha en avant pour mieux entendre sa réponse.

— Je ne pense pas qu'on puisse écrire un roman sans y mettre un peu de son expérience personnelle et de ses émotions, répondit Tara en serrant les dents. Mais à part le fait que je tombe un peu amoureuse de mes héros *littéraires*, je dois dire que mes histoires ne reflètent pas ma vie sentimentale.

La voix de Jack retentit alors dans la salle.

— Croyez-vous à une fin heureuse dans les histoires d'amour ?

— Je pense que c'est possible pour *certaines* personnes, répondit-elle en forçant son sourire.

Puis elle détourna la tête. Peut-être que, si elle l'ignorait, il finirait par se décourager et partir ?

— Pensez-vous que les héros de vos livres puissent exister dans la vie réelle ?

La question lui serra douloureusement le cœur. Elle continua d'éviter les regards insistants de Jack et opta pour une réponse neutre et sans risques.

— Oui, je pense qu'il existe des héros autour de nous.

— Où pouvons-nous les trouver ? demanda une dame.

— Croyez-moi, j'ai longtemps cherché ! rétorqua une autre lectrice.

— Je crois qu'il y a un héros potentiel au fond de cette salle, s'exclama une femme.

L'assemblée éclata de rire pendant que Tara jurait intérieurement. Non, tout cela n'était qu'un mauvais rêve !

— Est-il célibataire ?

Elle vit Jack se tourner pour adresser son sourire ravageur à la jeune femme qui venait de poser cette dernière question.

— Il m'est difficile de vous le dire pour l'instant, répondit-il. Mais nous pourrons en reparler dans une demi-heure.

Tara ferma les paupières un instant. Que diable entendait-il par là ? Toutes les femmes s'étaient maintenant retournées pour regarder Jack. Une jeune fille rousse prit soudain la parole.

— Tout à l'heure, il m'a dit qu'il était là pour faire une surprise à quelqu'un qu'il n'avait pas vu depuis longtemps.

— Quel genre de surprise ?

— C'est à lui qu'il faut poser la question !

Tara aurait pu se lever et quitter la salle sans que personne ne le remarque : le public tout entier se contorsionnait pour regarder Jack. Il parut hésiter un instant avant d'afficher son sourire de séducteur, envoûtant en quelques secondes la moitié des femmes présentes.

Le cœur de Tara jouait la sarabande dans sa poitrine sans qu'elle parvienne à détacher les yeux de son bourreau. Pourquoi était-il si beau ? Pourquoi l'aimait-elle toujours autant, alors qu'il lui avait brisé le cœur ?

— S'il vous plaît, mesdames, déclara-t-il, je suggère de laisser Mlle Devlin répondre à la question. J'aimerais beaucoup entendre sa réponse.

— Quelle question ? demanda-t-elle, un peu perdue.

— A propos de l'existence des héros dans la vraie vie. Pensez-vous qu'on puisse vraiment en croiser ?

Toutes les femmes reprirent leur position normale pour écouter Tara.

Celle-ci dévisagea Jack un long moment avant de répondre.

— Oui, je pense qu'on peut en rencontrer.

— Mais où ? insista quelqu'un.

— Partout, je suppose. Il suffit de savoir les reconnaître.

— Vous voulez parler de gens comme les pompiers ou des sauveteurs ?

— Par exemple, oui. Ceux-là accomplissent des actions héroïques presque tous les jours. Mais je pensais aussi à tous ceux que nous ne voyons pas. Les héros de la vie quotidienne.

— Qu'appelez-vous un héros de la vie quotidienne ?

— Eh bien, par exemple, un homme qui reconnaît ses propres défauts. Un homme qui sait exprimer ses émotions et qui ne voit pas cela comme une faiblesse. Quelqu'un d'assez courageux pour courir des risques. Je trouve tout cela assez héroïque.

Jack ne la quittait pas des yeux.

— Bien sûr, reprit-elle, c'est une interprétation très personnelle, mais je suppose qu'une femme amoureuse voit l'homme qu'elle aime comme son héros.

Un profond silence tomba dans la salle. En rougissant, Tara baissa les yeux, consciente d'avoir trahi son secret en quelques mots. Une enseigne clignotante au néon aurait été plus discrète que sa déclaration !

— C'est elle, la personne que vous êtes venu voir, n'est-ce pas ?

La jeune fille rousse avait beau murmurer, sa question à Jack fut entendue par le public tout entier.

— Oui, répondit Jack.

— Mais pourquoi ici ? demanda une autre dame.

— Cela me semblait une bonne idée, répondit-il, un peu gêné. Une rencontre avec un auteur de romans sentimentaux, c'est plutôt bien choisi pour dire à une femme qu'on l'aime, non ?

Toutes les femmes de l'assistance laissèrent échapper un soupir, et Tara vit se braquer tous les regards sur elle. Jack se mit à sourire en voyant sa confusion.

— Je crois que je ne l'ai jamais vue aussi calme depuis notre rencontre, ajouta-t-il.

— Qu'est-ce qui te fait croire que j'ai envie d'entendre tout ça ? rétorqua Tara, soudain piquée au vif.

Le sourire de Jack s'élargit.

— Mesdames, qu'en pensez-vous ?

Son nouveau fan-club bondit à sa rescousse. Une grosse dame d'un certain âge fut la première à parler.

— Tout d'abord, il est magnifique !

— J'adore son sourire, ajouta une autre. Je le trouve craquant !

— Et son geste est très romantique.

Jack se leva pour s'approcher de l'estrade, malgré les chaises qui lui barraient le passage.

— Je pensais que tu voudrais peut-être m'épouser, expliqua-t-il. Parce que tu m'aimes un peu. Ou parce que tu es aussi triste que moi depuis notre séparation.

Le silence retomba dans la salle, où l'on aurait entendu voler une mouche. Tout le monde retenait son souffle… Tara examina tous ces visages, avant de tourner les yeux vers Jack qui approchait toujours.

— Même maintenant, tu es incapable de me dire ce que tu éprouves, reprit-elle tristement. Tu n'arrives toujours pas à prononcer certains mots, n'est-ce pas ? Non, c'est trop difficile pour toi. Tu préfères te cacher derrière une salle pleine d'inconnues et jouer de ton charme plutôt que d'avoir une conversation sérieuse.

Jack s'immobilisa, comprenant soudain qu'il avait choisi le mauvais endroit pour une déclaration d'amour.

— Pourrions-nous sortir une minute ? lui demanda-t-il humblement. S'il te plaît ?

Tara resta impassible et prit le temps de réfléchir.

— D'accord. Une minute. Mais pas une seconde de plus.

Il pleuvait des cordes à l'extérieur de l'hôtel.

— Je voulais juste te faire remarquer qu'il tombait des hallebardes, au cas où tu ne l'aurais pas noté, déclara Jack avec un sourire timide.

Mais Tara était trop préoccupée par les dizaines de visages féminins qui s'écrasaient aux fenêtres de la salle de conférence pour être sensible à ses tentatives d'humour.

— On peut dire que tu ne manques pas d'aplomb ! s'écria-t-elle.

Désarçonné par sa soudaine colère, Jack fronça les sourcils.

— Après ce que j'ai fait, je mérite certainement beaucoup de reproches. Mais écoute au moins ce que j'ai à te dire avant de me frapper avec ce qui te tombera sous la main. Notre public le mérite, tu ne crois pas ? ajouta-t-il en désignant les fenêtres.

— *Ton* public, le corrigea-t-elle. Je n'ai rien à voir dans tout cela !

— D'accord.

Il la prit par le bras et scruta les environs à la recherche d'un lieu plus discret pour discuter, mais Tara se libéra d'un geste sec.

— Où espères-tu m'entraîner ? Je te rappelle que j'ai un groupe de lectrices qui m'attend.

Elle le suivit pourtant vers l'auvent du cinéma, qui offrait un coin abrité dans la rue déserte. Elle croisa les bras sur sa poitrine et le défia du regard.

— Tu n'as qu'une minute. Tu m'as déjà dit ce que tu voulais me dire, et je ne vois pas ce que tu pourrais ajouter.

— Je suis le genre d'homme dont tu parlais il y a un instant, répondit-il.

— Tu te prends pour un héros, maintenant ?

— Avec un peu d'aide, je pourrais essayer d'en devenir un.

— Vraiment ?

— Tara ! s'exclama-t-il. Crois-tu que tout cela soit facile pour moi ?

— Je ne sais même pas ce qu'est *tout cela* !

— C'est une demande en mariage, bon sang ! Tu ne l'as pas encore compris ?

Les yeux soudain pleins de larmes et le cœur oppressé, Tara détourna la tête.

— Tu as changé de discours depuis notre dernière rencontre…

— Oui, c'est vrai, admit-il. La dernière fois que nous nous sommes vus, j'avais peur. Peur de toi, et de ce que j'éprouvais à ton égard. J'avais tort.

— Vraiment ? Et que s'est-il passé pour que tu changes d'avis ?

— J'ai compris que j'avais besoin de toi.

— Tu as besoin de moi ? Ce n'était pas le cas il y a une semaine !

— Si, mais je ne le savais pas. Notre relation m'effrayait. Mais depuis, j'ai découvert qu'il existait quelque chose d'encore plus effrayant : vivre sans toi. Je ne peux pas te promettre un avenir radieux. Je suis sûr que nous traverserons des moments difficiles. Mais ce dont je suis sûr également, c'est que je t'aime, davantage que je pensais possible d'aimer une femme, que je ne veux pas d'une existence sans toi. J'essaierai chaque jour de ma vie de prendre soin de toi et d'être là quand tu auras besoin de moi.

— Et si tu n'y arrives pas ?

— Si je n'y arrive pas, je t'autorise à me botter les fesses pour me remettre les idées en place, répondit-il avec un petit sourire.

Tara refusait toujours de le regarder, de peur de céder

à ses prières avant d'avoir eu le temps de réfléchir. C'était déjà assez difficile de ne pas sauter dans ses bras, alors qu'il avait su apaiser ses pires craintes en quelques instants !

— J'ai cru que j'aimais Sarah à une époque, reprit-il. Je l'avais même demandée en mariage car je voulais fonder une famille. Mais en fin de compte, j'ai compris que je ne voulais pas d'une famille à ce prix. Il fallait que ce soit avec une femme que j'aime vraiment.

— Et tu penses que je suis cette femme ?

— Oui. J'en suis certain, répondit-il d'une voix ferme.

Tara resta silencieuse. Cette déclaration aurait été parfaite dans n'importe lequel de ses romans et correspondait à ses rêves les plus secrets. Mais la blessure qu'il lui avait infligée en la quittant une semaine plus tôt n'avait pas disparu. Et s'il changeait de nouveau d'avis ? La réponse était simple : elle n'y survivrait pas.

Trouvant enfin le courage de le regarder dans les yeux, elle secoua tristement la tête.

— Tout aurait pu être différent si tu m'avais dit cela il y a une semaine. J'ai passé toute ma vie à éviter de rencontrer quelqu'un comme toi, Jack. Je n'ai jamais su pourquoi jusqu'à maintenant, mais à présent, je le sais. C'est tout simplement au-dessus de mes forces. Je ne suis pas assez solide.

Elle pivota sur ses talons et, le plantant là, avança sous la pluie en direction de l'hôtel, les épaules secouées de frissons.

Jack la suivit des yeux. Quand il la vit lever la main pour s'essuyer la joue, il comprit que c'était le signe qu'il attendait et il s'élança à sa poursuite.

— Non, tu ne peux pas partir comme ça, s'écria-t-il en lui barrant le chemin.

— Va-t'en, Jack !

— Non.

— Comment ça, non ? Je t'ai donné ma réponse !

— Je ne l'accepte pas.

— Tu n'as pas le choix, protesta-t-elle avec incrédulité. Que comptes-tu faire ? Me forcer à t'épouser ?

— S'il le faut, oui !

— C'est impossible ! Même si tu m'entraînais jusqu'à l'autel, je dirais toujours non.

— Tu diras oui, Tara Devlin. Parce que tu m'aimes. Ose le nier !

— Pour l'instant, je te déteste !

Et elle tenta de le repousser de toutes ses forces, sans parvenir à le faire reculer d'un pouce. Les bras croisés sur la poitrine, Jack la contemplait en souriant.

— Ce sont les deux faces de la même médaille, je suppose !

— Comment peux-tu me dire ce que j'éprouve ! s'écria-t-elle, furieuse.

Jack la prit soudain dans ses bras et lui couvrit le visage de baisers.

— Parce que tu ne me laisses pas le choix, répondit-il. Parce que si je te laisse partir maintenant, toute ma vie sera empoisonnée par le remords, et que je ne suis pas assez courageux pour affronter ça.

Tara se mit à sangloter et il la serra contre lui en essuyant les larmes et les gouttes de pluies qui ruisselaient sur son beau visage.

— Ne pleure pas, ma chérie, murmura-t-il en l'embrassant.

— Tu m'aimes vraiment ?

— Oui, de toute mon âme.

— Tu en es sûr ?

— Certain.

— Et tu es sûr que je suis amoureuse de toi ?

— Oui, j'en suis certain également.

Tara leva les yeux vers lui, et à travers ses larmes, vit un frémissement d'angoisse traverser le visage si viril de Jack. Ce fut cette faiblesse qui la fit céder. Parce qu'elle faisait écho à celle qui la tenaillait, qui l'avait obligée, jusqu'à ce jour, à garder ses distances avec tous ceux qui pouvaient l'approcher et la blesser.

Jusqu'à Jack…

— Pourquoi diable as-tu choisi de venir à cette conférence pour me dire tout cela ?

— J'ai pensé qu'un écrivain de romans sentimentaux comme toi méritait un geste romantique. C'était assez héroïque de ma part, non ?

— Je n'avais pas besoin d'un geste héroïque, Jack, protesta-t-elle en souriant. Me dire que tu m'aimais me suffisait.

— Corrige-moi si je me trompe…

— Ne l'ai-je pas toujours fait ? le coupa-t-elle.

— Oui, admit-il en riant. Mais je te rappelle que je t'ai dit que je t'aimais il y a cinq minutes, et que cela ne suffisait pas.

— Oh, je finirai bien par te croire, si tu continues de me le répéter assez souvent.

Jack la serra de toutes ses forces contre lui.

— Si je te le répétais pendant les prochaines cinquante ou soixante années, ça te conviendrait ?

— Tu vois, répondit-elle en lui passant les bras autour du cou, tu envisages encore l'avenir à court terme.

Debout sous la pluie, ils restèrent enlacés un long moment avant que Jack ne baisse la tête pour l'embrasser sur la bouche.

— Je t'aime, Jack, murmura-t-elle. Je t'aime depuis le jour de notre rencontre. Et la preuve que nous sommes faits l'un pour l'autre, c'est que notre amour nous fait une peur bleue à tous les deux.

— Si je te promets de te serrer dans mes bras chaque fois que tu as peur, tu pourrais accepter d'en faire de même pour moi, et nous surmonterons ainsi notre anxiété…

— C'est une idée merveilleuse, répondit-elle avec un sourire radieux.

Et ils s'embrassèrent avec passion.

RENEE ROSZEL

L'héritier irlandais

éditions HARLEQUIN

Cet ouvrage a été publié en langue anglaise
sous le titre :
SEX, LIES AND LEPRECHAUNS

Traduction française de
PHILIPPE BARBIER

Ce roman a déjà été publié en mai 1995

83-85, boulevard Vincent-Auriol, 75646 PARIS CEDEX 13.
Service Lectrices — Tél. : 01 45 82 47 47
www.harlequin.fr

1.

Un sourire se dessina sur les lèvres de Devlin. C'était bien la première fois qu'un élan de gaieté illuminait son visage depuis qu'il avait quitté son bureau, deux semaines plus tôt, en claquant la porte. Il fallait qu'il fût témoin de la mésaventure d'une charmante Américaine aux prises avec un douanier irlandais un peu étroit d'esprit pour qu'il réussît à oublier les circonstances de son départ brutal de Chicago. L'Américaine, petite brune au corps délié et merveilleusement sexy, tentait désespérément de faire comprendre au fonctionnaire la raison pour laquelle le signal d'alarme s'était déclenché au passage de sa valise. Mais le douanier restait sourd à ses explications. Il prit le bagage de la jeune femme et l'ouvrit malgré ses protestations.

« Elle n'a rien d'une terroriste, cette fille », pensa Devlin en son for intérieur, la regardant vitupérer. Il posait sur elle un regard de connaisseur, s'attachant particulièrement à sa chevelure bouclée et châtaine qui dansait follement autour de son visage et à ses jambes fuselées dont la pratique de la danse — sans doute — avait souligné la musculature.

— Laissez ça ! s'écria la jeune femme en voyant le douanier exhumer une jolie petite culotte de soie de la valise. Je ne vous permets pas…

Elle lui arracha le linge des mains et fut aussitôt vivement rabrouée par le douanier :

— J'en ai envoyé en prison pour moins que ça ! Ecartez-vous, mademoiselle.

— Vous feriez bien de suivre son conseil, fit alors Devlin.

La jeune femme se retourna brusquement, prête à mordre.

— Mêlez-vous de ce qui vous regarde ! lui lança-t-elle.

Devlin ne put s'empêcher de rire.

— Vous ne gagnerez rien à irriter monsieur, répondit-il. La fouille de vos affaires n'en sera que plus longue et les voyageurs qui vous suivent devront attendre.

— C'est le dernier de mes soucis, rétorqua la jeune femme en se tournant vers le douanier qui examinait d'un air soupçonneux un sac de plastique rempli d'une substance blanche.

— Qu'est-ce que c'est que ça ? demanda-t-il en retroussant son nez rond et piqueté de taches de rousseur.

— Du savon en paillettes, répondit la jeune femme en haussant les épaules.

L'homme respira la substance, éternua et la posa sur une console.

— C'est bon, dit-il entre ses dents. Circulez.

— Et mon savon ?

— Je le garde pour le faire analyser.

— Mais c'est ridicule. J'en ai besoin…

— Obéissez à monsieur le douanier, intervint Devlin avec sa voix grave, ou nous serons encore là demain matin.

La jeune femme le terrassa du regard. La colère faisait briller ses grands yeux bleus d'un éclat sauvage qui les rendait plus beaux encore. Devlin la salua d'un petit signe de tête et baissa le regard sur ses jambes nues et hâlées. La cheville fine, le mollet joliment dessiné de l'Américaine éveillèrent en lui un désir impétueux. En la voyant s'éloigner chargée de ses bagages, il eut envie de courir derrière elle pour lui prendre sa valise trop lourde qui la forçait à se déhancher. Non que le mouvement du corps de la jeune femme lui déplût, bien au contraire. Sa marche révélait même ses formes féminines et sa souplesse. « Elle est danseuse, pensa-t-il. Elle n'aurait pas ce port de tête altier et cette silhouette si elle ne s'exerçait chaque jour à la barre. » Et il se la représenta vêtue d'un simple body noir, la jambe tendue, formant un angle droit avec le buste, et la nuque ployée vers les pieds qu'elle entourait de ses deux mains fines.

La voix du douanier interrompit sa rêverie.

— Avez-vous quelque chose à déclarer ?

Devlin fit non de la tête. Il n'eut qu'à montrer ses pièces d'identité puis, ramassant son unique sac de voyage, il pressa le pas dans l'espoir de retrouver la jeune femme dans l'aérogare. Mais il eut beau scruter attentivement le vaste hall, il ne l'aperçut nulle part. Sa bonne humeur s'évanouit aussitôt et le souvenir du drame qui s'était produit quelques semaines auparavant lui revint à la mémoire avec la violence d'un coup de poignard. Il se demanda un instant ce qu'il était venu faire en Irlande. Y trouverait-il la paix qu'il recherchait ? Arriverait-il à calmer sa douleur ? Un instant, devant cette jeune personne irascible mais follement amusante — et si désirable —, le poids qui lui écrasait la poitrine depuis près d'un mois s'était levé comme par enchantement. Que ne lui avait-il demandé où elle séjournait plutôt que de la taquiner comme il l'avait fait ? Il marcherait peut-être à son côté, à présent, et une lueur d'espoir brillerait dans son horizon morne.

Laura régla le chauffeur de taxi et descendit de voiture. Tandis que le chasseur de l'hôtel emportait sa valise, elle admirait la cour pavée et les magnifiques bâtiments du XVIe siècle qui l'entouraient. Elle avait reçu un dépliant du Dingle Bay Hotel sur lequel était représentée la tour de garde du château enveloppée de vigne vierge, mais elle lui paraissait à présent encore plus belle et pleine d'un charme mystérieux.

Elle franchit une porte dont la voûte était en plein cintre et suivit le chasseur dans un escalier à vis. Il s'arrêta au second étage devant une porte surmontée d'un linteau en pierre sur lequel figuraient des armoiries, et l'ouvrit. Le chasseur s'effaça pour laisser passer Laura qui eut un regard émerveillé en pénétrant dans la vaste pièce éclairée par une fenêtre à meneaux. Une cheminée en pierre sculptée occupait l'un des murs et, en vis-à-vis, se dressait un lit à baldaquin. Un coffre de bois sombre, une grande armoire, une table et deux fauteuils complétaient le mobilier de cette chambre d'un noble dépouillement. Un tapis était jeté sur le sol en carreaux de terre cuite.

Quand elle fut seule, Laura s'approcha de la fenêtre pour contempler la baie autour de laquelle se dressaient des falaises rocheuses couvertes de bruyères et d'ajoncs. La mer offrait des reflets turquoise dans la pleine lumière de midi. Des moutonnements se formaient au loin et au pied des rocs sur lesquels les vagues éclataient. C'était un spectacle beau et sauvage, et Laura y était si sensible qu'elle serait restée encore longtemps en contemplation si un bruit de pas dans la cour n'avait attiré son attention. Elle baissa les yeux et reconnut l'intrus de l'aéroport qui s'était adressé à elle sur un ton moqueur, et n'avait cessé de la regarder avec une insistance indiscrète tant qu'elle avait été aux prises avec le douanier.

— Il ne manquait plus que lui, grommela-t-elle entre ses dents sans penser vraiment ce qu'elle disait.

Car, si l'inconnu l'avait irritée, elle n'avait pas été insensible à son physique.

Elle se recula un peu pour qu'il ne la remarquât pas puis, quand il fut entré dans le hall de l'hôtel, elle ouvrit la fenêtre et s'y accouda de nouveau. Le jardin, envahi de roses et de rhododendrons, exhalait des parfums légers. Au pied des murs, une bordure de pensées étirait ses tons jaunes et violets sur le gazon d'un vert tendre. Au-delà du mur d'enceinte, des collines herbues où paissaient les troupeaux de moutons dessinaient leurs courbes apaisantes à perte de vue.

Laura s'écarta à regret de la fenêtre et commença à défaire sa valise. Elle rangea ses vêtements dans la grande armoire puis, après une brève toilette, enfila un jean et un T-shirt.

Elle descendait à la salle à manger quand une porte s'ouvrit à l'étage inférieur et l'Américain de l'aéroport surgit sur le seuil.

— Vous ici ? fit-il d'un air stupéfait et enchanté à la fois. Vous me poursuivez ?

— Je pourrais en dire autant de vous, rétorqua Laura en redressant le menton.

Il baissait sur elle son regard d'un vert profond que soulignaient ses longs cils et ses cheveux noirs. Le sourire qui s'était dessiné naturellement sur ses lèvres était éclatant. Il avait plongé les mains dans les poches avant de son jean et les muscles de ses bras légèrement repliés saillaient. Sa chemise en vichy, aux manches roulées, était déboutonnée au col, laissant voir un rectangle de peau hâlée. Une odeur fraîche de lotion après-rasage se dégageait de lui. Malgré elle, Laura huma ce parfum masculin et caressa des yeux le corps viril de l'inconnu.

Profitant du trouble visible de la jeune femme, Devlin dit de sa voix grave et chaude :

— Je me rends à la salle de restaurant. Faites-moi l'honneur de déjeuner à ma table.

Laura rougit, surprise de l'audace de l'homme, et commença à bredouiller un refus… quand il la prit par le bras.

— Croyez-vous au coup de foudre ? demanda-t-il en l'entraînant dans l'escalier.

Et comme elle ne répondait rien, il reprit :

— Au premier regard que j'ai posé sur vous, j'ai éprouvé un sentiment fulgurant. C'est complètement fou puisque je ne vous connais pas, mais le cœur à ses raisons…

— … que la raison ne connaît pas, termina Laura, revenue de son émotion. Je vous trouve bien présomptueux, monsieur. Qui vous dit que j'accepte de déjeuner en votre compagnie ? Vous m'êtes parfaitement étranger et le peu que je connaisse de vous ne m'est guère sympathique.

Devlin écouta parler la jeune femme, un sourire aux lèvres. Sans se laisser décourager, il continuait de l'entraîner vers la salle du restaurant, mais elle s'esquiva et prit la direction opposée.

— Je ne déjeune pas ! lança-t-elle.

— Je ne connais même pas votre nom, remarqua Devlin avec désinvolture.

Elle marqua un temps d'arrêt et, jetant un regard par-dessus son épaule, dit sèchement :

— Laura Todd. J'habite en Floride, à Talahassee.

Puis, d'une voix soudain adoucie, elle reprit :

— Et vous ? Comment vous appelez-vous ?

— Devlin Rafferty. Je suis de Chicago.

— La capitale du meurtre.

— C'est ce qu'on dit, mais ça ne doit guère vous impressionner, vous qui convoyez de la drogue à travers les océans.

— Très drôle. Ce douanier était bête comme un âne. A l'heure qu'il est, il doit faire des bulles avec mon savon.

— Et il vous voit dans chacune d'entre elles avec vos yeux bleus éblouissants.

— Tralala…

Devlin eut une expression grave, soudain, et plantant son regard dans celui de la jeune femme, il avança d'un pas pour lui dire :

— Je vous ai aimée au premier coup d'œil.

Laura se crispa et détourna le regard.

— Vous dites n'importe quoi, marmonna-t-elle.

Mais elle restait immobile comme si elle avait été frappée par une baguette magique.

Quand elle voulut enfin regarder Devlin, il disparaissait déjà dans l'escalier, puis traversait la cour d'un pas rapide.

2.

Laura hésita un instant puis elle franchit à son tour le seuil de la porte donnant sur le jardin. Elle entendit une voiture s'éloigner sur la route. C'était sans doute Devlin…

Elle descendit à pied vers le bord de mer. Les vagues éclataient sur les roches en gerbes d'écume et le cri des mouettes déchirait le ciel. Un chalutier passait au large, suivi d'une nuée d'oiseaux. Mais le spectacle violent et enivrant du ciel et de la mer n'arrivait pas à effacer le visage de Devlin, avec son sourire charmeur et moqueur à la fois, et son regard pénétrant qui semblait lire au fond de l'âme. Elle entendait aussi résonner à ses oreilles les mots troublants qu'il avait prononcés un instant plus tôt. Avait-il vraiment éprouvé cet élan d'amour pour elle ou bien n'était-il qu'un don Juan, comme tant d'autres, en quête d'aventures faciles et éphémères ?

Elle porta son regard sur les hautes falaises puis sur le château qui dressait sa silhouette de pierre dans le ciel limpide. Elle aurait voulu chasser de ses pensées le souvenir de cet homme et celui de ses propos. Elle craignait trop de souffrir, pour leur prêter foi. La séparation d'avec le père de Sally était encore trop proche et douloureuse pour qu'elle ait le courage de prendre le risque d'une nouvelle déception… Quel homme, en effet, saurait accepter le handicap de sa petite fille qui ne marcherait jamais ? Si le propre père de l'enfant l'avait quittée, il était plus que probable qu'un étranger agirait de la même manière.

— Et zut ! fit Laura en reprenant sa marche.

Furieuse contre elle-même de se laisser aller à de telles réflexions, elle pressa le pas en direction de l'hôtel. Elle n'était pas là pour se distraire. Une mission lui avait été confiée et elle devait s'en acquitter le plus vite possible. D'autant que du travail l'attendait au bureau et que Sally la réclamait sans doute déjà. Elle n'avait que peu de temps.

Elle se rendit au restaurant, le soir même, assez tôt car elle était affamée. L'air du large lui avait ouvert l'appétit. Elle était arrêtée devant le buffet, où s'alignaient des mets aussi variés que tentants, et hésitait devant un aliment qui avait tout l'aspect d'un fruit de mer quand une voix familière prononça près d'elle :

— C'est de l'oursin à la mayonnaise.

Elle leva les yeux et reconnut Devlin. En blazer et pantalon anthracite, il était plus séduisant encore que le matin. Il la regardait d'un air affectueux et semblait oublier la raison de sa présence ici.

— Vous ne vous servez pas ? demanda-t-elle, remarquant qu'il n'avait pas d'assiette à la main.

— C'est déjà fait. Je suis venu prendre seulement un peu de vin. Voulez-vous dîner à ma table ? Je suis assis dans le petit salon contigu à la salle à manger. Il y règne une atmosphère plus intime. Vous verrez. Vous en aimerez l'ambiance.

Laura s'éclaircit la voix.

— C'est-à-dire que…

— Je vous recommande le gratin de moules, interrompit Devlin, comprenant que la jeune femme allait décliner son invitation. Il est absolument exquis.

— Vous êtes déjà venu ici ?

— Oui, plusieurs fois. J'ai passé presque toutes mes vacances en Irlande quand j'étais enfant.

Sur ces mots, Devlin remplit l'assiette de Laura, puis il prit la direction du petit salon.

Laura, qui le suivait avec ses couverts, fut heureusement surprise par la décoration intime de la salle où il la précéda. De grosses poutres et des lambris de chêne contribuaient, avec le feu de cheminée, à y créer une ambiance chaleureuse. De lourds rideaux aux rayures vert et lie de vin entouraient les antiques fenêtres à meneaux. Une bibliothèque, où s'alignaient les tranches dorées de livres reliés de cuir, occupait entièrement l'un des murs. Un grand tapis, en travers du parquet aux larges planches de chêne, assourdissait les pas.

La table de Devlin était près de l'âtre. Il avança une chaise pour permettre à Laura de s'y asseoir, puis prit place en face de la jeune femme.

Celle-ci se rendit alors compte du piège dans lequel elle était tombée. Devlin parlait avec douceur, ses regards étaient tendres, l'ambiance invitait à la confidence, au flirt..., mais elle ne voulait rien vivre de semblable. Pas plus avec lui qu'avec aucun autre. Jamais elle ne supporterait de voir sur son visage l'expression de dégoût qui était apparue sur celui de Marc quand le médecin les avait informés de la maladie de leur fille.

Elle serait donc aimable mais distante avec Devlin, pour ne rien lui laisser espérer. Elle n'était pas en Irlande pour vivre une romance. Elle y accomplirait sa mission, puis elle prendrait le premier avion pour les Etats-Unis.

Comme s'il avait lu dans les pensées de Laura, Devlin lui demanda :

— Qu'est-ce qui vous amène en Irlande ?

— Vous êtes bien curieux. Flic ou juge ?

Il haussa les épaules.

— Si j'ai été indiscret, je vous prie de m'en excuser. Quant à ma profession, elle entre dans les deux catégories que vous avez évoquées.

— Vous êtes juge ?

— Non, avocat.

Une expression admirative se lut dans le regard de la jeune femme.

— Quelles causes défendez-vous ?

— *Défendiez-vous*..., corrigea Devlin. J'ai renoncé à exercer ce métier voici maintenant deux semaines.

— Pourquoi ?

— Ce serait trop long à vous expliquer.

Un voile de tristesse avait glissé sur son visage. Laura n'osa pas insister. Il ne lui en laissa d'ailleurs pas le loisir car déjà il revenait à sa question initiale :

— Vous ne m'avez toujours pas dit pourquoi vous étiez en Irlande.

— C'est mon employeur qui m'envoie ici. Je travaille pour le ministère des Finances. Ma fonction consiste à retrouver les plus proches parents d'un défunt lorsque aucun héritier ne se fait connaître.

— Très intéressant ! C'est un métier formidable. Vous passez votre temps à faire des heureux.

— Oui, en général ça se passe assez bien.

— Et vous devez retrouver quelqu'un en Irlande ?

— Le fils ou la fille d'un metteur en scène américain, Joshua Kincade. Le connaissez-vous ?

— J'en ai vaguement entendu parler.

— Nous ne savons presque rien sur l'enfant sinon que sa mère s'appelait Kathleen et qu'elle était femme de chambre dans cet hôtel il y a trente-six ans. Joshua Kincade l'a mise enceinte à l'occasion d'un tournage… puis abandonnée. Ce n'est que quelques jours avant sa mort qu'il a éprouvé des remords et qu'il s'est souvenu de son enfant. Il a modifié en catastrophe son testament. Il ne me reste maintenant qu'à trouver l'héritier.

— Ça n'est pas une mince affaire, j'imagine ?

— Non, j'ai glané quelques renseignements dans l'après-midi. Le directeur de l'hôtel m'a appris que trois personnes répondant au nom ou au prénom de Kathleen avaient travaillé dans cet établissement après la guerre. Les domestiques n'apparaissent parfois dans les registres que sous leur prénom, d'où une difficulté supplémentaire dans mon enquête. La première Kathleen qu'il convient de contacter habite Dingle. Ce serait trop beau que ce soit la bonne.

Devlin acquiesça d'un hochement de tête.

— Belle mission, en tout cas, remarqua-t-il avec un petit sourire.

Il y eut un silence puis, baissant le regard sur les mains de Laura, il demanda soudain :

— Vous êtes mariée ?

Laura fit jouer sous la lumière la bague qu'elle portait à la main gauche.

— Je l'ai été. Je suis divorcée.

Devlin plissa les paupières en la regardant intensément.

— Vous ne souhaitez pas en parler ?

Laura sourit.

— Vous devinez beaucoup de choses.

— Non, c'est une fausse impression. J'ai cru longtemps avoir de l'intuition, mais il ne faut jamais se fier à ce prétendu don.

Ils gardèrent le silence un instant puis Laura demanda à son tour :

— Et vous ? vous êtes marié ?

— Je l'ai été… à mon travail. Mais c'est fini. Le divorce est prononcé… pour toujours !

— Je suis désolée, dit Laura.

Il s'efforça de sourire.

— Que diriez-vous d'une part de gâteau au fromage ? Il est délicieux, en particulier accompagné de confiture à la framboise et de crème fraîche. Je vais vous en chercher une part ?

— Volontiers.

Devlin se leva et quitta la pièce.

A le voir marcher avec cette assurance, cependant, personne n'aurait deviné qu'il traversait une crise. Car il fallait bien que ce fût le cas, puisqu'il avait abandonné sa carrière et franchi l'océan…

Devlin revint dans le salon. Il portait un plateau de desserts qu'il posa devant Laura.

— J'ai apporté en plus deux parts de forêt-noire, dit-il en souriant. Elle est délicieuse.

Il reprit son siège et tandis qu'ils dégustaient les gâteaux en buvant une coupe de champagne commandée par Devlin quelques instants plus tôt, ce dernier posa sur Laura un regard où brillait une lueur indéfinissable.

— J'aimerais vous aider dans votre recherche, dit-il soudain. Vous ne semblez pas m'avoir cru quand je vous ai dit les sentiments que vous m'avez inspirés à l'aéroport, mais ils sont le reflet fidèle de ce que j'éprouve au fond du cœur. Je vous aime, Laura.

La jeune femme le regardait avec de grands yeux étonnés. Elle ne pouvait le croire. Il était impossible d'aimer aussi rapidement. Et puis, même s'il parlait sincèrement, le jour où il verrait Sally…

Elle prit une expression revêche et répondit :

— Je préfère vous prévenir tout de suite, Devlin, que je ne suis pas du genre à avoir une aventure à l'occasion de chacun de mes voyages. Vous êtes très séduisant, charmeur, beau parleur, mais vous usez inutilement votre salive avec moi. Vous devriez tenter votre chance ailleurs.

Sur ces mots, elle posa sa serviette sur la table et se leva. Devlin la regarda s'éloigner. Quand elle eut franchi le seuil de la porte, il résista à l'envie de se lever à son tour et de la poursuivre…

Il la rejoindrait dans l'escalier, glisserait le bras autour de sa taille, poserait les lèvres sur sa nuque fragile, respirerait l'odeur de son cou… et des mains, il suivrait le dessin harmonieux de ses jambes, il lui toucherait le genou, caresserait la peau fine et hâlée de ses cuisses…

Devlin ferma les yeux pour mieux savourer ce rêve merveilleux. Il savait qu'un jour il goûterait au corps de Laura et elle serait si heureuse dans ses bras qu'elle gémirait de plaisir. Mais il fallait lui laisser du temps. Elle n'était pas prête encore à accepter son amour. Il devinait à certaines de ses réflexions et à son attitude méfiante qu'elle avait souffert. Il obtiendrait sa confiance, un jour. Pour le moment, elle se défendait contre l'attirance qu'elle éprouvait manifestement pour lui. L'expression de son regard pendant le dîner le prouvait : elle était autant attirée par lui qu'il l'était par elle.

Comme il était étrange que, à trente-cinq ans, et au plus mauvais moment de sa vie professionnelle, il rencontrât la femme de sa vie. Car il n'en doutait pas, Laura était celle qu'il recherchait depuis toujours et qu'il désespérait de jamais trouver. Il savait qu'il la reconnaîtrait au premier instant tout comme son père avait reconnu sa mère quarante ans plus tôt lors d'une conférence qu'il donnait à l'université de Chicago. Il dispensait un enseignement d'histoire quand il avait remarqué au premier rang des fauteuils de l'amphithéâtre la jeune fille qui allait devenir sa femme…

Combien de fois avait-il entendu le récit de la rencontre de ses parents ? Bien qu'ils eussent vingt ans de différence, leur amour avait été immédiat. Il était né de cette union profonde et durable et, jusqu'à la mort de son père, il avait formé avec ses parents une famille idéale.

Il avait toujours su qu'il trouverait sa femme dans des circonstances analogues. Les épreuves, nombreuses et, pour certaines, très dures, n'avaient pas réussi à entamer sa confiance. Il ne lui restait plus qu'à convaincre Laura qu'il était l'homme de sa vie. Ça ne se ferait pas tout seul, mais il avait confiance en sa bonne étoile.

3.

Laura pressait le pas le long du chemin. Elle devait atteindre absolument la route avant 8 heures sinon elle raterait le car qui la conduirait à Dingle. Or, le prochain ne passait pas avant midi. Elle consulta sa montre mais de la buée s'étant formée sous le cadran, elle n'arrivait pas à distinguer les aiguilles. Au même moment, croyant entendre le bruit d'un moteur, elle se mit à courir de toutes ses forces. Quand elle arriva au carrefour, cependant, aucun véhicule n'était en vue. Elle se laissa tomber sur le banc de bois et reprit lentement son souffle. Elle ne s'était pas éveillée en pleine forme, ce matin-là. Le visage de Devlin l'avait hantée pendant toute la nuit, l'empêchant de dormir ou agitant son sommeil de rêves troublants. Elle ne comprenait pas qu'un homme qui lui était presque complètement étranger produisît sur elle un tel effet. Elle aurait voulu taire l'attirance qu'elle éprouvait pour lui malgré elle, mais quand son corps succombait au désir en plein sommeil, elle était impuissante…

Le ronflement d'un moteur la fit se dresser sur ses jambes. Elle tourna la tête vers la courbe que formait la route et attendit. Cette fois, l'autocar allait sûrement paraître d'un instant à l'autre. Pourtant… le vacarme croissant qui emplissait la campagne ne tarda pas à démentir cette impression. Un instant après, un tracteur traînant une charrue passa devant elle pour s'engager dans le chemin d'où elle était venue. Le cultivateur, au visage buriné par le soleil et le vent, lui fit un signe de tête auquel elle répondit par un sourire.

Elle se rassit et attendit. Des nuages noirs s'amoncelaient dans le ciel et le vent se levait. Soudain, les premières gouttes commencèrent à tomber puis, très rapidement, la pluie forcit. Laura tira sur sa tête la capuche de son vêtement et se recroquevilla sur elle-même. La pluie intense n'en fit pas moins son œuvre : en un temps infime, ses vêtements furent traversés.

Un quart d'heure plus tard, trempée jusqu'aux os, elle grelottait, incapable de réagir. Elle avait raté le car, il n'y avait plus de doute à ce sujet, mais elle ne se sentait pas le cœur de retourner à l'hôtel au risque d'y rencontrer Devlin qui se moquerait d'elle en la voyant dans cet état.

Elle n'osait même plus bouger tant ses vêtements lui collaient à la peau, quand un cabriolet, qui venait de la direction de Dingle, déboucha entre les arbres. Elle voulut lui faire signe — dans l'espoir que le chauffeur la prendrait en pitié et la ramènerait à l'hôtel — mais il la devança : la voiture ralentit d'elle-même et s'arrêta. Le conducteur baissa sa vitre…

… Et elle reconnut Devlin. Il avait un large sourire sur les lèvres.

Elle eut envie de se lever et de fuir aussi vite que possible pour disparaître derrière l'épais rideau de la pluie. Si elle avait eu le courage de plonger dans un marais ou une tourbière, elle l'aurait fait sans hésiter.

— Je viens de Dingle, dit Devlin. Je vous y ai cherchée. Je pensais que vous aviez pris le car de 8 heures.

— Je l'ai manqué.

— Le suivant est à midi. Avez-vous l'intention de l'attendre sur ce banc ?

La jeune femme haussa les épaules.

— Allez, montez près de moi, offrit Devlin. Je vais vous raccompagner à l'hôtel. Vous changerez de vêtements et vous vous réchaufferez auprès du feu. Je vous conduirai à Dingle dès que vous serez mieux.

Laura resta immobile et comme sourde à l'invitation

de Devlin. Elle appréhendait de s'asseoir à côté de lui dans l'atmosphère confinée du cabriolet. Elle craignait de succomber à son charme. Mais déjà il ouvrait la portière et criait :

— Venez ! Vous allez attraper la mort !

Voyant qu'elle ne bougeait pas, il sortit de la voiture et s'approcha d'elle. Elle leva sur lui ses grands yeux bleus et ne réagit pas. Il la souleva dans ses bras et, sans qu'elle émît aucune protestation, la porta jusqu'à la voiture où il la fit asseoir. Là, grelottante, elle ferma les yeux.

— Vous êtes gelée, remarqua Devlin en lui frottant les mains.

Il reprit place au volant et ramena rapidement la jeune femme à l'hôtel. Ayant apparemment recouvré une partie de ses forces, elle descendit toute seule de voiture et hâta le pas vers l'entrée.

— Je vais demander qu'on fasse du feu dans votre chambre et qu'on vous apporte un thé bien chaud avec des scones, des toasts, du beurre et des confitures, dit Devlin en la rattrapant.

Il glissa le bras sous celui de Laura et monta l'escalier en la soutenant. Elle le laissa faire, s'abandonnant malgré elle au réconfort que lui apportait le contact de ce grand corps musclé et viril. Il lui ouvrit la porte de sa chambre et hésita sur le seuil.

— Je vous remercie, dit-elle. Je peux me débrouiller toute seule, maintenant.

— Vous aviez une heure précise de rendez-vous à Dingle ?

— Pas vraiment. J'avais seulement dit que je viendrais en début de matinée.

— Vous acceptez que je vous y conduise ?

Elle savait qu'elle commettait une erreur en acceptant, mais elle n'avait pas la force de refuser. La présence de Devlin était trop rassurante en cet instant pour y renoncer.

— Si vous voulez. Je vais téléphoner pour annoncer notre visite vers 11 heures. Ça vous convient ?

— Oui, bien sûr. Rendez-vous donc à la réception dans deux heures.

Il allait se retirer quand il demanda :

— Vous avez trois personnes répondant au nom de Kathleen à contacter ?

— Oui, l'une à Dingle, l'autre à Bangor et la troisième à Dublin.

— Si la première n'est pas la bonne, vous allez devoir sillonner l'Irlande en car. Ne croyez-vous pas que ce serait plus rapide et plus agréable en voiture ?

— J'ai choisi de ne pas en louer à cause de la conduite à gauche. Le car est un moyen de transport comme un autre. Il n'y a pas de raison pour que je renonce à l'employer.

Devlin la regarda gravement. Une expression douloureuse était apparue dans ses yeux verts.

— Laissez-moi vous accompagner, Laura, dit-il d'une voix qui trahissait une vive émotion. Je vous en prie.

Il parut si sincère à la jeune femme qu'elle ne se sentit pas le courage de refuser.

— Nous verrons, répondit-elle évasivement avant de refermer la porte de sa chambre.

Quand elle descendit retrouver Devlin deux heures plus tard, elle était métamorphosée. En faisant sécher ses cheveux, elle les avait brossés, et ils ondulaient à présent autour de son visage, donnant à ses traits une douceur en parfait accord avec la beauté de son regard.

Devlin plia son journal et eut un hochement appréciateur de la tête en voyant la jeune femme entrer dans le petit salon près de la réception.

— Vous êtes superbe, dit-il en se levant.

Le regard de Laura s'éclaira. Flattée par cette remarque, elle oublia les bonnes résolutions qu'elle avait prises à l'égard de Devlin et ne protesta pas quand il la prit par le bras.

— Il ne pleut plus, remarqua-t-elle en sortant dans la cour.

— Oui, mais le ciel est bien sombre.

— Espérons que les nuages attendront d'être au-dessus de l'Angleterre pour éclater.

— Vous êtes d'origine irlandaise ?

— Non, répondit la jeune femme en riant. Et vous ?

— Mes grands-parents étaient irlandais, du côté paternel et maternel.

— Vous devez vous sentir chez vous ici ?

— Oui, tout à fait.

Ils montèrent dans le cabriolet et prirent la direction de Dingle. Une musique folklorique résonnait dans les haut-parleurs de la radio. Le son pur et mélodieux de la harpe associé aux accents émouvants du violon berçaient Laura qui regardait le merveilleux paysage de la baie se déployer devant elle. Mais, de temps à autre, elle tournait furtivement les yeux vers Devlin. Elle aimait son profil, son nez légèrement aquilin, ses lèvres ourlées, ses longs cils bruns qui jetaient une ombre sur son regard. Ses yeux, sous ce ciel tourmenté, étaient d'un vert semblable à la mer qui grondait au pied des rochers, en contrebas de la route sinueuse.

— Avez-vous obtenu d'autres informations sur vos trois Kathleen ? demanda Devlin à la fin du morceau de musique.

— Très peu. Le directeur de l'hôtel a retrouvé un document sur celle qui vit à Dingle. Il fait état qu'à l'époque où elle travaillait encore à l'hôtel, elle s'est mariée avec un certain O'Connell. Elle est née en 1930 et vivait chez sa mère, au 7 Killybeggs Road, Hawthorn Cottage, avant de venir travailler à l'hôtel.

— C'est à cette adresse que nous nous rendons ?

— Oui, elle y habite depuis le décès de sa mère. Ce serait merveilleux si c'était la mère de l'enfant de Joshua Kincade.

— Et si c'est elle, croyez-vous qu'il sera facile de lui faire admettre qu'elle a donné le jour à un enfant illégitime ?

— Je suis habituée à ce genre de situation. J'aborderai le sujet avec précaution.

Ils s'arrêtèrent bientôt devant une petite maison au toit de chaume et aux murs enduits de chaux. Laura souleva le marteau de la porte et le laissa retomber. De l'intérieur de la demeure une voix de femme cria :

— J'arrive !

Un instant après, la porte s'ouvrit et une personne d'une cinquantaine d'années, corpulente et le visage couvert de taches de rousseur, parut sur le seuil.

— Ah ! vous êtes mademoiselle Todd ?

— Elle-même, répondit Laura.

Puis, désignant Devlin, Laura précisa :

— Mon collaborateur, M. Rafferty.

— Enchantée, monsieur, dit la femme en s'effaçant. Entrez ! Allez vous asseoir près du feu.

Elle indiqua la salle commune où les flammes dansaient dans l'âtre de pierre.

— Je reviens tout de suite. Je vais vous préparer du thé.

— Ce n'est pas la peine, dit Laura. Nous ne voulons pas vous déranger.

— Vous ne me dérangez pas, répondit la femme en s'essuyant les mains sur son tablier. Je suis bien aise d'avoir de la visite.

Devlin et Laura s'assirent devant la cheminée. Les deux fenêtres de la pièce, dont les embrasures montraient l'épaisseur des murs, ouvraient sur la mer. Deux fortes poutres de bois sombre traversaient la salle dans sa longueur.

Mme O'Connell revint avec un plateau qu'elle posa sur la grosse table de ferme.

— Voulez-vous du lait dans votre thé ? demanda-t-elle.

Laura refusa tandis que Devlin acquiesçait avec un sourire.

— J'aime beaucoup votre maison, remarqua-t-il. Il y règne une quiétude merveilleuse.

La femme eut un air réjoui.

— Ah, ça ! Pour être tranquille, c'est tranquille, ici.

— Connaissez-vous la date de construction du cottage ?

— Mon fils, Michael — c'est l'aîné —, dit qu'elle a bien trois cents ans.

— Bigre ! elle n'est pas d'hier.

— Dame non !

Mme O'Connell sourit, découvrant les dents qui lui manquaient.

— Prenez des gâteaux, offrit-elle en poussant une assiette de scones vers les deux jeunes gens.

Elle s'assit à son tour et Laura crut le moment venu de l'interroger.

— Madame O'Connell, commença-t-elle d'une voix prudente. M. Rafferty et moi-même sommes venus vous voir pour…

— Rafferty ? interrompit la femme. Je n'avais pas bien compris votre nom quand la demoiselle vous a présenté, mais je connais des Rafferty à Athlone dans le comté de Westmeath : Murphy O'Rourke Rafferty. Ce serait-y des parents à vous ?

— Des cousins éloignés, sans doute, répondit Devlin. Mon grand-père était du comté de Westmeath, mais il a émigré aux Etats-Unis dans les années 1930.

Mme O'Connell frappa dans ses mains.

— Alors nous sommes apparentés ! s'écria-t-elle. Mon cousin, Sean O'Dea a épousé la fille de Murphy, Keely.

Devlin eut son sourire charmeur qui, visiblement, ne laissa pas indifférent la femme.

— Vous en avez de la chance d'être accompagnée par un beau gars comme ça, dit-elle en se tournant vers Laura. Mais si j'étais vous, je ferais attention. Il y en a plus d'une qui aimerait vous le prendre.

Elle conclut ces paroles par un petit clin d'œil.

Laura rougit et s'éclaircit la voix.

— Si vous me le permettez, madame, reprit-elle en s'efforçant de ne pas croiser le regard de Devlin, j'aimerais en venir au sujet de notre visite.

— Je vous écoute, mademoiselle.

— Vous m'avez dit au téléphone que vous aviez eu plusieurs enfants ?

— Deux fils et deux filles. Tous de braves enfants.

Laura entendit un toussotement et se retourna pour voir Devlin campé devant une grande photographie accrochée au mur.

— Excusez-moi de vous interrompre, dit-il, mais je voudrais que Mlle Todd vienne voir cette photographie.

Mme O'Connel qui s'était assise devant une tasse de thé, resta à sa place tandis que Laura allait rejoindre Devlin.

— Vous le faites exprès ou quoi ? lui demanda-t-elle en lui lançant un regard noir.

— Regardez et vous comprendrez, dit-il en parlant entre ses dents.

Laura s'approcha du cadre et vit un couple entouré de ses quatre enfants. La famille O'Connell au complet. Le père, grand et maigre, riait en découvrant des dents de lapin. Le nez épais, le visage couvert de taches de rousseur, les cheveux carotte, il avait transmis sa laideur à trois de ses enfants. Le seul se distinguant de lui était le plus jeune garçon, qui présentait une nette ressemblance avec Mme O'Connell.

Le doigt de Devlin s'était posé sur lui.

— Vous avez peut-être là votre héritier, remarqua-t-il à voix basse.

Laura hocha la tête et décrocha le cadre.

— Vous me permettez, madame ?

— Mais oui, faites donc !

Elle revint s'asseoir avec Devlin et posa la photographie sur la table.

— Vous avez de bien beaux enfants, déclara Devlin qui n'en pensait pas un mot.

— N'est-ce pas ? fit Mme O'Connell. Et ils sont bien gentils aussi. Près de mon mari, c'est Michael. L'aîné. Un garçon dont je suis très fier. Il est prêtre.

— Quel âge a-t-il ? demanda Laura.

— Trente-six ans dans deux mois.

— Et son frère ?

— Celui-là, c'est le dernier de la famille. Le chouchou de sa maman. Il a tout juste trente ans.

Devlin et Laura échangèrent un regard. Il ne pouvait s'agir de l'héritier du metteur en scène américain. Il était trop jeune de cinq ans.

— Mais que vouliez-vous savoir ? demanda-t-elle en levant les yeux sur Laura.

— Nous menons une enquête sur le Dingle Bay Hotel…

— Ah ! bon ? Quel genre d'enquête ?

— Le bruit court que le manoir est hanté, intervint Devlin. Nous voulions simplement savoir si vous y aviez été témoin de phénomènes étranges ?

— Non, mon bon monsieur, répondit Mme O'Connell en se signant. Et je rends grâce à Dieu et à la bonne Sainte Vierge de m'avoir épargné une telle expérience.

— Oh ! réagit Devlin. Les fantômes ne sont pas bien méchants. Un peu bruyants, voilà tout. On dit que l'un d'entre eux hurle à la mort comme un loup les nuits de pleine lune dans la tour du château.

— Je n'ai jamais rien entendu de pareil, répondit Mme O'Connell d'un air courroucé. Et ne me parlez plus de ça, j'en ai les cheveux qui se dressent sur la tête. Je ne vais pas pouvoir dormir la nuit prochaine.

Laura se leva.

— Si vous n'avez rien remarqué, c'est qu'on nous a raconté des histoires, dit-elle pour rassurer la brave femme. Nous allons vous laisser, madame O'Connell. Ce n'est ni la première ni la dernière fois que des touristes américains sont dupes de récits de fantômes et de lutins.

— Au revoir, madame O'Connell, fit Devlin en serrant la main de la femme. Merci pour votre accueil.

Mme O'Connell, qui restait sous le charme de Devlin malgré son mécontentement, rougit en lui serrant la main.

— Ne laissez pas passer votre chance, dit-elle en prenant la main de Laura. Vous n'en rencontrerez pas deux comme lui.

Laura sentit de nouveau le sang lui monter aux joues.

— Au revoir, madame O'Connell, répondit-elle en évitant le regard de Devlin qui la fixait avec un air amusé.

Ils retournèrent à la voiture et, au moment de démarrer, Devlin se pencha sur Laura.

— Vous êtes déçue, n'est-ce pas ?

— Un peu, mais je ne désespère pas de trouver mon héritier. La prochaine Kathleen sera peut-être la bonne.

— Celle qui habite Bangor ?

— Oui, mais c'est trop loin d'ici. Laissez-moi continuer seule. Déposez-moi simplement à un arrêt de car.

— Il n'en est pas question. Je vous ai offert de vous accompagner dans votre recherche et je ne reviendrai pas sur ma décision. En route, Laura !

Il appuya sur l'accélérateur et la voiture bondit sur la route cahoteuse.

4.

Ils avaient parcouru quelques kilomètres en silence quand Devlin s'enquit auprès de Laura de la personne chez laquelle ils se rendaient.

— Vous êtes-vous mise en relation avec elle ?

— Je me suis entretenue avec son maître d'hôtel. Il m'a dit que Mme Kathleen Smythe pourrait nous recevoir en fin d'après-midi.

— Un maître d'hôtel ? Cette Kathleen n'a pas mal réussi dans la vie.

— Après avoir travaillé au Dingle Bay Hotel, elle a été engagée comme nurse dans une riche famille anglaise. Trois ans plus tard, elle a épousé le frère de son employeur. Elle est veuve, à présent, et de retour en Irlande.

— Vous pensez qu'elle aurait pu être la maîtresse de Kincade ?

— Son destin permet de l'imaginer. A défaut de séduire un metteur en scène américain, elle a pris dans ses filets un fils de famille.

Devlin lança à Laura un regard amusé. Savait-elle aussi bien s'y prendre avec les hommes ? se demanda-t-il en son for intérieur. Mais la jeune femme, qui observait le paysage autant par intérêt que pour éviter de croiser le regard de son compagnon, ne lui permit d'aucune manière de deviner ses sentiments.

Elle ne voulait pas se laisser troubler par les beaux yeux de Devlin et leur préférait le vert de la campagne irlandaise. Les pâturages étaient comme noyés sous une pluie fine et légère, un crachin qui donnait à la campagne un aspect enchanteur et mystérieux.

— Vous ne voyez pas d'inconvénient à ce que je prenne la route touristique ? demanda Devlin en s'engageant sur une voie plus étroite et sinueuse encore que la précédente.

— Je ne suis pas payée pour me promener, répondit la jeune femme. Je préférerais que vous reveniez sur la grand-route.

— Vous ne prenez pas beaucoup de liberté dans la vie, remarqua Devlin sans modifier son chemin.

— Ça me regarde, rétorqua Laura, mais elle se garda de lui faire le reproche de la conduire à travers un paysage aussi merveilleux.

La chaussée mouillée déroulait son ruban brillant et irrégulier au milieu des champs ondulés et des prés verdoyants que limitaient des murs de pierres. C'était un vaste mouvement de collines et de vallées sous un ciel brumeux et liquide qui semblait par moments en si étroite relation avec la terre qu'on ne savait s'il se fondait en elle ou si la terre se fondait en lui.

— Avez-vous faim ? demanda soudain Devlin, rompant le silence un peu tendu qui s'était installé entre eux depuis leur dernier échange de paroles.

— J'aimerais autant ne pas perdre plus de temps.

— Croyez-vous que votre patron se prive de prendre un repas, quand il est en déplacement ? Ne soyez pas ridicule, Laura. Tous les gens qui travaillent déjeunent, même ceux qui se rendent à l'étranger.

— Je le sais, répondit la jeune femme en haussant les épaules.

— Eh bien ? Je ne vois pas où est le problème ?

— Faites comme il vous plaît.

— Je connais un pub très chaleureux à deux pas d'ici.

Laura se raidit. La pensée de se retrouver face à face avec Devlin au coin de l'âtre la terrifiait autant qu'elle la charmait. C'était surtout pour éviter ce genre de situation qu'elle avait refusé initialement de s'arrêter pour déjeuner.

Devlin tourna à droite dans un chemin vicinal qui

serpentait entre deux talus plantés de chênes. La voiture filait sous la voûte des grands arbres, bondissait dans les ornières, soulevait des gerbes d'eau boueuse. Bientôt, ils découvrirent une délicieuse petite vallée au milieu de laquelle un cours d'eau avait creusé son lit. Ils franchirent un pont de pierre auprès duquel se dressait un vieux moulin à l'enseigne du White Horse. Quelques voitures étaient garées sur le terre-plein qui jouxtait l'établissement.

Dès que le véhicule fut arrêté, Laura en descendit rapidement et pressa le pas vers le pub. Elle ne voulait pas laisser le temps à Devlin de tirer avantage du cadre romantique où il l'avait conduite. Il n'était certainement pas venu ici avec la seule intention de se restaurer. Le choix du lieu était plein de sens caché.

Or, Laura avait peur d'elle-même. Elle éprouvait une attirance trop forte pour Devlin. Elle risquait d'être entraînée à commettre des actes qu'elle regretterait ensuite. Tout en marchant, elle pensait à sa fille. L'amour qu'elle portait à Sally lui interdisait tout écart dans la vie risquant de blesser l'enfant.

Si seulement la chance pouvait être de son côté ! Si seulement la prochaine Kathleen se révélait la bonne ! Alors, demain, à cette même heure, elle serait dans l'avion à destination de la Floride, et le danger serait définitivement écarté.

Devlin la rejoignit quand elle posa le pied sur le seuil de la vieille maison. Elle le laissa passer devant elle et, avec l'assurance d'un habitué, il la conduisit à une petite table dans un renfoncement du mur. De grandes flammes dansaient dans la cheminée. Au fond de la salle, trois hommes jouaient aux fléchettes tandis que deux femmes et un homme discutaient au bar devant des pintes de bière brune. Un couple occupait déjà l'une des tables.

Le propriétaire des lieux, homme de forte taille au teint rubicond et aux moustaches et favoris blonds, s'approcha de Devlin et de Laura, un petit carnet à la main pour prendre leur commande.

Pendant le repas, en dépit des efforts de Devlin pour

capter l'attention de la jeune femme, celle-ci laissait sans cesse son regard glisser vers l'âtre où le feu ronflait.

Quand Devlin régla l'addition, elle se leva et regagna seule la voiture, s'assurant ainsi que son compagnon ne profiterait pas du chemin jusqu'au véhicule pour la prendre par le bras et prétexter de la beauté du lieu pour ralentir leur marche. Elle était trop sensible au son de sa voix, au toucher de ses mains, au magnétisme de son regard et au dessin de ses lèvres pour prendre un tel risque.

Quelques instants plus tard, ils roulaient en direction de l'estuaire du Shannon. Ils s'embarquèrent à bord du ferry puis poursuivirent leur route à travers les terres fertiles du comté de Clare. Laura somnolait, évitant ainsi toute conversation avec Devlin.

Elle s'éveilla quand ils furent à Ennis dont les ruelles étroites et tortueuses étaient d'un pittoresque incomparable. Ils s'engagèrent ensuite dans une campagne dépouillée mais présentant une variété enchanteresse de fleurs sauvages.

La route surplombait depuis quelque temps l'océan quand Devlin arrêta le cabriolet sur un terre-plein aménagé dans un tournant.

— Venez voir la vue, dit-il en ouvrant sa portière. Nous sommes sur la falaise de Moher. C'est sans doute le plus beau coup d'œil sur la mer de toute la région.

Laura tourna la tête vers l'océan qui s'étendait à ses pieds. Une percée du soleil dans la masse sombre des nuages fit miroiter l'écume des vagues qui éclataient sur les rochers.

Un souffle humide envahit la voiture. Devlin venait d'en descendre. Il fit le tour du véhicule et ouvrit la porte de Laura.

— Venez, dit-il en lui prenant la main.

Elle n'opposa aucune résistance et se laissa conduire au bord du précipice. Trois cents mètres plus bas, la mer bouillonnait avec un grondement terrifiant. Des mouettes et des goélands plongeaient le long des parois lisses, disparaissaient dans les trous sombres que formaient les grottes creusées par la vague.

— Respirez cet air pur, dit-il. On a l'impression de le boire.

Laura leva enfin les yeux sur Devlin et le regard qu'elle lui vit, l'expression de paix, de bonheur, qu'elle décela sur son visage, la surprit et la ravit à la fois. Il aimait ce pays, il communiait avec la mer, le ciel et la terre d'une façon merveilleuse, comme s'il avait toujours vécu ici, comme si une chaîne ininterrompue le reliait aux anciens Celtes qui les avaient précédés en ce lieu.

— Qu'êtes-vous venu chercher en Irlande ? demanda la jeune femme, rompant le silence qu'elle s'était imposé.

La lumière qui brillait un instant plus tôt dans les yeux verts de Devlin s'éteignit aussitôt et une ombre glissa sur son visage. Devant ce changement, Laura regretta d'avoir posé sa question, mais il était trop tard.

Un souffle de vent souleva les cheveux de Devlin tandis que son regard restait perdu au loin, vers l'horizon où ciel et mer se confondaient.

— Je ne sais pas, répondit-il enfin. La pureté et l'innocence, c'est ce qu'incarne l'Irlande à mes yeux. Et j'en ai diablement besoin.

Il plissait les paupières en regardant les vagues se briser, au bas des falaises, comme s'il trouvait un écho à sa souffrance dans leur vacarme épouvantable.

Laura examinait son visage, s'interrogeant sur le drame qu'il avait dû vivre pour exprimer une telle douleur.

— Devlin ? fit-elle, cédant au désir de comprendre les sentiments qui animaient cet être insondable.

Il se tourna vers elle, et elle fut stupéfaite de voir dans son regard quelque chose de dur, une sorte de haine, qu'il dissimula aussitôt sous un sourire forcé.

— Oui, qu'y a-t-il, Laura ? demanda-t-il d'une voix si contrôlée qu'elle contredisait tout ce que son visage avait précédemment exprimé.

La jeune femme sourit en réponse, ne souhaitant plus, à présent, qu'être une compagne agréable pour cet homme dont elle avait la certitude qu'il avait souffert et souffrait encore.

— Combien de fois vous êtes-vous rendu en Irlande ? Vous semblez très bien connaître le pays.

Cette fois, un vrai sourire éclaira le visage de Devlin.

— Mes parents ont passé leur lune de miel au Dingle Bay Hotel. Et de ce jour, ils y sont revenus chaque année. Quand je suis né, ils m'ont emmené avec eux.

Il plongea les mains dans les poches arrière de son jean.

— Après la mort de mon père, je suis revenu plusieurs fois ici avec ma mère. Malheureusement, elle est morte quand j'avais vingt-cinq ans et, au cours des dix dernières années, je me suis consacré entièrement à ma profession...

Une sorte de sourire douloureux se dessina sur ses lèvres.

— C'est la première fois que je reviens en Irlande depuis dix ans, conclut-il.

Puis, prenant le bras de Laura, il ajouta :

— Venez. Retournons à la voiture.

Ils avaient à peine roulé sur trois cents mètres quand Devlin se tourna vers sa compagne.

— Vous aimez les histoires de lutin ?

Laura hocha la tête.

— Je vais vous en raconter une.

— Je sens que je vais beaucoup l'aimer.

Devlin observa un moment de silence puis il commença sur un ton mystérieux.

— Il était une fois un lutin qui vivait dans une forêt, une forêt qui couvrait tout le centre de l'Irlande et où, les nuits d'hiver, on entendait hurler les hordes de loups. Il possédait un trésor qui lui aurait permis d'acheter le plus beau château du royaume. C'était une jarre remplie de pièces d'or et qu'il cachait dans la forêt. La légende attachée à cette jarre voulait que son propriétaire la cédât au premier qui le surprendrait... Et un jour qu'il était moins vigilant que d'habitude, le lutin se laissa surprendre. Un homme le captura et se fit conduire jusqu'à la cachette. Le lutin lui indiqua le buisson sous lequel il avait enfoui son trésor puis il réussit à s'échapper. L'homme, qui ne manquait pas d'idées, ficela un foulard rouge à l'une des branches du buisson puis s'en fut chercher une pioche et une pelle.

Devlin s'interrompit et regarda la jeune femme en souriant :

— Que trouva-t-il à son retour ?

Elle haussa les épaules.

— Une ondine qui dansait nue autour du buisson ?

Deux fossettes se creusèrent dans les joues de Devlin.

— J'aimerais bien pour lui, mais ce ne fut pas le cas. Il n'était parti que cinq minutes, mais à son retour il y avait un foulard rouge sur chacun des buissons de la forêt !

Il se tut tandis que Laura le regardait en plissant les paupières.

— Eh bien ? Quelle est la morale de l'histoire ? Lorsqu'on cherche de l'or, il faut creuser avec ses mains ?

— Oui, par exemple. S'il faut une morale à chaque histoire, celle-ci en vaut bien une autre.

Ils restèrent silencieux pendant le reste du trajet mais, curieusement, l'évocation de la légende et les magnifiques paysages qu'ils traversaient semblaient agir comme un baume sur la blessure de Devlin. Il garda une expression sereine jusqu'à Bangor.

Ils parvinrent en vue du manoir de Kathleen Smythe avec une bonne heure d'avance sur l'heure du rendez-vous. Devlin arrêta la voiture sur le bas-côté de la route.

— Que fait-on ? demanda-t-il en se tournant vers Laura.

— Je ne sais pas. On attend dans la voiture.

— Non, j'ai une meilleure idée. Je vais vous montrer un pont.

Sur ces mots, il redémarra et fit demi-tour avant de prendre la direction de l'est.

— Je ne comprends pas pourquoi vous m'emmenez voir un pont alors que nous en avons franchi une quantité incalculable aujourd'hui, tous plus jolis les uns que les autres, d'ailleurs.

— Celui-ci présente un intérêt particulier. Vous verrez.

Quand le pont parut enfin en contrebas de la route,

Laura le trouva beau, certes, mais absolument équivalent à ceux qu'elle avait vus dans la journée.

— Comment s'appelle-t-il ? demanda-t-elle, feignant de s'y intéresser.

— Le Bellacorick. C'est un très vieux pont, mais ce n'est pas la raison pour laquelle je vous y ai conduite. Regardez !

Il se pencha pour ramasser un caillou et le lança en direction du pont. En retombant dans la rivière, le caillou fit un bruit étrange qu'un écho renvoya aussitôt. Devlin ramassa plusieurs petits cailloux et les jeta à la suite, déclenchant une cascade de sons cristallins.

— C'est extraordinaire, dit Laura en ramassant à son tour une pierre.

— Venez, dit Devlin en lui prenant la main. En la jetant du pont, vous obtiendrez un son encore plus magique.

Ils s'engagèrent entre les deux parapets et lancèrent leurs projectiles dans l'eau. Laura, émerveillée, s'accouda au mur de pierre. Des rides de forme concentrique couraient sur l'onde. Un dernier son vibrait sous les vieilles arches.

— Vous avez aimé, interrogea Devlin en passant son bras autour des épaules de la jeune femme.

Le cœur de Laura s'arrêta de battre. Il lui sembla que le temps suspendait son cours. Elle aurait voulu se dégager, mais elle resta figée comme si on lui avait jeté un sort.

— Voulez-vous entendre la légende du pont ? demanda Devlin en se penchant vers la jeune femme.

Elle sentit le souffle de Devlin sur son visage, vit ses belles lèvres s'approcher tandis qu'il la tenait prisonnière de son regard vert, mystérieux et pénétrant.

— Devlin, je...

— Chut ! Laura. Laissez-vous faire...

Leurs lèvres se joignirent et Laura connut la sensation la plus exquise dont elle eût jamais fait l'expérience. Les lèvres de Devlin couvraient les siennes de baisers doux et caressants, si bons, si délicieux qu'elle entrouvrit les lèvres et accueillit Devlin plus intimement encore. Il lui enlaça la taille et la serra contre lui alors qu'elle nouait les bras autour de son cou et s'abandonnait sans retenue à ses incomparables baisers.

Il lui caressait le dos, les hanches, éveillait en elle un désir irrésistible, et elle laissait échapper de petits soupirs, ondulait au gré des mains de son compagnon.

Ils séparèrent leurs lèvres pour reprendre leur souffle, et Devlin, redressant la tête, dit d'une voix rauque :

— Je savais, Laura, que ce serait ainsi. Je vous l'avais dit. J'ai compris tout de suite en vous voyant que nous étions destinés l'un à l'autre.

La gravité des propos de Devlin fit tressaillir Laura. Soudain, elle se représenta Sally, avec son handicap… et une peur terrible l'envahit.

— Ne parlez pas ainsi, Devlin, dit-elle en s'écartant de lui. Je ne suis pas venue en Irlande pour y vivre une aventure. Il ne peut rien y avoir entre nous.

Et sur ce, elle s'éloigna en marchant rapidement sans prêter attention à la voix de Devlin qui la rappelait, tentant de la rassurer.

5.

L'imposant manoir de Kathleen Smythe se dressait au bout de l'allée bordée d'ormes centenaires. La voiture passa devant la noble demeure et alla s'arrêter près des anciennes écuries où un véhicule était déjà garé. Laura et Devlin descendirent du cabriolet et marchèrent jusqu'au grand escalier conduisant à l'entrée principale.

En haut des marches, ils tirèrent sur une chaîne et entendirent le tintement d'une cloche à l'intérieur de l'édifice. Un instant après, le maître d'hôtel vint leur ouvrir. Il les fit entrer et s'inclina sur leur passage puis il les conduisit dans un vestibule.

Un feu brûlait dans une cheminée de marbre richement sculptée. Laura et Devlin prirent place côte à côte sur un divan de cuir sombre. La pièce n'était éclairée que par une fenêtre haute et étroite qui laissait passer un faible jour à travers ses vitraux jaune et bleu représentant des oiseaux en vol.

Deux embouts de canapé en acajou encadraient leur siège. Sur l'un d'eux se dressait une énorme mappemonde tandis que l'autre portait un vase de Chine monté en lampe. La flamme d'une lampe tempête, qui occupait le milieu d'une table ovale de bois fruitier, brillait sous sa cloche de cristal et faisait miroiter les objets de la même matière placés alentour.

De hautes bibliothèques en acajou étaient disposées contre deux des murs, les autres étant couverts de peintures, de pastels et de gravures représentant des espèces variées d'oiseaux. Une niche de chaque côté de la fenêtre abritait des bronzes figurant eux aussi des oiseaux.

— Il n'est pas besoin de se demander quel est l'animal préféré de Mme Smythe, remarqua Laura.

Devlin répondit par un sourire délicieux qui serra le cœur de la jeune femme. Depuis qu'elle avait échangé avec lui des baisers passionnés sur le pont, elle avait essayé d'en oublier l'extrême suavité, mais là, devant les lèvres sensuelles de Devlin étirées en un sourire charmeur, il lui semblait qu'elles étaient de nouveau sur les siennes et que leurs souffles se mêlaient…

De crainte de céder à la tentation de se laisser glisser contre l'épaule de son compagnon, elle changea de position et s'écarta de lui. Il avait étendu un bras et elle voyait sa belle et longue main toute proche. Elle rougit malgré elle et sentit les battements de son cœur s'accélérer. Etait-elle folle de perdre ainsi ses moyens ? Elle n'était plus une enfant ! Elle était mère de famille !

Elle eut un frisson et laissa échapper une sorte de petit gémissement.

— Ça ne va pas ? demanda Devlin en se tournant vers elle.

Elle fit non de la tête, évitant de croiser son regard. Devlin devinait ses sentiments, elle en était sûre. L'envie lui prit de se lever et de fuir, de mettre la distance la plus grande possible entre elle et cet homme trop séduisant. Et elle se serait effectivement esquivée si une porte ne s'était ouverte et que Mme Smythe n'eût paru sur le seuil.

— Pardonnez-moi de vous avoir fait attendre ! dit-elle d'une voix chantante. J'étais en train de nourrir mes petits chéris. Je les aime trop, voyez-vous ! Un jour, j'aurai des plumes, moi aussi, et je volerai.

Elle mima avec les bras le geste d'un battement d'ailes et sautilla sur place.

— Je leur ressemble un peu, n'est-ce pas ? fit-elle en plantant ses petits yeux bleus dans ceux de Devlin.

Il s'éclaircit la voix.

— Hmm… oui, d'une certaine manière.

— Dois-je prendre ça pour un compliment, jeune homme ? demanda Mme Smythe en feignant d'être charmée.

— Certainement, vu l'amour que vous portez aux oiseaux.

La vieille dame eut un sourire angélique.

— Ne sont-ils pas adorables, et si jolis. Leur plumage présente une telle variété de coloris. Ah ! les choux !

Elle s'interrompit et regarda tour à tour Laura et Devlin.

— Je vous parle de mes petits compagnons et vous me prenez sans doute pour une folle. Vous allez me dire ce qui me vaut votre visite, mais d'abord, demandons à cet âne de McCann de nous apporter du thé et de quoi nous restaurer.

Elle tira énergiquement un cordon et le maître d'hôtel surgit dans l'embrasure d'une porte découpée dans l'un des panneaux de bois.

— Le vaurien écoute aux portes ! s'esclaffa-t-elle en voyant entrer le domestique qui s'inclina d'un air solennel.

— Apporte-nous du thé et toutes les gâteries que tu trouveras aux cuisines, chenapan ! ordonna-t-elle.

Le maître d'hôtel se retira aussi cérémonieusement qu'il était entré mais non sans lancer à sa maîtresse un regard provocateur dont l'ambiguïté n'échappa pas à Devlin.

Mme Smythe eut de nouveau son sourire angélique. Son teint vermeil et la vigueur de ses gestes indiquaient une santé robuste et une joie de vivre indéniable. Elle fouilla dans la poche de son pantalon de velours et en sortit une pipe et une tabatière. Puis, sous les yeux étonnés de Devlin et de Laura, elle bourra consciencieusement sa pipe avant de l'allumer en inclinant la tête de côté comme un vieux marin.

Elle tira une bouffée et laissa la fumée s'échapper librement de sa bouche et de ses narines tandis qu'elle fixait Laura.

— Si je vous ai bien comprise au téléphone, mademoiselle, dit-elle en baissant le ton, vous voudriez évoquer avec moi l'époque où je travaillais au Dingle Bay Hotel, n'est-ce pas ?

— C'est ça, répondit Laura en retenant elle aussi sa voix.

— Je ne voudrais pas que McCann saisisse cette conversation, confia Mme Smythe. On ne sait jamais sur quel pied danser avec ces êtres sans cervelle. D'apprendre que j'ai rempli jadis les mêmes fonctions que lui pourrait lui donner des envies de rébellion, peut-être ? Il est déjà bien assez dur à tenir sans ça.

Elle tira une nouvelle bouffée de sa pipe, plissa les yeux comme si elle rassemblait de lointains souvenirs, puis reprit :

— Ma vie au Dingle Bay ? Vous me faites fouiller dans le tréfonds de ma mémoire. Ma vie a tellement changé, depuis ! Mais je garde d'excellents souvenirs de cette époque. J'étais jeune, jolie, disait-on. J'ai eu ma part de bonheur, en ce temps-là aussi.

— Vous souvenez-vous d'avoir connu… ? commença Laura.

Mais elle fut interrompue par l'arrivée du maître d'hôtel qui portait un plateau en argent.

— Posez tout ceci sur la table et décampez, odieux individu ! commanda Mme Smythe.

— Je disparais, je m'évanouis, Votre Altesse, répondit McCann en s'inclinant une dernière fois avant de quitter la pièce.

— Stylé, mon maître d'hôtel, n'est-ce pas ? fit Mme Smythe. Et il a d'autres qualités que la bienséance m'interdit de nommer.

Laura et Devlin échangèrent un regard mi-amusé mi-outré puis, n'ayant plus aucune crainte de blesser son hôtesse par sa question, la jeune femme reprit :

— Avez-vous connu un certain Joshua Kincade quand vous travailliez au Dingle Bay Hotel ?

— Joshua Kincade…, répéta Mme Smythe en tirant sur sa pipe. C'est un nom qui ne m'est pas étranger… N'était-ce pas un metteur en scène américain ?

Le visage de Laura s'éclaira.

— Oui, exactement, vous l'avez connu intimement ?

Un sourire énigmatique se dessina sur les lèvres de la vieille dame.

— J'aimerais vous répondre d'une manière positive car l'animal était un beau spécimen d'homme.

Elle regarda Devlin avec insistance et ajouta :

— Un peu comme vous. En effet, il vous ressemble. Vous êtes l'un de ses proches parents sans doute ?

— Non, je ne lui suis apparenté ni de près ni de loin, répondit Devlin. Je sais seulement qu'il a mis en scène quelques fameux westerns. Je ne sais rien de plus sur lui.

Mme Smythe tira sur sa pipe et se tourna vers Laura.

— Non, ma chérie, je n'ai pas couché avec Joshua Kincade. Il s'intéressait à une autre fille. Une très jolie soubrette, d'ailleurs. Une certaine Maureen Renny.

Laura eut un air interloqué.

— Vous êtes certaine qu'elle ne se prénommait pas Kathleen ?

— Oh que oui ! Il n'y avait qu'une Kathleen au Dingle Bay Hotel en ce temps-là, et c'était moi.

— Et vous êtes bien certaine que Joshua Kincade a eu une relation avec cette Maureen ?

— Absolument. La pauvre petite était folle de lui. Elle brûlait d'impatience le soir de quitter son service pour aller le retrouver. Il occupait une chambre dans la tour de garde.

— C'est celle que l'on m'a donnée ! s'écria Laura.

— Au deuxième étage, avec la vue magnifique sur la baie ?

— Oui.

Mme Smythe ferma les yeux un instant.

— Ça me revient maintenant…

Elle ouvrit les yeux et posa son regard bleu sur Laura.

— Les chambres de l'hôtel, à l'époque, portaient des prénoms féminins typiquement irlandais, et cette chambre justement s'appelait Kathleen !

— Il y aurait eu une confusion alors entre le prénom de la jeune servante et le nom de la chambre où l'on abusait d'elle ? s'interrogea Laura.

— Abuser n'est peut-être pas le mot qui convient, corrigea Mme Smythe. La petite y trouvait son plaisir. Croyez-moi. Sinon, elle n'y serait pas retournée. Mais qu'importe ! Puis-je vous demander pourquoi vous la recherchez ?

— Oui, je peux vous le dire à présent. Joshua Kincade s'est souvenu sur son lit de mort de ses amours irlandaises. Il savait que la jeune servante qu'il avait séduite au Dingle Bay Hotel avait eu un enfant de lui, et dans un ultime sursaut de générosité, il a voulu réparer le mal qu'il lui avait fait. En l'instituant légataire de sa fortune.

— Il n'a pas eu d'autre enfant ?

— Non, aucun.

— Vous allez faire un heureux, si je comprends bien.

— Et une heureuse aussi, j'espère, répondit Laura. Savez-vous ce qu'est devenue cette Maureen Renny ?

— Je ne sais rien de précis à son sujet. J'ai quitté le Dingle Bay Hotel avant elle. Je n'ai donc reçu d'informations sur elle que par ouï-dire, mais il semble qu'elle ne soit pas restée longtemps à l'hôtel après mon départ. Elle aurait alors quitté le comté pour aller se réfugier dans un orphelinat de Galway où elle a trouvé un emploi. C'est à peu près l'époque où je me suis mariée et je ne suis plus guère retournée en Irlande jusqu'à mon veuvage.

— Vous croyez que nous avons encore une chance de la trouver à Galway ?

— Peut-être ? On pourra sans doute au moins vous dire où elle est allée après son séjour à l'orphelinat, si elle n'y est plus. Pauvre Maureen ! Elle semblait si fragile et sincère…

Mme Smythe leva les yeux vers le plafond orné d'une pâtisserie à laquelle était suspendu un lustre de cristal. Elle fixa les cristaux comme si elle cherchait une réponse dans leur scintillement puis, remuant la tête d'un air courroucé, elle reprit.

— Quel mufle, ce Kincade ! J'espère qu'il laisse une grosse fortune à l'enfant. Ça soulagera peut-être un peu Maureen de toutes les souffrances qu'elle a endurées par sa faute.

Laura observait la vieille femme et elle devinait au pli qui se formait au coin de ses lèvres comme à l'expression de son regard qu'elle ne croyait pas un mot de ce qu'elle disait. Mme Smythe savait que l'argent ne compense pas les souffrances morales.

Laura se leva, imitée aussitôt par Devlin.

— Merci, madame, de votre chaleureux accueil et, surtout, de cette information précieuse.

— Bonne chance dans votre recherche ! répondit Mme Smythe. J'ai passé un bon moment avec vous. Je vous fais raccompagner par McCann.

Elle tira énergiquement le cordon derrière son fauteuil et la porte dérobée s'ouvrit immédiatement…

6.

Ils arrivèrent à Galway, vieux port aux ruelles tortueuses, le long desquelles s'alignent pubs et boutiques, à une heure trop tardive pour se présenter à l'orphelinat. Ils s'arrêtèrent dans un pub à l'aspect particulièrement chaleureux pour y dîner, et y passer la nuit — les propriétaires louant des chambres à l'étage. Après avoir installé leurs affaires dans leur chambre respective, ils descendirent dans la salle de restaurant. Elle communiquait avec le bar où étaient réunis un groupe d'habitués consommant de la bière, riant, discutant ou jouant aux fléchettes dans une ambiance de franche bonhommie.

Ils dînèrent en silence. Laura était heureuse de pouvoir se réfugier derrière le brouhaha de la salle. Depuis l'incident du pont, elle se sentait extrêmement fragile et préférait éviter tout moment d'intimité avec Devlin.

Ils terminaient leur dessert et Laura s'apprêtait à quitter la table pour abréger leur tête-à-tête quand Devlin lui demanda brusquement :

— Pourquoi avez-vous aussi peur de vous engager ?

Laura prit un air étonné :

— Que voulez-vous dire ?

— Ne faites pas l'idiote, rétorqua Devlin, mécontent. Vous m'avez parfaitement compris.

— Qu'est-ce que c'est pour vous, l'engagement ? Une nuit de plaisir dans la moiteur des draps d'une chambre d'hôtel ? Si c'est ce que vous êtes venu chercher en Irlande pour oublier les soucis qui semblent vous accabler, mon cher ami, vous avez frappé à la mauvaise porte. Je suis ici pour travailler et non pour vivre une aventure sans lendemain avec un touriste américain.

— Merci pour le touriste américain, répondit Devlin en se calant contre le dossier de sa chaise, les bras croisés sur la poitrine. Quand vous ne voulez pas comprendre quelque chose, il n'y a pas moyen de vous faire entendre raison. Vous êtes obtuse et entêtée comme un âne.

— Trop aimable.

— Je ne plaisante pas, Laura, dit brutalement Devlin. Je vous ai exprimé mes sentiments hier, et ils n'ont pas changé du jour au lendemain.

— Vous savez ce que je pense de ces prétendus coups de foudre ? Je m'en méfie comme de la peste. J'ai déjà cru à l'amour, et je m'en suis mordu les doigts.

— Je vous aime ! s'écria Devlin en repoussant brutalement sa chaise. Il faudra bien que vous le compreniez un jour !

Il claqua sa serviette sur la table et quitta la salle à grandes enjambées.

Les conversations s'étaient tues et tous les regards se tournaient vers Laura, vers l'ingrate qui mettait en colère un homme aussi sincère et convaincu de son amour. Il y eut une sorte de murmure de désapprobation amusée qui se mut bientôt en un tumulte de commentaires enthousiastes et, dans un élan de bonne humeur, les premiers applaudissements éclatèrent. Ceux qui étaient restés silencieux jusque-là imitèrent les plus bruyants et une véritable ovation jaillit tandis que tous les clients du pub frappaient allègrement dans leurs mains.

Laura, se leva, rouge comme une pivoine, et quitta la salle par la porte donnant directement accès à l'escalier pour ne pas avoir à traverser la salle comme l'avait fait Devlin. Elle courut se réfugier dans sa chambre, mais l'émotion l'étouffait. Elle ouvrit la fenêtre. La nuit était noire. Un souffle humide frôlait les toits des vieilles maisons, courait le long des venelles, laissant sur les ardoises grises et les pavés une moiteur qui brillait à la lumière des réverbères. Où était Devlin ?

*
* *

Indifférent au crachin, Devlin marchait le long des quais. Le refus de Laura lui était intolérable. A l'époque la plus dramatique de sa vie, il rencontrait la femme dont il rêvait depuis toujours ; il lui exprimait son amour spontanément, sans détour… Et, comble de malchance, non seulement elle ne partageait pas ses sentiments, mais elle se moquait de lui !

Il marmonna un juron et plongea les mains dans les poches de son jean. Accélérant le pas, il tourna le dos au port et remonta une petite rue aux pavés disjoints et glissants. Il marchait, tête baissée, absorbé dans ses pensées quand un cri aigu le fit sursauter. Il s'arrêta, scrutant la pénombre, tendant l'oreille…

Bientôt, des soupirs feutrés s'échappèrent d'un porche ; puis un couple s'avança et marcha jusqu'à une voiture garée un peu plus loin. L'homme et la femme parlaient gaiement et, tout en marchant, ils échangeaient des baisers et des caresses.

Le cœur de Devlin se serra, l'horrible souvenir qu'il avait réussi à chasser quelques heures de sa mémoire grâce à la compagnie de Laura lui revenait à l'esprit. Levant le visage vers le ciel noir, il respira à pleins poumons. L'air humide lui coulait dans la gorge comme une liqueur apaisante. Il aurait voulu se laver dans la pluie fine, éteindre l'incendie qui le dévorait depuis un mois.

Mais en vain. La voix de Tony DeMotto, au téléphone, la nuit du drame, lui résonnait toujours à l'oreille : « Venez voir, maître Rafferty, ce que nous a valu votre talent ! »

Répondant à l'invitation de l'inspecteur de police, il s'était rendu sur les lieux du crime et il avait découvert l'innommable…

Devlin plongea le visage dans ses mains comme pour se cacher de la vision qui s'imposait à lui : le corps dévêtu d'une jeune fille de seize ans gisant dans un terrain vague, le joli petit visage de la malheureuse tourné vers lui, avec de grands yeux bleus, fixes, effarés…

Un haut-le-cœur le saisit. Il s'affala contre le mur d'une maison, les mains crispées sur les pierres, la face au contact de leur relief rugueux et froid. Tel un homme ivre…

Le soleil brillait quand Laura descendit prendre son petit déjeuner. Elle se sentait mieux, ce matin. La veille, elle était si malheureuse, qu'elle avait appelé sa mère et parlé à Sally. L'enfant avait paru rassurée de l'entendre. La brève conversation qu'elle avait eue avec la petite-fille et sa grand-mère lui avait été d'un immense réconfort.

Une ombre glissa sur la table et Laura leva les yeux. Devlin se tenait à un pas d'elle et la contemplait.

Alarmée par sa mine défaite, elle tendit la main vers lui.

— Où êtes-vous allé ?

— Me promener, répondit-il en haussant les épaules.

— Toute la nuit ?

— Une grande partie…

Ne souhaitant pas évoquer l'ampleur de la détresse qu'il avait éprouvée la veille, il ne saisit pas la main que la jeune femme continuait de lui tendre, mais tira une chaise à lui.

— Vous me permettez de m'asseoir ?

— Oui, bien sûr.

Une fois attablé, Devlin versa du thé fumant dans la tasse qui était devant lui et prit un toast qu'il couvrit de beurre et de marmelade d'oranges. Il mangea et but en silence sous le regard étonné et inquiet de Laura. Elle se doutait qu'il souffrait mais ne savait à quoi attribuer sa douleur. Il ne se pouvait qu'en le repoussant, la veille, elle eût causé chez lui une telle détresse. Il y avait une autre raison, plus profonde, à son état présent, mais elle n'osait l'interroger. Il était si distant, presque hautain… Elle n'aurait su, d'ailleurs, comment lui demander une telle confidence.

Pour rompre le silence pesant qui s'était installé entre eux, elle demanda :

— Avez-vous repéré sur la carte où se trouve l'orphelinat ?

— J'y suis allé.

— Cette nuit ?

— Oui.

— A pied ?

Il hocha la tête.

— Mais vous avez dû être trempé ! Il n'a pas cessé de pleuvoir.

— Ma veste est bonne à essorer, en effet.

Laura prit un air désolé, sans rien ajouter.

— Je vais faire une toilette rapide, dit Devlin en se levant. Je vous retrouve dans un quart d'heure dans le vestibule.

— D'accord.

L'orphelinat était installé dans un vieux bâtiment un peu sinistre mais propre et bien tenu. Le mobilier, de bric et de broc, composé par le hasard des donations, conférait à la salle d'attente une atmosphère familiale rare dans ce genre de lieu. Des voix d'enfants résonnaient dans une cour à l'arrière de l'édifice.

On les introduisit bientôt dans le bureau de la directrice. Petit mais accueillant, il avait les murs décorés de photographies représentant des portraits d'enfants. « D'anciens petits pensionnaires », pensa Laura.

Mme O'Sullivan, les cheveux tirés en arrière et rassemblés en un petit chignon percé d'aiguilles, les lèvres pincées et l'air revêche, présentait toutes les caractéristiques d'une directrice de pensionnat. Mais quand elle commença à parler, son visage s'anima, révélant une personnalité généreuse et affable.

Dès que Laura lui expliqua la raison de sa présence, une ombre glissa sur son regard et elle apprit à la jeune femme le décès de Maureen Renny sept ans auparavant. Elle avait consacré toute sa vie aux orphelins et restait, pour tous ceux qui l'avaient connue, un exemple de patience, de tendresse et de dévotion.

— Elle ne quittait presque jamais l'orphelinat, expliqua Mme O'Sullivan. A l'exception de deux semaines par an où elle partait en vacances, et encore ne le faisait-elle pas chaque année, loin s'en faut. Elle était toujours ici. Elle nourrissait pour les enfants un amour immodéré. Le travail à l'orphelinat était une vraie vocation pour elle.

Laura interrogea Mme O'Sullivan sur les déplacements de Maureen, mais la directrice ignorait totalement la destination de l'ancienne femme de chambre.

— Avait-elle un enfant, elle-même ? interrogea la jeune femme.

Mme O'Sullivan fit non de la tête énergiquement.

— Grâce à Dieu, non ! Comment aurait-elle eu un enfant ? On ne lui connaissait aucune relation avec un homme. Ce n'était pas son genre non plus. A sa mort, personne n'a réclamé quoi que ce fût. Il est vrai qu'elle n'a pas laissé grand-chose, la pauvre âme. Vous pouvez aller voir au grenier. Tout ce qui lui appartenait est réuni dans un coin. Ça représente une malle et quelques cartons. Ça va partir en poussière. Si certaines choses vous plaisent, prenez-les.

Laura et Devlin passèrent la journée à trier les affaires de Maureen. A la nuit tombée, ils n'avaient toujours rien trouvé qui pût conforter les dires de Mme Smythe, mais ils ne désespéraient pas de trouver la trace du fils de Joshua Kincade.

— J'aime Maureen, remarqua Laura en dépliant un vêtement à la lumière d'une ampoule pendant au bout d'un fil. Elle prenait un grand soin de ses affaires. Regardez cette reprise. Elle a été faite si délicatement, elle est presque invisible. C'était sans doute une femme adorable. Une sainte en quelque sorte. Ce Joshua Kincade a agi en criminel avec elle.

— Vous êtes convaincue que c'est bien elle que vous recherchez ?

— Oui. C'est une intuition…

Voyant l'expression sceptique de Devlin, elle reprit :

— Ne vous est-il jamais arrivé d'éprouver une certitude ? De ressentir quelque chose avec une force irrésistible ?

Il la considéra gravement et répondit :

— Si. Un jour, il y a très peu de temps, j'ai rencontré

une fille dans un aéroport et j'ai éprouvé pour elle un coup de foudre.

Le visage de Laura se crispa.

— Ecoutez, dit-elle en se levant et en frottant son jean empoussiéré. Vous pouvez vivre votre petite romance dans votre tête si ça vous chante, mais faites-moi la grâce de me ficher la paix avec cette question. Je suis en Irlande pour y accomplir une mission et non pour vous distraire. C'est compris ?

Devlin se redressa à son tour et posa son regard sur la jeune femme. Elle n'y lut aucune animosité, au contraire. Il exprimait une sorte de compassion, d'amitié empreinte de douceur et d'affection.

— Je suis désolé, Laura, pour tout le mal qu'on vous a fait dans le passé. Si je tenais celui qui vous a rendue si méfiante et, même, aussi réticente à l'amour, je lui briserais les reins.

Tout en parlant, il s'approcha d'elle et la saisit par la taille. La fermeté de ses mains et la force qui émanait de sa personne donnèrent une sorte de vertige à Laura. Elle éprouva soudain le désir fou et violent d'être dans les bras de Devlin, de s'ouvrir à lui, de sentir le poids de son corps...

Horrifiée de voir à quelle vitesse vertigineuse ses résolutions partaient en fumée, Laura repoussa Devlin.

— Non ! dit-elle. Vous n'allez pas recommencer !

Sur ces mots, elle sortit précipitamment du grenier et dévala l'escalier jusqu'à la première salle d'eau où elle s'aspergea le visage, davantage pour recouvrer ses esprits que pour se débarrasser de la poussière.

Quand elle se fut remise de son émotion, elle sortit dans le hall où elle vit Devlin qui l'attendait les bras croisés.

— Mme O'Sullivan est au téléphone, dit-il. Elle m'a prié de patienter un moment. Elle a une information à nous transmettre.

Laura hocha la tête et s'assit dans un fauteuil, le regard tourné vers la fenêtre. Elle ne supportait plus d'être seule avec Devlin. Sa résolution était prise. Elle ne poursuivrait pas son enquête avec lui. Dès aujourd'hui, leurs chemins allaient se séparer… Sinon, elle en avait l'intime conviction, des événements auraient lieu qu'elle regretterait aussitôt d'avoir vécus.

Mme O'Sullivan sortit de son bureau, un sourire aux lèvres.

— Alors ? Avez-vous trouvé quelque chose ? demanda-t-elle.

— Malheureusement non, répondit Laura en se levant.

— Tenez, fit Mme O'Sullivan en tendant un morceau de papier à Devlin. C'est l'adresse d'une ancienne employée de maison que je viens d'appeler. J'ai repensé à elle dans l'après-midi. Elle travaillait encore ici, il y a deux ans. Elle se souvient que Maureen a parlé d'une sœur, une certaine Myrtle, qui aurait vécu à Killannin. Elle serait mariée… Mais l'employée ignore le nom de son mari.

— Myrtle à Killannin, répéta Laura. Ce n'est peut-être pas impossible à trouver ?

— Killannin n'est pas bien grand, remarqua Mme O'Sullivan. C'est à quelques kilomètres d'ici, à l'ouest.

— Merci, madame. S'il arrivait que vous ayez d'autres informations, vous seriez gentille de me les adresser au Dingle Bay Hotel. J'appelle la réception tous les jours.

— Entendu. J'espère que vous réussirez à mener à bien votre enquête. En tout cas, si vous avez besoin d'un service, n'hésitez pas à venir frapper à cette porte.

— Merci, infiniment.

Devlin et Laura prirent congé de la directrice de l'orphelinat et regagnèrent leur véhicule, mais au moment où Devlin lui ouvrait la porte, la jeune femme s'arrêta net.

— Le moment est venu de nous séparer, Devlin, dit-elle avec fermeté.

Il lui lança un regard en biais, la main sur la poignée de porte.

— Je ne suis pas sûr d'avoir bien entendu.

Laura leva le menton et répéta d'un air déterminé :

— Je ne peux pas accepter plus longtemps que vous me serviez de chauffeur. La nouvelle piste sur laquelle on m'envoie risque de n'aboutir à rien. J'ai assez abusé de votre bonne volonté. Je continuerai seule.

Un air d'impatience se lut sur le visage de Devlin.

— Ne croyez-vous pas que je vous le dirais, si j'en avais assez de vous servir de chauffeur ?

— Puisque vous me forcez à dire ma pensée crûment : je ne veux plus que vous m'accompagniez. Je prendrai l'autocar.

— Pour aller à Killannin ? demanda Devlin d'un ton ironique.

— Oui, pour aller à Killannin ! Il n'y a pas de car peut-être ?

— S'il y en a, ils sont rares. En particulier à l'ouest de l'île. Les villages y sont si petits et éloignés les uns des autres qu'il est difficile d'organiser un service public de transport satisfaisant. Il risque d'y avoir des attentes interminables et il se peut qu'il faille marcher plusieurs kilomètres avant de trouver un arrêt.

— C'est tout ?

— N'est-ce pas suffisant pour accepter l'offre d'un touriste américain trop heureux de vous servir de chauffeur ?

Elle prit un air exaspéré, mais sa réaction ressemblait davantage à une reddition qu'à un refus.

— Alors ? demanda Devlin, c'est d'accord ?

— Ça vous dérange si je conduis ?

— Pas du tout.

Devlin s'assit sur le siège du passager tandis que Laura faisait le tour de la voiture pour prendre place au volant. Elle prit connaissance de chaque bouton avant de tourner la clé de contact. Quand le moteur ronfla, elle eut une certaine gêne à enclencher la première vitesse avec sa main gauche. Elle essaya de ne pas montrer son inconfort, pensant qu'elle s'adapterait rapidement à la conduite à gauche.

La route, étroite et cahoteuse, serpentait dans une jolie campagne. Laura, bien que lancée à vive allure, ne se lassait pas de contempler le paysage et Devlin, qui voyait arriver les tournants avec une certaine inquiétude, écrasait le pied sur le plancher de la voiture comme s'il avait pu ainsi ralentir le véhicule. Il s'apprêtait à faire une remarque à la jeune femme quand, à la sortie d'un tournant, une charrette parut à une centaine de mètres devant eux. Il était trop tard pour freiner et la route était trop étroite pour doubler.

Laura fit une embardée et roula sur le bas-côté dans l'espoir de réussir à dépasser la charrette, mais un écart du cheval qui la tractait rendit cette tentative impossible. Pour éviter le choc, elle dut donner un coup de volant et la voiture entra dans un champ sous le regard effaré du conducteur de la charrette. Elle bondit sur le terrain bosselé et herbu jusqu'à ce qu'elle finît sa course au bord d'un cours d'eau qui coulait en contrebas du pré. Miraculeusement, la voiture ne se retourna pas, mais elle planta son avant dans le fossé boueux qui longeait le ruisseau.

Laura et Devlin recouvraient lentement leurs esprits quand une tête ahurie et rougeaude parut à la vitre de la voiture.

— Ça va-t-y ? demanda le paysan.

Laura hocha la tête.

— Oui, je crois.

Puis, se tournant vers Devlin, elle ajouta :

— Et vous ? vous n'avez rien de cassé ?

— Non, je vais à merveille.

Ils se regardèrent en souriant et, soudain, ils furent secoués ensemble d'un fou rire, sous le regard de plus en plus stupéfait du cultivateur.

— J'allais un peu vite, expliqua la jeune femme en s'adressant à lui, puis je vous ai vu à la sortie du tournant. C'était impossible de vous éviter, alors j'ai tourné dans le champ.

Elle conclut en haussant les épaules et, cette fois, sa bonne humeur arracha un sourire au vieil homme.

— C'est beau la jeunesse, remarqua-t-il d'un air attendri.

Devlin était descendu de voiture et estimait la situation.

— Croyez-vous que vous pourriez nous sortir de là ? demanda-t-il à l'homme.

— J'crois bien, mais faudrait d'mander à mon fils. Avec son tracteur, il aura tôt fait d'vous tirer d'embarras.

Le vieil homme leva les yeux au ciel puis se tourna vers l'ouest avant d'annoncer :

— Nous allons avoir d'la pluie. J'm'en vais vous conduire chez moi. L'fils est après traire les vaches. Il n'sera pas à vot'service avant deux bonnes heures.

Laura et Devlin s'assirent sur la banquette de la charrette à côté du brave homme qui fit repartir son puissant cheval de trait d'un simple claquement des rênes. La voiture s'ébranla derrière la bête qui allait au trot sans paraître fournir aucun effort. Les passagers sautaient sur le siège de bois, et Laura éprouvait une joie d'enfant à se laisser tracter par un cheval sur cette petite route d'Irlande. Le paysan, bientôt, commanda à la bête de tourner dans un chemin de terre bordé de grands arbres.

La ferme, couverte d'un toit de chaume et aux murs enduits d'un crépi blanc, était tapie dans un creux au bout de l'allée. A leur approche, des oies poussèrent des cris déchirants tandis qu'un groupe de dindes, précédées de deux dindons, avançait vers eux d'un air martial en éructant des sons de gorge.

Laura hésita à descendre mais Devlin lui tendit la main.

— Venez. Ils ne vous feront rien.

Ils suivirent le paysan à l'intérieur de la maison où on les fit entrer dans la salle commune égayée par un grand feu. Ils prenaient place autour de la table quand la pluie commença à tomber. Il y eut un éclair suivi immédiatement d'un coup de tonnerre et de véritables herses s'abattirent sur la campagne.

— Quand j'vous disais, qu'il allait pleuvoir, commenta le vieil homme.

Puis, s'adressant à sa femme restée en retrait, dans l'embrasure de la pièce conduisant dans la cuisine, il demanda :

— Veux-tu apporter du thé à ces bonnes gens ?

La femme, maigre et le visage ridé, disparut dans la cuisine et ne tarda pas à revenir avec une cafetière, un pain et du fromage de chèvre qu'elle posa sur la table.

— Voici, dit-elle d'une voix douce. Alors, vous êtes allés dans le fossé m'a dit mon homme ?

— Oui, répondit Devlin. Grâce à la dextérité de mademoiselle.

Il se tourna vers Laura, un sourire moqueur aux lèvres.

La jeune femme hocha la tête.

— Je ne suis pas habituée à la conduite à gauche, expliqua-t-elle. Et puis… j'allais un peu trop vite.

S'adressant à Devlin, elle précisa :

— Je suis vraiment désolée. Si la voiture est abîmée, je vous paierai la réparation. Tout à l'heure, j'ai ri nerveusement. J'étais heureuse de constater que nous n'étions pas blessés, mais il n'empêche que j'ai conscience de ma maladresse.

Devlin étendit le bras familièrement sur le dossier de la chaise de Laura et se pencha vers la jeune femme.

— Ne vous en faites pas. C'est une voiture de location qui est très bien assurée. Je n'aurai aucun frais.

Les enfants des paysans, au nombre de six, vinrent s'asseoir à leur tour à table, et comme tout le monde parlait avec un fort accent et de nombreux mots empruntés au dialecte, Laura avait peine à suivre la conversation. Devlin, par contre, semblait très à l'aise, comme s'il avait toujours vécu en Irlande.

De temps à autre, il se tournait vers Laura et lui expliquait ce dont il parlait avec leurs hôtes, mais la jeune femme, fatiguée de la longue journée de recherche, somnola à la chaleur du feu qui ronflait dans son dos.

Dehors, la pluie tombait toujours avec la même force. On entendait mugir le vent et les arbres de l'allée se ployaient.

— On n'pourra pas sortir vot'voiture par c'temps-là, dit le paysan. Ce s'ra bien trop mouillé pour le tracteur. Il resterait aussi dans le trou. Ma femme va vous préparer une chambre.

Laura, qui comprenait qu'il était question du temps, demanda à Devlin ce qu'avait dit exactement le cultivateur.

— Avec la pluie le terrain est trop boueux pour que le tracteur réussisse à dégager la voiture. Nous sommes coincés ici.

Devlin prononça ces derniers mots avec un air ravi.

— On dirait que ça vous réjouit ?

— En effet. Si vous aviez suivi la conversation, vous sauriez pourquoi.

— Eh bien ? Je vous écoute.

— Puisque la pluie nous retient ici, nos hôtes nous offrent gentiment l'hospitalité. Ils vont nous préparer une chambre.

Laura terrassa Devlin du regard.

— Ne rêvez pas, dit-elle entre ses dents. Même si nous sommes contraints de dormir dans la même pièce, il ne s'y passera rien.

Devlin eut un petit sourire énigmatique avant de se tourner vers leurs hôtes qui les regardaient avec bienveillance.

— Nous acceptons bien volontiers votre hospitalité, dit-il. Ma femme vous en remercie vivement.

Ils sourirent en regardant Laura qui avait de plus en plus de difficulté à garder les yeux ouverts.

— Elle a l'air bien fatiguée, remarqua la fermière. J'vais vous préparer votre chambre.

Elle se leva, et s'approchant de Laura, lui dit quelques mots en gaélique. La jeune femme, devinant leur sens, hocha la tête et se leva. Elle ramassa son sac de voyage et suivit la fermière.

Celle-ci la conduisit à la salle d'eau puis lui indiqua la porte de la chambre où elle était invitée à dormir avec Devlin.

Laura prit une douche puis, enveloppée dans un peignoir serré à la taille, elle gagna la chambre au moment où la fermière la quittait. Cette dernière prononça quelques mots incompréhensibles en souriant, puis la porte se ferma, et Laura se retrouva seule devant le lit de bois qu'elle devait partager avec Devlin.

7.

Laura ne trouvait plus le sommeil. La nuit était tombée et elle entendait des voix au rez-de-chaussée. Pelotonnée sous la couverture, elle fermait les yeux et cherchait le repos. Elle aurait voulu dormir profondément quand Devlin la rejoindrait car le lit était étroit, et elle redoutait terriblement le moment où il s'étendrait près d'elle. Cependant, plus elle aspirait au sommeil plus il s'éloignait d'elle, et elle sentait monter en elle une tension nerveuse si forte qu'elle désespérait de jamais s'assoupir.

Un crissement sur le palier la fit tressaillir. Elle tendit l'oreille et entendit distinctement qu'on ouvrait la porte de la chambre. Elle tira jusqu'à ses pieds sa chemise de nuit en coton dont elle avait pris soin de nouer les cordons du décolleté, et s'efforça de respirer régulièrement pour que Devlin la crût endormie.

Elle l'entendit se dévêtir : le glissement du jean dont la ceinture vint frapper le plancher, les bottes retirées l'une après l'autre, la chemise déboutonnée et jetée sur un dossier de chaise… Il y eut un dernier frôlement d'étoffe. Devlin avait-il revêtu un pyjama ? S'était-il entièrement déshabillé ? Laura l'ignorait et ne voulait pas l'apprendre. Elle se recroquevilla dans le coin du lit, avançant au maximum vers le mur de la chambre. Les ressorts grincèrent tandis que Devlin se glissait sous le drap. Tendue, immobile, elle retint sa respiration de crainte de se trahir…

Elle réussit à garder l'air dans ses poumons quelques secondes qui lui semblèrent interminables puis elle expira.

Le souffle, trop fort, fut comme le soupir d'une personne accablée d'ennui.

— Vous ne dormez pas ? fit Devlin en se tournant vers elle.

Elle ne bougea pas, garda les lèvres et les yeux clos, et essaya de réguler au mieux sa respiration. Mais déjà, Devlin se penchait sur elle et l'observait.

— Je vois vos paupières palpiter, dit-il d'un ton moqueur. Ne faites pas semblant de dormir.

Et, tout en parlant, il posa la main sur la hanche de Laura.

La jeune femme sursauta, se trahissant malgré elle, et, raide comme une planche, elle se dressa.

— Non, je n'arrive pas à dormir. Ce lit est trop petit d'ailleurs. Je vais aller m'étendre sur le divan de la salle.

— Pour décevoir nos hôtes ? Ils sont convaincus que nous sommes un jeune couple en lune de miel.

— Vous le leur avez laissé croire ?

— Ils semblaient si heureux de nous accueillir chez eux et d'être ainsi complices de nos amours.

— C'est ridicule. Je leur dirai la vérité demain.

— En gaélique ?

— Je n'aurai pas besoin de m'expliquer s'ils me trouvent en bas, rétorqua Laura en repoussant les draps pour se lever.

— Vous allez réveiller le chien.

— Il dort dans la maison ?

— Sur le divan, précisément. Je doute qu'il accepte de partager sa couche, et il a de bons crocs.

— Vous m'énervez, répondit Laura en s'apprêtant à enjamber Devlin. Je ne vous crois pas.

Elle tenta de reposer le genou de l'autre côté de son compagnon, mais elle ne fit pas un mouvement assez ample et buta contre sa hanche. Elle sentit alors sa peau nue et, aussitôt, les deux bras de Devlin lui enveloppèrent la taille.

— Lâchez-moi immédiatement ! ordonna-t-elle entre ses dents.

Mais Devlin resserra son étreinte, rapprochant inexorablement le corps de la jeune femme du sien. Elle sentait sa chaleur, son odeur, et, soudain, le contact ensorcelant de sa force masculine contre elle, tout contre…

— Non, dit-elle en gémissant. Laissez-moi…

En guise de réponse, Devlin lui prit le visage entre les mains et l'embrassa doucement sur les lèvres. Il recommença, semant de petits baisers sur le nez de la jeune femme, son front, son menton puis de nouveau sur ses lèvres.

Elle ne résistait plus. Elle n'avait plus la force de le faire. Insensiblement, elle se laissait aller sur Devlin. Cette intimité lui engourdissait l'esprit, et de voluptueuses sensations l'envahissaient, l'alanguissaient.

Le visage contre l'épaule de Devlin, elle posa la main à plat sur son torse pour caresser la toison soyeuse qui lui couvrait la poitrine. Elle sentait les battements de son cœur, respirait sa chaleur entêtante, et s'abandonnait à ses caresses.

Devlin souleva la chemise de nuit de Laura et dévêtit lentement la jeune femme, découvrant son corps au fur et à mesure. Nue, elle frémissait sous ses caresses, et le nid de sa féminité était chaud et humide aux frôlements de ses doigts. Il savait tous les gestes, tous les mouvements… et le plaisir de la jeune femme semblait monter, monter. Le souffle rapide, les yeux grands ouverts, brillant dans la nuit comme des pierres précieuses, elle s'offrit à lui.

Devlin la contempla, tandis qu'il continuait de la caresser délicatement, lui arrachant des cris de plaisir. Un ultime effleurement… et Laura fut emportée par l'extase. Elle roula sur le ventre pour interrompre la torture exquise et resta un instant immobile, cherchant son souffle.

— Tu es fou, murmura-t-elle en se tournant enfin.

Mais déjà la main de Devlin cueillait sa poitrine, en caressait les pointes tendues. Puis il attira la jeune femme sur lui.

— Tu me fais perdre la tête, ajouta-t-elle en le chevauchant.

Elle le sentit dur et brûlant sous elle, impatient de la connaître et, en même temps, parfaitement maître de ses gestes.

Il avait un petit mouvement des reins qui rendait Laura de plus en plus fébrile et impatiente de capturer en elle sa force masculine. Comme il continuait de se dérober, elle lui fit comprendre son attente. Devlin sourit et, emprisonnant des mains les hanches de la jeune femme, il la guida vers lui, puis se fondit enfin dans sa chair accueillante.

Laura ferma les yeux et gémit doucement. Il lui sembla que tout son corps s'emplissait de Devlin. Quand celui-ci commença à bouger, d'abord doucement puis d'une manière de plus en plus ample et forte, elle fut traversée d'ondes de plaisir qui la firent soupirer, haleter, marquer de ses ongles les épaules de son amant.

Au comble de l'ivresse, il retourna Laura d'un coup de reins et vint si profondément en elle qu'elle poussa un cri de bonheur et succomba à un plaisir étourdissant. Alors, Devlin ne retint plus sa fougue. Il étreignit Laura qui ondulait sous lui, et laissant échapper un cri rauque, il se libéra en elle.

Ils restèrent longuement enlacés, les lèvres jointes, goûtant à un interminable et délicieux baiser avant que Laura, recouvrant ses esprits, n'avouât dans un souffle :

— Devlin, c'était merveilleux. Jamais je n'aurais cru qu'il fût possible d'être aussi heureux.

— Je te l'avais dit : au premier coup d'œil j'ai compris que nous étions faits l'un pour l'autre.

Ils s'étreignirent de nouveau avec la même passion quelques instants après puis glissèrent dans le sommeil.

Laura s'éveilla au cœur de la nuit. Elle était blottie dans les bras de Devlin, la tête au creux de son épaule. Dehors, il pleuvait. Elle entendait s'écouler l'eau de la gouttière.

En écoutant Devlin respirer régulièrement, elle se le représentait tel qu'il lui était apparu un peu plus tôt, brûlant d'amour, enfiévré de désir... Et elle éprouvait de nouveau l'envie impérieuse de se donner à lui, de l'accueillir en elle.

Elle savait le danger d'une telle relation. Il ne fallait pas s'attacher à Devlin. Les mots tendres qui avaient jailli spontanément de ses lèvres ne signifiaient rien : combien d'hommes juraient leur amour à la première femme qu'ils rencontraient pour mieux la séduire… Puis, quand ils avaient obtenu ce qu'ils voulaient, les serments de la veille n'étaient plus que de vagues promesses, et ils s'éloignaient comme des couards.

Elle se préserverait contre ce genre de mésaventure. Elle se protégerait de Devlin. De lui, elle protégerait aussi sa petite Sally. D'ailleurs, elle voulait garder secrète la maladie de sa fille. Devlin n'apprendrait jamais l'existence de l'enfant.

Oui, elle allait garder pour elle sa vie privée, et s'en trouver moins vulnérable. Quand sa recherche serait terminée et qu'elle prendrait l'avion pour Talahassee, elle tournerait cette page irlandaise vécue avec Devlin. Tout serait fini entre eux. Même aux Etats-Unis. Car Chicago était assez éloigné de la Floride pour que Devlin fût dissuadé d'aller lui rendre visite — à condition d'ailleurs que l'envie lui en vînt.

Sa décision était donc prise… Elle se laisserait aimer par lui en Irlande, parce que c'était bon, infiniment délectable, d'autant plus, peut-être, que c'était éphémère. Puis elle partirait.

Cette pensée lui serra le cœur. Elle savait qu'elle n'oublierait pas Devlin quand elle serait de retour à Talahassee… Pas après la nuit qu'ils venaient de passer ensemble. Elle souffrirait forcément, dans sa chair, de ne plus sentir contre elle, comme maintenant, la présence chaude et odorante de cet homme merveilleux que le destin avait placé sur sa route.

Et l'idée d'être privée de ce contact rassurant et enivrant, conforta le désir qu'elle avait éprouvé pour lui dès l'éveil. Elle se retourna et posa les lèvres sur sa peau douce. Il ne réagit pas. Alors, s'enhardissant, elle se dressa sur un coude et parcourut sa poitrine de baisers, puis son ventre. Elle n'osait aventurer plus bas les lèvres, mais de la main, elle le caressait, et le sentait la désirer chaque seconde plus fort.

Devlin gémit et ouvrit les yeux. Laura s'arrêta immédiatement, mais dans son demi-sommeil, Devlin la prit dans ses bras. Leurs lèvres se joignirent et, doucement, voluptueusement leurs corps s'unirent. Etendu sur Laura, Devlin vint en elle lentement et puissamment tandis qu'elle nouait les jambes autour de ses reins. Le souffle rapide de la jeune femme et l'expression de ses grands yeux noyés de bonheur montrait qu'elle était déjà emportée dans la spirale extatique du plaisir…

Au lever du jour, la pluie cessa. Quand ils descendirent prendre leur petit déjeuner, cependant, on les informa que le terrain était trop détrempé pour tenter de sortir la voiture du fossé dans la journée. Il faudrait attendre le lendemain matin pour s'y employer.

Comme Devlin et Laura se voyaient condamnés à l'inaction, le fils aîné des O'Callaghan, Ogan, leur offrit de les conduire à Killannin.

— Vous verrez, il y aura de l'animation, leur expliqua-t-il en anglais. C'est le jour des célibataires. Les filles les choisissent dans la rue et ils doivent participer à une grande compétition. Le gagnant a toutes les filles du village à ses basques.

Ogan fit un clin d'œil à Devlin.

— Ça ne plaira peut-être pas à votre femme, remarqua-t-il en indiquant Laura du menton, mais elle peut choisir un célibataire pour danser, si elle veut.

Il regarda Laura avec une expression espiègle et ajouta :

— Comme moi, par exemple.

Il fut secoué d'un éclat de rire puis s'écarta de la table pour laisser le couple terminer le petit déjeuner.

— Il parle l'anglais, remarqua Laura. Pourquoi ne s'exprimaient-ils tous qu'en gaélique, hier soir ?

— Les parents ne parlent jamais qu'en langue celtique avec leurs enfants. Ils maîtrisent très mal l'anglais. Les enfants, eux, ont été obligés de l'apprendre à l'école.

— Mais toi ? Comment se fait-il que tu le parles si bien ?

— Je te l'ai déjà dit, mes parents m'emmenaient passer mes vacances en Irlande chaque année et, surtout, mon père était professeur de langues anciennes, et celtiques entre autres, à l'université. C'est lui, le premier, qui m'a parlé en gaélique.

— Ogan avait une expression un peu ironique, n'as-tu pas trouvé ?

— Non, je n'ai rien remarqué.

— Je me demande s'il ne nous a pas entendus, hier soir.

— Quelle importance ? Nous sommes de jeunes mariés en voyage de noces.

Le bruit d'un moteur de voiture résonna dans la cour. Ogan était prêt. Devlin et Laura montèrent chercher leurs bagages dans leur chambre puis ils rejoignirent le jeune homme qui les attendait près du véhicule.

— Pourquoi prenez-vous vos bagages ? demanda-t-il.

— Nous ne voulons pas abuser de l'hospitalité de vos parents, répondit Devlin. D'autre part, nous avons une enquête à mener à Killannin. Nous dormirons chez l'habitant.

Ogan les conduisit chez des villageois qui louaient des chambres et il fut convenu qu'il viendrait les chercher le lendemain matin pour les emmener à leur voiture. Dès qu'ils eurent rangé leurs affaires dans leur chambre, Devlin et Laura partirent main dans la main vers la place de Killannin. Une grande animation régnait dans la rue principale. Des jeunes gens et des jeunes filles allaient et venaient en groupe, et c'étaient des éclats de rire et de voix pleins de fraîcheur et de gaieté.

— Je suis curieux de voir à quoi ressemble cette élection du célibataire le plus séduisant, remarqua Devlin comme ils approchaient de la grande tente environnée de drapeaux de toutes les couleurs qui battaient au vent.

Au même instant, une jeune fille blonde, grande et pulpeuse, avança vers Devlin en souriant, et lui parla en gaélique.

Laura la foudroya du regard tandis que Devlin hochait la tête en signe d'acquiescement.

La jeune Irlandaise, qui riait de tout l'éclat de ses dents blanches, noua un ruban rouge au bras de Devlin.

— Que veut-elle ? demanda Laura.

— Cette jeune personne, qui se prénomme Arlene,

vient de me demander de lui accorder la première danse et d'entrer dans la compétition du meilleur célibataire.

Laura, qui éprouvait un élan de jalousie inavouable, planta un regard glacial dans les yeux de Devlin.

— Eh bien ? Qu'as-tu ? s'enquit ce dernier. Tu es jalouse ?

— Tu fais ce qui te plaît, mais je croyais que tu devais m'aider à trouver la sœur de Maureen ?

— Certes, et une malheureuse danse ne m'en empêchera pas.

La jeune blonde, qui semblait s'impatienter, prit la main de Devlin.

— Allons-y, dit-elle. J'entends les musiciens. Ils ont commencé à jouer une gigue.

Devlin, entraîné par Arlene, se tourna une dernière fois vers Laura :

— Invite un célibataire à danser, dit-il. On se verra sous la tente. Et, au moment où j'entrerai en scène, je compte sur tes encouragements.

Sur ces mots, il disparut sous la tente.

Laura resta immobile, les yeux tournés vers l'endroit où l'homme qu'elle aimait malgré elle venait de s'éclipser. En un instant, le souvenir de leur nuit d'amour lui revint à l'esprit. Elle vit Devlin, couché sur elle, avec ses yeux verts qui plongeaient dans son regard, tendres et dominateurs à la fois, et les mouvements harmonieux, rythmés de son corps…

Elle baissa les paupières. Il ne fallait pas accorder à Devlin plus d'importance qu'il n'en méritait. Qu'étaient devenues ses promesses ? Son cœur ne battait-il pas déjà pour Arlene ?

8.

Laura tourna le dos à la tente et erra dans les rues de Killannin. Elle avançait au milieu de groupes en liesse qui riaient et dansaient au rythme de la musique. On aurait dit que tous ceux qui avaient un instrument et un peu de talent dans la région s'étaient donné rendez-vous au bourg. L'air résonnait du son des violons, des cornemuses, des tambours, et certains, une chope de bière à la main, sortaient des pubs en chantant à tue-tête. Des vieillards, assis devant leur maison, observaient la foule en fumant la pipe. Une odeur de tabac, de pain fraîchement cuit et de saucisses grillées flottait sur le village.

Elle avait le cœur serré. Comment Devlin avait-il pu changer aussi vite de sentiments à son égard ? La simple apparition d'une jolie blonde suffisait-elle à balayer tout ce qui avait commencé d'exister entre eux ? Laura ne comprenait pas. Elle s'adossa un instant au mur d'une maison, indifférente au vacarme autour d'elle, et s'efforça de réfléchir. Elle était en Irlande pour raisons professionnelles, pas pour y vivre une relation amoureuse, se répéta-t-elle. Si elle passait des moments agréables avec Devlin, tant mieux. Elle était loin de chez elle et rien ne l'empêchait de vivre une courte et folle passion, à condition, bien sûr, que cela n'eût pas de conséquences sur sa vie ultérieure ni sur sa mission présente. A ce sujet, d'ailleurs, il fallait qu'elle sache rapidement si Devlin continuerait de l'aider ou non.

Elle se redressa brusquement et, d'un pas décidé, prit la direction de la place.

La compétition battait son plein, quand la jeune femme pénétra sous la tente. Les célibataires étaient engagés dans une danse folklorique au rythme endiablé que conduisaient allègrement deux violonistes, un accordéoniste, un flûtiste et plusieurs musiciens frappant sur des tambourins.

Les danseurs poussaient des cris et riaient à gorge déployée en tournoyant sur les vieux rythmes celtes. Laura les regardait attentivement. Elle ne tarda pas à repérer Devlin grâce à sa grande taille et à sa forte carrure. Il sautait et tournait avec une facilité déconcertante qui laissait à penser qu'il avait toujours vécu ici. Elle s'approcha de la scène et, cette fois, le vit parfaitement bien. On devinait ses muscles sous son jean, et ses pieds bottés retombaient au sol en accord parfait avec la musique.

Laura croisa le regard de Devlin qui lui fit un clin d'œil. Le cœur de la jeune femme bondit. Cette simple attention suffit à la remplir de joie. Ainsi, Devlin ne l'avait pas encore complètement oubliée et, malgré toutes les jolies femmes qui semblaient se disputer son intérêt sur scène, il prenait le temps de la reconnaître et de le lui montrer.

N'empêche… cette danse l'obligeait à changer fréquemment de jolie partenaire. Beaucoup trop souvent.

— Il est aux anges ! maugréa Laura.

— Vous m'avez parlé ? fit une voix à côté d'elle. Vous êtes en vacances ?

Elle se tourna et vit un homme de petite taille, aux cheveux roux et à la moustache du même ton, qui fixait sur elle des yeux verts étincelants.

— Comment savez-vous que je ne suis pas irlandaise ? interrogea Laura.

L'homme éclata de rire.

— On vous repère à cent mètres, répondit-il. Etes-vous ici pour la fête ?

— Non, je suis en mission.

Il plissa les yeux.

— Ce n'est pas trop indiscret de vous demander quel genre de mission ?

Espérant obtenir peut-être un renseignement utile, Laura n'hésita pas à répondre :

— Je recherche une certaine Myrtle qui habite Killannin et qui est née sous le nom de Renny.

— Myrtle…, répéta l'Irlandais en réfléchissant.

— Elle doit avoir entre cinquante et soixante ans.

— Je connais une Myrtle Moody qui est à peu près de cet âge.

— Où vit-elle ?

Il plissa de nouveau les yeux.

— Comment vous expliquer ? Si ce n'était pas jour de fête, je vous y conduirais… Vous trouverez derrière l'église un petit chemin qui serpente entre deux murs. Suivez-le. Il va vous conduire à un ruisseau qui traverse un bois. Quand vous verrez un pont de pierre, franchissez-le. Vous trouverez le cottage des Moody dans une clairière, au milieu d'un bosquet de tilleuls.

— Merci ! cria la jeune femme au-dessus du vacarme de la musique.

L'homme sourit en se lissant la moustache.

— Je m'appelle Brian Murphy.

— Et moi, Laura Todd, répondit la jeune femme en souriant également.

Elle lui tendit la main.

— Merci, Brian.

— Si vous revenez à la fête, vous m'accorderez une danse ?

— Promis.

Elle quitta la tente non sans lancer un dernier regard à Devlin qui continuait de danser sans presque jamais la quitter des yeux.

Dès qu'elle s'engagea dans le chemin qui descendait derrière l'église entre le jardin du presbytère et le cimetière, le bruit de la fête s'estompa. Elle allait d'un pas alerte, remplie de l'espoir de trouver enfin des renseignements sur l'enfant de Maureen. A la sortie du village, elle trouva le cours d'eau dont avait parlé Brian Murphy, qui s'enfonçait sous les frondaisons printanières d'un bois. Le soleil, filtré par le jeune feuillage, touchait le sol de place en place, arrachant des reflets d'argent à l'eau vive et transparente. Laura respira l'odeur humide des arbres. Une certaine gaieté l'envahissait malgré la déception que lui avait donnée Devlin. Elle lui pardonnait, d'ailleurs, sa légèreté. Il était beau, les femmes l'aimaient, et il en profitait. Il n'y avait rien de plus naturel que ce comportement. D'autre part, s'il était arrivé en Irlande meurtri par la vie, il fallait se réjouir qu'il retrouve un peu de joie.

Laura marchait en méditant ces pensées quand un craquement dans le sous-bois la fit sursauter. Elle s'arrêta, scrutant les branches basses des arbres, et s'attendit à voir un lièvre ou un faisan… Ce furent deux pieds bottés qui retinrent son regard. Elle leva les yeux pour suivre la ligne ferme de deux jambes musclées enveloppées d'un jean noir. Il y eut un bruissement de feuilles…

… et Devlin parut devant Laura.

Son regard riait, et il avait sur les lèvres le sourire le plus impudent et le plus sexy qu'elle eût jamais vu.

— Tu pars enquêter sans moi ? interrogea-t-il en avançant vers la jeune femme.

Elle fut parcourue d'un frisson. La présence de Devlin en ce lieu plein de charme, de chants d'oiseaux et de parfums boisés la troublait.

— Tu semblais bien t'amuser, répondit-elle d'une voix mal assurée comme il lui posait les mains sur les épaules. Je ne voulais pas te déranger. Mais comment as-tu fait pour arriver là avant moi ?

— J'ai été guidé par un lutin, répondit Devlin avec un sourire énigmatique.

— Non, réponds-moi sérieusement.

— Tu ne crois pas aux lutins ?

— Si, mais seulement à ceux des histoires.

— Tu en as pourtant vu un de tes propres yeux sous la tente.

Elle éclata de rire.

— Le petit roux ?

Devlin hocha la tête.

— Tu as remarqué qu'il me parlait ?

— Rien ne m'échappe.

— Et c'est lui qui t'a dit où j'étais partie.

— Déduction exacte.

Il la contempla un instant, une lueur très douce dans le regard. Puis s'inclinant vers elle, il déposa un baiser sur ses lèvres. Ce fut d'abord un effleurement léger, délicat, puis leurs lèvres s'unirent avec passion.

Devlin souleva Laura dans ses bras, et écartant les branches des arbres qui bordaient le sentier, pénétra avec elle dans le sous-bois. Une mousse d'un vert tendre au pied d'un grand chêne accueillit leurs corps enlacés. Ils se dévêtirent sans cesser de s'embrasser, leurs doigts fébriles soulevant les étoffes, défaisant les boutons…

Laura éprouva une sensation exquise quand, étendue sur le tapis frais et doux, enivrée du parfum de l'humus et des feuilles mortes, le souffle de l'air lui caressant la peau, elle accueillit Devlin en elle. Elle n'avait jamais connu une telle impression d'unité de soi-même, d'harmonie merveilleuse avec la nature. Elle se laissa prendre et reprendre, soulever, ballotter par les assauts renouvelés de Devlin comme par une vague incessante. Et quand, épuisés d'amour, ils roulèrent, bouche contre bouche, sur leur tapis de soie, Laura était au comble du bonheur.

— Je voudrais que ça dure toujours, murmura-t-elle en regardant le ciel d'un bleu pur à travers les branches des arbres.

— Ça ne dépend que de toi, répondit Devlin qui l'enveloppait de ses bras.

— C'est ce que tu dis. Quel crédit puis-je accorder à un homme qui me quitte sur la place d'un village inconnu pour partir danser avec la première venue ?

— Allons, Laura. Ne sois pas jalouse. C'est une fête. Je ne pouvais pas refuser. Ça me fait plaisir d'ailleurs de concourir pour l'élection du meilleur célibataire. J'ai déjà participé à de nombreuses manifestations du même genre, en Irlande. Il me semble que je suis en vacances et que j'ai vingt ans de nouveau.

— Et que feras-tu si tu remportes l'épreuve ? Je ne serais pas étonnée que tu en profites pour conquérir le cœur d'Arlene.

— C'est une gamine. Elle n'a pas dix-neuf ans. Ce qui m'intéresse en tout premier lieu, c'est le jeu… et le prix à gagner ! Mille dollars seraient bienvenus dans la bourse d'un chômeur.

Laura hocha la tête d'un air incrédule.

— Tu ne me crois toujours pas quand je te dis que je t'aime ? demanda Devlin en se penchant sur la jeune femme.

Elle avait la pointe des seins durcie sous la caresse du vent, et la peau satinée de sa gorge, de son ventre et de ses cuisses invitait au baiser, à une étreinte tendre et passionnée. Devlin effleura du doigt la combe humide et duveteuse où il se pâmait de plaisir encore un instant plus tôt, et son désir se raviva. Comme il approchait les lèvres de celles de la jeune femme, elle se moqua de lui.

— Tu es insatiable. Moi qui étais en chemin vers…

— … la maison de Myrtle Moody, finit Devlin.

— Comment le sais-tu ?

— Je me suis renseigné.

— Tout en dansant ?

— Exactement. Tu vois que mes nouvelles relations féminines ne sont pas dénuées d'intérêt.

Tout en parlant, Devlin continuait de caresser Laura.

— J'espère en tout cas que tu n'auras de privautés avec aucune d'entre elles sinon…

— Sinon ? s'enquit Devlin.

Elle planta son regard bleu dans les yeux de Devlin.

— Tu m'as très bien comprise.

— Parce que tu imagines…

— Je n'imagine rien du tout, je te préviens simplement. Et maintenant, retire ta main qui me fait des choses délicieuses, j'en conviens, mais qui ne m'aidera pas à trouver mon héritier.

Docile et amusé, Devlin se leva et s'habilla.

— Myrtle ne tardera pas à révéler son secret. Ne t'inquiète pas.

— Tu me sembles bien sûr de toi, remarqua Laura en enfilant son jean. As-tu des informations que tu me caches ?

— Non, aucune. C'est une intuition.

La jeune femme haussa les épaules.

— Ce n'est pas avec des intuitions qu'on mène une enquête.

Il éclata de rire.

— Tu m'as dit exactement le contraire dans le grenier de l'orphelinat.

Elle lui fit une grimace et ragrafa ses bottines.

— Allons-y, dit-elle en se levant. Nous n'avons perdu que trop de temps déjà.

— Tu appelles ça perdre du temps ? demanda Devlin en lui prenant le bras.

Elle lui lança un regard de côté plus éloquent qu'un discours et ils prirent joyeusement le chemin du cottage des Moody.

Après avoir franchi le pont de pierre, ils remontèrent l'allée qu'on leur avait indiquée et ils parvinrent à la petite maison, ramassée dans un pli de terrain et entourée de tilleuls vénérables. La porte et les fenêtres, peintes en jaune, en étaient closes. Une vigne vierge enveloppait les murs. En s'approchant de la maison, ils constatèrent qu'un petit carton blanc était collé sous la sonnette. On y avait tracé ces mots :

« Je m'absente pour deux jours. Je serai de retour jeudi soir. »

— Eh bien, voilà une information qui convient à mes projets, remarqua Devlin.

Laura le regarda d'un air interloqué.

— Pourquoi dis-tu ça ? Je suis contrainte d'attendre ici, et l'enquête n'avance pas.

— Tu es à moi pendant deux jours précieux où je pourrai t'aimer tout mon soûl. Que pouvais-je espérer de mieux ?

— N'est-ce pas plutôt providentiel pour te permettre de participer au concours ? Tu vas pouvoir faire la cour à toutes les jolies filles de Killannin sans plus t'inquiéter de moi. Tu seras libre comme l'air.

— Tu penses vraiment ce que tu dis ?

— Bien sûr, tu ne t'es pas vu, avec Arlene ? On dirait que tu as décroché la lune, tellement tu as l'air radieux, quand tu danses avec elle. Je suis sûre que si elle te fait la moindre avance tu te précipiteras dans son lit.

— Nom d'un chien ! grommela Devlin. Comment faut-il te le dire !

— Mieux vaut ne rien dire que proférer des mensonges, répondit Laura, glaciale.

— C'est insensé ! Je t'aime, te dis-je !

Il attendit un instant, mais comme la jeune femme ne réagissait pas, il lui tourna le dos dans un mouvement d'humeur et remonta l'allée à grandes enjambées.

Quand il allait disparaître sous la voûte d'arbres, il lança par-dessus son épaule :

— Pour ta gouverne... Sache que Killannin, en gaélique, signifie le « bois des amoureux » !

9.

Laura resta immobile devant le cottage, le regard fixé sur le tunnel sombre des tilleuls qui lui avait dérobé son amour. Le mot la fit tressaillir. Elle aimait donc Devlin ? Malgré toutes les précautions qu'elle prenait pour ne point être prise au piège, elle se laissait lentement entortiller dans sa toile. Elle qui croyait pourtant être affranchie de ce genre de faiblesse… Elle avait trop souffert pour se mettre de nouveau dans une situation dont elle ne pourrait sortir que blessée.

Il fallait dès maintenant prendre une décision. Ou elle envoyait promener Devlin Rafferty, la coqueluche des Irlandaises, ou elle profitait de lui, puisqu'elle était merveilleusement bien dans ses bras, mais en s'interdisant tout sentiment. A son âge et avec son expérience, elle devait être capable de mener une relation purement et strictement physique avec un homme.

La perspective de quelques nuits d'amour passionnées lui était plus agréable qu'une rupture brutale avec Devlin. Oui… Elle agirait en femme libérée et connaîtrait une folle escapade en Irlande puis… il ne resterait plus rien. Elle rentrerait en Floride et tout serait fini.

Devlin passa l'après-midi en compagnie de femmes qui lui étaient absolument indifférentes quels que fussent leurs charmes. Il n'avait de pensées que pour Laura qui s'obstinait à refuser son amour. Comment lui ferait-il entendre raison ?

L'attitude de la jeune femme était inexplicable… à moins de la mettre au compte de déceptions sentimentales passées. Car elle s'était montrée trop ardente et amoureuse, dans le bois, pour n'avoir aucun sentiment pour lui. Il fallait attendre encore, patienter, avant de redire à Laura son amour. Et puisqu'elle semblait, pour l'instant, ne vouloir vivre avec lui qu'une relation charnelle, il la contenterait. Il lui donnerait tous les baisers et toutes les caresses que son corps appelait.

Vers 9 heures, les démonstrations individuelles des participants au concours battaient leur plein. Après plusieurs jeunes gens aux talents plus ou moins confirmés, ce fut le tour d'Ogan de monter sur scène. Il accomplit une danse au rythme effréné dont il se tira fort bien. A la fin de sa prestation, il salua en s'inclinant jusqu'au sol, et les ovations fusèrent de toutes parts. Les applaudissements étaient d'autant plus nourris qu'il était un enfant du pays.

Ce fut ensuite le tour de Devlin. Au son de son nom, il monta sur scène et salua le public. Les cris d'encouragement d'un groupe de jeunes femmes le surprirent. Il n'était à Killannin que depuis le matin et il avait déjà ses supporters !

Il s'approcha des musiciens et leur demanda de jouer pour lui une vieille romance irlandaise que son père lui chantait autrefois. C'était une chanson mélancolique qui évoquait les brumes matinales, une vallée verdoyante et les vagues s'échouant sur les rochers. La mélodie était d'une émouvante beauté, avec ses accents chargés de nostalgie. Devlin, qui l'avait entendu chanter avec tant d'amour, l'interprétait avec une grande sensibilité, et les sonorités chaudes et vibrantes de sa voix contribuaient à la rendre plus belle encore. Un silence recueilli s'était fait sous la tente et chacun l'écoutait avec émotion.

Laura revenait vers la tente malgré elle. Elle avait erré tout l'après-midi dans les rues de Killannin puis, exténuée et lasse d'aller et venir, elle était entrée dans un pub pour y dîner. Elle était attablée depuis quelques instants et, ragaillardie par la bière et le repas, commençait à se sentir mieux, quand Devlin pénétra à son tour dans la salle, accompagné d'Arlene et d'une autre jeune femme. Il ne la remarqua pas ; lui tournant le dos, il s'assit à une table près de la fenêtre. Au cours du repas, cependant, il sentit qu'on le regardait et se retourna. Il reconnut Laura, seule à une table au fond de la salle, et son cœur se mit à battre. Elle le regardait avec ses grands yeux bleus dont l'expression intense trahissait les sentiments qu'elle avait pour lui. Elle était plus jolie que jamais. Ses lèvres pulpeuses étaient encore gonflées des baisers qu'ils avaient échangés et le désordre de ses cheveux châtains gardait le souvenir de leurs ébats forestiers.

Leurs regards restaient attachés l'un à l'autre, et si Arlene n'avait posé la main sur l'épaule de Devlin pour lui rappeler qu'il n'était pas seul à table, il se serait levé et serait allé retrouver Laura. En voyant qu'il se retournait et lui présentait de nouveau le dos, la jeune femme demanda sa note ; après l'avoir réglée, elle quitta discrètement l'établissement.

Cela avait été un moment douloureux qui expliquait pourquoi elle n'avait pu revenir vers la tente où elle était sûre de trouver Devlin en bonne compagnie… Mais à présent, elle traversait la place de Killannin et s'en rapprochait néanmoins. Elle n'en était éloignée que de quelques mètres, quand elle entendit une voix masculine pleine d'un charme familier qui s'élevait du chapiteau.

« C'est lui ! pensa-t-elle en pressant le pas. Il va remporter haut la main la compétition. »

Un frisson la parcourut quand elle pénétra sous la tente. Devlin, dans le feu des projecteurs, était plus beau et plus grand que jamais. Une impression de force et d'assurance se dégageaient de lui, et il chantait d'une manière si mélodieuse et émouvante que certains spectateurs s'essuyaient les yeux.

Laura se fraya un chemin parmi l'assistance et s'approcha suffisamment de la scène pour déceler les moindres nuances de l'expression de Devlin. Elle l'observait depuis quelques instants quand il la remarqua enfin. Son visage qui exprimait la douleur s'éclaira aussitôt et l'éclat de l'amour se lut dans son regard. Dès lors, il ne quitta plus Laura des yeux. Il chantait comme s'il ne s'était adressé qu'à elle et elle en éprouvait une vive émotion. Elle resta dans la tente jusqu'à la fin de la ballade… puis s'enfuit brusquement. Elle ne voulait pas lui parler maintenant et encore moins être témoin de la distribution des prix.

Elle gagna directement la maison où ils avaient réservé une chambre. Elle voulait téléphoner au Dingle Bay Hotel pour vérifier qu'aucun message n'y avait été laissé pour elle, puis appeler sa fille. Elle attendrait ensuite Devlin ou, plutôt, elle se coucherait et dormirait en l'attendant car il ne rentrerait pas de sitôt. S'il avait remporté la compétition, comme elle en était presque certaine, il serait retenu assez tard dans la nuit par la remise des récompenses puis par la fête qui la suivrait et à laquelle il devrait faire bonne figure. Elle aurait pu l'y rejoindre, certes, mais elle était fatiguée et n'avait pas le courage de se confronter à toutes les jeunes beautés de Killannin. Mieux valait laisser Devlin faire le paon et triompher facilement de ses adversaires.

En montant l'escalier qui la conduisait à leur chambre, elle fut parcourue d'un frisson de désir. Devlin la rendrait heureuse, cette nuit, et elle savourait déjà ces instants.

Laura était au lit depuis un temps interminable et elle cherchait en vain le sommeil. Elle plissa les yeux pour consulter encore une fois sa montre. 5 heures du matin, et Devlin qui n'était toujours pas de retour. Elle ne brûlait plus depuis longtemps du désir de se donner à lui. Elle était seulement furieuse de l'attendre malgré elle et de ne point réussir à s'endormir tant elle était énervée. Déçue, humiliée, taraudée par la jalousie, elle resta éveillée jusqu'aux premières lueurs de l'aube puis, enfin, elle s'assoupit.

Des éclats de voix enfantines l'arrachèrent brusquement au sommeil. Le soleil brillait à travers les rideaux de la chambre. Elle regarda près d'elle : le lit était vide. Devlin n'était pas revenu, même pas au petit matin. Il avait dormi ailleurs.

Le cœur lourd, elle se leva et entra sous la douche. Elle laissa le jet d'eau chaude lui masser longuement les épaules et la nuque puis, après s'être passé sur le corps une crème de beauté au parfum de fleurs, elle revêtit une minijupe en jean, un petit débardeur blanc et des ballerines de la même couleur. Elle se savait particulièrement sexy dans cette tenue et espérait rencontrer Devlin pour lui donner des regrets. Elle lui tiendrait la dragée haute, s'il se montrait entreprenant ! Peut-être regretterait-il de lui avoir préféré les filles de Killannin ?

Elle descendit prendre son petit déjeuner, le cœur serré. Devlin n'était pas rentré de la nuit, mais il ne pouvait rester éloigné longtemps. Toutes ses affaires étaient là. Il repasserait nécessairement par la chambre d'hôtes. Tout en remuant ces pensées dans sa tête, Laura tourna le bouton de la porte menant à la salle à manger. Le soleil entrait à flots dans la pièce par ses deux fenêtres ouvertes. Calé contre le dossier de sa chaise, le journal déplié devant lui, Devlin buvait son café.

Laura marqua un temps d'arrêt, puis, regardant dans la direction opposée à Devlin, elle alla prendre place à la table. Elle s'assit aussi loin de lui qu'elle put et se servit du porridge sans lui prêter la moindre attention. Il avait abandonné son journal et la regardait.

— Bonjour, Laura, fit-il. Tu as bien dormi ?

Elle plongea une cuillère dans le porridge et la porta à sa bouche.

— C'est bon ? demanda Devlin comme elle commençait à manger.

Elle prit la cafetière et remplit la tasse qui était devant elle.

— Laura ?

La jeune femme but une gorgée de café puis, reposant la tasse sur la table, elle répondit sans regarder son compagnon :

— Laisse-moi tranquille.

Il eut une expression amusée.

— Tu n'es pas de très bonne humeur, ce matin.

— Je n'ai pas envie de parler, rétorqua Laura. Après ce qui s'est passé hier soir, nous n'avons plus rien à nous dire.

— Je ne comprends pas. N'est-ce pas toi qui, encore hier, refusais de croire à mon amour ? Tu m'as clairement laissé entendre que nous ne pouvions vivre ensemble qu'une aventure et rien d'autre.

— Ce n'est pas une raison pour passer ta nuit à traîner je ne sais où.

— A danser, rire, raconter des histoires auprès du feu avec les gens de Killannin. Il n'y a rien de méchant à ça.

— C'est ce que tu dis.

— Je n'ai rien fait d'autre, et de toute façon, tu n'as aucune raison d'être jalouse. Ton attitude m'autorise à courtiser n'importe quelle autre femme.

— Si tu t'approches d'une autre femme, il est hors de question que tu me touches.

— Et tu prétends n'être pas jalouse ? dit-il avec un sourire moqueur.

Ils furent interrompus par l'entrée d'une jeune fille qui leur apportait du bacon, des œufs et des toasts.

Rousse et bien en chair, elle posa un regard velouté sur Devlin et lui sourit avant de se retirer.

— En voilà encore une qui vibre pour toi, remarqua Laura, caustique.

— Mais oui, ma chère, elles sont toutes folles de moi. Tu devrais considérer comme un honneur insigne que je t'accorde autant d'attention.

Laura haussa les épaules et plongea sa cuillère dans le porridge tandis que Devlin plantait sa fourchette dans une tranche de bacon. Ils terminèrent leur repas en silence et s'apprêtaient à quitter la salle quand le bruit d'une voiture attira leur attention. Devlin lança un regard par la fenêtre et reconnut Ogan qui descendait du véhicule.

— Voilà Ogan, dit-il. Il vient nous chercher pour nous conduire à la voiture.

— Nous ? fit Laura d'un air outré.

— Eh bien, oui, nous.

— Te figures-tu que je vais continuer ma recherche en ta compagnie alors que tu passses tes nuits avec je ne sais qui ?

Devlin serra les mâchoires et, s'approchant de Laura, il la prit par les épaules.

— Lève-toi, dit-il entre ses dents. Tu viens avec moi. Je ne te laisserai que lorsque nous aurons retrouvé ton orphelin.

La jeune femme hésita, mais elle sentit tant de détermination en Devlin qu'elle renonça à lui tenir tête. Après tout, ils ne tarderaient pas à retrouver l'héritier de Joshua Kincade, et donc, à se séparer. Ensuite, tout rentrerait dans l'ordre et Devlin ne serait plus qu'un souvenir. Un souvenir cuisant certes, mais un souvenir tout de même.

— Soit, dit-elle, mais jamais plus je n'accepterai de revivre une nuit comme la précédente.

— C'est promis. Je serai tout à toi. Tu feras de moi ce que tu voudras.

Devlin prononça ces derniers mots avec un sourire d'une sensualité troublante. Laura eut un frémissement de tout son être. Elle ne put s'empêcher d'imaginer les ondulations de son dos puissant quand elle le tenait entre ses bras, et la brûlure exquise qu'elle éprouvait alors au plus profond d'elle-même.

Elle ferma les yeux un instant comme pour mieux savourer ce souvenir. Elle revoyait Devlin posant des lèvres gourmandes sur l'écrin de sa féminité, et une sensation délicieuse l'envahit, lui tourna la tête…

— Laura ?

Elle sursauta.

— Oui, je viens, dit-elle en se levant.

10.

La voiture les attendait devant la ferme. Le matin même, Ogan et son père l'avaient sortie du fossé à l'aide du tracteur. Devlin les remercia chaleureusement et leur donna discrètement un peu d'argent pour les dédommager de leur peine puis il monta à bord du véhicule avec Laura.

— J'appellerai Maureen Moody, ce soir, remarqua la jeune femme tandis qu'ils roulaient en direction de Galway. C'est mieux de passer d'abord à l'orphelinat au cas où les documents trouvés par Mme O'Sullivan seraient d'importance. En lui téléphonant hier soir, j'ai appris qu'une liasse de papiers concernant Maureen Renny était encore rangée dans l'armoire de son bureau.

Laura se tut un instant pour admirer le paysage. La route surplombait une petite vallée au creux de laquelle était niché un joli petit village. Les murs de pierre, qui fermaient les prés, formaient une mosaïque sur le flanc des côteaux, et au milieu d'eux paissaient des troupeaux de moutons. De la fumée s'élevait des cheminées percées dans les toits de chaume.

Laura laissa son regard vagabonder sur la crête des collines qui fermaient l'horizon au nord, puis elle se tourna de nouveau vers Devlin.

— Tu me diras la somme que tu as donnée aux parents d'Ogan. L'accident a eu lieu par ma faute. Il n'y a aucune raison que tu en sois de ta poche.

— Je ne leur ai pas donné grand-chose. Tu as vu, d'ailleurs, qu'ils ne voulaient rien accepter ? Il est rare, aujourd'hui, de rencontrer des gens aussi désintéressés. Il faut venir en Irlande, je suppose, pour en trouver.

— Dis-moi quand même, Devlin, insista la jeune femme.

Il eut un petit sourire et posa un regard plein de tendresse sur Laura.

— Non, ma chérie. En nous jetant dans le fossé, tu nous as aussi jetés dans la couche des O'Callaghan. Je n'oublierai jamais la nuit à la ferme.

La jeune femme sentit le sang lui monter aux joues. L'allusion venait de raviver le souvenir de la nuit dernière, et Laura s'imaginait de retour dans cette chambre où elle avait tant attendu Devlin.

— Même si nous avons été heureux chez les O'Callaghan, dit-elle en tournant mélancoliquement les yeux vers la campagne, le souvenir que je garde de cette nuit est balayé par les affres de la nuit dernière.

Un silence suivit la réflexion de Laura. Devlin conduisait, le visage crispé. Il n'avait rien fait d'autre que danser et rire avec les villageois de Killannin, et à aucun moment l'idée ne lui était venue d'avoir une aventure avec l'une des jeunes femmes qui lui faisaient du charme. Il avait seulement voulu faire comprendre à Laura qu'il comptait pour elle, et qu'elle était ridicule de se dérober à son amour.

— Je ne t'ai pas trompée, si c'est ce que tu veux savoir, répondit-il entre ses dents.

Le poids qui écrasait la poitrine de Laura depuis qu'elle s'était éveillée au cœur de la nuit pour constater l'absence de Devlin à son côté se leva comme par enchantement. Elle le croyait. Oh ! oui, il suffisait qu'il parle pour qu'elle le croie… D'ailleurs, l'aurait-elle retrouvé au petit déjeuner, s'il avait dormi dans les bras d'une autre femme ?

Quelle sotte… Elle aurait bien pu arriver à cette conclusion elle-même si elle en avait fait l'effort. Mais elle était trop blessée pour réfléchir…

Elle se contenta de soupirer et se tut pendant le reste du chemin. Elle était beaucoup plus heureuse, à présent, et regrettait de n'avoir pas questionné Devlin dès le petit déjeuner. Elle se serait épargné une matinée d'angoisse.

Elle baissa à demi les paupières et savoura les derniers kilomètres avant la ville. Tout moment qu'elle passait seule avec Devlin était un moment privilégié et elle ne voulait rien en perdre.

Ils arrivèrent cependant aux abords de Galway et, bientôt, ils remontèrent l'allée de l'orphelinat.

— Nous ne resterons pas longtemps, annonça Laura tandis que Devlin garait la voiture. Nous prenons les documents concernant Maureen puis, si tu veux bien, nous irons les étudier dans un pub ou un salon de thé.

— Ça marche pour moi, répondit Devlin en descendant du véhicule.

Ils furent surpris en pénétrant dans le hall du silence qui régnait dans l'établissement. Aucun bruit de voix ne venait du bureau de la directrice, et l'employée, qui passait le balai d'habitude à cette heure, était invisible. Laura alla frapper à la porte de Mme O'Sullivan, et comme elle n'obtint aucune réponse, ils s'assirent sur la banquette du hall.

Ils attendaient depuis quelques instants quand une odeur âcre commença d'irriter leurs narines. Ils essayèrent de l'identifier et d'en repérer l'origine… puis une fumée noire parut dans la cage d'escalier.

— Il y a le feu ! s'écria Devlin en se dressant sur ses jambes.

Il se précipita vers l'escalier et gravit quelques marches pour reculer aussitôt en toussant, les yeux rouges et larmoyants.

— Appelle les pompiers, lança-t-il à Laura qui ouvrait déjà la porte du bureau. Je vais essayer de trouver un extincteur.

Il courut au fond du hall et ouvrit un placard sous l'escalier où il trouva l'appareil convoité.

— C'est fait ! annonça Laura en sortant du bureau. Ils seront là dans un instant. Si nous pouvions seulement trouver Mme O'Sullivan !

— J'ai peur qu'il y ait des enfants là-haut, remarqua Devlin.

— Tu crois ? Ils doivent être à l'école à cette heure.

— Le dortoir est à l'étage. Il faut absolument vérifier. Il est impossible de monter par l'escalier. Je vais voir si je trouve une échelle.

Il prit Laura par la main.

— Viens ! Ne reste pas là.

Et il dévala le perron avec elle. Il courut vers la plus proche dépendance qui servait de garage et ne tarda pas à dénicher une échelle double. Il l'empoigna et, aidé de Laura, la porta jusqu'au bâtiment principal.

Entre-temps, Mme O'Sullivan et l'employée, occupées aux cuisines situées au sous-sol de la maison, étaient remontées au rez-de-chaussée. Elles avaient découvert avec horreur que le hall était envahi par une fumée noire et avaient dû courir vers la porte d'entrée pour échapper à l'asphyxie.

— Mon Dieu ! fit la directrice en voyant Devlin et Laura. Il y a une gamine qui est restée au dortoir. Elle était patraque, ce matin, et je l'ai autorisée à garder le lit.

— J'allais justement vérifier s'il n'y avait pas d'enfants à l'étage, répondit Devlin. Etes-vous certaine qu'il n'y en a pas d'autres ?

— Non. Ils sont tous en cours, à présent.

— Quelles fenêtres correspondent au dortoir ?

— Les quatre à gauche de l'entrée.

Devlin disposa l'échelle contre la façade de la maison puis il l'escalada, l'extincteur au poing. Il cassa un carreau à l'aide de ce dernier et ouvrit la fenêtre avant de sauter à l'intérieur du bâtiment.

Les flammes n'avaient pas encore envahi la vaste salle, mais l'air commençait à y être irrespirable. Il chercha des yeux l'enfant et aperçut enfin un petit corps recroquevillé au pied d'un lit. Il courut vers la petite fille qui sanglotait, terrorisée.

— N'aie pas peur, ma chérie, dit-il en la soulevant dans ses bras. Je vais te sortir de là.

L'enfant s'agrippa à son cou et il se lança avec elle vers la fenêtre ouverte. Ils étaient à mi-chemin quand un rugissement se fit entendre et de longues flammes jaillirent dans le dortoir en poussant devant elles des volutes de fumée noire. Sous la puissance du souffle, Devlin avait été jeté à terre avec la petite fille. Ne sachant s'il pouvait se redresser sans être gravement brûlé, il arracha les couvertures de deux lits voisins et enveloppa l'enfant dans l'une d'entre elles avant de se protéger lui-même avec l'autre qu'il jeta sur sa tête. Muni de cette protection, il se releva avec la fillette dans les bras et courut de toutes ses forces vers la fenêtre. Une chaleur terrible l'enveloppait, l'air était brûlant et piquant. Sans comprendre comment il y était parvenu, il se retrouva debout sur l'appui de la fenêtre. Laura était en bas. Elle le regardait, affolée. Il se tourna vers la salle d'où sortait une fumée épaisse et, en toussant violemment, il s'agrippa aux montants de l'échelle et commença à en descendre les degrés.

Il atteignait enfin le sol quand de longues flammes, qui s'échappaient par la fenêtre, léchèrent la façade de la maison. Sous la chaleur, en divers endroits, les vitres éclatèrent et de grands tourbillons de fumée s'envolèrent vers le ciel.

Mme O'Sullivan s'était saisie de l'enfant et, soulevant les couvertures, vérifiait qu'elle n'était pas blessée. La petite fille, blême mais indemne, était comme pétrifiée par la peur.

— Tu n'es pas brûlé ? demanda Laura en levant la main vers le visage de Devlin sans oser le toucher.

— Non, je n'ai rien, mais nous avons eu de la chance.

Une rougeur sur le front de Devlin et une trace noire l'inquiétèrent, mais elle ne dit rien, préférant attendre l'arrivée des secours pour avoir un avis éclairé. Les pompiers firent d'ailleurs irruption dans la cour un instant après.

Tandis qu'ils dépliaient leur échelle et fixaient leurs lances d'incendie, une équipe médicale, accompagnée de l'officier des sapeurs, vint au-devant du petit groupe resté dans la cour.

— Y a-t-il des personnes bloquées dans le bâtiment ? demanda immédiatement l'officier.

— Non, répondit Mme O'Sullivan. Pas à ma connaissance. La seule enfant qui était présente au moment de l'incendie a été sauvée par monsieur.

Elle désigna Devlin et l'officier des pompiers le salua d'un air reconnaissant avant de rejoindre ses hommes qui commençaient à s'attaquer au feu. L'équipe médicale conduisit l'enfant et Devlin à leur véhicule et, après un bref examen, il s'avéra que la petite fille n'avait rien sinon une légère gêne respiratoire due aux fumées toxiques qu'elle avait respirées. Il en était de même pour Devlin qui, en outre, souffrait de brûlures superficielles au visage et aux mains.

Laura, qui attendait avec Mme O'Sullivan, ne voyant pas Devlin ressortir de l'ambulance, vint s'informer auprès d'une infirmière.

— Nous devons le conduire à l'hôpital pour procéder à des examens plus approfondis et pour soigner ses brûlures, expliqua la jeune femme aux cheveux noirs et aux yeux d'un bleu transparent.

— Vous le garderez longtemps ?

— Je ne peux pas vous répondre maintenant. C'est le médecin qui décidera.

— Puis-je l'accompagner ?

— Vous pouvez nous suivre dans votre voiture, si vous le désirez.

Laura prit congé de la directrice de l'orphelinat qui observait les pompiers à l'action. L'un d'entre eux était déjà perché sur la grande échelle et s'affairait, tandis que d'autres, équipés de masque à oxygène et de combinaisons en amiante, et armés d'extincteurs, s'étaient engagés dans l'escalier.

— Pensez-vous que vous réussirez à maîtriser le feu avant que tout le bâtiment ne parte en fumée ? demanda Mme O'Sullivan en s'adressant à l'officier des pompiers.

— J'en ai bon espoir, madame. Nous avons été prévenus à temps, heureusement. Si nous étions arrivés quelques minutes plus tard, la charpente serait déjà en train de flamber.

— Je vais aller à l'hôpital avec Devlin, dit Laura. S'ils ne la gardent pas toute la nuit, puis-je vous ramener la petite ?

— Non, je vous remercie. Il vaut mieux les laisser s'en charger. C'est une question de responsabilité.

— D'accord. Nous étions venus chercher les documents concernant Maureen Renny. J'espère qu'ils ne seront pas détruits.

— Ne parlez pas de malheur. Ils sont dans l'armoire de mon bureau.

— Le rez-de-chaussée ne semble pas atteint par le feu, remarqua Laura. Je ne pense pas que votre bureau soit endommagé.

— Que le ciel vous entende !

— Nous viendrons vous voir demain, si vous le permettez ?

— Bien sûr, et j'espère que je pourrai vous donner satisfaction.

La sirène de l'ambulance retentit et Laura prit rapidement congé de Mme O'Sullivan avant de courir jusqu'à la voiture.

La nuit tombait quand Devlin fut autorisé à quitter l'hôpital. Il avait un pansement autour de la tête et aux mains.

— Tu n'auras pas de séquelles sur le plan respiratoire ? s'enquit Laura.

— Non. Ni l'enfant ni moi. Le médecin a été formel à ce sujet.

— Tu as sauvé la vie de cette enfant, remarqua Laura en levant ses grands yeux bleus sur Devlin.

Il la regarda tendrement et la prit dans ses bras.

— Tu as eu un courage inouï, continua la jeune femme. Il n'y a pas beaucoup d'hommes qui se seraient jetés dans les flammes comme toi pour sauver une petite fille.

— N'exagérons rien. Je n'ai pas sauté dans un brasier, sinon je ne serais pas là pour te parler. Ni pour t'embrasser…

Elle tendit les lèvres et reçut un délicieux baiser. Ils restèrent un long moment sur le seuil de l'hôpital, dans les bras l'un de l'autre, sans pouvoir se séparer tant ils étaient heureux d'être de nouveau ensemble. Ce ne fut que l'arrivée en urgence d'une jeune femme qui allait accoucher qui les fit reprendre conscience que le monde continuait à tourner. Ils s'écartèrent de la porte pour laisser passer la patiente soutenue par son mari puis échangèrent un regard attendri.

— C'est beau, remarqua Laura.

Devlin acquiesça d'un signe de tête.

— Magnifique.

Il y eut un silence chargé de sens. L'air vibrait autour d'eux, plein de promesses et de serments à peine avoués.

— Veux-tu que je conduise, demanda enfin Laura avec un sourire espiègle.

— Oui, ma chérie, à condition que tu ne nous jettes pas dans un fossé, cette fois-ci.

— Où allons-nous ?

— Dans un hôtel qui donne sur le port. Et nous dormirons dans la même chambre, tu veux bien ?

— Oh oui…

11.

En attendant Devlin qui s'enquérait des chambres libres dans l'hôtel, Laura, en dépit de la joie qu'elle éprouvait à la pensée de dormir dans ses bras, se disait en elle-même qu'elle était folle d'accepter de passer une autre nuit auprès de lui. Elle regretterait cette nouvelle faiblesse, elle le savait… Elle allait s'attacher de plus en plus à Devlin et, ensuite, elle souffrirait… Mais c'était plus fort qu'elle. Elle voulait sentir encore une fois les mains de cet homme sur son corps, sentir ses baisers sur ses seins, son ventre, ses cuisses…

Elle ferma les yeux. Elle avait trop envie de lui. Elle mourait d'impatience de se retrouver dans l'intimité de leur petite chambre.

— C'est fait, annonça triomphalement Devlin en montrant une clé. Nous avons la plus jolie chambre avec salle de bains et vue sur la mer.

— Formidable, murmura Laura en se coulant dans ses bras avec la souplesse d'une chatte. J'ai hâte d'y être.

Il baissa sur elle un regard où brillait une lueur de convoitise.

— Moi aussi, je brûle d'impatience de te serrer dans mes bras, dit-il dans un souffle, mais d'abord, allons dîner. Je meurs de faim, après toutes ces péripéties.

— Je ne peux pas prendre d'abord un bain ? demanda la jeune femme avec une petite moue charmante.

Un sourire attendri éclaira le visage de Devlin.

— Si, bien sûr. Moi je me doucherai en ayant soin de

ne pas mouiller mes pansements. Enfin… à moins que je ne les retire. Je ne voudrais pas qu'ils fassent écran entre toi et moi.

— Non, Devlin. Il faut les garder. Il reste beaucoup d'autres parties de ton corps, très précieuses, pour recevoir mes baisers.

— Hmm ! fit Devlin, savourant à l'avance les caresses de Laura.

Tandis qu'elle paressait dans son bain, il prit place sur une chaise longue sur le balcon de leur chambre pour assister au coucher du soleil. On aurait dit, à l'ouest, que le ciel s'était embrasé, et les installations portuaires se découpaient, noires et fantomatiques, sur l'horizon rougeoyant. C'était un paysage d'une beauté apaisante et chargée de mystère, pleine des promesses de la nuit, avec ses soupirs et ses plaintes amoureuses…

— Tu peux venir ! cria Laura dans la salle de bains.

Devlin se leva et, au moment où il allait entrer dans la salle de bains, la porte s'ouvrit et Laura parut, dans un peignoir blanc.

— Veux-tu que je tienne la pomme de douche pour toi ? demanda-t-elle d'un ton câlin.

— Non, ça ira. Fais-toi belle. Je ne serai pas long.

Laura sortit de sa valise la seule robe qu'elle avait apportée au cas où elle aurait un dîner imprévu et, après avoir passé une adorable petite culotte de soie blanche ornée de dentelles et un soutien-gorge assorti, elle l'enfila. Blanche également, largement décolletée et courte, elle mettait en valeur ses formes généreuses et ses jambes au dessin si élégant. Deux charmants escarpins blancs accueillirent ses jolis pieds. Elle s'assit ensuite devant la coiffeuse et se maquillait quand Devlin sortit de la douche, une serviette nouée autour des reins.

Elle le vit dans le miroir et ne put cacher son admiration.

— Tu es superbe, dit-elle en dessinant un trait bleu sous ses yeux. Je veux que tu viennes dîner dans cette tenue, ce soir.

Devlin avait laissé glisser la serviette au sol et se tenait nu derrière elle.

— Je te préfère encore comme ça…, murmura-t-elle.

Elle se laissa aller en arrière et sentit le corps chaud et musclé de Devlin contre son dos nu.

— Mmm, tu sens bon. Tu me rends folle.

Devlin s'était agenouillé et enveloppait Laura de ses bras. Il l'embrassait dans le cou, respirait son parfum.

— Tu me plais terriblement ; dit-il, le souffle brûlant. J'ai envie de toi.

Et joignant le geste à la parole, il glissa les mains sous la robe de la jeune femme pour cueillir sa poitrine ronde et pommelée.

— J'aime tes seins. J'aime les sentir, les prendre entre mes lèvres…

Alors, Laura inclina la tête sur l'épaule de Devlin, offrant son corps à ses caresses de plus en plus audacieuses…

Une heure plus tard, après une folle étreinte, Laura était assise à une petite table de la salle de restaurant. La flamme d'une bougie vacillait devant elle et, tout près, le feu ronflait dans l'âtre. Elle prit un petit sandwich au saumon dans l'assiette posée sur la table puis but une gorgée de whisky. Devlin allait la rejoindre dans un instant. Ses sentiments à son égard avaient changé considérablement, dans la journée. L'héroïsme dont il avait fait preuve pendant l'incendie avait éclairé Laura sur ses vraies qualités. Elle n'avait vu en lui qu'un séducteur, jusque-là. Or, aujourd'hui, elle avait découvert un homme courageux et généreux qui n'avait pas hésité un instant à mettre sa vie en péril pour sauver une enfant. La simplicité avec laquelle il parlait de l'incident faisait également l'admiration de la jeune femme. Il semblait même gêné qu'on le complimentât pour son action. Jamais Marc, lui, ne se serait précipité dans ce feu…

Devlin était un héros.

Et elle était sûrement amoureuse de lui…

Hélas… Ne s'était-elle pas promis de ne plus aimer ?

Laura regarda autour d'elle. Elle ne voulait pas gâcher ces instants de bonheur même s'ils devaient être suivis d'un réveil douloureux. Elle respira l'odeur du feu de bois et but une gorgée de whisky. L'alcool lui tournait déjà un peu la tête. Elle eut un petit sourire en pensant qu'elle était en mission : elle se serait plutôt crue en voyage de noces… La vie réservait parfois des surprises bien agréables. Quand elle songeait que dans une semaine elle serait dans son bureau avec l'air conditionné et devant l'écran de son ordinateur ! Ce jour-là, elle aurait l'impression d'avoir vécu un rêve en Irlande, et pourtant, elle était bien éveillée. Et comme pour s'en assurer, elle prit un autre sandwich et une autre gorgée de whisky.

Au même moment, elle reçut un baiser léger sur la joue. Elle tourna la tête et, cette fois, elle sentit des lèvres douces se poser sur les siennes. Elle adorait ce baiser tendre et insistant, et bien qu'il y eût des témoins dans la salle, elle laissa Devlin le poursuivre jusqu'à en perdre le souffle.

— Je t'aime, murmura-t-il en se redressant.

Elle leva les yeux pour mieux le regarder. Il était très chic vêtu d'un pantalon de gabardine noir, d'une chemise blanche et d'un pull jacquard noir et blanc.

— Tu as retiré tes pansements, remarqua Laura. Tu ne crains pas qu'il soit un peu tôt ?

— Non, répondit en souriant Devlin.

— En tout cas, tu es très beau.

Il eut un petit rire.

— Tu aurais pu dîner en face de Quasimodo, ce soir, s'il y avait eu un retour de flamme.

— Il y en a eu un.

— Oui, mais elles ne sont pas venues jusqu'à moi.

— Ne parlons plus de ça, dit Laura en se mettant les mains sur le visage. C'était trop affreux. J'ai eu si peur pour toi.

Devlin regarda gravement la jeune femme.

— Si j'étais mort, commença-t-il, tandis qu'elle baissait les mains pour le regarder, et que je n'aie plus jamais eu l'occasion de te dire mes sentiments, aurais-tu cru à mon amour ?

La gorge nouée et les yeux humides, Laura hocha la tête. Oui, elle l'aurait cru. Elle ne savait pas pourquoi, mais l'acte courageux qu'il avait accompli devant elle rendait sa parole soudain plus crédible. Elle n'en doutait plus, Devlin était un homme d'honneur.

Il la regarda longuement avec une vive émotion dans les yeux. L'amour faisait enfin son chemin dans le cœur de Laura. Elle s'apprivoisait lentement. Il ne fallait pas perdre espoir.

— Tu es très belle, ce soir, confessa-t-il enfin.

— Cherches-tu à me séduire ? interrogea Laura avec une lueur malicieuse dans ses yeux bleus.

Il étendit le bras et posa la main sur celle de la jeune femme.

— Je cherche toujours à te séduire, Laura.

— Si je comprends bien, ce que nous avons partagé tout à l'heure dans la chambre n'est qu'un avant-goût de la nuit qui nous attend ?

Les lèvres de Devlin s'étirèrent en un sourire d'une sensualité ensorcelante. Il regardait Laura dans les yeux et elle sentait une chaleur irradier de sa personne, l'envahir comme une onde voluptueuse.

Leur tête-à-tête silencieux et envoûtant fut interrompu par l'arrivée de la serveuse qui leur présenta la carte. Ils firent un choix de fruits de mer et de poissons puis commandèrent un vin blanc.

Ils dînèrent en écoutant le groupe de musiciens irlandais qui jouait dans la salle voisine où se tenait le bar. On entendait les accents de la guitare, du violon, de la flûte et de l'orgue électronique conduits par le rythme d'une batterie.

Les airs, pour la plupart émouvants et plaintifs, exprimaient à merveille l'atmosphère mystérieuse et romantique de l'Irlande.

— C'est beau et triste à la fois, comme l'Irlande, remarqua Laura.

Devlin hocha la tête et se mit à chantonner avec la musique :

— *Il est temps de partir, j'irai à Innisfree.*
J'habiterai dans une chaumière en torchis,
Je cultiverai trois arpents de terre,
Et je récolterai le miel des abeilles.
Je vivrai seul au milieu des fleurs et des chants d'oiseaux...

Sa voix chaude et profonde était comme une caresse. Laura l'écoutait avec émotion et l'envie grandissait en elle de se lever et d'aller se blottir dans ses bras.

Quand il eut fini, il regarda la jeune femme dans les yeux et lui sourit.

— Tu aimes ?

— Oui, répondit-elle d'une voix émue.

Elle avait des larmes dans les yeux et le cœur battant. C'était étrange que Devlin, né aux Etats-Unis, eût l'âme tellement irlandaise.

— De qui sont les paroles de la chanson ?

— Elles sont inspirées de Yeats. C'est plein d'innocence, n'est-ce pas ?

Laura hocha la tête, mais elle était charmée surtout par la voix qui avait chanté ces paroles. Et aussi par l'expression du regard de Devlin quand il interprétait une chanson. Il passait une émotion extraordinaire dans ses yeux verts.

Les musiciens entonnèrent une chanson familière tandis que Devlin se tournait vers le feu. Il gardait le regard fixé sur l'âtre depuis un long moment déjà quand Laura demanda timidement :

— Devlin ?

Il ne répondit pas, mais elle voyait que ses yeux brillaient. Il venait de succomber à un accès de tristesse comme ceux qu'elle lui avait vus dans les premières heures où ils s'étaient connus.

— Devlin ? répéta-t-elle en posant la main sur la sienne.

Il se tourna vers elle et sourit, mais l'indéniable angoisse était toujours au fond de son regard.

— Oui ? fit-il. Tu apprécies le repas ?

— Devlin ! insista la jeune femme. Il ne s'agit pas de ça. Le moment est venu de parler. Dis-moi ce qui te persécute. Il faut te libérer. Il y a une semaine que nous nous connaissons. Nous avons déjà beaucoup partagé… mais tu ne m'as toujours pas dit la raison profonde de ta souffrance. Je veux savoir ce qui s'est passé. Puisque tu dis que tu m'aimes, tu me dois une explication.

Les traits de Devlin se durcirent.

— Non. Je ne peux pas en parler.

Elle lui pressa la main.

— Je t'en prie, Devlin. Le moment est venu, crois-moi.

Il fronça les sourcils et sembla devenir soudain le témoin d'une scène abominable.

— Laisse-moi, Laura. Je n'y peux rien. Pourquoi remuer le passé ?

— Parce que tu ne cesses d'y penser. Ce n'est pas en essayant de refouler au fond de ta conscience les fantômes qui te hantent que tu t'en libéreras.

— Ma conscience… Ça ne veut rien dire.

— Si, ce mot a du sens. Tu l'as prouvé aujourd'hui.

Il haussa les épaules.

— Sauver une enfant, ce n'est pas une question de conscience, c'est…

Il s'interrompit et resta un instant prostré, le regard fixe. Puis il reprit, la voix déformée par l'émotion :

— Comment ramener à la vie une gamine de seize ans violée, torturée, mutilée ? Voilà ce qui pourrait me guérir.

Un silence suivit tandis que Laura regardait Devlin d'un air stupéfait.

— Tu pensais que je t'annoncerais que j'avais quitté mon travail parce que j'avais couché avec la femme de mon patron ? demanda Devlin d'un ton caustique.

— Non, répondit Laura. Ne dis pas de bêtises. Mais je ne comprends pas quel lien il peut y avoir entre toi et la mort de cette jeune fille ?

— Le lien ? Il est simple. Tu as en face de toi le génie des avocats. Le chevalier des causes perdues. Le défenseur de la veuve et de l'orphelin. J'étais l'avocat le plus souvent commis d'office du barreau de Chicago, et toujours dans le cadre d'affaires dramatiques. Ma réputation était solide. J'avais une intuition exceptionnelle, une argumentation capable de conquérir n'importe quel banc de jurés. Du moins était-ce ce que tout le monde prétendait… Et jamais je n'avais perdu un procès.

Il se passa la main dans les cheveux et Laura remarqua qu'il tremblait.

— L'on m'avait confié la défense d'un petit…

Il s'interrompit brusquement et se leva de table.

— Je ne peux pas parler de ça, marmonna-t-il en tournant le dos à Laura.

Elle le vit traverser la salle et s'esquiver par une petite porte qui donnait directement à l'extérieur. Elle se leva à son tour.

— Cette fois, tu ne te défileras pas, murmura-t-elle.

Elle suivit le même chemin que lui et quand elle fut dehors, elle le rappela :

— Devlin ! Attends-moi !

Elle entendit un pas s'éloigner le long des quais. La brume enveloppait les maisons, et les lumières du port formaient des halos autour des installations qui dressaient leurs silhouettes lugubres dans les ténèbres. Laura ne distinguait plus Devlin mais elle entendait encore son pas. Elle se précipita à sa suite en l'appelant.

Quand elle eut parcouru quelque cinq cents mètres, elle s'arrêta pour reprendre son souffle et tendit l'oreille. Le silence régnait autour d'elle, seules résonnaient les cornes de brume des vaisseaux qui entraient au port ou en sortaient.

Ne sachant si Devlin continuait de s'éloigner ou s'il s'était arrêté sous l'une des portes cochères des maisons bordant le quai ou à l'abri d'un auvent, elle lui parla dans la nuit :

— Montre-toi, Devlin. Je t'en prie. J'ai froid et j'ai peur. Je sais que tu n'es pas loin. Sors de ta cachette et fais face à la réalité. Il faut tout me dire. C'est le moment.

Elle marcha jusqu'à un réverbère et appuya le front au poteau métallique, froid et humide.

— Entêté ! maugréa la jeune femme.

— Bonsoir, mademoiselle, fit une voix d'homme près d'elle.

Elle se redressa et regarda par-dessus son épaule. Un garçon jeune, de grande taille et maigre, la regardait avec l'expression hagarde des ivrognes. Il souriait sans douceur, d'un sourire édenté.

— Il est parti, reprit l'ivrogne de son air rusé. Il ne reviendra pas.

Sur ces mots, il avança vers Laura et lui prit le bras.

— Tu vas m'accompagner chez MacKenny's.

La jeune femme s'agrippa au lampadère.

— C'est impossible, répondit-elle. J'attends mon mari.

Un rire sardonique jaillit de la bouche puante du jeune.

— Je l'ai vu. Il est loin à cette heure. Il t'a déjà oubliée. Viens !

Il tira sur le bras de Laura et, dans son effort, perdit l'équilibre. Pour éviter la chute, il se raccrocha aux épaules de la jeune femme et, du visage, lui heurta la nuque qu'il se mit à embrasser goulûment. Un dégoût irrésistible s'empara de Laura. Elle donna un violent coup de coude dans le ventre de l'ivrogne qui se plia en deux mais resta accroché à sa robe. L'étoffe glissa sur la peau de Laura et sa poitrine parut dans la lumière laiteuse du réverbère. Affolée, la jeune femme leva brutalement le genou qui atteignit l'homme au menton. Puis, se remémorant les cours d'autodéfense qu'elle avait pris autrefois à l'université, elle lança le talon vers son adversaire et le frappa au front. Il roula par terre, à demi conscient, et Laura s'enfuit à toutes jambes.

Elle courut jusqu'à la première ruelle et la remonta aussi vite qu'elle put. Elle avait l'espoir de trouver une rue transversale qui la ramènerait à l'hôtel. Elle se tordait les pieds sur les pavés disjoints qui résonnaient sous ses talons. Quand les yeux jaunes d'un chat brillèrent dans l'ombre d'une porte, qu'elle entendit le feulement sauvage de l'animal, son cœur se serra. Elle avait l'impression que les maisons s'inclinaient sur elle et que la voie lentement s'obstruait. Quand sortirait-elle de ce dédale infernal ?

Soudain, elle entendit un bruit de pas précipités. Elle ne savait si l'on courait devant ou derrière elle. Elle aperçut une petite cour et s'y jeta. Peut-être ne l'avait-on pas vue ? Mais les pas continuaient de se rapprocher. Ils avaient ralenti et, bientôt, une silhouette se dressa à l'entrée de la cour. Elle se tapit dans le coin le plus sombre de son refuge et attendit. La silhouette avança d'un pas et…

Avant même qu'elle se montrât, l'homme prononça d'une voix tendue :

— Laura ?

C'était Devlin…

— Je suis là, répondit la jeune femme à mi-voix en sortant de sa cachette.

Puis, elle se jeta sur lui.

— Devlin ! fit-elle dans un souffle.

Sa voix s'étrangla et elle fondit en larmes tandis qu'il la prenait dans ses bras et la serrait sur sa poitrine.

— Pardon, ma chérie, murmura-t-il. Je ne sais pas ce qui m'a pris.

— J'ai eu si peur…

Elle sanglotait sur son épaule tandis qu'il lui frottait le dos pour la réchauffer.

— Tu es glacée. Tu n'aurais pas dû sortir en robe.

— Tu ne m'as pas laissé le temps de prendre un lainage.

Il retira son pull et aida la jeune femme à le revêtir.

— C'est toi qui vas avoir froid, protesta Laura.

— Ne t'inquiète pas.

Il la prit par l'épaule et l'entraîna vers le port.

— Nous allons nous réchauffer près du feu. Que dirais-tu d'un Irish Coffee avec une tarte aux pommes ?

— Ça nous fera du bien, reconnut la jeune femme, mais, Devlin, si j'ai couru derrière toi, c'est pour que tu me parles enfin.

Laura sentit Devlin frémir mais il ne s'écarta pas d'elle.

— Ne veux-tu pas oublier ce sujet ?

Elle s'arrêta et le regarda intensément dans les yeux :

— Non, je ne peux pas.

Puis se dressant sur la pointe des pieds, elle déposa un baiser sur sa joue.

— C'est pour ton bien, et pour le nôtre aussi.

Il la regarda avec une émotion insondable. Elle croyait lire une forme de reconnaissance dans ses yeux comme s'il y avait de sa part un début de consentement à avouer enfin ce qu'il avait sur le cœur.

Il laissa échapper un soupir et entraîna de nouveau Laura.

— Viens, nous verrons plus tard. Je brûle de te serrer dans mes bras. Cette nuit, je ne te laisserai pas une minute de sommeil.

Laura leva sur lui un regard où brillait une lueur d'espérance.

— Il faudra tenir tes promesses…, dit-elle.

12.

Ils gagnèrent le salon et s'assirent sur une table près du feu. La cheminée de bois sculpté, les grosses poutres, les lambris aux murs, tout contribuait à créer une ambiance chaleureuse et intime. Les clients de l'hôtel étaient rares, et Devlin et Laura se sentaient un peu chez eux dans ce décor raffiné. On leur apporta un dessert à la pomme, qui sortait du four et sur lequel fondait de la crème fraîche, ainsi que deux Irish Coffees. Ils savourèrent leur dessert en se parlant à mi-voix et en échangeant des regards caressants puis ils quittèrent le salon la main dans la main et montèrent le large escalier de bois jusqu'à leur chambre.

On y avait préparé un feu et les flammes qui dansaient dans l'âtre se reflétaient sur le lit de cuivre. La couette aux tons rosés, qui le recouvrait, avait été rabattue pour inviter les occupants de la chambre à s'y étendre. Les vieilles planches du parquet craquaient sous les pieds.

Laura se déchaussa et marcha pieds nus jusqu'à l'âtre où elle s'assit dans un fauteuil. Le visage tourné vers Devlin, elle posa sur lui un regard interrogateur.

— Sois gentil, dit-elle d'une voix douce. Raconte-moi ce qui s'est passé.

— Tu veux vraiment le savoir ?

Elle hocha la tête.

— Je crois que tu ne peux plus faire autrement, maintenant, que de me dire la vérité, sinon j'imaginerai des choses abominables qui n'ont sans doute rien à voir avec le drame que tu as vécu.

Devlin, qui devinait la pensée de la jeune femme, acquiesça de la tête. Il serrait les mâchoires et marchait de long en large, les mains derrière le dos.

— Je t'écoute.

Il s'arrêta, exhala tout l'air qu'il avait dans les poumons avant de respirer à fond puis, levant les yeux au plafond, il commença d'une voix monocorde, une voix impersonnelle comme si c'était un autre que lui qui parlait :

— Il s'appelait Kevin O'Kelly, un Irlandais lui aussi — je défendais toute la communauté irlandaise de Chicago. Il avait une bonne tête avec des joues rouges de petit paysan du Missouri, une tête d'innocent. Son casier judiciaire était vierge, et il était si désorienté quand Tony DeMotto l'a conduit devant le juge d'instruction qu'on ne l'aurait jamais cru capable… Il nous jurait ses grands dieux qu'il était dans le car au moment où le viol avait eu lieu…

Devlin passa les deux mains dans ses cheveux et se redressa, le regard hagard.

— La police a enquêté auprès des personnes qui ont pris le car entre Poplar Bluff et Chicago le jour de l'agression. Aucune n'a pu reconnaître formellement Kevin, mais plusieurs ont affirmé avoir voyagé avec un jeune de son âge. Le principal témoin, cependant, était certain d'avoir vu un adolescent aux yeux bleus et aux cheveux blonds sur la scène du viol dans une petite rue derrière un cinéma de Chicago. Quand on lui a présenté Kevin, il l'a reconnu sans hésitation. La victime, quant à elle, était trop traumatisée pour identifier le violeur. Elle n'a pas pu se prononcer quand on lui a montré Kevin. Un de mes amis, un policier, avait la certitude que c'était lui qui avait fait le coup, mais moi, je ne le croyais pas. Sans doute parce qu'il avait une bonne tête et qu'il portait un nom irlandais… J'ai invoqué dans ma plaidoirie les vertus du monde paysan, courageux et tenace, les vertus des pionniers de l'Amérique, et ça a marché. Il y a eu un non-lieu. Kevin a été remis en liberté.

Laura ferma les yeux. Elle comprenait, à présent, les remords qui pesaient sur Devlin.

— Ainsi, dit-elle, il est sorti de prison et, cette fois, il a non seulement violé une fille, mais il l'a tuée.

Devlin remua la tête.

— C'est ça. Elle venait de faire un baby-sitting et rentrait chez elle. Mary Anne… C'était son nom. Elle gardait des enfants pour payer ses études. Elle n'avait que seize ans…

La voix de Devlin s'étrangla. Laura se leva et le prit dans ses bras :

— Devlin, dit-elle doucement, ce n'est pas ta faute. Tu étais sincère.

— Oui, certes, mais j'aurais dû percer l'âme de ce monstre. Tony, lui, l'a démasqué.

— Est-ce que ce Tony ne s'est jamais trompé ?

— D'après lui, non.

— Mais selon toi ?

— Oui, bien sûr, il a commis des erreurs.

Laura posa les mains sur les épaules de Devlin.

— Eh bien, toi aussi, une fois dans ta vie, tu auras eu tort.

Il parut hésiter un instant comme s'il était sur le point de se ranger à l'avis de Laura, puis il laissa échapper un juron :

— Mary Anne est morte !

La jeune femme se dressa sur la pointe des pieds et lui embrassa doucement la joue.

— C'est vrai, Devlin, mais ce n'est pas en te persécutant que tu la ramèneras à la vie.

— Si c'était si facile d'oublier…

— Et d'y penser en permanence, crois-tu que ça t'avance à quelque chose ?

— Non, reconnut-il en baissant les yeux.

Laura le regarda avec une tendresse maternelle. Elle éprouvait soudain un grand élan de reconnaissance.

— Est-ce qu'ils l'ont arrêté ?

Devlin s'éclaircit la voix.

— Mary Anne en se débattant lui a déchiré sa veste, et il a perdu son portefeuille. Il a volé une voiture mais il n'est pas allé bien loin. Poursuivi par la police, il a percuté un arbre et est mort des suites de ses blessures.

Il y eut un grand silence. Le visage de Devlin exprimait une douleur affreuse, une souffrance que les mots n'auraient su soulager. Laura le savait. Ne voyant pas d'autre moyen d'apaiser sa brûlure, elle le prit par la main et l'entraîna vers le lit.

— Viens te coucher, murmura-t-elle.

Devlin la suivit comme un enfant. Il était épuisé, physiquement et moralement. Laura voulait le consoler et lui redonner le goût de vivre, celui d'être heureux. Elle allait le faire avec les moyens qui étaient les siens : en le prenant dans ses bras et en se donnant à lui avec une infinie douceur.

— Etends-toi, dit-elle en le poussant vers le lit.

Devlin, un peu surpris, se laissa faire. Son regard reprenait lentement une expression plus sereine. Une lueur, même, y brilla quand la jeune femme lui demanda en lui serrant la main.

— Montre-moi ce que je dois faire pour te plaire.

Devlin se laissa aller contre les oreillers et regarda sa compagne d'un air incrédule. Mais Laura ne se laissa pas intimider. Elle s'assit sur le lit près de Devlin et commença à dégrafer sa robe.

— As-tu envie de moi ? demanda-t-elle d'une voix chaude et sensuelle en faisant glisser les bretelles de sa robe le long de ses épaules.

Sa poitrine superbe parut, les pointes tendues vers Devlin comme pour l'inviter à les embrasser.

— Je l'espère, reprit Laura, parce que moi je veux te sentir en moi, tout au fond de moi…

Elle prit appui sur les deux mains et avança vers Devlin. Elle lui caressa le visage avec ses seins puis déposa un baiser sur ses lèvres tandis qu'elle lui soulevait son pull et défaisait la ceinture de son jean. Devlin laissa échapper un soupir quand il sentit la main fine et douce de Laura sur lui. Elle le caressait d'une manière incomparable et sans cesser de le déshabiller.

— Tu vas me rendre fou, murmura-t-il.

— Oui, répondit Laura. Fou d'amour. Fou de désir. C'est ce que je veux.

Et sur ces mots, elle se dépouilla de sa robe et s'assit sur lui. Elle n'était plus vêtue que d'une petite culotte de soie et sentait la force masculine de Devlin tout contre elle.

— Mmm… Que c'est bon…, murmura-t-elle en ondulant.

Devlin ne quittait pas des yeux le regard clair de Laura. Il y avait tant de lumière et de chaleur dans ce regard-là…

Elle baissa un moment les paupières et avança les lèvres en une moue voluptueuse tandis qu'un petit gémissement s'échappait de sa gorge. Puis elle le caressa de sa belle chevelure châtaine.

— Tu es à moi, dit-elle en s'étendant sur lui d'un mouvement félin. Tout à moi.

Devlin glissa la main sous l'étoffe légère qui le séparait encore de Laura, et elle tressaillit sous ses caresses exquises. Elle allait s'abandonner au plaisir quand leurs regards se rencontrèrent. L'amour qu'elle lut alors dans celui de Devlin la saisit ; elle s'immobilisa et resta un instant penchée sur lui, dans l'attente d'un mot.

Devlin lui prit le visage entre les mains et murmura :

— Acushla…

— C'est du gaélique ?

— Oui.

— Et qu'est-ce que ça signifie ?

— Mon amour.

Elle le regarda avec tendresse et s'étendit près de lui.

— *Acushla*, dit-elle à son tour.

— J'aimerais t'entendre répéter ce mot à tout instant.

— *Acushla, acushla, acushla…*, répéta Laura d'une voix câline.

— Que ce mot est joli dans ta bouche.

Il se dressa sur un coude et déposa un baiser sur les lèvres de Laura.

— Je t'aime, dit-il à mi-voix.

Laura se blottit dans ses bras et ils demeurèrent enlacés, immobiles, communiant avec toute la force de leur affection. Laura, qui voulait séduire Devlin quelques instants plus tôt n'en éprouvait plus le besoin. La douceur qui l'enveloppait et le bonheur qu'elle éprouvait en cet instant lui suffisaient. La tête sur la poitrine de Devlin, elle écoutait les battements de son cœur, et se sentait divinement bien.

Après un long moment sans bouger, leurs lèvres se rencontrèrent et Devlin commença à caresser très délicatement Laura. Elle s'étendit sur le dos et, nouant les bras autour du cou de Devlin, l'attira doucement sur elle.

Leurs regards se fondirent l'un dans l'autre et Laura dit d'une voix très douce :

— Je t'aime.

Elle ne pouvait plus nier plus longtemps une telle évidence. Elle aimait Devlin.

Il la contempla tendrement et un sourire se forma sur ses lèvres.

— C'est vrai ?

Elle fit oui de la tête.

— *Acushla*, dit Devlin en glissant les mains sous les reins de la jeune femme.

Elle le serra de toutes ses forces dans ses bras et s'ouvrit à lui en répétant doucement :

— Je t'aime, je t'aime…

Il vint en elle avec une force mesurée. Les mouvements amples et lents de son corps étaient comme une vague suave et puissante qui roulait sur Laura et répandait des sensations voluptueuses dans toutes les fibres de sa chair. Elle laissait échapper de petits gémissements qui résonnaient comme un chant, et s'abandonnait à un indicible plaisir.

Bientôt, Devlin, enivré d'amour et de joie, libéra toute sa puissance, emportant avec lui Laura dans l'ivresse d'un plaisir plus intense encore.

Le lendemain matin, les premiers rayons du soleil trouvèrent leurs corps enlacés, brûlant de nouveau d'amour. Ils s'abandonnèrent aux caresses et à une voluptueuse tendresse jusqu'à une heure avancée de la matinée puis ils se firent servir leur petit déjeuner sur le balcon de leur chambre, devant le port où l'eau avait des reflets turquoise. Dans l'air vif du matin, le cri des mouettes avait un accent sauvage. Le thé fumait. Les petites cuillères cliquetaient dans les tasses. Une douceur extrême envahissait l'âme. Laura et Devlin, heureux, comblés, se souriaient et, de temps à autre, ils se prenaient la main pour prolonger sans cesse leur communion.

L'exultation de Laura s'évanouit brusquement tandis qu'ils roulaient vers l'orphelinat. Devlin venait d'évoquer le mariage. Elle sentit sa gorge se nouer et un poids énorme lui écrasa la poitrine. Pourquoi ne s'était-elle pas déjà ouverte à lui de la maladie de Sally ? S'il avait su la vérité, sans doute ne serait-il pas en train de lui proposer de l'épouser. Elle aurait dû en parler dès leur premier dîner en tête à tête au Dingle Bay Hotel ou, du moins, quand elle s'était donnée à lui chez les O'Callaghan. Ils étaient devenus assez intimes dès lors pour qu'elle lui confiât un secret aussi grave. Il aurait été prévenu et, certainement, ses serments d'amour se seraient faits de plus en plus rares.

Laura tourna les yeux vers la campagne comme si elle eût cherché un conseil dans les ondulations verdoyantes qui l'entouraient. Apaisée par la douceur des couleurs et les courbes du relief, elle n'éprouva plus un besoin aussi urgent de tout avouer à Devlin. Il était beaucoup trop tôt pour parler d'une question aussi importante. Il ne comprendrait pas, peut-être, qu'elle lui révélât un problème touchant à sa vie privée et la soupçonnerait de chercher un père pour sa fille.

Et puis, elle aimait trop Devlin pour supporter de voir son expression changer et la flamme qui brillait dans ses yeux s'éteindre à jamais. A quoi bon gâcher leurs derniers instants ensemble ? Elle voulait jouir de chaque minute avec Devlin puis elle garderait ces merveilleux souvenirs au fond de son cœur comme un trésor inestimable où elle puiserait jusqu'à la fin de ses jours.

— Qu'est-ce que tu as ? demanda Devlin qui observait Laura depuis un instant.

Il s'étonnait de son silence, après qu'il l'eut demandée en mariage.

— Tu as un air sérieux, reprit-il en posant la main sur son genou. Ma proposition te fait peur ?

— Non, répondit-elle en esquissant un sourire.

Elle hésita un instant puis reprit d'une voix mal assurée :

— Il y a quelque chose dont j'aimerais te parler…

— Je t'écoute, répondit-il en retirant sa main pour rétrograder tandis qu'il pénétrait dans la cour de l'orphelinat.

Il arrêta la voiture sur le côté du bâtiment.

— Eh bien ? fit-il en se tournant vers Laura.

L'amour que la jeune femme lut dans le regard de Devlin l'empêcha de rien dire. Les mots moururent sur ses lèvres et elle remua la tête.

— Non, dit-elle, une autre fois.

13.

Une ambiance gaie et vivante régnait dans la grande maison. Les aînées des pensionnaires, aidées par quelques jeunes de Galway, lavaient, nettoyaient, peignaient, tapissaient pour effacer les traces de l'incendie. Les plus jeunes déblayaient les gravats et les charriaient au fond de la cour.

Mme O'Sullivan, en voyant Devlin et Laura, eut un sourire rayonnant.

— Comment allez-vous ? demanda-t-elle à Devlin.

— Très bien, je vous remercie.

— On ne vous a pas fait de pansements à l'hôpital ?

— Je les ai retirés.

La directrice regarda Devlin avec un mélange d'admiration et d'affection maternelle.

— Sans vous, je ne sais pas ce que serait devenue la pauvre petite Sarah. Je vous dois une reconnaissance éternelle.

Puis, se tournant vers la porte de son bureau restée ouverte, elle leur fit signe d'entrer.

— Allez vous asseoir. Je vous rejoins dans un instant.

Devlin et Laura pénétrèrent dans le bureau où ils trouvèrent une petite fille de quatre ou cinq ans assise sur le divan de velours rouge. Elle les fixait de ses grands yeux bruns et restait immobile.

— Bonjour, lui dit Laura en s'agenouillant devant elle.

L'enfant leva maladroitement la main et essaya d'articuler un mot mais elle n'y parvint pas.

Spontanément, Laura la prit dans ses bras et, s'asseyant

à sa place, elle l'installa sur ses genoux. L'enfant souffrait de la même maladie que Sally. La jeune femme n'osait pas lever les yeux sur Devlin. Il restait planté au milieu de la pièce, immobile, et elle devinait à sa raideur qu'il était mal à l'aise.

— Oh ! fit la voix de Mme O'Sullivan qui était de retour dans le bureau. Vous faites connaissance avec cette petite. Elle nous a été amenée ce matin. Sa mère l'a abandonnée. Elle a été trouvée dans la rue par les policiers. N'est-ce pas malheureux ?

— Oui, c'est abominable, confirma Devlin.

Puis, comme si la présence de l'enfant l'eût par trop affligé, il annonça :

— Je vais faire un tour. Je vous retrouverai dans la cour.

La directrice de l'orphelinat le regarda sortir avec un air stupéfait tandis que Laura serrait l'enfant dans ses bras. Deux larmes roulaient sur ses joues.

— Vous semblez toute bouleversée, ma chérie, dit Mme O'Sullivan en se tournant vers elle.

— Non, ça va, répondit Laura d'une voix mal assurée. Je suis seulement émue par cette petite fille.

— Et blessée par la réaction de M. Rafferty, n'est-ce pas ?

Laura hocha la tête et, cette fois, elle ne put retenir ses larmes. Elle inclina le visage pour tenter de dissimuler son désespoir, mais Mme O'Sullivan s'assit près d'elle et la prit par les épaules.

— Ma pauvre enfant. Ne pleurez pas. Dites-moi si je peux faire quelque chose pour vous.

Laura fit non de la tête.

— Pardonnez-moi. Je suis trop sensible.

— Il y a beaucoup d'hommes comme lui, vous savez. Ils refusent ce qu'ils ne comprennent pas.

— Oui, hélas, acquiesça Laura avec un sanglot dans la voix.

Elle le savait bien… Son mari était parti à cause de la maladie de Sally et, plus tard, Vincent, le seul garçon qu'elle eût laissé entrer dans sa vie, l'avait quittée au bout de six mois pour la même raison. Ses incertitudes concernant

Devlin étaient donc levées : elle n'avait pas besoin de lui parler. C'était mieux ainsi. Elle souffrirait moins.

— Voulez-vous vous allonger un moment ? demanda Mme O'Sullivan. Vous êtes toute pâle.

— Non, répondit Laura avec fermeté. Ça va aller.

Il fallait réagir. Elle avait une enquête à terminer. Elle serait retenue en Irlande encore un ou deux jours puis elle partirait enfin, et elle n'entendrait plus jamais parler de Devlin.

— J'étais venue vous demander les documents concernant Maureen Renny, reprit la jeune femme. Vous les avez toujours ?

— Oui, grâce à Dieu. Les flammes ont épargné le bureau.

Mme O'Sullivan se leva et alla chercher une liasse de papiers dans son armoire.

— Je les ai consultés rapidement avant votre arrivée. Il n'y a rien de très intéressant à l'exception d'un numéro de téléphone à Claregalway. C'est peut-être celui de sa mère. Maureen était très secrète sur sa vie privée, mais il me semble qu'elle a parfois mentionné que sa mère habitait dans un village voisin. Tenez.

Elle tendit les documents à Laura.

— Le numéro est écrit sur la chemise qui contient l'ensemble des papiers. Comme je vous l'ai dit, vous ne trouverez rien d'intéressant à l'intérieur. Les dessins que les enfants lui donnaient et qu'elle gardait religieusement.

— Je vous remercie, fit Laura en prenant la chemise.

— Avez-vous rencontré sa sœur à Killannin ?

— Non, pas encore. Elle s'est absentée pour deux jours. Elle devrait être de retour ce soir. J'essaierai de la joindre au téléphone.

Mme O'Sullivan prit dans ses bras sa nouvelle petite pensionnaire et lui fredonna quelques strophes d'une comptine. L'enfant esquissa un sourire.

— Ne soyez pas exagérément triste, dit-elle en s'adressant à Laura. M. Rafferty est un homme de bien. Il ne faut pas vous arrêter à sa réaction.

Laura eut un petit sourire.

— Je sais.

Puis, l'expression décidée, elle demanda en regardant Mme O'Sullivan dans les yeux :

— Est-ce qu'il y a un car qui aille à Claregalway ?

La directrice fronça les sourcils.

— Oui, mais pourquoi ne pas prendre votre voiture ?

Laura tournait entre ses doigts une mèche de ses cheveux.

— La voiture appartient à M. Rafferty, et j'aimerais être un peu seule pour réfléchir.

Mme O'Sullivan observa Laura en silence un instant puis elle hocha la tête d'un air solennel.

— Je vais demander à mon mari de vous conduire. Il a un cœur en or. Il sera heureux de vous rendre service.

— M. Rafferty ne comprendra pas que je veuille partir sans lui. S'il m'était possible de quitter l'orphelinat sans être remarquée… ?

— Paddy vous prendra à la porte de derrière. Il y a une sortie en voiture de ce côté-là du jardin. Mais qu'est-ce que je dirai à M. Rafferty ?

— Eh bien…

Elle ne pouvait formuler sa pensée. Cela lui faisait trop peur. Tout était-il déjà fini entre elle et Devlin ?

— Je lui dirai de vous attendre, intervint Mme O'Sullivan en décrochant le téléphone. Sortez par la porte au fond du hall d'entrée. J'appelle Paddy pour qu'il vienne vous chercher en bas des marches.

— Merci, dit Laura sans regarder Mme O'Sullivan.

Elle se sentait si misérable qu'elle n'avait le courage de soutenir aucun regard, même le plus compatissant.

— Soyez moins exigeante ! lança Mme O'Sullivan en la voyant sortir l'air abattu. Aucun homme n'est parfait.

Laura eut envie d'expliquer à la directrice la vraie raison de sa tristesse, mais ce n'était pas le moment.

Elle sortit du bureau sans rien répondre et gagna la porte arrière du bâtiment. Elle descendit les quelques marches de l'escalier et attendit au milieu des allées et venues des enfants qui la regardaient, les uns timidement, les autres avec curiosité. Le bruit d'un moteur ne tarda pas à attirer son attention et elle vit une vieille Jaguar entrer dans la cour et s'approcher de l'escalier. Un homme au visage replet et à l'expression joviale était assis au volant. Il sourit à Laura tandis qu'il arrêtait le véhicule devant elle. Il n'eut pas le temps d'en descendre. Déjà la jeune femme en avait fait le tour et ouvrait la portière opposée à celle du conducteur.

— Bonjour, mademoiselle Todd, dit ce dernier en tendant la main à Laura. Je suis très heureux de faire votre connaissance. Ma femme m'a beaucoup parlé de vous.

— Je suis très contente aussi de vous connaître, répondit la jeune femme en lui serrant la main. Mme O'Sullivan est si gentille, elle a dû parler en termes trop généreux de moi.

— Non, elle est très juste. Je vous assure que lorsqu'elle n'aime pas quelqu'un, elle le lui fait sentir. Ce qu'elle m'a dit à votre sujet et au sujet de M. Rafferty m'avait vraiment donné envie de vous connaître.

L'évocation de Devlin serra le cœur de Laura et le réconfort qu'elle avait éprouvé en voyant M. O'Sullivan s'évanouit. Tandis qu'ils roulaient en direction de Claregalway, elle s'efforça de converser avec lui, mais ses pensées retournaient inexorablement à Devlin. Elle dormirait sans doute pour la dernière fois de sa vie dans ses bras, cette nuit. Et le lendemain, quand le jour se lèverait, elle devrait lui dire adieu. Elle quitterait pour toujours l'homme qu'elle aimait éperdument.

14.

Quand Laura et M. O'Sullivan revinrent de Claregalway, la nuit était tombée. Mme O'Sullivan expliqua à Laura que Devlin avait passé toute la journée à aider les enfants à nettoyer puis, quand le jour avait décliné, il était retourné à l'hôtel.

— Paddy va vous raccompagner à l'hôtel à moins que vous ne vouliez rester dormir ici ?

— Je vous remercie, répondit Laura, mais il faut que je voie Devlin. J'ai une information importante à lui transmettre.

Mme O'Sullivan eut une expression intriguée mais elle se garda de rien demander à la jeune femme. Cette dernière, d'ailleurs, s'empressa d'ajouter :

— Je vous conterai tout ça en détail demain. Ce serait trop long à présent, et je suis impatiente de retrouver Devlin.

Un sourire éclaira le visage de la directrice de l'orphelinat.

— C'est donc que vous avez une bonne nouvelle à lui annoncer ?

Laura sourit, mais il y avait une légère incertitude dans son regard.

— Oui, dit-elle, on peut la considérer comme telle. Je vous en dirai plus long demain.

— Eh bien, ne perdez pas de temps, ma petite. Tu veux bien la conduire à son hôtel, Paddy, n'est-ce pas ?

M. O'Sullivan acquiesça d'un large sourire.

— Vos désirs sont des ordres, madame, dit-il en s'inclinant devant sa femme.

Puis, il ajouta en faisant un clin d'œil à Laura :

— Je n'ai jamais su dire non à ma femme, et ce n'est pas aujourd'hui que je commencerai quand elle me confie la garde d'une aussi jolie personne.

Laura avait le cœur battant. Elle était devant la porte de la chambre qu'elle avait partagée la veille avec Devlin et où elle avait connu un bonheur merveilleux. Elle tenait à la main un petit paquet qui contenait les révélations les plus inattendues au sujet de l'enfant auquel Maureen Renny avait donné le jour. Quelques lettres, une photographie, un objet allaient bouleverser la vie d'un homme, lui apprendre une vérité sur sa famille qu'il n'aurait sans doute jamais connue si le Trésor public américain n'avait eu un tel souci de retrouver les héritiers des personnes décédées sans parenté connue.

Et c'était à elle qu'était confiée cette mission délicate. Elle avait terminé son enquête. L'héritier était identifié. Il n'y avait plus qu'à l'informer de ses vraies origines.

La gorge nouée, elle frappa à la porte.

— Qui est là ? fit la voix de Devlin à l'intérieur de la chambre.

— C'est moi, répondit Laura en poussant la porte.

Devlin était assis près de la cheminée où il lisait un livre. Vêtu d'un jean, torse nu, la peau cuivrée par les flammes qui dansaient dans l'âtre, il posa son ouvrage et leva les yeux sur la jeune femme.

— Laura, dit-il d'une voix tendre. Comment se fait-il que tu sois partie sans moi ?

Elle s'arrêta sur le seuil et le regarda sans voix.

— Eh bien ? Qu'y a-t-il ?

Il se leva et avança vers elle. Laura attendait, pétrifiée. Elle avait envie de faire volte-face et de se sauver à toutes jambes. Elle aurait couru dans la nuit jusque dans le coin le plus reculé et le plus obscur des docks. Elle éprouvait soudain de terribles scrupules à détruire les illusions de Devlin. Il semblait aller mieux, se remettre de son horrible mésaventure et voilà qu'elle allait de nouveau lui porter un coup.

Il posa les mains sur les épaules de la jeune femme et, plongeant le regard dans ses grands yeux bleus, il s'inclina lentement vers elle.

— Tu m'as manqué, dit-il dans un souffle avant de lui effleurer les lèvres d'un baiser.

— Attends, Devlin, il faut que je te parle.

Laura s'esquiva et marcha jusqu'au fauteuil.

— Viens t'asseoir près de moi, dit-elle en prenant place.

Il la rejoignit et, cette fois, elle lut une expression inquiète sur son visage comme s'il s'attendait à une mauvaise nouvelle.

— Je t'écoute, dit-il en s'asseyant à son tour.

Elle marqua une pause, puis, prenant sa respiration, elle commença :

— Je vais te conter une histoire…

Elle avait conscience de manquer de courage mais elle ne pouvait lui annoncer brutalement une nouvelle aussi grave. Devlin attendait, un sourcil relevé.

— Eh bien, reprit la jeune femme, incapable de soutenir le regard de Devlin, il y avait une fois une jeune servante au Dingle Bay Hotel qui fit connaissance d'un couple d'Américains. Ils sympathisèrent et comme les deux femmes étaient à peu près du même âge, elles se lièrent d'amitié. Quand l'Américaine fut de retour aux Etats-Unis, elle écrivit à la jeune Irlandaise et un échange épistolaire commença entre les deux femmes. Un an plus tard, la jeune servante, qui n'est autre que Maureen Renny, écrivit à son amie pour lui annoncer qu'elle était enceinte et que le père de l'enfant, américain également et déjà marié, l'avait quittée sans se soucier de son sort ni de celui de l'enfant.

Laura s'interrompit pour étudier la réaction de Devlin, mais elle ne put rien déceler dans son regard.

— Continue.

— Le couple invita Maureen à venir aux Etats-Unis. Il lui envoya son billet et, quand elle fut arrivée, il l'installa dans un appartement qu'il avait loué en ville à son intention. La dame, en effet, avait appris peu auparavant qu'elle ne pourrait pas avoir d'enfants. Or, comme son mari était plus âgé et ne jouissait pas d'une excellente santé, ils n'étaient pas autorisés à en adopter. Ils décidèrent donc de sauver la pauvre Maureen du déshonneur qui la menaçait si elle mettait au monde un enfant sans être mariée, et s'assurèrent pour eux-mêmes un descendant.

Devlin, les mâchoires serrées, avait maintenant le regard perdu.

— La dame commença à rembourrer ses vêtements et annonça à ses amis qu'elle était enceinte. Quand Maureen, qui était restée recluse dans l'appartement mis à sa disposition, fut sur le point d'accoucher, le monsieur la conduisit à l'hôpital où il la déclara sous le nom de sa femme. L'enfant naquit et devint donc le fils légitime du couple d'Américains. C'était, bien sûr, parfaitement illégal, mais personne ne s'est aperçu de rien. Le mari avait expliqué à ses proches amis que, l'accouchement ayant été difficile, sa femme ne pouvait recevoir de visites à l'hôpital. Et pour n'être vue de personne, au moment où Maureen se remettait de l'accouchement, la dame américaine se cachait dans son appartement.

— Tu me racontes tout ça pour me dire que tu as trouvé la progéniture de Maureen Renny ? interrompit Devlin. Pourquoi as-tu l'air si affligée ? La Terre va-t-elle cesser de tourner sur elle-même quand tu annonceras que l'enfant de Joshua Kincade a été retrouvé ?

Laura fit non de la tête.

— Où est-il ? En Irlande ?

— Oui, en Irlande.

Laura défit la ficelle qui entourait le paquet qu'elle portait sur ses genoux puis elle déplia le papier d'emballage qui enveloppait divers documents et un objet. Elle ouvrit une enveloppe ; les mains tremblantes, en sortit une photographie qu'elle tendit à Devlin.

— C'est Maureen à dix-neuf ans. Elle est jolie, n'est-ce pas ?

Devlin prit la photo et la considéra longuement.

— Oui, elle est jolie, répondit-il d'une voix mal assurée.

Il conserva la photo encore un instant puis il la rendit à la jeune femme.

Laura essaya de lire dans le regard de Devlin mais il détournait les yeux. Elle se saisit alors de l'objet entouré de feuilles de soie qu'elle déplia, et révéla une petite voiture, un modèle de Buick dont la carrosserie était peinte en bleu vif. Puis elle la fit rouler à terre en direction de Devlin qui s'obstinait à regarder le feu.

— A quoi joues-tu ? s'écria-t-il en se levant brusquement. Qu'est-ce que tu essaies de me faire croire ?

— Tu reconnais cette voiture, n'est-ce pas ?

Il haussa les épaules.

— Tous les enfants nés dans les années 1960 ont eu cette voiture.

— Mais la tienne, un jour, a disparu. Tu n'as pas oublié ce détail. Tu aimais trop ta Buick pour ne pas t'en souvenir.

— Comment sais-tu que je l'ai perdue ?

— C'est ta grand-mère qui me l'a dit. Vevila Renny, la maman de Maureen.

— Tu plaisantes ?

Les yeux verts de Devlin lançaient des flammes. Il allait et venait dans la pièce à grandes enjambées, les mains derrière le dos.

Laura sortit une autre photo et une lettre de sa liasse.

— Regarde !

Devlin continuait ses allées et venues. Elle se leva et lui mit la photo sous le nez.

Il la lui arracha des mains.

— Où as-tu trouvé ça ? Cette photo de ma mère ?

— C'est ta grand-mère qui me l'a donnée. La photo avait été envoyée à Maureen.

Elle lui tendit un morceau de papier plié en quatre sur lequel on avait tracé quelques lignes d'une écriture fine et déliée.

— Tiens ! Lis cette lettre.

— C'est l'écriture de maman. Mais non, ce n'est pas possible…

Il prit le papier et après l'avoir parcouru des yeux, il le jeta au sol. Il fit de même avec la photo puis donna un coup de pied dans la voiture.

— Avant de mourir, Maureen a envoyé ce paquet à sa mère. Mme Renny ignorait, bien sûr, qu'elle eût un fils. Elle ne l'a appris que le jour où l'on enterrait sa fille. La photo qui te représente avec ta maman adoptive a été envoyée à Maureen sur sa requête quand tu avais cinq ans. De même que la Buick. Dans une lettre, Mme Rafferty répond clairement à la demande de Maureen qui souhaitait avoir un jouet t'appartenant et que tu utilisais fréquemment. C'était un moyen d'entrer en relation avec son enfant. Elle s'est rendue plusieurs fois au Dingle Bay Hotel quand tu y séjournais avec tes parents. Elle te regardait jouer sur la plage, explique-t-elle dans l'ultime lettre qu'elle a envoyée à sa mère, ou dans le jardin de l'hôtel. N'as-tu pas le souvenir d'une jolie femme qui t'aurait souvent croisé au bord de l'eau ? Qui t'aurait ramassé, un jour où tu étais tombé, et qui t'aurait si bien consolé que tu ne voulais plus la quitter.

— Assez ! s'écria Devlin, furieux. Je ne crois pas un mot de ces sornettes.

— Tu serais heureux de rencontrer Vevila, poursuivit Laura, imperturbable. C'est une personne très attachante. Elle a deux petites-filles, un peu plus jeunes que toi. Ce sont les filles de Myrtle, Oonagh et Joy. Tes cousines. C'est ta famille, Devlin, ta vraie famille irlandaise.

— Je n'ai plus de famille, dit entre ses dents Devlin en partant à grands pas.

Il prit en passant le sweat-shirt qu'il avait jeté négligemment sur une chaise puis il ouvrit la porte qu'il claqua violemment derrière lui.

Laura se précipita à sa suite et ne le retrouva qu'au coin de la rue où était garée sa voiture. La nuit était balayée par le vent et la pluie. Les masses sombres des navires se balançaient dans le port.

Devlin ouvrait la portière du véhicule quand Laura le saisit par la manche de son vêtement.

— Où vas-tu ? Tu ne vas pas rouler à cette heure.

— J'ai besoin d'être seul, marmonna-t-il. Et quand je suis au volant, je ne pense à rien.

— J'ai peur… si tu avais un accident ?

— Je serais en paix.

— Non, ne parle pas ainsi.

Elle noua les bras autour de son cou.

— Je t'aime…

Il saisit les poignets de la jeune femme pour lui faire ouvrir les bras et la repoussa, doucement mais fermement.

— Ne te fais pas de souci. Je reviendrai. J'ai seulement besoin d'être seul. J'en ai trop appris en une soirée.

Mais Laura ne pouvait laisser partir Devlin sans lui faire une ultime révélation. Elle avait l'intuition qu'elle ne le reverrait plus jamais et elle avait besoin de lui avouer ce qu'elle lui avait caché.

— Attends, dit-elle en lui prenant la main. J'ai quelque chose à te dire.

— Parce que tu n'as pas tout dit ?

Elle secoua la tête.

— C'est quelque chose de personnel. J'aurais dû te le dire depuis longtemps. Je ne sais pas pourquoi je ne m'en suis pas ouverte à toi. Le temps passe trop vite.

Devlin la regardait d'un air sceptique. Devant l'expression glaciale de ses yeux, le cœur de la jeune femme se serra. Elle devinait que tout serait bientôt fini entre eux.

— J'ai une petite fille, dit-elle précipitamment. Elle s'appelle Sally. Elle a cinq ans, et elle est handicapée.

Comme Devlin restait impassible, elle ajouta :

— La seule raison pour laquelle je ne t'en ai pas parlé, c'est que je considère que ma vie privée ne regarde personne.

— Ma vie privée ne regarde personne ! répéta Devlin avec un rire métallique. Tu plaisantes ? As-tu oublié que je t'ai demandée en mariage ? La moindre des choses, c'était de me parler de ta fille.

La jeune femme leva vers lui un regard où brillaient des larmes :

— C'est fait, dit-elle d'une voix à peine audible.

— Tu n'as plus rien à me dire ?

Elle fit non de la tête. Des sanglots lui montaient dans la gorge. Elle ne pouvait plus contrôler sa douleur.

Devlin la regarda d'un air hébété. Il était trop blessé lui-même par ce qu'elle lui avait appris pour la réconforter. Toutes ses illusions s'évanouissaient. Il avait cru former avec ses parents une famille parfaite, mais il n'en était rien. Il était le bâtard d'un jouisseur irresponsable et d'une pauvre servante ! Comme on était loin de la très digne et respectable famille Rafferty dont le chef de famille était titulaire d'une chaire à l'université de Chicago ! Mais ce même chef de famille n'avait pas répugné à voler l'enfant d'une malheureuse… D'une certaine manière, Devlin préférait que ses parents fussent morts. Il n'aurait pas à leur demander des comptes de leur comportement qu'il jugeait abominable. Il leur aurait fait une peine terrible s'il leur avait dit aujourd'hui ce qu'il avait sur le cœur.

Laura pleurait toujours. Son menton tremblait et des larmes brillaient sur ses joues. Cette douleur était insupportable à Devlin. Devant ce spectacle de la souffrance, il revoyait le corps inerte de Mary Anne… au même instant, il pensa à Sally, la fille de Laura. Comment était-elle ? Pouvait-elle parler ? marcher ?

Son cœur se serra à l'idée qu'elle était handicapée. Il eut envie de prendre Laura dans ses bras, de la réconforter, de la cajoler, mais c'était impossible. Maintenant en tout cas. Il fallait digérer tout ce qu'il venait d'apprendre. Il avait besoin de temps…

Incapable d'endurer un instant de plus les pleurs de la jeune femme, il tourna malgré lui les talons et, bien qu'il se détestât d'agir ainsi, il monta en voiture.

Un instant après, il démarrait et disparaissait dans la nuit.

Laura avait redressé la tête et le regardait.

— Adieu, mon amour, murmura-t-elle entre deux sanglots. Adieu, *acushla*...

Elle resta longtemps encore à pleurer sous la pluie, grelottante et désespérée.

15.

Laura ne s'endormit qu'à l'aube. Dans les premières heures de la nuit, elle avait espéré, contre toute vraisemblance, que Devlin reviendrait, mais quand un jour timide se leva sur Galway, elle eut la certitude de ne plus le revoir. Epuisée par son attente, elle sombra dans le sommeil et ne s'éveilla qu'en fin de matinée.

Elle se doucha, rassembla ses affaires, prit un petit déjeuner puis se présenta à la réception de l'hôtel. Elle apprit que Devlin avait téléphoné en précisant qu'il viendrait régler la note dans la soirée. C'était, pensa-t-elle, un moyen indirect de lui faire savoir qu'il allait bien et qu'il ne fallait pas se soucier de son sort. Elle laissa néanmoins à son intention le mot qu'elle avait griffonné pendant le petit déjeuner et sur lequel elle lui indiquait son adresse.

Laura prit le premier avion pour la Floride et, deux jours plus tard, de retour à son bureau, elle s'occupait du transfert de la fortune de Joshua Kincade à Devlin. Il touchait la coquette somme de deux millions de dollars. Les services du ministère des Finances adressèrent plusieurs courriers à Devlin et Laura eut à en rédiger certains mais jamais elle ne se trouva en relation téléphonique avec lui.

Il fallut attendre encore plusieurs semaines avant que tout fût réglé et que la somme fût versée au compte de Devlin. Cette dernière opération accomplie, Laura essaya de chasser de son esprit le souvenir de son séjour en Irlande, mais il continuait de la hanter, la nuit, dans son sommeil. Il lui arrivait de s'éveiller, haletante, au milieu d'un rêve d'un érotisme brûlant et parfois, aussi, elle succombait à de folles pensées alors qu'elle était au bureau, plongée dans un travail important. Elle revivait les moments les plus passionnels de sa rencontre avec Devlin…

Elle s'en voulait d'être aussi attachée à un homme que la vue d'un enfant handicapé importunait. Il fallait le chasser définitivement de son esprit. Et pour y parvenir, elle avait accepté de sortir avec un ami qui la courtisait depuis longtemps déjà et qu'elle avait toujours gentiment repoussé. Ce soir de la fin du mois de juillet, où il faisait un temps délicieux, elle avait rendez-vous avec lui.

Laura quitta le bureau un peu plus tôt que d'habitude pour avoir le temps de se préparer avant l'arrivée de Boyd Clark. Directeur d'une salle de cinéma, il était bon vivant et sympathique, et Laura préférait passer une soirée en tête à tête avec lui plutôt que de se retrouver encore seule avec des souvenirs qui la persécutaient.

Elle redoutait, néanmoins, cette soirée. Comment réagirait-elle, cette fois, si Boyd se montrait entreprenant ? Elle ne pouvait le repousser éternellement. Il fallait songer à son avenir et à celui de Sally. Boyd, le fidèle Boyd, méritait sans doute d'être aimé, et elle savait aimer. Mon Dieu ! Comme elle savait aimer !

Elle se mordit la lèvre. Malgré elle, les images de ses nuits d'amour avec Devlin lui revenaient à la mémoire. Elle entendait ses propres gémissements, elle sentait son corps s'ouvrir à la force masculine de Devlin… Elle ferma les yeux et plongea le visage dans les mains. Quand ce cauchemar prendrait-il fin ?

La sonnette de la porte d'entrée retentit, arrachant brusquement Laura à ses pensées. Elle consulta sa montre. 19 h 45. Boyd n'était pas en retard ! Elle courut à la salle de bains remettre de l'ordre à sa coiffure et s'appliquer un peu de rouge à lèvres puis elle se précipita dans la chambre de sa fille pour lui demander de passer son pyjama.

— J'essaie, maman, répondit la voix aiguë de l'enfant.

— C'est peut-être la baby-sitter qui a sonné, mais je crois plutôt que c'est Boyd, dit Laura en courant vers la porte.

Elle l'ouvrit toute grande et ne put retenir un cri. Ce n'était pas le directeur du cinéma avec sa moustache et ses favoris roux qui se dressait devant elle. C'était Devlin lui-même, grand, élégant, avec sur les lèvres le sourire le plus sensuel et le plus séducteur qu'on pût se représenter.

— Devlin ! dit la jeune femme dans un souffle en levant les yeux vers le regard vert, tendre et profond, qui se baissait sur elle avec un mélange d'humour, de regret et de désir.

— Eh oui, ce n'est pas Boyd, confirma Devlin.

Laura le contemplait, bouche bée.

— Comment sais-tu que j'attendais un ami de ce nom ? demanda-t-elle enfin en se ressaisissant.

— Mon intuition infaillible… tu sais comme elle est légendaire. Mais si tu attends ce monsieur, je devrais peut-être revenir une autre fois ?

— Non, reste ! Tu peux entrer quelques instants. Boyd ne devrait pas être là avant la demie.

Devlin entra dans l'appartement et ferma la porte derrière lui.

— C'est ton ami ?

La jeune femme haussa les épaules.

— Si l'on veut.

Devlin plissa les yeux en scrutant son visage.

— C'est-à-dire ?

Cette fois, Laura réagit et, relevant le menton, elle déclara :

— J'ai le droit d'avoir un ami, me semble-t-il ?

Il plongea les mains dans les poches arrière de son jean.

— Bien sûr.

La jeune femme s'éclaircit la voix puis dit avec hésitation :

— Comment dois-je te présenter s'il arrive quand tu es encore là ?

Devlin eut l'air amusé.

— Tu as un béguin pour les roux ?

Laura rougit.

— De quoi te mêles-tu ? Et d'ailleurs, tu ne m'as pas dit comment tu connaissais Boyd.

— Je l'ai rencontré dans le hall de l'immeuble.

— Ce soir ?

— Oui, à l'instant.

— Et comment as-tu su qu'il venait chez moi ?

— Il avait une brassée de roses à la main. J'ai voulu les lui racheter, mais il a refusé. Il m'a dit qu'il les offrirait à sa mère.

— Mais que lui as-tu dit ?

— Je l'ai persuadé qu'il n'avait plus rien à faire chez toi. Que c'était moi que tu aimais et qu'il n'était pas nécessaire de revenir.

— Tu as tous les toupets !

— Si tu cours vite, tu as une chance de le rattraper. Il est parti en traînant les pieds. Je ne serais pas surpris qu'il soit encore dans la rue.

— Tu es horrible. Comment oses-tu agir ainsi ?

— J'ai mes raisons.

— Ah ! bon ? Pourrait-on savoir lesquelles ?

Devlin regarda tendrement la jeune femme et la prit dans ses bras.

— Veux-tu être ma femme, Laura ? demanda-t-il d'une voix douce.

Trop émue pour répondre, Laura restait immobile, ses grands yeux bleus écarquillés.

— *Acushla*, murmura Devlin en lui effleurant la tempe d'un baiser. Je ne sais pas ce qui m'a pris à Galway. J'étais comme fou. Je t'en ai voulu de la révélation que tu me faisais comme si tu étais responsable des frasques amoureuses de Kincade et de la folie de mes parents adoptifs. J'ai été furieux contre eux dans les premiers temps et contre cette pauvre Maureen aussi… puis la tempête s'est apaisée. J'ai regardé de vieilles photos, et je lisais tant d'amour dans le regard de ma mère que je lui ai pardonné son acte. Mes parents m'ont aimé comme leur propre fils, et ils resteront à jamais mes parents dans mon cœur même si je sais, à présent, que je n'ai aucun lien de sang avec eux. Je crois, au fond, que c'est la tendresse que l'on donne aux enfants, l'éducation qu'on leur prodigue et la patience qu'on déploie pour eux qui comptent le plus.

Il s'interrompit pour mesurer l'effet de ses paroles sur Laura. Elle le regardait avec intensité. Toute son âme, pure et transparente, se révélait dans ses yeux.

— Tu sais ça mieux qu'aucune autre, *acushla*. Que d'amour il t'a fallu, sans doute, pour élever Sally.

Des larmes brillèrent dans le regard de Laura. Devlin aurait-il le courage et la patience nécessaires pour accepter Sally avec sa différence ? Mais des paroles très douces dissipèrent aussitôt ce doute :

— Je veux faire connaissance avec ta petite fille, ma chérie. Elle n'est pas encore couchée, j'espère ?

— Non, répondit Laura en regardant Devlin droit dans les yeux pour tenter d'y lire le fond de sa pensée, mais je n'arrive pas à te comprendre. Tu as eu l'air si révulsé devant la petite handicapée de l'orphelinat. N'essaie pas d'aimer ce qui naturellement te répugne. Ça ne pourra pas durer. Un jour ou l'autre, tu nous quitteras.

En prononçant ces derniers mots, la voix de Laura s'étrangla. La jeune femme retint un sanglot.

— Ne pleure pas ! dit autoritairement Devlin en serrant sa compagne sur son cœur. Tu ne m'as pas compris ! Je n'étais pas dégoûté par cette enfant. Comment as-tu pu penser ça ? J'étais seulement en rage contre ceux qui l'ont abandonnée et contre l'injustice du monde, aussi. J'ai réagi exagérément sans doute, mais le souvenir de Mary Anne était encore brûlant, j'étais d'une sensibilité à fleur de peau. Un rien me bouleversait.

Laura, qui écoutait Devlin aussi attentivement qu'elle l'observait, crut, cette fois, à sa sincérité. Elle noua les bras autour de son cou et l'embrassa sur les lèvres avec passion.

Ils étaient tendrement enlacés et partageaient de délicieux baisers quand la petite voix de Sally les arrêta dans leur élan.

Ils tournèrent tous deux la tête et virent la petite fille blonde, à l'entrée du couloir, qui essayait d'enfiler son pyjama sans y parvenir. Assise sur le derrière, elle avait déjà passé une jambe dans son vêtement et essayait d'y introduire la seconde.

Quand elle sentit qu'on la regardait, elle leva les yeux vers sa mère et eut un petit gémissement pour implorer son aide.

— Je viens, ma chérie, dit Laura.

Mais avant de se porter au secours de Sally, la jeune femme consulta d'un rapide regard l'expression de Devlin. La douceur qu'exprimait son visage la rassura. Il avait les yeux baissés sur Sally et elle voyait au petit sourire tendre qui se dessinait sur ses lèvres qu'il acceptait l'enfant, mieux, qu'il était prêt à l'aimer.

Alors, dans un élan de reconnaissance, Laura se dressa sur la pointe des pieds et déposa un baiser sur la joue de son compagnon. Puis elle se tourna vers sa fille.

Sally dormait depuis longtemps. Devlin avait assisté à son coucher et l'avait embrassée doucement sur le front avant de quitter sa chambre avec Laura. Ils avaient dîné en tête à tête sur une petite table du salon éclairée par deux bougies. Laura avait débouché du champagne et ouvert la boîte de foie gras qu'elle conservait pour une grande occasion. Une salade verte, du fromage et des bananes flambées au rhum avaient complété leur dîner. A la fin du repas, Laura avait passé un disque de jazz de La Nouvelle-Orléans et ils avaient dansé au rythme lent d'un slow. Bercés par les sonorités envoûtantes d'un saxo, ils s'étaient longuement embrassés en se tenant tendrement enlacés puis ils s'étaient étendus sur le divan. Etourdie de caresses et de baisers, Laura s'était donnée à Devlin au son de la musique et à la clarté des bougies. Ils avaient ensuite gagné la chambre de la jeune femme.

On était au cœur de la nuit. Talahassee dormait, Sally également, mais Laura et Devlin étaient toujours bien éveillés. Ils savouraient les étreintes successives auxquelles ils s'étaient abandonnés. Une joie immense habitait leur cœur. Ils savaient qu'ils ne seraient plus séparés et que leur amour grandirait au fil des ans.

— Que dirais-tu d'une belle maison dans un parc avec une pièce d'eau et des cris joyeux d'enfants ?

— Des petits frères et des petites sœurs pour Sally ?

— Oui, répondit Devlin en prenant la pointe du sein de Laura entre ses lèvres. Autant que tu en voudras. Je ne demande qu'à les faire. J'ai pensé d'ailleurs que le lieu idéal pour concevoir notre premier enfant serait l'Irlande. On pourrait y aller en voyage de noces ?

Laura eut un sourire radieux.

— C'est une merveilleuse idée.

— J'en profiterai pour faire un don à l'orphelinat. C'est grâce à Mme O'Sullivan que j'ai hérité de cette fortune, et que j'ai appris mes véritables origines.

— Tu n'as vraiment plus de regret à ce sujet ?

— Non, j'ai été long à accepter d'être le fils d'un autre père et d'une autre mère, mais je me rends compte que lorsque j'aurai mes propres enfants, tout cela sera oublié. Je crois aussi que ma blessure guérira très vite auprès de toi. Ta présence agit comme un baume sur mon cœur.

— Oh ! Devlin ! fit Laura en s'étirant voluptueusement dans ses bras. As-tu envie de connaître ta grand-mère ?

— Oui, bien sûr. Je suis même impatient de la rencontrer, ainsi que ma tante et mes cousines.

— Elles vont être folles de toi.

— Tu ne seras pas jalouse ?

Laura inclina la tête d'un air indécis.

— Nous verrons.

Ils restèrent silencieux quelques instants puis Laura demanda d'un ton soudain plus grave :

— Et Sally ? Que ferons-nous d'elle ?

Devlin eut l'air étonné.

— Elle vient avec nous, bien sûr.

Une joie immense inonda le cœur de la jeune femme. Elle noua les bras autour du cou de Devlin et l'embrassa tendrement.

— Je t'aime, dit-elle dans un souffle en s'étendant sur lui.

16.

Trois mois plus tard, Devlin et Laura partaient en voyage de noces en Irlande avec Sally. Ils atterrirent à Shannon et en reconnaissant l'employé des douanes qui avait permis leur rencontre, Laura l'embrassa spontanément sur la joue. L'homme fut outré, et il entreprit aussitôt la fouille des bagages du couple. Il semblait ne pas avoir reconnu Laura, mais quand il sortit de sa valise un sac rempli de savon en paillettes, le souvenir de l'incident du mois de mai précédent lui revint à la mémoire. Il ne reconnut cependant pas Devlin, et le geste d'affection de Laura lui resta parfaitement incompréhensible. Renonçant à trouver de la drogue ou des explosifs dans les bagages de la jeune femme, il la laissa passer ainsi que Devlin qui portait Sally dans ses bras.

La petite fille avait enfin trouvé un père qui voulait bien d'elle, et elle nourrissait une véritable passion pour Devlin. L'attachement qu'elle lui montrait et les gestes tendres qu'elle lui prodiguait étaient touchants. Laura observait souvent à la dérobée Devlin et l'enfant, et elle s'émerveillait de la patience de son compagnon. Mais si elle l'en félicitait, il s'indignait, affirmant qu'il ne s'agissait pas de patience mais d'amour.

De l'aéroport de Shannon, ils se rendirent directement au Dingle Bay Hotel. Ils avaient tous deux souhaité y retourner puisque c'était le lieu où ils s'étaient vraiment liés d'amitié. Et puis, c'était une sorte de pèlerinage pour Devlin. Il y venait enfant avec ses parents adoptifs, et c'était là que son père et sa mère de sang s'étaient connus. Ils tinrent, d'ailleurs, à descendre dans la chambre autrefois désignée sous le nom de Kathleen. Leur premier enfant serait peut-être conçu dans le lieu même où Devlin l'avait été, trente-six ans plus tôt ?

Devlin avait loué un 4 × 4, cette fois, pour donner sans crainte le volant à Laura. Ainsi, si l'envie lui prenait de rouler à travers champs, ils s'en tireraient peut-être mieux qu'au mois de mai !

Ils traversèrent le comté de Limerick sous les couleurs automnales. Les fougères rougeoyantes faisaient comme une traînée d'incendie dans la campagne, et le soleil, à travers la brume impalpable qui flottait dans l'air, semblait un poudroiement d'or. Il régnait une température douce. On aurait dit que la nature était arrivée à un degré de maturation parfait comme un fruit gorgé de sucre et de soleil.

Laura avait la tête appuyée à l'épaule de Devlin. Elle regardait le paysage à travers les grandes vitres du véhicule et éprouvait au fond du cœur une joie intense. Sally, assise à l'arrière de la voiture, faisait entendre un babillage qui signifiait qu'elle était ravie, elle aussi.

Ils entrèrent dans le très pittoresque comté de Kerry et franchirent de hautes collines aux tons dorés. Après Tralee, la route suivait la côte et de magnifiques points de vue se présentaient à eux. Devlin arrêta le 4 × 4 dans une aire prévue à cet effet, et ils descendirent du véhicule pour mieux admirer le paysage. Le soleil déclinait à l'ouest, et la mer, qui miroitait sous ses feux étincelants, semblait une immense plaque de métal en fusion. Devlin prit Laura dans ses bras et appuya le menton à son épaule pour observer le spectacle merveilleux qui se déroulait devant leurs yeux.

Ils respiraient les effluves marins venus du large et un désir immense envahissait Devlin de s'embarquer à bord d'un voilier et de s'écarter des côtes pour mieux les contempler ensuite.

— Aimerais-tu que nous louions un voilier à Dingle ? demanda-t-il à l'oreille de Laura.

— Tu sais naviguer ?

— Je faisais de la voile avec mes parents. Nous avons accompli deux fois le tour de l'Irlande. Nous sommes allés jusqu'en Ecosse et, même, en Bretagne.

— En ce cas, je veux bien essayer, mais je ne crois pas qu'il soit prudent d'emmener Sally avec nous.

— Nous pourrons peut-être la confier à ma grand-mère pour quelques jours ?

— Oui, si elle est assez vaillante, sinon je suis sûre que Mme O'Sullivan se fera un plaisir de la prendre avec elle. Elle est si bonne et elle aime tant les enfants.

— Tu as raison. Nous nous renseignerons demain sur les locations de voiliers. J'aimerais terminer notre séjour ici par cette petite virée en mer, rien que toi et moi, en amoureux.

— Et nous aborderons une île déserte ?

— Les îles d'Arran sont restées assez sauvages pour nous offrir un havre de paix.

Laura tendit les lèvres vers Devlin et ils échangèrent un long baiser. Le cri déchirant d'une mouette au-dessus de leurs têtes les rappela à la réalité. Le soleil avait disparu derrière les reliefs de Brandon Head qui barraient la vue à l'horizon. Laura et Devlin contemplèrent encore un instant l'embrasement du ciel et les reflets orangés sur la mer puis ils regagnèrent leur véhicule. Sally s'était endormie. Elle avait la tête appuyée à l'oreiller que sa maman lui avait donné à cette intention et ses deux petits poings étaient serrés sur un ours en peluche. Avec ses cheveux blonds épars autour de son visage, elle était jolie comme tout.

Il faisait nuit quand ils arrivèrent au Dingle Bay Hotel. Laura eut une sorte de vertige en entrant dans la chambre qu'elle avait occupée précédemment et où elle dormirait pour la première fois avec Devlin. Un feu ronflait dans la magnifique cheminée et des ombres dansaient sur les vieilles poutres et les murs blanchis à la chaux. Laura et Devlin déposèrent leurs bagages puis conduisirent Sally à la petite chambre qu'elle devait occuper, juste au-dessus de la leur. C'était une adorable pièce au sommet de la tour dont le plafond était traversé par deux énormes poutres et qui donnait sur la mer par une fenêtre à meneaux. Une très jolie cheminée de pierre de faible dimension ornait l'un des murs, mais sur la demande de Laura, on n'y avait pas allumé de feu. Un ancien coffre en chêne sculpté et transformé en lit d'enfant occupait le mur opposé. Un rideau, suspendu à un montant de bois et déployé sur un côté du lit, donnait un aspect confortable et intime à la chambre de même que les volets intérieurs qu'on avait pris soin de fermer.

Après une légère collation, Sally fut mise au lit par sa mère. Devlin était allé prendre une douche et quand elle se retrouva seule avec l'enfant, la jeune femme fut de nouveau prise d'inquiétude. Devlin assistait presque tout le temps au coucher de Sally, son absence signifiait-elle qu'il commençait à s'en lasser ? Une réaction de rejet n'aurait-elle pas lieu un jour ou l'autre ? Laura avait supporté le départ de Marc et celui de Laurent, mais jamais elle ne pourrait survivre au départ de Devlin. S'il la quittait, il la briserait pour toujours ; et la petite fille aussi car elle s'était attachée à lui comme à son propre père.

La pensée de la croisière réjouissait Laura — elle aussi avait très envie d'être seule avec Devlin —, mais la crainte que ce voyage fût pour Devlin l'occasion de s'éloigner de Sally ne cessait de la torturer. Comme elle aurait aimé écarter de son esprit ces doutes qui réussissaient à entamer son bonheur aux moments les plus délicieux. Peut-être, avec le temps, finiraient-ils par s'estomper ? Il n'y avait que trois mois qu'elle vivait avec Devlin. Il fallait passer au moins le seuil d'une année pour s'assurer que leur couple tiendrait bon. Mais si elle était enceinte, ce délai serait peut-être raccourci ? L'amour que Devlin montrait aux enfants et qu'il ne manquerait pas d'éprouver avec les siens serait certainement le meilleur garant de leur union. Ces vieux murs qui l'entouraient seraient-ils témoins de la conception d'un bébé, d'un petit Rafferty ? Cette pensée donna un élan de joie à Laura. Il fallait guérir des blessures du passé, et croire au bonheur présent et à venir. Plus optimiste, elle déposa un dernier baiser sur le front de Sally, qui dormait déjà, et descendit à sa chambre.

Devlin venait de sortir de la douche et se tenait devant l'âtre. Son corps magnifique semblait une statue grecque, dans les reflets des flammes. Laura s'approcha de lui sur la pointe des pieds et lui enlaça la taille.

Il la regarda par-dessus son épaule et lui sourit.

— Sally dort ?

— Oui.

— J'irai l'embrasser après le dîner pour voir si tout va bien.

Des larmes brillèrent dans les yeux de la jeune femme. Elle s'était inquiétée pour rien, encore une fois. Elle déposa un baiser sur l'épaule de Devlin qui portait l'odeur fraîche du gel de douche.

Il se retourna et la prit dans ses bras.

— Tu as pleuré ?

Elle fit non de la tête.

— Ce sont des larmes de joie, dit-elle dans un souffle en lui offrant ses lèvres.

Il s'inclina et ils s'embrassèrent tendrement.

— Je t'embrasserais sans fin, murmura Devlin en se redressant.

— Moi aussi.

Elle le caressait de son grand regard bleu et se retenait de se blottir de nouveau dans ses bras. De baisers en caresses, ils glisseraient vers le grand lit à baldaquin… Mais ils dormiraient dans les bras l'un de l'autre, cette nuit, et le vieux lit de bois serait le berceau de leurs soupirs et de leurs serments d'amour.

— Je vais prendre une douche, dit-elle dans un sursaut de volonté.

Puis en s'écartant de Devlin, elle ajouta :

— Je ne te ferai pas attendre longtemps.

Quelques instants plus tard, elle parut dans une robe bustier noire qui lui allait à ravir. Elle portait de charmants escarpins dont les hauts talons donnaient à ses jambes une grâce incomparable. Devlin, qui ne l'avait jamais vue dans cette tenue, eut un sourire admiratif.

— Tu es ravissante, dit-il en s'approchant d'elle pour la prendre par la main.

Il lui fit faire un tour sur elle-même pour mieux la contempler et répéta :

— Absolument ravissante…

Puis il ouvrit la porte de la chambre et il laissa passer la jeune femme devant lui.

— Tu es très beau, toi aussi, remarqua-t-elle tandis qu'elle descendait à son bras le large escalier de pierre.

Elle le couvait des yeux. Il était si grand et élégant… Sans qu'ils se fussent donné le mot, Devlin avait choisi de porter un costume gris foncé avec une chemise blanche et une cravate de soie aux tons d'automne si bien qu'ils étaient parfaitement assortis.

Les visages se retournèrent sur leur passage quand ils entrèrent dans la salle à manger dominée par une cheminée monumentale. Ils furent conduits à une table un peu à l'écart comme ils l'avaient demandé et qu'éclairait un chandelier à trois branches. L'argenterie et les porcelaines brillaient à la flamme des bougies. Laura avait l'impression de vivre un conte de fées.

Après un délicieux dîner et une halte auprès de Sally qui dormait toujours à poings fermés, ils se retrouvèrent dans l'intimité de leur chambre. Devlin s'approcha du feu qu'il tisonna avant d'y jeter une brassée de petit bois. Des flammes étincelantes dansèrent entre les pierres, jetant dans la pièce une vive clarté.

Laura, qui avait suivi Devlin, appuya la tête à son épaule et ils contemplèrent ensemble la flambée joyeuse. La chaleur des flammes les enveloppait et, à leur clarté, la peau satinée de la jeune femme avait un reflet moiré. Devlin baissa les yeux sur la poitrine de Laura qui palpitait au-dessus du décolleté satiné de sa robe. Elle était belle et infiniment désirable.

Il se tourna vers elle et la prit dans ses bras tandis que leurs lèvres s'unissaient…

17.

Le lendemain matin, ils s'enquérirent des voiliers à louer et Devlin retint un douze mètres entièrement de bois dont le carré et les cabines offraient un espace confortable. L'acajou et le cuivre se mariaient à merveille à l'intérieur du navire et sur le pont, créant une atmosphère chaleureuse et surannée.

— Il est magnifique, remarqua Laura. Jamais je n'étais montée sur un tel bateau.

— Moi non plus. Je l'ai souvent admiré à quai quand j'étais gamin et je rêvais de naviguer dessus un jour. C'est avec toi que je connaîtrai cette immense joie, et elle sera décuplée par ta présence.

— Tu me flattes, dit en minaudant la jeune femme.

— Non, c'est la vérité, Laura, reprit Devlin sérieusement. Je t'aime et, à l'idée de vivre quelques jours sur ce bateau seul avec toi, je suis fou de joie.

L'après-midi du même jour, Devlin décrocha le téléphone pour appeler sa grand-mère. Vevila Renny fut émue d'entendre son petit-fils qu'elle n'avait jamais vu, sinon en photo. Il fut convenu qu'il irait lui rendre visite avec Laura et Sally à la fin de la semaine après la randonnée dans les monts de Kerry qu'il avait promise à la petite fille.

Le lendemain matin fut consacré aux préparatifs de l'expédition en montagne. Ils quittèrent l'hôtel de bonne heure et roulèrent jusqu'à Killarney où ils trouvèrent tout l'équipement nécessaire et achetèrent des vivres pour quelques jours. Ils gagnèrent ensuite Muckross Abbey où ils laissèrent le 4×4, préférant n'attaquer les pentes des Macgillycuddy's Reeks qu'après un après-midi de marche.

Juchée sur les épaules de Devlin, Sally exultait. Elle portait un joli pull irlandais que ses parents venaient de lui offrir, et un ruban de velours rouge retenait ses cheveux blonds. Avec son collant de laine et ses petites chaussures de montagne, elle semblait un lutin. Laura fermait la marche et, de temps en temps, l'enfant se retournait et lui souriait. La jeune femme avait conscience que ces heures compteraient énormément dans la vie de sa fille. Portée par les solides épaules de Devlin, elle éprouvait sans doute un sentiment de force très rassurant, mais l'expérience se solderait aussi par une plus grande dépendance. Le seul espoir de Laura était que la confiance que Sally mettait en Devlin ne fût jamais déçue.

Ils longeaient une rivière depuis plus d'une heure quand, dans la brume, les premières collines se dressèrent devant eux. L'excitation grandit dans la petite troupe. Le mur sombre qui leur barrait le chemin semblait le début d'un monde inconnu et sauvage, et quand le petit sentier qu'ils suivaient s'éleva au-dessus du cours d'eau qui s'enfonçait dans les entrailles de la montagne, un sentiment d'exaltation les envahit. Devlin chanta une tyrolienne qui fit rire aux éclats l'enfant. Elle battait des mains et se démenait comme un petit diable.

De crainte que la petite ne fatiguât Devlin, Laura pressa le pas et offrit de la porter, mais Devlin refusa.

— Nous formons une paire inséparable, dit-il. Je suis la monture fidèle de Sally, jamais je ne ferai défaut à ma cavalière.

Sur ces mots, il partit en courant et caracola comme un cheval pour la plus grande joie de la fillette.

Laura les regardait avec attendrissement. Tous les regards, tous les gestes de Devlin démentaient ses appréhensions. Peut-être finirait-elle par s'en libérer ? Une pensée fugitive lui traversa l'esprit. C'était un espoir fragile, mais aussi ténu fût-il, elle savait qu'elle s'y raccrocherait tant qu'elle n'aurait pas la preuve de son absence de fondement. La nuit dernière, dans la moiteur des draps — elle en avait l'intime conviction —, Devlin avait déposé en elle une graine de vie.

Laura leva les yeux vers la montagne et vit que la brume se dissipait, une sorte de poudroiement d'or couronnait les sommets. Ce fut comme un signe d'espoir. Elle pressa le pas et, bientôt, rattrapa Devlin.

Il s'était arrêté au pied d'une petite cascade et remplissait sa gourde. Assise dans l'herbe, Sally le regardait faire. Elle tendit ses petites mains pour saisir la gourde et but avec l'aide de Devlin.

Quand ils parvinrent au col, le soleil brillait. De hautes collines herbues les environnaient de toutes parts et, à quelques kilomètres à l'ouest se dressait le Carrantuohill, point culminant de l'Irlande, au sommet duquel ils souhaitaient installer leur campement pour assister au coucher et au lever du soleil.

Des troupeaux de chèvres et de moutons paissaient dans la pente en dessous d'eux. Ils s'assirent dans l'herbe et déjeunèrent dans la douce chaleur du soleil. Après le repas, Laura s'allongea, la tête poséee sur la cuisse de Devlin. Elle était parfaitement heureuse entre les deux êtres qu'elle aimait le plus au monde, au milieu d'une nature vierge et d'une rare beauté. Elle aurait voulu y demeurer à jamais, avec le souffle tiède du vent dans ses cheveux, les bêlements lointains des moutons et les senteurs arrachées à la terre humide par les rayons du soleil.

Elle somnolait quand Devlin lui caressa doucement le visage.

— Il faut se remettre en marche, ma chérie, si tu veux dormir sur le Carrantuohill, ce soir.

— Hmm ? fit la jeune femme en ouvrant les yeux. On est si bien ici.

Elle s'étira en bâillant et, comme Sally la regardait avec de grands yeux, elle se mit rapidement la main devant la bouche.

— Tu regardes toujours maman au moment où il ne

faut pas, dit-elle en prenant le nez de l'enfant entre son pouce et son index.

La petite fille rit et, au même moment, les mains solides de Devlin la saisirent.

— Tu es prête à repartir ?

Le sourire de l'enfant valait largement un acquiescement. Devlin la posa sur ses épaules puis, aidé de Laura, il se chargea de son sac à dos. La jeune femme ramassa le sien, et ils s'engagèrent sur le sentier qui descendait dans une vallée avant de remonter à l'assaut de la montagne.

Ils atteignirent le sommet du Carrantuohill suffisamment tôt pour installer leur campement dans un petit pli de terrain à l'abri du vent s'il venait à se lever puis ils transportèrent leur Camping-gaz et leurs ustensiles de cuisine sur le point culminant d'où la vue embrassait les comtés de Kerry et de Cork. Ils déjeunèrent face au soleil pour ne rien manquer de son déclin. C'était une boule rouge, tel un énorme ballon flottant sur une mer de brume. Il se noya, bientôt, dans cette vapeur d'eau qui était peut-être l'océan mais la distance était trop grande pour en être sûr.

Quand les dernières lueurs du jour s'éteignirent et que la lune, énorme et rousse, se leva, ils rassemblèrent rapidement leurs affaires et les rapportèrent à la tente. Sally fut cajolée et dorlotée jusqu'au moment de se glisser dans un duvet où elle s'endormit aussitôt. Devlin et Laura s'étendirent à leur tour. Séparés par leurs sacs de couchage, ils se tenaient par la main. Rapidement, ils sombrèrent aussi dans le sommeil.

Les glapissements d'un renard éveillèrent Laura au cœur de la nuit. La lune brillait si fortement que l'on voyait parfaitement clair dans la tente. On distinguait presque les couleurs. Elle ne résista pas à la tentation de contempler la montagne sous cette lumière et leva la fermeture Eclair.

La nuit était étrangement douce pour la saison. On se serait cru en plein été. Laura fit quelques pas pour mieux voir l'extraordinaire paysage qui se déployait sous ses yeux. Elle était immobile, le visage levé vers la lune quand elle sentit le souffle chaud de Devlin sur sa nuque.

— Tu t'es réveillé aussi ? murmura-t-elle.

— Je t'ai entendue sortir.

— Moi, c'est le cri du renard qui m'a éveillée. Par un clair de lune comme celui-ci, les renards et les renardes doivent être très amoureux.

Elle prononça ces mots avec une petite inflexion de la voix, douce et mystérieuse, et leva les yeux vers Devlin. Il contempla le visage de la jeune femme à la clarté de l'astre, et la prit dans ses bras. Elle eut alors un mouvement voluptueux du corps qui enflamma son désir.

— Laura…, dit-il dans un souffle.

Leurs lèvres se joignirent et, sans cesser de s'embrasser, ils s'étendirent dans l'herbe et se dépouillèrent de leurs vêtements…

Le soleil était déjà haut dans le ciel quand ils s'éveillèrent. Devlin sortit le premier de la tente et ne put se retenir de rire.

— Nous avons raté la seconde partie du spectacle, annonça-t-il.

— Oui, il faudra revenir, dit Laura en sortant de la tente avec Sally.

Ils préparèrent un chocolat bien chaud, car la matinée était fraîche, puis ils levèrent le camp.

Ils redescendaient dans la vallée quand Sally leva le doigt vers le ciel.

— Regarde ! fit Laura qui avait suivi des yeux la direction indiquée par la main de l'enfant. Il y a un grand oiseau qui tourne dans le ciel.

Devlin s'arrêta et leva les yeux.

— C'est une buse. Elle plane, ce qui signifie qu'elle chasse.

Ils regardaient depuis quelques instants le bel oiseau décrire ses courbes dans le ciel quand soudain des cris aigus attirèrent leur attention. Deux oiseaux de bien moins grande envergure piquèrent sur la buse et tentèrent de la frapper du bec. Le rapace esquiva au dernier moment ses agresseurs et continua ses cercles majestueux.

— Ce sont des éperviers, commenta Devlin qui s'était assis et avait pris Sally sur ses genoux.

La petite fille observait attentivement le ballet des oiseaux, mais son visage était crispé. Elle comprenait qu'une lutte était engagée, et elle en était bouleversée.

— N'aie pas peur, dit Devlin que la réaction de l'enfant émouvait. Ils ne lui feront pas de mal. Regarde comme elle vire sur le côté chaque fois qu'ils s'approchent d'elle. Jamais ils ne l'atteindront, mais lentement ils l'écarteront de leur territoire de chasse.

Et, en effet, la buse poussée par les deux éperviers, prenait de plus en plus d'altitude et s'éloignait de la vallée. Après quelques minutes encore d'estocades et d'esquives, le grand rapace prit son essor et se noya dans les brumes.

La paix revint sur la montagne mais pour peu de temps. Les éperviers avaient déjà pris position dans les airs. Grâce à des battements d'ailes rapides et de faible ampleur, ils restèrent sur place et, de leurs yeux perçants, ils scrutaient, examinaient chaque buisson et chaque touffe d'herbe.

Une ou deux attaques en piqué infructueuses eurent lieu sous le regard des randonneurs puis Devlin remit l'enfant sur ses épaules et ils reprirent leur chemin.

Laura, qui marchait moins vite, avait pris de l'avance, et Devlin la désigna à Sally :

— Regarde maman.

— Maman, répéta l'enfant joyeusement tandis que son chevalier servant pressait le pas.

Une grande émotion serra le cœur de Devlin quand, le surlendemain, ils prirent la route de Claregalway. Sally, à laquelle on avait expliqué qu'elle allait faire la connaissance de son autre grand-mère, était tout excitée. Ils franchirent de nouveau le Shannon en ferry puis longèrent la côte pour admirer l'océan des falaises de Moher. Devlin montra à

Laura les îles d'Arran vers lesquelles ils vogueraient dans une semaine.

Le jour tombait quand ils arrivèrent à Claregalway. La chaumière de Vevila Renny, semblable à toutes les autres vieilles maisons irlandaises, était revêtue d'un mortier de chaux et couverte en chaume. Nichée dans un coin de verdure cerné par des murs de pierre, elle était bâtie sur les pentes de la vallée de la Clare. Des canards sauvages traversaient le ciel de leur vol lourd pour venir se poser sur la rivière. De la fumée s'élevait de la cheminée. Une impression de douceur et de quiétude se dégageait du petit jardin où les roses abondaient. Elles grimpaient autour des fenêtres de la maison, blanches, roses, jaunes, rouges, orangées — il ne manquait aucun coloris — ou enlaçaient un petit puits de pierre quand elles ne s'agrippaient pas simplement au mur d'enceinte.

Devlin arrêta la voiture devant la petite barrière blanche qui donnait accès au jardin, et ils remontèrent à pied l'allée qui conduisait à la maison. Mme Renny, qui les guettait derrière sa fenêtre, ouvrit la porte et les attendit sur le seuil. Elle était un peu courbée et tassée mais avait dû être de grande taille et fort jolie femme. Ses cheveux gris étaient relevés en chignon et elle portait une robe imprimée aux motifs bleu marine et blanc. Elle souriait avec beaucoup de tendresse et regardait fixement ce garçon qui vivait depuis trente-cinq ans et qu'elle voyait pour la première fois.

— Devlin, dit-elle avec un tremblement dans la voix, et ses yeux bleus se mirent à briller.

La même émotion se lut sur le visage de Devlin qui s'était arrêté à quelques mètres de la vieille femme.

— Madame…

Puis, avec un petit sourire, il reprit :

— Grand-maman ?

Vevila hocha lentement la tête.

— C'est mieux, dit-elle doucement, et elle ouvrit les bras.

Devlin franchit les derniers mètres qui les séparaient et se jeta dans ses bras. Ils interrompirent leur étreinte pour se regarder encore un instant, comme pour s'assurer qu'on ne leur avait pas menti, qu'ils étaient bien de la même chair et du même sang. Mais la ressemblance de Devlin avec Maureen était trop frappante pour qu'aucun doute subsistât dans l'esprit de Vevila.

— Comme tu me rappelles ta maman, dit-elle avec un sanglot dans la voix. Tu as les mêmes yeux verts, et le même sourire…

Devlin s'inclina vers la vieille femme et l'embrassa avec une vive émotion.

Des rires clairs et joyeux lui firent lever le regard. Deux grandes filles, belles comme le jour, parurent derrière Vevila qui s'écartait pour laisser entrer Devlin.

— Entre, mon petit, et vous aussi, Laura, dit Vevila en ouvrant les bras pour embrasser la jeune femme ainsi que Sally.

Pendant ce temps, Devlin faisait connaissance avec ses cousines et sa tante, Myrtle. Joy et Oonagh, respectivement rousse et brune, étaient rayonnantes de beauté et de gentillesse. Mais Devlin fut particulièrement ému de connaître leur maman qui n'avait que trois ans de moins que Maureen et présentait, d'après Vevila, de très grandes ressemblances avec sa sœur.

Myrtle expliqua à Devlin qu'elle était très proche de sa sœur quand elles étaient enfants et qu'elle avait été très peinée par les distances que Maureen avait prises soudain. Elle avait essayé de comprendre pourquoi elle ne venait plus la voir, et pourquoi, aussi, elle se refusait à fonder une famille… Mais Maureen éludait toutes les questions. Elle répondait de manière évasive ou changeait brusquement de sujet. Elle concluait généralement qu'elle n'était pas faite pour le mariage et qu'elle n'aurait pas supporté un homme dans sa vie…

La dernière fois qu'elles s'étaient vues, dans un pub de Galway, Maureen avait demandé à sa sœur de cesser toutes relations et, meurtrie, Myrtle y avait consenti. La scène avait eu lieu dix ans plus tôt, et depuis, ni Myrtle ni Vevila n'avaient plus entendu parler d'elle.

Quand elle eut terminé son récit, Myrtle s'essuya les yeux avec un mouchoir et se leva pour embrasser Devlin.

— Je suis heureuse de te connaître, dit-elle en posant la main sur son épaule. Il ne m'est jamais venu à l'esprit que Maureen puisse avoir un enfant, sinon je l'aurais tellement embêtée qu'elle aurait fini par prendre l'avion avec moi et nous serions allées te voir à Chicago. Elle savait combien j'étais obstinée, c'est pourquoi elle ne s'est jamais confiée à moi.

— Mon Dieu ! dit en écho Vevila. Moi aussi, j'aurais pris l'avion. Cela aurait été mon baptême de l'air.

Ils éclatèrent tous de rire et Vevila se leva pour aller chercher dans la cuisine les tartes, les brioches et les sablés qu'elle avait préparés à l'intention de son petit-fils.

— Je vous garde, ce soir, dit-elle. J'ai préparé la chambre de Maureen pour vous, Devlin et Laura. Sally dormira dans celle de Myrtle.

— Nous ne voulons pas vous déranger, intervint Laura. Nous avions l'intention de trouver une chambre d'hôtes…

— Il n'en est pas question, interrompit Vevila. Et vous me feriez un immense plaisir en restant auprès de moi aussi longtemps qu'il vous plaira.

Elle se tourna vers Devlin et le regarda avec une tendresse maternelle :

— Je ne suis plus très jeune et nous avons tant de temps à rattraper !

Quelques jours plus tard, Devlin et Laura quittèrent Vevila pour retourner à Dingle d'où ils s'embarquèrent à bord du voilier. Sally, qui avait aimé spontanément Vevila, ne sembla pas du tout perturbée quand elle vit sa mère la laisser au cottage. Joy et Oongah promirent de venir voir la petite fille et de la promener dans la campagne. Laura partit donc complètement rassurée et elle passa des moment idylliques en mer avec Devlin, puis dans les îles d'Arran. Ils cinglèrent ensuite vers le nord et laissèrent le bateau à Galway où leur 4×4 avait été conduit par le loueur de voiliers.

Ils récupérèrent Sally qui se portait à merveille et, le même jour, prirent l'avion pour les Etats-Unis. La semaine suivante, Devlin reprenait sa carrière d'avocat à Miami. Il entrait dans un gros cabinet où il se consacrerait exclusivement aux affaires de droit civil et fit l'acquisition d'une magnifique villa au bord de l'Atlantique.

Laura avait quitté son emploi et s'occupait de la décoration de leur demeure. Elle devait être prête pour Noël, Vevila, Myrtle, Joy et Oonagh ayant promis de venir le célébrer en Floride. Laura était au comble du bonheur tandis qu'elle allait d'un magasin à l'autre pour choisir du tissu, du mobilier, des accessoires… Mais ce qui faisait sa plus grande joie, c'était la petite rondeur qu'avait pris son ventre. Elle attendait un bébé de Devlin, et elle annoncerait la bonne nouvelle à l'arrière-grand-mère de l'enfant quand elle aurait enfin accompli son baptême de l'air.

C'était la veille de Noël. Un grand sapin, illuminé et orné de décorations, se dressait dans le salon et, à ses pieds, Laura avait disposé la crèche avec des dizaines de santons en terre cuite qui fascinaient Sally. Tandis que la petite fille jouait avec le bœuf et l'âne, Devlin et Laura, assis sur un divan près de la cheminée où crépitait un feu de bois, se tenaient par la main et devisaient.

— Regarde comme Sally est mignonne, remarqua Devlin en se tournant vers l'enfant qui faisait escalader les branches du sapin aux rois mages pour retarder leur arrivée jusqu'au soir de Noël. Je l'observe souvent quand elle joue et sa délicatesse me touche.

Ces paroles eurent l'effet d'un baume sur le cœur de Laura. Elle se blottit contre Devlin et leva les yeux vers lui. Ce soir, elle ne comprenait plus comment elle avait pu un jour douter de lui, de sa sincérité. Il l'avait aimée dès le premier regard et n'avait cessé de le lui montrer.

Emue aux larmes, heureuse comme elle ne l'avait jamais été, elle murmura :

— Je t'aime, Devlin.

Et quand, en guise de réponse, il caressa doucement son ventre rond, elle sut que leur bonheur n'aurait pas de fin…

EMMA RICHMOND

Le secret des McMahon

éditions HARLEQUIN

*Cet ouvrage a été publié en langue anglaise
sous le titre :*
LOVE OF MY HEART

Traduction française de
FRANÇOISE HENRY

Ce roman a déjà été publié en mai 1993

83-85, boulevard Vincent-Auriol, 75646 PARIS CEDEX 13.
Service Lectrices — Tél. : 01 45 82 47 47
www.harlequin.fr

1.

— Mais c'est Harry !

— Harry ? répéta Ellie, interdite.

Trop occupée à dévisager d'un œil mauvais un homme en veste de cuir qui déambulait parmi les étalages, la femme ne prit toutefois pas la peine d'entrer dans des explications.

— S'il croit pouvoir s'en tirer comme ça, il se trompe ! Veille deux secondes sur mon banc, mon cœur. Je reviens !

Et, sans attendre de réponse, la femme partit en courant à la poursuite d'Harry qui s'éloignait à grandes enjambées.

— Hé ! protesta Ellie. Je ne connais rien au commerce, moi !

Cependant, voyant qu'il était inutile d'insister, d'un geste résigné, elle laissa retomber sa main. Pourquoi fallait-il que ce soit toujours à elle qu'il arrive pareilles mésaventures ? Cette marchande foraine ne la connaissait pas, et elle la laissait en plan avec toute sa marchandise. Tiens, cette femme aurait mérité qu'elle soit une voleuse ! Mais aussi, quel démon avait poussé Ellie vers cette place de marché alors que tout le monde savait qu'elle ne pouvait résister à l'attrait de la découverte ?

« Vraiment, Ellie, tu es incorrigible ! » se morigéna-t-elle. Tout ce qu'on lui demandait, c'était, à la descente du ferry, de s'engager dans la rue principale de Rosslare et de rouler tout droit vers Dublin. Simple, non ? Et qu'avait fait Ellie qui ne ratait jamais l'occasion de commettre une sottise ? Eh bien, Ellie s'était garée, juste pour « jeter un coup d'œil », et, à présent, elle gardait le banc d'une dame qu'elle n'avait jamais vue de sa vie ! Et comme si ça ne suffisait pas, voilà qu'un homme aux yeux très bleus se mettait à la dévisager avec insistance…

Ellie se détourna et fit mine de s'absorber dans la disposition d'une pile de sweat-shirts. Deux badauds s'immobilisèrent devant l'étalage, apparemment intéressés par les foulards. Ellie baissa obstinément la tête. Tant pis s'ils la prenaient pour une sotte, ou même pour une demeurée ; n'importe quoi, pourvu qu'ils ne lui posent pas de questions !

Son petit stratagème se révéla efficace, car, après avoir échangé quelques mots à voix basse, les deux clients potentiels s'éloignèrent. Le soulagement d'Ellie fut toutefois de courte durée. De nouveau, elle avait l'impression d'être observée. Levant les yeux, elle croisa un regard bleu et obstiné.

« Mon Dieu, faites que ce ne soit pas un voleur, pria-t-elle intérieurement. Pourvu qu'il ne prenne pas la poudre d'escampette avec le stock de la marchande ! »

D'un coup d'œil à la dérobée, Ellie le jaugea et lui trouva l'air franchement menaçant. Grand, les cheveux bruns, il était du bois dont on fait les héros. Ou les bandits ! Des yeux très bleus qui captivaient le regard. Une allure à vous faire fondre…

Oh ! si elle ne se trompait pas, il envisageait de se rapprocher. Sa démarche était assurée, elle lui trouva l'air suffisant. Enfin, il s'arrêta devant une Ellie plus morte que vive.

— Elle fuit, dit-il sans préambule.

Jamais l'expression « voix de velours » n'avait paru si vraie à Ellie.

— Je vous demande pardon ?

— Elle fuit, répéta-t-il avec une grande économie de mots.

— De quoi parlez-vous ?

— De ma veste.

S'assurant qu'il y avait du monde à portée de voix

pour le cas où elle aurait eu besoin de secours, Ellie eut un pâle sourire.

— Vous m'en voyez navrée.

— Je comprends. Vous me l'aviez garantie imperméable.

— Impossible ! Je ne vous ai jamais vu.

— En effet.

— Alors ?

— Vous, une autre, peu importe. Ce qui compte, c'est qu'on m'avait assuré qu'elle était à l'épreuve de n'importe quelle douche.

— Et elle ne l'est pas ?

— Pas vraiment.

— Eh bien, vous n'avez pas eu de chance et êtes tombé sur un vêtement avec défaut.

— Possible.

— Je ne peux pas faire grand-chose pour vous ; je ne suis pas chez moi ici.

— Je le sais.

— En ce cas, que voulez-vous de moi ?

— De vous ? Rien. Pour le moment, du moins.

Intriguée, Ellie dévisagea l'inconnu. Etait-ce un de ces pince-sans-rire qui vous font marcher sans qu'on sache de quoi il retourne ? Il n'avait pourtant pas l'air de plaisanter.

— Et si vous me permettez, continua-t-il d'une voix douce et feutrée qui cadrait mal avec son apparence, vous paraissez autant à votre place à ce stand qu'un vampire dans une plantation d'ail.

— Le baiser de la mort, ça me connaît, répliqua Ellie du tac au tac. Mais pour ce qui est de la vente… Avant que cette femme ne me confie son étalage pour courir à la poursuite d'un M. Harry, je ne m'étais jamais trouvée de ce côté-ci de la barrière. Tout ce que je peux vous conseiller, c'est de revenir un peu plus tard.

— Ce sera inutile.

Avec un regard qu'Ellie ne put interpréter, il se dirigea vers la penderie où se trouvaient suspendues, des vestes semblables à la sienne et, d'un geste sec, en arracha l'étiquette mentionnant : « garanti imperméable » et la déchira en morceaux. Et tandis qu'il déposait les débris dans les mains d'Ellie, cette dernière lui trouva une expression vraiment diabolique. Son forfait accompli, il inclina la tête et s'éloigna.

Tout d'abord éberluée, Ellie se sentit peu à peu gagnée par l'amusement. Elle le regardait se perdre dans la foule quand une voix la fit sursauter.

— Ça va, mon cœur ?

Faisant volte-face, Ellie se retrouva devant la légitime propriétaire du stand. D'un air penaud, elle lui tendit ce qui restait de l'étiquette.

— Qui a fait ça ?

— Ce type, là-bas…

Cependant, Ellie eut beau scruter la foule, il s'était bel et bien volatilisé. Elle soupira.

— Enfin, c'était un monsieur qui prétendait que vos vestes ne sont pas imperméables.

— Un fin connaisseur, dit en souriant la femme.

Devant tant d'aplomb, Ellie éclata de rire.

— Avez-vous rattrapé Harry ?

— Pour ça, faites-moi confiance ! Ce monstre qui a abandonné notre petite. Sheila ! Oh ! mais il se souviendra de nous, je vous le garantis. Enfin, de toute façon, ce n'était pas un homme pour elle.

Une heure plus tard, Ellie devisait toujours avec la marchande qui lui dressait un terrifiant portrait de cet Harry qui, non content d'avoir brisé le cœur de sa fille, était parti avec une femme de Cork. Ce qui les amena tout naturellement à des considérations sur l'imprévisibilité du tempérament masculin et la stupidité des femmes qui s'en accommodaient. Le temps qu'Ellie se rappelle son rendez-vous dubliniois, l'après-midi était déjà bien avancé.

— Je dois m'en aller, annonça-t-elle avec regret. On m'attend, et je suis affreusement en retard.

— Il faut prendre le temps de vivre, dit la femme, sentencieuse. Allez, soyez prudente, et grand merci pour votre aide !

Cependant, Ellie était ainsi faite qu'elle n'avait jamais

su résister à sa curiosité. Il s'écoula donc encore une heure avant qu'elle ne prenne la route de Dublin.

En se garant devant l'hôtel où une chambre lui était réservée, elle poussa un énorme soupir. Trois heures de retard ! Le ciel gris et bas pesait sur la ville, il n'avait pas cessé de bruiner depuis son arrivée en Irlande. Où était donc passé l'été ?

Ellie rassembla ses affaires et descendit de voiture. Après avoir verrouillé les portières, comme elle fonçait, tête baissée, vers la porte de l'hôtel, elle entra en collision avec un obstacle imprévu. Elle leva la tête et sa respiration s'accéléra. Des yeux vifs et bleus s'abaissaient sur elle. Des yeux si fascinants qu'on pouvait difficilement regarder ailleurs. Terminés le jean et la veste décontractée ; l'inconnu avait endossé une tenue de soirée qui lui donnait l'air compassé sans toutefois rien lui ôter de son charme. A son bras se suspendait une femme très élégante.

— Vous m'avez suivie ? demanda en plaisantant Ellie.

Le hasard faisait décidément bien les choses ; jamais elle n'aurait espéré le revoir. Cependant, l'homme ne parut pas goûter la plaisanterie.

— Pourquoi l'aurais-je fait ?

Sous son regard dépourvu d'expression, Ellie se sentit très bête.

— Je ne sais pas..., bredouilla-t-elle.

Il continua de la dévisager durant ce qui sembla une éternité. Puis, sur une brève inclinaison de la tête, il entraîna sa compagne vers l'hôtel. Rabattant son chapeau sur ses yeux, Ellie les suivit.

« Il devrait y avoir des lois pour interdire aux gens d'être si beaux... », songea-t-elle. C'était le genre d'individu à faire des ravages partout où il passait. Quelle coïncidence, tout de même. Et dire qu'il avait fait semblant de ne pas la connaître ! A moins qu'il ne se souvienne réellement plus d'elle. « Oubliée sitôt qu'aperçue », se dit-elle, dépitée. Ainsi, pas d'illusions à se faire !

Gentiment, il lui tint la porte. Enfin, il ne fallait rien exagérer. Ce n'était sans doute qu'un simple réflexe de courtoisie. Dans le hall de l'hôtel s'agglutinaient des gens également en tenue de soirée. « C'est bien ma chance ! » pensa Ellie en considérant ses vêtements défraîchis. Et dans cette foule, comment retrouver Donal Sullivan ? L'avait-il seulement attendue ? Et s'il n'avait pas perdu patience, le reconnaîtrait-elle parmi tous ces visages ? Elle n'avait rencontré qu'une fois ou deux le jeune homme, frère de son amie Maura. Vivant à Dublin, il serait enchanté de piloter Ellie dans cette ville, avait affirmé Maura. Toutes les filles disposaient-elles avec tant de légèreté de leurs frères ? Comme elle-même n'en avait pas, Ellie l'ignorait. Tout en marmonnant de vagues excuses et en jouant des coudes, elle se fraya un chemin jusqu'au bureau de la réception.

Elle y fut accueillie par une jeune femme au sourire cordial quoique amusé. Ellie avait l'habitude. Elle attirait les rires et la sympathie.

— Bonjour, dit-elle en ôtant son curieux chapeau. Navrée d'être en retard ; je me suis perdue. Personne ne m'avait dit que Dublin est la ville des sens uniques ! Je suis garée à un emplacement interdit, il pleut et je m'appelle Elinor Browne, avec un « e », conclut-elle un peu précipitamment.

— Bonsoir, Elinor Browne avec un « e ». Que vous arriviez en retard n'a aucune importance. Regardez-moi ça ! s'écria la réceptionniste d'un air dégoûté. Un congrès d'un côté, un mariage de l'autre, et personne ne veut rester à sa place !

— L'herbe est toujours plus verte de l'autre côté de la barrière…

— Vous avez sans doute raison ! Après tout, ils peuvent bien faire ce qu'ils veulent ; je ne lèverai pas le petit doigt pour remettre de l'ordre dans tout ça ! Avez-vous des bagages ?

— Ils sont dans ma voiture. Y a-t-il un parking ?

— John va vous la rentrer.

La réceptionniste échangea quelques mots avec un jeune homme dont la mine morose s'éclaira instantanément en apercevant Ellie.

— La salle à manger est à droite, le bar à gauche, l'ascenseur au milieu, dit encore la jeune femme en poussant un registre vers Ellie. A cause du congrès, nous ne servons plus de repas à cette heure-ci, mais vous trouverez au bar de quoi vous restaurer. Le petit déjeuner est servi à partir de 7 h 30. Si vous avez besoin de quelque chose, n'hésitez pas à appeler !

— Merci ! répondit Ellie, très impressionnée par l'amabilité de la jeune femme.

Jamais elle n'avait rencontré réceptionniste de cet acabit !

Avant de gagner sa chambre, elle ferait tout aussi bien de se mettre en quête de Donal, se dit-elle en prenant les clés que lui tendait la réceptionniste. Comme elle se retournait, très déterminée à agir, elle heurta quelqu'un. Des excuses se formaient déjà sur ses lèvres quand son regard croisa un regard bleu rendu encore plus pénétrant par les lumières artificielles.

Ellie offrit à l'inconnu un timide sourire qu'il ne lui retourna pas. Elle voulut s'éloigner, ce qui n'était pas facile dans cette cohue.

— C'est une vendetta ?

— Pardon ? fit Ellie, déconcertée par l'expression totalement dépourvue d'humour de l'inconnu. Euh… non.

— Vous n'avez pas l'électricité ? demanda-t-il du même ton froid et détaché.

— L'électricité ? Si, certainement ! Et vous ?

— Naturellement. Mais moi, je ne m'habille pas en clown !

Soulagée de constater qu'il plaisantait parfois, Ellie eut un de ces petits sourires qui lui gagnaient tous les cœurs.

— Je m'habille dans les ventes de charité, confessa-t-elle.

— Ça n'explique pas ces couleurs voyantes.

— Ma tenue ne vous plaît pas ?

— Non.

— Selon vous, le rose ne s'accorde pas avec le rouge ?

— Pas vraiment. Et encore moins quand ils côtoient un jaune éclatant.

— Vous savez ce qui convient aux femmes, n'est-ce pas ?

— En tout cas, je ne suis pas aveugle !

— Les couleurs que je porte ne me vont pas ?

Il pencha légèrement la tête de côté et la considéra avec attention.

— Pour quelque inexplicable raison, en fait, si, ces couleurs vous vont. C'est même étrange : je ne pourrais vous imaginer vêtue autrement. Je crois que des vêtements sages ou à la mode vous affadiraient. Avec eux, vous seriez ordinaire, ce que, de toute évidence, vous n'êtes pas. Des bottillons de travail masculins, un pantalon noir très étroit, une chemise de coton écarlate, un gilet rose, une grande écharpe jaune, tout ça compose un ensemble qui vous convient.

— Vous oubliez mon chapeau de velours vert, dit Ellie en le lui tendant pour inspection.

— Pas mal, concéda l'étrange personnage. Comment vous appelez-vous ?

— Elinor.

— Ça ne vous va pas.

— Peut-être, mais comment mes parents auraient-ils pu deviner que leur bébé ne deviendrait pas une grande et élégante jeune femme ?

Ellie s'amusait beaucoup. Ça faisait longtemps qu'elle n'avait rencontré quelqu'un qui sorte autant de l'ordinaire.

— Vos parents sont-ils grands et élégants ?

— Oui, répondit Ellie avec un autre de ses charmants sourires. Vous savez, la plupart des gens m'appellent tout simplement Ellie.

— Pour une fois, je me rangerai du côté de la majorité. Mon nom est Feargal.

— Autant dire Fergie !

— Pas du tout, répliqua-t-il fermement. Feargal.

Puis après avoir jeté un coup d'œil circulaire sur la salle, il dit en soupirant :

— Je dois m'en aller, je vois mon amie qui s'impatiente. Veuillez m'excuser, je vous prie.

Ellie le croyait déjà parti mais, au dernier moment, il se retourna, les lèvres frémissant d'un sourire contenu.

— Nous nous reverrons, Ellie, je vous le promets.

Cette fois, il était parti pour de bon. Ellie le vit se diriger vers son élégante compagne. Essaierait-il vraiment de la revoir ? Elle espérait bien que oui. Il était vraiment… intéressant. Et il faisait montre d'une telle assurance. Oh ! elle n'attendait pas grand-chose de lui ; mais un simple flirt serait le bienvenu. Après tout, elle était en vacances…

Brusquement consciente du regard curieux de la réceptionniste, Ellie eut un rire gêné.

— Il n'est pas mal, vous ne trouvez pas ?

— Pour ça oui. Il est sensationnel !

Oui, il était sensationnel. Séduisant et intrigant, tout à la fois. « Tu ferais mieux de chercher Donal au lieu de rêver devant un type qui se moque pas mal de toi, se reprit-elle. D'ailleurs, si tu le connaissais mieux, je suis sûre que tu serais déçue… »

Pas très convaincue de cette dernière assertion, Ellie se mit en quête de son éventuel guide. Les participants au congrès et les invités du mariage semblaient prendre plaisir à se mêler, et Ellie fut contrainte de se fondre dans cette foule. Les visages étaient amicaux. On lui adressa la parole, on lui plaça un verre dans la main, et elle se mit à circuler de groupe en groupe. On lui posa des questions auxquelles elle n'eut pas le temps de répondre, on lui raconta les derniers potins ou la dernière blague qui circulait dans les pubs jusqu'à ce qu'elle échoue au bar avec un certain Patrick qui avait décidé de la régaler de légendes irlandaises. Et ce fut là que Donal finit par la découvrir.

— Ellie ?

— Donal ! s'exclama-t-elle en se retournant. Je finissais par croire que je ne te trouverais jamais !

— Pareil pour moi ! Où étais-tu passée ? J'ai remué ciel et terre sans résultat ! Je me demandais ce qui t'était arrivé et ce que j'allais dire à Maura ! Le ferry était en retard ?

— Euh… non. Le ferry était parfaitement à l'heure. C'est la circulation dans Dublin qui m'a posé problème. On aurait dû me prévenir qu'il n'y avait que des sens interdits !

— Ça ne t'a tout de même pas pris six heures pour venir de Rosslare !

— Euh… non. J'ai perdu un peu de temps à Wexford. Il y avait un marché, ajouta-t-elle comme si ça expliquait tout.

Donal éclata de rire tout en hochant la tête.

— Maura m'a prévenu que la vie avec toi était pleine d'imprévus…

Donal jeta un coup d'œil au compagnon d'Ellie qui ne perdait pas un mot de leur conversation.

— … et que tu n'as pas plus tôt pointé le bout de ton nez quelque part que tout le monde se précipite pour te raconter sa vie !

— Maura exagère !

Donal prit place sur un siège et, attirant l'attention du serveur, commanda des boissons.

Ellie levait machinalement les yeux vers le miroir quand elle croisa un regard bleu. Elle éclata de rire. Sans la quitter des yeux, Feargal vint frapper sur l'épaule de Donal.

— Pour moi, ce sera un whisky.

— Qu'est-ce que tu fabriques ici ? s'exclama Donal. Je croyais que tu étais à la galerie ! C'est bien de toi d'arriver au moment où on passe la commande !

Feargal se contenta d'esquisser une moue.

— Je te présente Ellie, ajouta Donal.

— Parfaitement. C'est Ellie.

— Vous vous connaissez ?

— Hmm.

Le regard interloqué de Donal alla d'Ellie à Feargal. Son sourire s'élargit.

— C'est une plaisanterie ! Tu n'es tout de même pas allé la chercher à Rosslare ?

— Je m'ennuyais.

Très étonnée, Ellie dévisageait les deux compagnons.

— Vous voulez dire que vous m'avez suivie depuis le ferry ? demanda-t-elle enfin à Feargal.

— Oui.

— Vous saviez qui j'étais ?

— Hmmm.

— Mais pourquoi ?

— Je vous l'ai dit, je m'ennuyais et vous m'amusiez.

Nullement désireuse de servir de dérivatif au mal de vivre de jeunes gens désœuvrés, Ellie lui jeta un regard sévère que, malheureusement, le fourbe accueillit avec un sourire.

— Vous vous ennuyiez avec votre charmante compagne, c'est ça ?

— Dolores m'a toujours ennuyé.

— Dans ce cas, pourquoi la traînes-tu partout avec toi ? demanda pertinemment Donal.

Feargal se contenta de lui adresser un sourire plein de sous-entendus. Hochant la tête, Donal se tourna vers le serveur. Ellie avait le choix entre contempler le fond de son verre ou contempler Feargal. Elle choisit ce dernier.

— Ils auraient dû vous appeler Hélène, dit-il nonchalamment.

— Ah oui ? Et pourquoi ?

— Parce que vous avez des yeux à faire damner les dieux. Des yeux noisette foncé, un visage que les fées aimeraient posséder... Non, pas les fées. Les elfes. Voilà, vous êtes un elfe.

— Je n'ai pas les oreilles si pointues, tout de même.

— Non, mais si elles l'étaient, ça vous irait très bien.

Feargal s'interrompit en voyant Dolores qui lui adressait de grands signes depuis la porte. Avec un soupir résigné, il retira sa main, prit le verre que lui tendait Donal et, se laissant glisser de son siège, s'apprêta à la rejoindre.

En riant, Donal heurta le verre d'Ellie.

— *Slainte*.

— *Slainte*, répondit-elle.

— A quelle heure penses-tu te mettre en route demain ? Maura m'a dit que tu avais l'intention de te diriger vers le nord.

— Je compte aller à Slane.

— Slane ? Oh ! très bien ! dit-il en riant.

— Qu'y a-t-il de si drôle ?

— Rien du tout ! Sais-tu où loger ?

— J'ai toute une liste de beds and breakfast. A l'office du tourisme, on m'a dit que je n'aurai aucun problème.

— C'est vrai, admit Donal, riant toujours. Tu ferais pourtant mieux de te mettre en route tout de suite après le déjeuner ; ça te laissera une marge de sécurité.

— Très drôle ! dit-elle, fascinée par une silhouette aux cheveux noirs et à la large carrure qui se déplaçait au fond de la salle. A propos, Feargal est-il vraiment venu à ma rencontre ? Je croyais qu'il s'agissait d'une coïncidence, après l'avoir vu à Wexford de le retrouver dans cet hôtel.

— D'une certaine façon, c'en est une. Il n'est pas descendu ici.

— Ah bon ? Je ne comprends pas.

Avec un grand sourire, Donal expliqua qu'il avait parlé à Feargal de l'arrivée de cette amie de sa sœur, si drôle et si étourdie…

— Je ne suis ni drôle ni étourdie, corrigea dignement Ellie.

— Mais si ! Et puis je lui ai parlé de ta stupéfiante beauté… Tais-toi, Ellie, pas de manières avec moi ! Et incidemment, j'ai mentionné l'heure d'arrivée de ton ferry et… enfin, tu imagines la suite.

— Très bien ! Tu as ajouté que tu craignais que je me perde en route, c'est ça ? Merci beaucoup, Donal !

Sans manifester le moindre repentir, le jeune homme hocha la tête.

— Justement. Feargal avait à faire dans les parages. Alors je lui ai dit que si par hasard il t'apercevait au volant de ta Morris Minor vert foncé, il ferait mieux de s'assurer que tu parviendrais entière à l'hôtel. Et il l'a fait puisque tu es là.

Considérant tour à tour Donal et Feargal, tout au fond de la salle, Ellie acquiesça sèchement. Comment avait-il fait pour la repérer ? Elle n'était tout de même pas si voyante !

— Oui, je suis là. Et qui est ce joli monsieur qui suit les femmes dans la rue ? Qu'est-ce qu'il fabrique ici ?

— Tu veux boire quelque chose ?

— Donal !

Ce dernier éclata de rire.

— Eh bien, je suppose qu'il voulait revoir la petite

Ellie. Sinon, pourquoi aurait-il déserté le dîner auquel il était convié ? Quant à ce qu'il est… propriétaire terrien, éleveur de chevaux de course, play-boy, maître d'une grande maison dont il ouvre les portes au public pour le plaisir de chacun.

— Pour le plaisir de chacun ?

— C'est une très belle maison, les jardins couvrent plusieurs hectares, pas comme ceux du château en haut de la côte !

— Qui sont également ouverts au public ?

— Feargal a décrété que si les touristes payaient pour voir le château de Dublin, ils pouvaient payer pour visiter ses jardins. Et c'est ce qu'ils font. Et pour ne pas être en reste, il a ouvert une table d'hôte.

— Et ça lui suffit pour vivre ? Il paraît avoir des goûts plutôt dispendieux.

Ellie ne savait pas pourquoi elle disait ça, mais, curieusement, elle le pensait. Peut-être parce qu'il paraissait si sophistiqué, si mondain. Appartenant, en tout cas, à une planète bien éloignée de celle de la petite Ellie Browne. Il était connu ici à Dublin. Elle avait vu de nombreuses personnes le saluer. Il faisait sans doute partie de la haute société.

— Non, reconnut Donal. Il n'y a pas tant de touristes à… enfin, là où il habite. Les gens préfèrent la côte ouest. La majeure partie de ses revenus provient de son exploitation agricole. Encore que ses chevaux semblent gagner assez souvent. Tu es intriguée, avoue !

— J'avoue volontiers ! Il est connu ?

— Comme le loup blanc !

— Et Dolores ?

— C'est une artiste. Feargal est son sponsor ou son commanditaire, comme on veut. Et il est censé être présent à chaque dîner où se retrouve le gratin du monde des arts. Il faut reconnaître qu'elle a du talent ; c'est probablement, à l'heure actuelle, un de nos meilleurs peintres.

Dolores n'était donc pas sa petite amie ? L'information ne manquait pas d'intérêt. Mais d'un autre côté, si Feargal était riche et célèbre, comment pourrait-elle retenir son attention ? S'ennuyait-il au point que l'arrivée d'une obscure petite Anglaise fasse diversion ? Enfin, elle ne le reverrait plus après cette soirée... Dommage. Ça aurait pu être drôle.

— Pourquoi ce sourire ? demanda Donal.

— Sans raison, mentit Ellie. Pour demain, qu'as-tu prévu ?

— Nous pourrions nous retrouver dans le hall, disons à 9 h 30. Je te propose de faire un peu de lèche-vitrine, ensuite, nous déjeunerons dans un bon restaurant. Et puis, je t'indiquerai la direction de Slane. Ça te va ?

— Très bien. Tu es sûr que ça ne t'ennuie pas de m'escorter ? J'espère que Maura ne t'a pas imposé ma présence !

— Que tu es sotte ! Ça me fait plaisir, voilà tout. D'après Maura, tu vas rendre visite à des amis de ta famille. C'est ça ?

— Oui, répondit laconiquement Ellie.

C'était à la fois vrai et faux, et elle espéra que Donal aurait le bon goût de ne pas s'attarder sur le sujet. Ce qu'il fit. Soulagée, Ellie se tourna vers Patrick qui bavardait avec des amis à sa gauche. En un rien de temps, elle avait réuni une véritable cour autour d'elle. Lorsqu'il fut l'heure d'aller au lit, Ellie dut reconnaître, pour être honnête, qu'elle n'avait pas été très sobre et que ses idées étaient passablement embrouillées. Après s'être déshabillée, elle se traîna jusqu'à son lit où elle s'endormit presque instantanément.

Quand elle s'éveilla, il faisait très beau. Le ciel d'un bleu très pur lui rappela quelqu'un qui possédait des yeux d'une couleur presque semblable. Si tous les Irlandais étaient aussi séduisants, ce voyage s'annonçait passionnant ! De toute façon, l'Irlande promettait d'être une délicieuse contrée.

Mais trêve de rêveries. Après avoir consulté sa montre, Ellie bondit en direction de la salle de bains. Puis, revêtue d'un jean et d'une confortable chemise de grand-père, elle fit ses bagages, s'assurant que le précieux colis qui avait été confié à sa garde était toujours en sécurité au fond de sa valise.

La porte de la salle à manger franchie, comme à son

habitude, Ellie hésita. Elle offrait l'aspect touchant d'une petite personne vulnérable et perdue dans un monde cruel ; ce qui était absolument faux. Elle ne jouait pas sciemment ce rôle de femme fragile ; il lui collait à la peau ! Tout naturellement, on avait envie de la protéger. Et les années passant, Ellie s'était aperçue qu'il était plus facile de laisser les gens croire ce qu'ils voulaient plutôt que de s'efforcer de paraître à son aise et compétente, car personne ne la croyait.

Avec un gentil sourire, une serveuse vint la chercher pour la conduire à une table près de la fenêtre.

— Que désirez-vous ? s'enquit-elle. Quelque chose de léger, je suppose.

Ellie secoua négativement la tête.

— Un petit déjeuner complet, annonça-t-elle.

D'un air de doute, la serveuse lui énuméra tout ce que comportait ce repas. Or il se trouvait que céréales, œufs au bacon, toasts, café et jus d'orange convenaient parfaitement à Ellie. A une petite exception près : elle préférait les tomates au bacon. Apparemment toujours peu convaincue, la serveuse s'empressa de noter la commande. Cependant, quand Ellie eut avalé son repas jusqu'à la dernière miette, arrosant le tout de deux tasses de café bien noir, pleine d'admiration, la jeune femme vint se planter devant elle.

— Ça m'apprendra à juger trop vite, dit-elle. Je vous croyais tout juste capable d'avaler un demi-toast !

Remarque qui ne surprit nullement Ellie.

A 9 h 30, ponctuel, Donal se présenta au rendez-vous. Ellie fut ravie de sa promenade dans Dublin, encore que Grafton Street, la principale artère commerçante, la déçut un peu parce que les devantures des boutiques manquaient singulièrement d'originalité. Par contre, elle admira sans retenue les maisons Régence de Merrion Square, inspecta solennellement la façade du Trinity College et contempla, nostalgique, les eaux sombres de la Liffey colorée par la tourbe. Une matinée n'étant pas suffisante pour explorer cette ville amicale et fascinante, Ellie décida de lui consacrer une autre journée sur le chemin du retour.

Après avoir remercié Donal qui s'était montré un fort agréable compagnon et l'avoir chaleureusement embrassé, la jeune femme prit la route de Slane. Cependant, Ellie étant Ellie, elle se dit que ce serait trop bête de passer à proximité des monts Wicklow sans saisir l'occasion de les voir de plus près. Après tout, ça ne représentait qu'un petit détour, et elle avait pris soin de se munir d'une bonne carte. Faisant faire demi-tour à sa Morris, à travers le dédale des rues encombrées par la circulation, Ellie repassa la Liffey en sens inverse. Ce « petit détour » fit qu'elle ne reprit la direction de Slane qu'en fin d'après-midi.

Elle trouva la Boyne, qui, d'après la carte, coulait à proximité de Slane. Mensonge éhonté, conclut-elle après avoir accumulé les erreurs de parcours. La carte était fausse, et les panneaux indicateurs quasi inexistants. En réalité, Ellie n'en découvrit qu'un seul, indiquant qu'elle se trouvait sur les lieux de la tristement célèbre bataille de la Boyne qui avait opposé les Irlandais aux Anglais.

Impulsivement, Ellie arrêta la Morris pour jeter « un simple coup d'œil ». Il se pouvait qu'elle trouve une indication sur la route à emprunter, se dit-elle pour se justifier. Cependant, le temps qu'elle atteigne le village de Slane, il faisait nuit. Et comme si ça ne suffisait pas, il se mit à pleuvoir. Se promettant de revenir visiter le site dans de meilleures conditions, Ellie se demanda quelle solution trouver dans l'immédiat. Pour une fois, elle espérait que les villages irlandais ressemblaient à leurs homologues anglais et qu'elle trouverait facilement à se loger.

Ce n'était pas le cas, contrairement à ce que lui avait affirmé Donal. Du moins, pas pour ce village en particulier. Il était minuscule et désert. Le pub local qui portait allègrement le nom de Vivre et Laisser Vivre était allumé à son premier passage, mais pas au second. Où étaient donc passés les habitants ? Traversant un carrefour sans qu'aucune voiture ne se présente, Ellie s'imagina tournant en rond la nuit durant.

Comme elle dépassait pour la seconde fois les sinistres murailles du château, Ellie découvrit soudain, bien caché sur le bas-côté, une pancarte où l'on pouvait lire : Bed and Breakfast. Remerciant le ciel qui lui était finalement venu en aide, elle s'engagea dans un chemin qui au gai soleil matinal devait être charmant mais apparaissait à lueur des phares détrempé et creusé d'ornières. Enfin parvenue à la maison, Ellie étira ses membres las. Cependant son rêve de bonne auberge s'écroula, car elle n'avait pas plus tôt laissé retomber le marteau de la porte que des vociférations lui parvenaient des profondeurs de la maison.

— Il ne manquait plus que ça, je te jure ! Quand le sort s'en mêle ! Allume, veux-tu !

Brusquement éblouie, Ellie cligna des yeux pour essayer de distinguer quelque chose. La porte s'ouvrit. Ellie voulut s'expliquer mais referma la bouche sans avoir prononcé une parole, pour la bonne et simple raison que la personne qui se tenait devant elle poursuivait sa discussion avec son invisible interlocuteur :

— Pourquoi nous devons partir maintenant ? Comme si tu ne le savais pas, Michael Ryan. Je t'ai bien dit que Sadie avait appelé !

— Non, fit une voix grave.

— Elle veut que nous allions immédiatement là-bas !

— Je l'ignorais, fit la voix masculine, pleine d'exaspération.

— Elle est tellement désespérée ! Comment aurais-je eu le cœur de lui dire non ?

Détournant la tête, la femme aperçut soudain Ellie et poussa un cri de frayeur.

— Mon Dieu ! Ce que vous m'avez fait peur.

— Désolée, murmura humblement Ellie. Est-ce que…

— Vous êtes perdue ?

— En quelque sorte.

— Et vous venez frapper à ma porte sans savoir qui je suis ? Après tout, je pourrais être un assassin ou un loup-garou. Et c'est pareil pour vous.

— Tu ne sauras jamais qui elle est si tu ne laisses pas à la pauvre fille l'occasion de placer un mot, dit un homme, émergeant de l'ombre, une valise à la main.

— Tu as raison ! Je suis désolée, mademoiselle. Que puis-je pour vous ?

— Je cherchais un endroit où dormir, mais je vois que vous…

— Vous vouliez dormir ici ! Michael, tu entends ça ? Ça fait des mois que nous sommes ouverts sans voir un chat, et le seul client qui se présente, nous ne pouvons le recevoir ! Comment faire ?

Elle réfléchit un moment.

— Meg n'est pas là…, dit-elle enfin. Et puis, vous n'avez certainement pas envie de reprendre la route par ce temps.

La porte se referma derrière l'homme qui les rejoignit sur le perron.

— Il y aurait bien le Hall, commença la femme. Ils…

— Le Hall ! s'exclama-t-il. Mais…

— Ils ont assez de chambres pour loger une armée, insista-t-elle, et je sais qu'il leur arrive de prendre des hôtes payants.

— Possible, mais…

— Je te dis que c'est faisable ! coupa la femme.

Puis se tournant vers Ellie :

— Vous comptez rester longtemps ?

— Quelques jours, une semaine maximum.

— Ça ira, dit-elle avec autorité. Venez !

Laissant l'homme avec sa valise, elle entraîna Ellie pour lui indiquer le chemin.

— Vous redescendez l'allée, puis tournez à droite, et encore à droite. A ce moment, vous apercevrez les lumières du Hall. Vous direz que vous venez de la part d'Annie. Je suis désolée de ne pouvoir vous accueillir, mais si vous êtes encore dans les parages d'ici à deux jours et que vous soyez dans l'embarras, revenez nous voir ! Nous serons de retour, du moins, je l'espère, acheva-t-elle entre ses dents.

— Je vous remercie, dit Ellie.

Elle n'avait guère le choix. Avec un sourire las, elle regagna sa voiture et reprit le chemin raviné par les pluies.

Elle trouva facilement le Hall. L'ennui c'est que ça ne paraissait pas exactement le genre d'endroit particulièrement bon marché. Et bien que Gramps lui ait laissé un peu d'argent pour financer son voyage, Ellie avait espéré économiser suffisamment pour pouvoir rester tout un mois en Irlande.

D'un autre côté, rouler sous la pluie ne l'enchantait guère. Elle pouvait toujours passer une nuit au Hall, quitte à se rabattre le lendemain sur une pension plus raisonnable.

2.

Après s'être garée dans l'allée gravillonneuse, Ellie demeura un moment à contempler la façade de la demeure. « Impressionnante » fut le premier qualificatif qui lui vint à l'esprit. C'était une grande construction de pierre grise, massive et imposante, au milieu de ses massifs de rhododendrons. En tout cas, absolument pas un endroit convenant à une modeste Ellie Browne.

Aucune pancarte pour proclamer qu'ici on accueillait des hôtes, rien qui indiquât qu'il s'agissait d'une pension ou d'un hôtel. La recommandation d'Annie suffirait-elle à lui ouvrir les portes de ce manoir ? Mais comme elle ne pouvait décemment passer la nuit dans sa voiture à attendre un miracle, Ellie décida qu'il était raisonnable de tenter sa chance. Que risquait-elle, après tout ? Retenant son chapeau d'une main ferme, empoignant son sac de l'autre, Ellie se dirigea vers la lourde porte d'entrée.

Elle frappa. Un chien aboya, quelqu'un cria. Après un laps de temps qui lui parut infini, la porte s'ouvrit. Alors, Ellie demeura confondue, regardant sans comprendre l'homme grand et brun qui se tenait dans l'embrasure et la dévisageait de son regard bleu.

— Tiens, mais c'est notre petite Ellie Browne, dit-il de sa voix à l'accent traînant. C'est vraiment curieux, mais votre arrivée ne me surprend pas le moins du monde !

— Elle devrait ! Je n'en reviens pas moi-même !

Il y eut un instant de silence avant qu'Ellie ne reprenne avec force :

— Cessez d'inventer des choses qui n'existent que dans votre imagination !

— Ah bon ?

— Parfaitement ! Je n'ai jamais suivi personne de ma vie ! Et je n'ai pas l'intention de commencer. Je ne savais pas… Enfin, je veux dire…

Donal devait savoir, lui, songea en un éclair Ellie. Et c'était la raison de sa gaieté. Le monstre. Dire qu'il avait expédié Feargal à Wexford ; tout ça parce qu'il savait que, Ellie devant se rendre à Slane, ils seraient amenés à se revoir.

Ellie se demandait si les pensées de Feargal suivaient le même cheminement que les siennes. Impossible de savoir tant son visage demeurait impassible. Tout à l'heure, simplement, quand Feargal avait ouvert la porte, Ellie avait cru surprendre sur son visage une sorte de déception. Etait-ce parce qu'il attendait quelqu'un d'autre ?

En jean et chemise, il réussissait l'exploit de rester guindé. Même la lueur d'amusement qu'Ellie croyait voir danser dans son regard n'enlevait rien à la rigidité de son attitude. Mais peut-être s'agissait-il non d'amusement mais de colère.

— Vous habitez ici, n'est-ce pas ? demanda Ellie, fataliste.

— Exact.

— Tout ça, c'est à cause de Sadie…

— Sadie ?

— Eh bien, oui. Elle est désespérée, vous comprenez.

Ellie eut la satisfaction de voir Feargal démonté. Alors, de bonne grâce, elle se lança dans des explications :

— C'est Annie, votre voisine, qui m'a conseillé de m'adresser à vous. Il faisait noir et il pleuvait. Et puis le coin est désert. Seulement, je m'aperçois que je me suis trompée de porte. Si vous pouviez m'indiquer une adresse, je m'y rendrais tout de suite…

— Ne me dites pas que vous avez l'intention de repartir !

— Vous ne croyez tout de même pas que je vais m'installer chez vous ! C'est absurde ! Puisque vous ne faites pas hôtel, je ne m'imposerai pas à des étrangers !

— Nous nous connaissons pourtant, dit Feargal. Allons, ne restez pas dehors.

— Je persiste à penser que ce n'est pas une bonne idée ! Et puis, je n'y comprends rien, ici tout le monde prend son temps, et pourtant, j'ai l'impression d'être prise dans un tourbillon !

— Je connais le problème, dit Feargal, accompagnant la remarque d'un sourire qui creusa une irrésistible fossette au coin de sa bouche. Allons, venez.

— Je ne voudrais pas déranger…

— Vraiment ?

— Pour qui me prenez-vous ?

Qu'avait-il voulu dire ? Comme ce serait reposant si les gens cessaient de parler par énigmes… Avec une certaine réticence, Ellie le suivit néanmoins à l'intérieur de la maison. Malgré tout, elle était contente de le revoir. Seulement, le retrouver par hasard était une chose, passer pour une idiote béant d'admiration devant son idole en était une autre ! Et comment pourrait-elle jamais le persuader qu'il s'agissait seulement d'un étonnant concours de circonstances ? En outre, impossible de deviner ce qui se passait dans sa tête. Et sans qu'elle puisse dire pourquoi, cette constatation gênait beaucoup Ellie.

Mordillant sa lèvre inférieure, elle le suivit le long d'un couloir dallé et dans un escalier de bois sculpté. Une fois sur le palier, il ouvrit une porte et s'effaça pour la laisser passer.

Ellie se retrouva dans une chambre, exactement le genre de pièce qu'on imaginerait réservée à une personne de sang royal. Le genre de pièce que l'on visite, pas où l'on dort. Et, à la pensée d'un flot de visiteurs déferlant devant le lit où elle reposait, Ellie étouffa un rire.

— La chambre vous déplaît ?

— Absolument pas, voyons ! Elle est fantastique. Peut-être un peu… euh…

— Imposante, c'est ça ?

— Oui, acquiesça Ellie en considérant d'un air sombre

l'immense lit à baldaquin, les lourds meubles anciens, les tapis sur lesquels on osait à peine poser le pied.

— Pauvre petite Ellie…, dit Feargal, son expression adoucie au point d'en devenir presque chaleureuse. En tout cas, vous pouvez vous considérer ici comme chez vous. Etant notre seul hôte, vous partagerez notre vie de famille.

Sur ces mots, Feargal la laissa. Pourquoi « pauvre » et pourquoi « petite » ? Elle n'était ni l'une ni l'autre ! D'ailleurs, pourquoi adopter ce ton supérieur ? Avec un hochement de tête, Ellie se dirigea vers la fenêtre. Elle eut beau scruter l'obscurité, elle n'aperçut aucune lumière signalant l'existence d'autres habitations. La propriété devait être immense. Bois, prairies ? Donal prétendait qu'il était fermier ; mais le terme était vague.

Essayant de percer le secret des ténèbres, Ellie finit par distinguer les silhouettes de deux chevaux qui se tenaient, tête basse, sous un gros chêne. Avaient-ils rencontré Sadie, la désespérée ? Quoi qu'il en soit, à cette heure, ils auraient dû se trouver bien au sec à l'écurie.

Mille questions venaient à l'esprit de la jeune femme. Cette chambre était-elle destinée aux hôtes ? Feargal n'avait demandé l'avis de personne pour la loger ici. Après tout, c'était peut-être sa chambre… Et puis, il avait fait allusion à sa famille. S'agissait-il de ses parents, ou bien d'une épouse et d'enfants ?

Oui, elle aurait dû penser plus tôt qu'il pouvait être marié. Bien sûr, il avait paru s'intéresser à elle ; mais elle n'était pas naïve au point de s'imaginer que les hommes mariés ne regardaient pas d'autres femmes que la leur… Mais si Ellie n'était pas naïve, elle aurait tout de même préféré qu'il en soit autrement.

Avec un soupir à fendre l'âme, mal à l'aise à l'idée de s'imposer, elle décida de ne pas déballer ses affaires. De son sac, elle sortit seulement l'ours Arthur, celui qui l'accompagnait partout et, sa peluche dans les bras, s'assit sur le lit. Après réflexion, elle tira aussi le colis de son sac et le glissa dans le tiroir de la table de nuit. Ç'aurait été bête de l'égarer alors qu'elle avait fait tant de kilomètres pour venir le remettre en mains propres à cette dame. Qu'elle reste ou pas au Hall, dès le lendemain, elle devrait commencer sa petite enquête.

Puis Ellie se rendit compte qu'elle était affamée. Si elle ne voulait pas mourir de faim, il fallait d'urgence faire quelque chose pour calmer son estomac. Après s'être changée, elle décida de descendre. Peut-être l'autoriseraient-ils à se confectionner un sandwich ?

Elle eut un regard dubitatif en direction d'Arthur. Devait-elle l'emmener afin de se sentir moins seule ? Là-dessus, elle éclata de rire. C'était le meilleur moyen de passer pour une folle. Ce qu'elle était d'ailleurs probablement !

Toujours riant d'elle-même, Ellie s'aventura dans l'escalier pour demeurer hésitante au bas des marches, incertaine de la direction à prendre. Un bruit de voix l'attira vers une pièce située à l'arrière de la maison. Sur le seuil de ce qui ressemblait à une salle de séjour, elle demeura indécise. Les trois personnes présentes ne l'avaient pas entendue arriver.

Ellie profita de ce répit pour examiner les lieux. La pièce était tout encombrée de meubles, canapés, tapis, fauteuils qui lui donnaient un aspect chaud et douillet. Un chien-loup était couché sur un tapis devant l'âtre, le nez dans les pattes. Alerté par cette présence étrangère, il ouvrit un œil, regarda Ellie, puis convaincu qu'elle ne représentait aucune menace, se rendormit.

A présent, ils avaient tous pris conscience de sa présence ; les conversations s'étaient interrompues. Avec un de ses délicieux sourires, Ellie glissa un regard en direction de Feargal.

— Je sais que je ne suis pas supposée errer dans vos couloirs, s'excusa-t-elle. Je voulais qu'Arthur, mon ours en peluche, m'accompagne, mais il a peur des inconnus…

— Pourquoi ne pas lui avoir expliqué que nous nous connaissons, répliqua Feargal, sans manifester de surprise.

— Il ne me croit pas toujours.

Reconnaissante de sa compréhension, Ellie contemplait le jeune homme. Sa tenue très ordinaire n'enlevait rien à sa distinction naturelle. Ce n'était pas possible, même en pyjama, il devait avoir l'air guindé ! Tout en sachant qu'il aurait bien ri de la situation dans laquelle elle se trouvait, une fois de plus, Ellie maudit Donal et son stupide sens de l'humour.

— Venez que je vous présente ma famille, dit Feargal en l'invitant à entrer.

D'un geste, il désigna une dame aux cheveux gris, installée dans un fauteuil près du chien.

— Ma mère.

Bien que la dame semblât avoir l'esprit ailleurs, Ellie la salua d'une brève inclinaison de la tête.

— Et voici ma sœur Thérèse, poursuivit Feargal en poussant Ellie vers une jeune femme brune, penchée sur des paperasses.

— Bonsoir, Ellie, dit chaleureusement cette dernière. Appelez-moi donc Terry, comme tout le monde ! J'espère qu'Arthur se joindra bientôt à nous, j'ai hâte de le connaître !

Rassérénée par cet accueil, Ellie sourit. Mais Feargal n'en avait pas terminé avec les présentations.

— Et cette boule de poils qui prend la meilleure place au coin du feu, c'est Blue. Il est très gentil.

— Tant mieux !

— Nous avons aussi deux domestiques, Mary et Rose, deux sœurs qui ne nous sont d'aucune utilité. Je dirais même que, dans certains cas, nous nous en sortirions mieux sans elles ! J'ai un jeune frère, Huw, qui daignera peut-être faire une rapide apparition, sa petite amie en remorque. J'ai également une autre sœur, Phena, qui, je l'espère, n'éprouvera pas le besoin de nous honorer de sa présence.

— Feargal ! dit sa mère d'un ton de reproche.

— Et si ça vous intéresse de jouer les touristes, poursuivit Feargal, sans manifester le moindre repentir, sur la table du hall, vous trouverez toute une documentation sur la région. En ce qui concerne les repas, les horaires sont assez élastiques. Généralement, nous dînons vers 7 heures, mais on a déjà vu servir le dîner à 9 heures. Vous préparerez vos petits déjeuners et déjeuners dans la cuisine. Il y a tout ce qu'il faut. Avez-vous des questions à poser ?

— Je ne vois pas. D'ailleurs, je ne reste qu'une nuit.

— Vraiment ?

— Oui, assura Ellie. C'est très gentil à vous de m'accueillir, mais je ne voudrais pas m'imposer. De plus, le prix de la pension dépasse certainement mes moyens.

— Nous verrons ça plus tard. Y a-t-il autre chose ?

— Les imperméables ! dit soudain la mère.

— Ah oui ! A l'arrière de la maison vous trouverez un débarras où sont entreposés vêtements de pluie, bottes, parapluies… Disposez-en comme vous l'entendez.

— Merci beaucoup !

Avec un petit rire, Terry tapota le siège du fauteuil voisin du sien.

— Vous finirez par vous habituer à nous, promit-elle. Comme c'est bon de voir une nouvelle tête. Surtout aussi jolie que la vôtre ! J'aimerais seulement que vous n'exerciez pas vos talents de séductrice sur Declan ; c'est mon fiancé !

— J'en prends bonne note !

Terry se renversa contre le dossier de son siège et dévisagea Ellie avec amusement.

— Je suppose que vous n'avez pas aperçu grand-chose de notre région ?

— J'ai juste fait un détour par les monts Wicklow, mais l'excursion était trop brève. Et puis j'ai eu un aperçu du site de la bataille de Boyne. Beaucoup de gens y ont-ils pris part ?

Terry fronça les sourcils.

— Ça été un conflit majeur, répondit-elle en se tournant vers son frère pour quêter son approbation.

— Absolument.

— C'est curieux : l'endroit est si exigu. Deux personnes se battant en duel suffiraient à le remplir.

Terry éclata de rire tandis que Feargal considérait Ellie avec une curiosité pensive. Enfin, un sourire mit en relief la fossette de sa joue gauche. « Attention ! Tu es en train de tomber amoureuse de lui ! » pensa Ellie.

— L'endroit auquel vous faites allusion est sans doute la plate-forme d'où l'on jouit d'une vue superbe sur le champ de bataille où eut lieu le dernier engagement militaire important de l'histoire de l'Irlande. Révisez votre histoire, mademoiselle Browne avec un « e » !

Ellie ouvrit des yeux faussement innocents, car elle avait naturellement toujours su qu'il s'agissait d'une plate-forme, et elle savait que Feargal savait. Il était donc capable de plaisanter ? En tout cas, sa remarque prouvait qu'il n'avait rien perdu de sa conversation avec la réceptionniste de Dublin.

— J'y penserai ! Encore que je suppose qu'il s'agit d'une énième bataille livrée contre l'Angleterre, dit-elle d'un ton maussade.

— Bien vu !

Ellie grimaça.

— Qui d'entre nous est l'instigateur de celle-ci ?

— Guillaume III.

— Autrement dit, Guillaume d'Orange. Ça tombe mal : il était hollandais !

— Vous êtes donc absoute. Mais si vous voulez de plus amples renseignements sur l'histoire de notre pays, toujours sur la table du hall, vous trouverez des documents. On y parle même de Francis Ledwidge, notre poète local…

— Et de Jonathan Swift, ajouta Terry. Savez-vous que le comté de Meath était qualifié de royal ? Et que les plus puissants d'entre les rois pré-normands étaient couronnés sur la colline de Tara ?

— Je l'ignorais…

— Il faut également visiter les tombes préhistoriques de Newgrange, Knowth et Dowth, réservées aux grands de ce monde. Et puis, lisez *La Tombe du roi Cormac* de sir Samuel Ferguson. Il relate l'histoire du roi Cormac qui exigea d'être enterré chrétiennement. Ses proches voulurent tout de même l'ensevelir avec ses ancêtres. Mais la Boyne s'enfla si bien qu'ils ne purent jamais parvenir à Newgrange. Ainsi, Cormac repose à Rosnaree, comme il l'avait souhaité. Les touristes adorent ce genre d'histoire !

Ça les impressionne et nous passons pour des gens cultivés ! Ils posent de si extraordinaires questions !

— Je vois, dit tristement Ellie. Je ferais mieux de ne poser que des questions très ordinaires…

— Vous avez tout intérêt, dit Feargal, une lueur moqueuse dans le regard.

— Quand vous mariez-vous ? demanda Ellie, se tournant vers Terry.

— La semaine prochaine.

— Si je suis encore dans la région, je viendrai vous présenter mes vœux de bonheur !

— Si vous êtes dans la région, considérez-vous d'ores et déjà invitée à mon mariage !

— C'est très gentil…, bredouilla Ellie, interloquée par la spontanéité de l'offre. Je ne peux pas accepter.

— Pourquoi cela ?

— Parce que… vous ne me connaissez pas !

— Bien sûr que si. Vous êtes Ellie Browne, avec un « e ».

Ellie eut un sourire mitigé ; elle n'arrivait pas à déterminer si Terry était sérieuse ou non. A ce moment, une douloureuse crispation de son estomac vide la ramena à sa préoccupation première.

— Je vous prie de m'excuser : je meurs de faim. Pourrais-je me préparer un sandwich ?

— Nous allons vous faire servir un repas plus substantiel, intervint Feargal.

Sans hâte, selon son habitude, il se leva et quitta la pièce. Quelques instants plus tard, il était de retour et annonçait à Ellie qu'une collation l'attendait dans la salle à manger. Elle le suivit jusqu'à une pièce qui lui parut de prime abord sombre, froide et conventionnelle. Une longue table de chêne sculptée flanquée de chaises massives en occupait le centre. Avec une grimace, Ellie examina les peintures à l'huile suspendues aux murs.

— Nos illustres ancêtres, lui apprit Feargal.

— J'ai l'impression qu'ils m'observent, chuchota Ellie.

— C'est parfaitement exact. Ils passent les moindres de nos actes au peigne fin.

— Ils ne semblent pas très satisfaits…

— Ne vous occupez pas d'eux et dégustez sans arrière-pensées votre repas !

Avec un fugitif sourire, Feargal sortit, laissant la porte ouverte derrière lui.

Evitant soigneusement le regard des ancêtres, Ellie prit place sur une chaise. Avec reconnaissance, elle plongea sa cuillère dans une épaisse soupe aux légumes bien chaude. Tandis qu'elle se restaurait, elle prêtait une oreille machinale au murmure des conversations. A un moment, elle les entendit parler d'une certaine Sylvia qui, selon eux, aurait été « bénie des dieux ». Pour quelle raison, Ellie l'ignorait.

Après avoir terminé sa tranche de délicieux pain frais et croustillant, Ellie attaqua une grosse part de tourte aux pommes accompagnée de crème fraîche.

Feargal croyait-il encore qu'elle le poursuivait de ses assiduités ? Oui, conclut-elle aussitôt. Il devait même s'imaginer qu'Ellie et Donal avaient mis sur pied de concert cette petite comédie. Penser qu'elle puisse être venue le relancer jusque chez lui dépassait son imagination !

La coïncidence était évidemment troublante. Comment la lui faire admettre ? Et pourquoi était-ce si important pour elle ? Vraiment, on aurait dit que c'était tout naturel pour Feargal d'être traqué par les femmes !

Mais en avalant une gorgée de café, Ellie se dit qu'il était si séduisant que ça n'était peut-être pas impossible ! Enfin, *certaines* femmes pouvaient le poursuivre de leurs assiduités. Mais pas elle. Ce qui ne signifiait pas non plus qu'elle ne l'appréciait pas. Seulement, ça n'allait pas plus loin. D'ailleurs, la question était réglée puisqu'elle ne passerait qu'une nuit ici. Dommage. Parce que, au fond, aucun homme ne lui avait jamais autant plu. Elle en avait lu des tonnes sur le sujet, mais ç'aurait été intéressant de faire l'expérience, de voir jusqu'où une telle attirance pouvait mener. N'ayant jamais été amoureuse, Ellie finissait par se demander si elle était capable d'éprouver ce sentiment.

Une chose était certaine, dans le cas présent, elle se serait volontiers laissé entraîner dans un flirt, même anodin. L'humour de Feargal joint à un physique avantageux formaient un cocktail détonant !

Après avoir terminé sa tasse de café, Ellie regagna la pièce commune. En passant devant la table du hall, elle ramassa quelques prospectus qu'elle avait l'intention de lire dans sa chambre après avoir souhaité le bonsoir à la famille. Cependant, la mère de Feargal fit échouer ce projet. Terry était apparemment allée se coucher et, maintenant que sa fille n'était plus là, elle semblait avoir recouvré sa vivacité d'esprit. Tapotant le siège voisin du sien, elle invita Ellie à s'asseoir. La jeune femme n'avait pas plus tôt pris place qu'elle se mit à l'interroger sur sa vie en Angleterre. Ensuite, elle la régala de brefs aperçus sur la population locale, puis lui expliqua par le menu les dispositions prises pour le mariage qui aurait lieu au Hall même.

— Ce sera fantastique, approuva chaleureusement Ellie.

Puis, ne pouvant contenir sa curiosité, elle demanda sur le ton de la plaisanterie :

— Pourquoi Sylvia est-elle « bénie des dieux » ?

— Vous la connaissez ?

La mère de Feargal avait pris un air stupéfait.

— Pas du tout ! J'ai seulement surpris des bribes de votre conversation.

— Oh ! Je vois. Eh bien, cette femme vient de mettre au monde des jumeaux.

— Je comprends. Quelle jolie expression !

— Les langues vont bon train, reprit la mère de Feargal. Dans un petit village comme le nôtre, le moindre événement prend d'incroyables proportions. Remarquez, ça marche dans les deux sens. Si vous avez des ennuis, tout le monde vient proposer son aide. En tout cas, ajouta-t-elle avec un clin d'œil, la présence d'une petite Anglaise au Hall va fournir de quoi alimenter les conversations pendant un moment !

— Je ne suis pas petite, protesta Ellie.

— Non, mais sans que je puisse dire pourquoi, vous semblez petite. En vous voyant près de Terry, j'ai pourtant constaté que vous aviez la même taille. C'est vraiment curieux.

— Vous n'êtes pas la première à me faire la remarque, dit Ellie en jetant un regard de biais vers Feargal occupé à lire son journal.

La vie était décidément bien étrange Quelques heures auparavant, le cours de celle d'Ellie était tout tracé, et elle ne se préoccupait pas d'éventuelles complications. A présent, elle se trouvait chez des gens dont elle ignorait tout, invitée à un mariage où elle ne connaissait personne, et extraordinairement attirée par un homme au regard magnétique. Encore une fois, pourquoi ces choses devaient-elles lui arriver, à *elle* ?

Avec un discret hochement de tête, elle se plongea dans la lecture de la brochure concernant la bataille de la Boyne. Ça semblait terriblement compliqué. Si encore ça avait été un conflit bien clair entre Anglais et Irlandais, on aurait pu s'y retrouver. Mais tant d'autres facteurs entraient en jeu… Incapable de se concentrer sur les tenants et aboutissants de l'événement, Ellie tourna son attention vers un fascicule édité par l'office du tourisme local.

— Ils organisent une chasse aux farfadets ! s'exclama-t-elle soudain, tout excitée. Où se trouve Carlingford ?

— Au nord, répondit laconiquement Feargal, prouvant par là qu'il était moins absorbé par son journal qu'il ne voulait le faire croire.

— Quand a-t-elle lieu ? demanda la mère de Feargal.

— Le 13. Mais c'est demain ! Combien de temps faut-il pour s'y rendre ?

— Je vous accompagnerai, dit Feargal.

— Mais non, voyons !

— De toute façon, je devais me rendre à Carlingford pour affaires.

— C'est très aimable à vous, mais je trouverai bien toute seule. Je ne veux pas…

— … m'imposer, finit Feargal. Je sais. Pourtant, on ne peut pas chasser le farfadet tout seul. A ce propos, un bon conseil. Si vous mettez la main sur un de ces petits bonshommes et que vous vouliez lui faire avouer où se trouve son or, ne détachez surtout pas votre regard de lui. Regardez ailleurs, ne serait-ce qu'une seconde, et il disparaîtra.

L'espace d'un instant, Ellie se demanda s'il convenait de prendre ces propos au sérieux. Après tout, on lui avait souvent raconté que les Irlandais ne plaisantent pas avec leurs légendes… Elle esquissa un vague sourire.

— En avez-vous déjà rencontré ?

Imperturbable, Feargal secoua négativement la tête.

— Personnellement, non. Mais un dimanche de Pâques, il n'y a pas si longtemps de ça, des vêtements ont été retrouvés à Carlingford, sur un chemin de montagne. A côté, gisaient des os. Dans la poche de la veste, il y avait quatre souverains d'or.

— C'étaient des vêtements de farfadets ?

— Oui.

— Je ne vous crois pas !

— Ils sont exposés au O'Hare's Bar. Et à Ballyoonan, il y a une soixantaine d'années, Jimmy Marley en a capturé un. Il le tenait très fort, ainsi que ses parents lui avaient conseillé de faire en pareil cas. Et après s'être bagarré un moment sans avoir quitté le farfadet des yeux, il vit que celui-ci commençait à faiblir. Jimmy se croyait victorieux quand le petit homme s'écria : « Warrenpoint est en feu ! » Et Jimmy qui avait ses trois sœurs là-bas s'est retourné. Naturellement, le farfadet a profité de cet instant d'inattention pour disparaître.

Ellie regarda la mère de Feargal qui lui adressa un doux sourire, puis Feargal lui-même, et éclata de rire.

— Vous vous moquez de moi !

— Pas du tout, protesta la mère de Feargal. C'est la découverte des vêtements qui a été le point de départ de la chasse qui a lieu maintenant tous les ans.

Elle parlait comme s'il se fût agi de la chose la plus naturelle du monde.

— Les organisateurs dissimulent un certain nombre de statuettes représentant des farfadets dans la montagne, et une récompense est octroyée à ceux qui les rapportent. On espère toujours que d'authentiques indices seront découverts par la même occasion.

— En a-t-on trouvé ?

— Non, reconnut tristement la mère de Feargal. Pas un seul.

— Et pourtant, ils persévèrent ?

— Bien sûr. Et puis, même si la chasse ne vous intéresse pas, vous verrez, le coin est charmant. Entre les montagnes de Mourne et Cooley, se situe une région romanesque, riche d'histoire et de légendes. Maintenant, ajouta-t-elle, sautant du coq à l'âne, vous ne devez pas vous sentir mal à l'aise parmi nous. Nous sommes enchantés de vous accueillir. C'est si agréable de voir de nouveaux visages. Surtout gracieux comme le vôtre. J'apprécie également votre sens de l'humour. Et surtout, ne vous croyez pas obligée de nous tenir compagnie. Allez et venez. Faites ce que bon vous semble ! Maintenant, je crois que je vais gagner mon lit. *Oiche mhaith dhuit.*

— *E ha y gitch ?* fit Ellie essayant de reproduire les sons émis par la mère de Feargal.

— Ça signifie « bonne nuit », expliqua ce dernier en aidant sa mère à se lever.

— Euh, eh bien, je préfère cette dernière formule. Bonne nuit ! Et encore merci pour tout !

— Pour quoi donc, mon enfant ?

— Pour m'avoir accueillie chez vous.

Quand elle se fut retirée, Ellie jeta un coup d'œil en direction de Feargal.

— Vous passerez donc deux nuits sous notre toit ? demanda-t-il.

Ellie hocha affirmativement la tête, puis, rassemblant ses brochures, se leva. Plus tard, dans l'obscurité de sa chambre, allongée mains derrière la tête sur son lit, Ellie se repassa le film des événements de la journée. « Deux jours », se dit-elle, sommeillant à demi. Tant de choses pouvaient se produire en deux jours. Avec la perspective d'une journée entière passée en compagnie de Feargal, Ellie s'endormit, un sourire bienheureux aux lèvres.

Le lendemain, sans avoir vu aucun des membres de la famille, dispersés Dieu seul savait où, Ellie se retrouva dans la cuisine en train de préparer son petit déjeuner sous l'œil bienveillant de Rose ou de Mary, elle n'aurait su dire laquelle. Avant cependant qu'elle puisse s'inquiéter des intentions de Feargal, il parut, rasé de près, le cheveu humide de la douche, grand, beau et terriblement séduisant.

— Prête ? interrogea-t-il après l'avoir saluée.

— Oui. Mais êtes-vous sûr que ça ne vous dérange pas ?

— Dans le cas contraire, je ne vous l'aurais pas proposé ! Vous apprendrez, Ellie, que je ne fais que ce qui me plaît !

« Vraiment ? » se dit-elle. Est-ce que, au moins, ça facilitait la vie ? Peut-être devrait-elle essayer, après tout.

Feargal se prépara une tasse de thé qu'il but adossé au plan de travail.

— Arthur nous accompagne-t-il ? demanda-t-il, très pince-sans-rire.

— Il est un peu malade. Trop de chocolats hier, je suppose.

— Pauvre vieux ! Y allons-nous ?

Remerciant Mary d'un sourire, à moins qu'il ne s'agisse de Rose, Ellie alla chercher son sac.

Pourquoi Feargal se donnait-il toute cette peine ? Mais soudain, Ellie décida de cesser de se poser des questions et de prendre les choses comme elles venaient. Surtout qu'elles étaient extrêmement agréables.

Seulement, c'était plus facile à dire qu'à faire ; et Ellie ne pouvait regarder son compagnon sans se livrer à mille suppositions, toutes plus absurdes les unes que les autres.

3.

Ils atteignirent Carlingford sous un crachin tenace, juste à temps pour qu'Ellie puisse prendre part à la chasse au farfadet. Feargal lui acheta un billet, s'assura qu'elle comprenait le plan de la zone de montagne où elle était censée faire ses recherches et lui indiqua la direction à prendre.

— Chaque farfadet vaut cent livres, expliqua-t-il. Est-ce que vous vous sentez de taille à vous lancer dans l'aventure ? Oui, évidemment, répondit-il aussitôt.

Puis, baissant les yeux, il contempla avec effarement le bleu de travail dix fois trop grand qu'Ellie avait enfilé et dont les jambes trop longues se trouvaient retroussées dix bons centimètres au-dessus de ses bottes.

— On dirait un fermier qui se prépare à faire les foins, fit-il remarquer. Un très joli fermier, je dois dire. Enfilez votre ciré, en un rien de temps, vous allez être trempée. Bonne chance ! Je vous attends à l'hôtel.

Ellie lui sourit, puis le quitta pour rejoindre le groupe bruyant qui partait à l'assaut de la montagne. Très vite, des gens aimables la prirent sous leur protection, lui expliquant les règles, la mettant en garde contre la traîtrise de trous qui s'ouvraient sous vos pas sans que rien ne laisse soupçonner leur présence, l'encourageant enfin en prévision des quelques heures qu'elle allait passer à ramper sous des buissons humides.

Ellie s'amusait comme une petite folle. Quand retentissait un cri de joie, elle joignait ses applaudissements à ceux des autres participants pour aussitôt se lamenter quand les exclamations enthousiastes se transformaient en plaintes. Une petite fille, surtout, retint son attention. C'était une enfant d'une dizaine d'années qui s'était jetée avec assurance dans la mêlée et se désespérait déjà de n'obtenir aucun résultat.

Amusée par son propre comportement autant que par celui des autres, Ellie entra de tout cœur dans le jeu. A un moment, prise d'un fou rire parce qu'un jeune homme s'étalait dans une flaque d'eau, Ellie en oublia de regarder à ses pieds. Et ce fut ainsi qu'elle faillit marcher sur un farfadet. Elle ramassait précautionneusement la figurine de porcelaine lorsque son regard croisa celui de la petite fille si décidée, à présent complètement abattue.

Sans réfléchir, Ellie se rapprocha de l'enfant et, feignant de perdre l'équilibre, laissa choir la statuette dans l'herbe, juste devant elle. Les grands yeux gris qui avaient observé le manège se posèrent alternativement sur la jeune femme et sur le farfadet. Ellie pouvait presque entendre le combat intérieur que se livrait la petite. Enfin, son sens de la justice prenant le pas sur sa convoitise, la fillette ramassa le farfadet et le tendit à Ellie. Prenant les devants, cette dernière se mit à crier, alertant tout le monde.

— Elle en a trouvé un !

— C'est le vôtre, dit à contrecœur la petite fille.

— Mais non, voyons ! Tu sais qu'on doit tenir bien fort un farfadet et ne le quitter des yeux sous aucun prétexte ? Je n'ai pas fait attention et je l'ai perdu. Personne n'y peut rien. Il est à toi maintenant. Tiens-le serré !

Là-dessus, Ellie lui tendit la main.

— Si tu veux, je t'accompagne à l'hôtel où tu pourras réclamer ton prix.

— Vous ne voulez pas continuer la chasse ?

— Les farfadets m'ont repérée maintenant ; ils ne se laisseront pas prendre deux fois.

— Vous faites comme si c'étaient des vrais !

— Qui sait ?

Plutôt satisfaite de renoncer à une randonnée plutôt

humide, en compagnie de la petite fille, Ellie redescendit vers l'hôtel. Et vers Feargal.

Elle fut chaudement remerciée par le père de la petite qui lui proposa la moitié du prix, geste qu'elle refusa. Du regard, elle chercha Feargal et le découvrit à une table à l'écart, discutant avec un groupe d'hommes. Durant quelques instants, elle put l'observer sans être vue. Remarquant la considération dont on l'entourait, elle se dit qu'il avait vraiment l'étoffe d'un meneur d'hommes, craint, respecté et aimé.

Comme s'il avait senti le poids de son regard, Feargal se détourna. Un sourire nonchalant étira ses lèvres. Après avoir échangé quelques mots avec ses compagnons, il alla jusqu'au bar chercher une tasse de café fumant qu'il apporta à Ellie.

— Alors, ça vous a plu ?

— Je me suis bien amusée.

Se réchauffant les mains à sa tasse, Ellie but avec plaisir une gorgée de café. Des gouttes d'eau s'écoulaient le long de ses joues. Du bout des doigts, Feargal les essuya, faisant frissonner la jeune femme.

— Vous êtes adorable, murmura-t-il à son oreille tandis que ses doigts caressaient la peau tendre de son cou.

— Taisez-vous, don Juan !

Pourtant, devant la lueur de son regard, elle perdit soudain contenance.

— Etes-vous une sainte ou une pécheresse ? Innocente ou coupable ? Je n'arrive pas à déterminer où se trouve la vérité !

— Vous ne m'accusez tout de même plus de vous avoir suivi ? Puisque je me tue à vous expliquer qu'il s'agit d'un malentendu !

Cependant, assez stupidement il fallait le reconnaître, Ellie se trouva distraite de sa colère par la vue d'une mèche de cheveux humides qui bouclaient sur le front de Feargal. Tout naturellement, elle étendit son examen à l'arc délicat des sourcils, au nez aquilin, à la bouche aux courbes douces, puis elle revint à la lueur moqueuse de ses yeux si bleus.

Pourquoi fallait-il qu'il soit si beau ! Brusquement consciente de son insistance, elle détourna précipitamment le regard.

— J'espère que vous n'avez pas perdu votre temps, dit-elle.

— Pas du tout. Nous allons déjeuner et, ensuite, nous visiterons le village.

« Garde ton sang-froid, Ellie, je t'en prie ! Il prend les choses à la légère et croit que toi aussi ! »

Lorsqu'ils quittèrent l'hôtel, la pluie nimbait la crête des montagnes, diluant leurs contours. Docilement, Ellie mit sa main dans celle que lui tendait Feargal qui les enfouit toutes deux dans la poche de son pardessus.

— Parlez-moi un peu de vous, Elinor Browne avec un « e ».

— Il n'y a rien à dire…

Elle avait parlé à voix basse, pour ne pas rompre le charme de l'instant.

— Depuis combien de temps avez-vous quitté l'école ? insista-t-il avec son fascinant petit sourire.

— Le lycée ou l'université ?

Il s'immobilisa, la dévisageant, stupéfait.

— L'université ! Mais vous êtes beaucoup trop jeune pour y être allée. Quel âge avez-vous au juste ?

— J'ai vingt-deux ans.

Il émit un petit sifflement signifiant que jamais il ne se serait douté qu'elle fût si âgée.

— Que voulez-vous faire ?

— Tout mettre en œuvre pour sauvegarder la vie des espèces en péril ! répondit très vite Ellie. Baleines, dauphins, forêts…

— Très bien ! Mais regardez : voici les ruines du château du roi Jean.

— *Notre* roi Jean ?

Etonnée, Ellie examinait les vestiges qui surplombaient un lac.

— Il semble qu'il soit venu à Carlingford, ou plus exactement Cathair Linn. On prétend qu'il a donné des conseils pour la construction de ce château destiné à inspirer de la crainte au cruel Uig Meith qui vivait quelque part alentour.

— Nous avons vraiment mis notre nez partout, n'est-ce pas ?

— Malheureusement, il n'y a pas que les Anglais pour s'être mêlés de nos affaires. Avant eux, les Vikings ne se sont pas gênés pour venir piller notre terre.

Retirant sa main de sa poche, mais y laissant celle d'Ellie, Feargal passa un bras autour des épaules de la jeune femme. Serrés l'un contre l'autre, ils escaladèrent les degrés de pierre.

— Les jours de beau temps, on a une vue magnifique, dit Feargal. Avec le soleil qui étincelle sur les eaux du lac et les montagnes qui se découpent fièrement contre le ciel.

Ellie n'en doutait pas, car par cette journée grise, avec la pluie qui estompait les reliefs, c'était quand même très beau. Le bras de Feargal toujours autour de ses épaules, ils flânèrent parmi les vestiges : murs de brique à demi éboulés, églises, restes de l'abbaye. Puis la pluie se mit à tomber encore plus drue. Pressant le pas, Feargal guida Ellie vers une cour sur laquelle s'ouvrait une boutique d'artisanat.

— Vous allez m'attendre ici pendant que je vais chercher la voiture, dit-il.

Ellie acquiesça de la tête. Les cheveux de Feargal pendaient en mèches humides. Elle lui sourit.

— Vous êtes complètement trempé !

— Tout comme vous !

Passant un doigt sur la joue d'Ellie, il écrasa une goutte de pluie semblable à une larme. Puis avec un drôle de soupir et un bref hochement de tête, il partit en courant. Grand et athlétique, il sautait par-dessus les flaques d'eau qui parsemaient la cour.

Sans même s'en rendre compte, Ellie effleura du doigt l'endroit où Feargal l'avait touchée et imita son soupir. Est-ce que, par hasard, il ébaucherait un flirt ? En tout cas, pas question de faire intervenir les sentiments dans cette histoire. Seulement, voilà, comment contrôler ce qui, par essence, ne pouvait l'être ? C'était une question qui n'avait jamais préoccupé Ellie auparavant. Et bien qu'elle sache qu'elle jouait avec le feu, elle se demandait avec intérêt comment tout ça finirait.

Elle sourit à la jeune femme debout derrière le comptoir.

— Fait-il toujours aussi beau temps chez vous ? plaisanta-t-elle.

La jeune femme rit.

— Mais je ne me trompe pas : vous êtes la gentille petite dame qui a offert son farfadet à Afgie !

— Pas possible ! s'exclama Ellie pour cacher son embarras. Les nouvelles vont vite par ici !

— C'est vrai. Bonnes ou mauvaises, c'est tout un. Vous êtes une amie de Feargal ?

— Depuis peu. Et vous ?

— Tout le monde connaît Feargal, le plus bel homme d'Irlande !

Quelle réputation ! Cependant, Ellie préféra changer de sujet. Depuis un moment, elle admirait la couverture piquée que la jeune femme pliait.

— C'est vous qui l'avez confectionnée ?

— Oui, hélas ! Et j'anime un groupe d'initiation à l'art du quilt. Certains sont l'œuvre de mes élèves.

— C'est superbe. Mais ça doit valoir une fortune !

— C'est assez cher, admit la jeune femme. Il faut dire que ça représente des heures et des heures de travail. Les coussins sont à un prix plus abordable.

Regardant autour d'elle, Ellie avisa un coussin dont le motif lui plut. Elle décida de l'acheter. Même si elle n'assistait pas au mariage de Terry, elle tenait à lui offrir un présent. Discrètement, elle regarda le prix, évalua ce qui lui restait d'argent et se dit que, après tout, elle aurait peut-être dû accepter la moitié du prix du farfadet.

Quand Feargal klaxonna dans la cour, elle terminait ses emplettes. Rapidement, elle salua la vendeuse et sortit.

— Vous vous sentiez trop riche, dit Feargal avec son habituelle expression railleuse.

Lui prenant le paquet des mains, il le déposa sur le siège arrière.

— C'est un coussin piqué, expliqua-t-elle, j'ai pensé qu'il plairait à Terry.

— Vous avez donc décidé de rester ?

— Pas vraiment, répondit Ellie du bout des lèvres. Cependant, elle s'est montrée si gentille pour moi que ça me fait plaisir de lui offrir un cadeau. Et puis je n'oublie pas que vous m'avez accueillie contre votre gré, ajouta-t-elle.

— Qui a dit ça ?

— C'était inutile. Je vois bien que vous ne prenez pas d'hôtes payants.

— Si, bien sûr. Ils sont rares, mais ça arrive. Mais ne me dites pas que vous comptez payer.

— Evidemment ! J'ai horreur des dettes !

— Vous m'en voyez ravi. Mais, à présent, si vous me disiez la vérité.

— Je vous l'ai déjà dite ! Si vous réfléchissiez deux secondes, vous comprendriez que je ne peux pas vous avoir suivi. J'ai quitté Dublin longtemps après vous.

— Qu'en savez-vous ?

— Je n'en suis pas certaine, évidemment, mais je suppose que vous vous êtes mis en route dès le matin. Et même si ce n'est pas le cas, ça ne change rien au problème, je ne vous ai pas suivi ! Et si je ne vous ai pas suivi, comment aurais-je su où vous habitiez ?

— Donal sait, lui.

— Donal ! Pourquoi aurait-il fait une chose pareille ?

— Vous auriez pu lui demander mon adresse.

— C'est faux !

— Vous ne lui avez posé aucune question à mon sujet ?

— Non, enfin si, quelques-unes, dut admettre Ellie à regret. Ça paraît normal, non ? Et si quelqu'un peut être accusé de jouer les détectives, c'est bien vous qui m'avez pistée depuis l'arrivée du ferry !

— C'était par…

— … désœuvrement, je sais. Mais ce n'est pas la raison de ma venue à Slane.

— Vous ne vous ennuyez jamais ?

— Non, dit-elle en riant. Et cessez de tourner autour du sujet.

— Très bien. Si vous n'êtes pas venue à Slane pour moi, pourquoi donc avez-vous fait le voyage ? C'est un village ordinaire, après tout. Bien sûr, il y a les tertres funéraires et le site de la bataille de la Boyne. Cependant, je n'ai pas l'impression que vous vous passionniez à ce point pour l'histoire.

— Non, admit Ellie.

Il faudrait que Feargal se contente de cette réponse, car, même sous la torture, Ellie ne révélerait pas les raisons de sa présence à Slane. La personne que son grand-père lui avait demandé de rencontrer et à qui elle devait remettre le colis aurait pu, à juste titre, être mécontente de voir divulguer ses affaires sur la place publique.

— Ça ne signifie pas pour autant que je sois venue pour vous. J'ignorais même que vous habitiez la région.

Feargal ne la croyait pas, ça se devinait à son expression.

— C'est donc tellement courant qu'on vous traque jusque chez vous ?

— Assez ! répliqua-t-il d'un air fat, mais avec une lueur ironique dans le regard. Ce que je dois admettre, c'est que quelqu'un qui se défait d'un farfadet honnêtement gagné ne peut être tout à fait mauvais.

De nouveau, il eut ce geste pour lui caresser la joue.

— C'était vraiment gentil.

Ellie haussa avec désinvolture les épaules. Puis, s'adossant confortablement à son siège, considéra Feargal avec curiosité.

— Pourquoi m'avoir accompagnée aujourd'hui ?

— Pure curiosité, je suppose.

— Qu'est-ce qui vous intrigue ?

— Je me demande par quel moyen vous comptez parvenir à vos fins.

— Donc, vous refusez de me croire. Vous êtes bien

sûr de vous, Feargal, constata Ellie avec un sourire où se mêlaient amusement et irritation.

Il hocha la tête avec un sourire véritablement démoniaque.

— Les femmes me trouvent follement à leur goût.

— Et vous savez pourquoi ?

— Parce que je suis très riche.

Eclatant de rire, Ellie fit signe qu'elle comprenait.

— Tous les gens aisés ont ce genre de problème ; on les adule même s'ils ressemblent à des crapauds !

— Il arrive, dit-on, que les crapauds se métamorphosent en princes charmants…

— Si je vous suis bien, l'argent transformerait la laideur en beauté ?

— Ne constate-t-on pas ce phénomène tous les jours ? demanda-t-il avec cynisme.

— Je ne vois qu'une solution : débarrassez-vous de votre argent, et vous ne serez plus importuné par les femmes. Quant à ma technique de séduction, aussi navrant que ça puisse être de l'admettre, je n'en ai pas.

— Vous comptez sur votre beauté et sur votre charme naturel ? Hmmm, vous connaissant comme je vous connais, c'est jouable…

— Comme vous croyez me connaître, rectifia Ellie.

— … comme je vous *connais*. Je dois confesser que je trouve votre compagnie très agréable. Vous êtes belle et, ce qui ne gâte rien, vous avez le sens de l'humour. Pendant que je vous observais sur le marché de Wexford, je me suis senti irrésistiblement attiré. Et plus je vous connais, plus vous me plaisez. Vous semblez petite et vulnérable, et je ne peux m'empêcher d'avoir envie de prendre soin de vous ; ce qui est étrange de ma part. Mais ne vous méprenez pas, Ellie, ce n'est pas parce que je suis…

— Entreprenant ?

— Hmmm, si vous voulez. Bref, ce n'est pas parce que je m'intéresse à vous que vous aurez prise sur moi. On ne me manipule pas aisément, et je n'agis jamais sur un coup de tête.

— Sauf quand vous vous ennuyez, naturellement.

Le sourire de Feargal s'élargit ; il accepta de bonne grâce la remarque.

— Sauf quand je m'ennuie, peut-être. Pourtant, à la lumière des récents événements, je dois avouer que je me suis conduit comme un sot. Enfin, il n'y a pas de mal. Vous me comprenez, j'espère ?

— Je vous comprends admirablement, Feargal. Mais pour la dernière fois, je vous supplie de me croire quand je vous dis que je ne vous ai pas suivi à Slane. Pourquoi n'interrogeriez-vous pas Donal à ce sujet ?

C'était curieux. Bien qu'elle soit franchement agacée par son refus de la croire, Ellie ne pouvait s'empêcher d'être fascinée par Feargal. Il était beau ; elle avait très envie de le toucher et qu'il la touche. Les vitres de la voiture commençaient à s'embuer sous l'effet de la condensation de leur haleine.

— Je ne suis pas contre un petit échange de tendresse, murmura Feargal à son oreille. Rappelez-vous cependant que je ne suis pas une proie facile.

— Je suppose qu'il est inutile que je continue à protester de mon innocence ?

— Parfaitement inutile.

— Alors restons-en là. Je déteste gaspiller mon temps ; surtout pour des causes perdues d'avance.

— Vous me décevez, dit Feargal, les yeux obstinément rivés à la bouche d'Ellie. Ç'aurait pu être… drôle.

— Oh ! après tout, ça peut encore l'être.

En riant, il se rapprocha d'elle. Son baiser fut doux et lent. Ellie poussa un petit soupir satisfait. « L'homme le plus séduisant d'Irlande », avait dit la vendeuse. Ellie avait tendance à la croire. Et ce baiser était la plus délicieuse chose qui lui soit jamais arrivée. Combien d'autres femmes avait-il ainsi embrassées pour avoir une telle expérience ?

— Dommage que vous ne me permettiez pas de mener le jeu, fit-il tout à coup observer. Qui sait où ça aurait pu nous mener ?

— Qui sait ? répliqua en riant Ellie. En tout cas, vous

êtes bien présomptueux de supposer que j'accepterais le rôle de gibier !

— Croyez-vous que je ne sais pas quand j'intéresse une femme ?

— Je n'irais pas jusque-là. Mais d'où vous vient cette fascination pour les femmes ? Cynisme, ennui ? Remarquez, je peux comprendre le point de vue du chasseur.

— Puisque vous montrez de si bonnes dispositions, nous pourrions peut-être pousser plus loin…

— Vous êtes trop bon, messire ! Ne vous est-il pas venu à l'idée que je pourrais ne pas vouloir aller plus loin avec *vous* ?

— Non, répondit-il sans sourciller.

Partagée entre l'envie de le battre et l'envie de rire, Ellie choisit cette dernière solution.

— J'ai peur que vous n'oubliiez que, dans certains cas, il est préférable d'être deux.

— Inutile de me le rappeler !

Comme pour montrer qu'il n'était pas dupe, il éclata de rire. Et, si insultant soit-il, son rire était contagieux.

— Vous savez ce que je pense, Ellie ? Si nous restons une minute de plus ici, tout le village tiendra pour acquis notre prochain mariage ! Je suis sûr qu'ils nous imaginent déjà avec une ribambelle d'enfants. Et le pire, c'est que l'idée ne m'épouvante pas !

Feargal paraissait beaucoup s'amuser. Enfin, il fit démarrer la voiture et mit la ventilation en route.

— Nous rentrons, Ellie. Avant que je ne sois définitivement piégé !

Tout en observant le paysage à travers la vitre, Ellie se demandait comment il réagirait si elle lui apprenait qu'elle n'avait jamais eu de relations sexuelles. Il rirait, bien entendu, et refuserait de la croire. Devait-elle pour autant refuser les bons moments que la vie lui offrait ? Si personne ne souffrait de l'aventure, pourquoi ne pas s'y lancer ? Et si Feargal continuait de penser qu'elle n'était pas arrivée chez lui par hasard, au fond, quelle importance ?

L'ennui était que ce diable d'homme laissait difficilement indifférent.

— Dire que je n'ai même pas rencontré un vrai farfadet, dit-elle tristement.

— Consolez-vous en vous disant qu'ils vous ont peut-être vue. Et puis, je vous promets que nous reviendrons. Ellie ne répondit pas. Elle le connaissait depuis deux jours à peine et, déjà, il l'entraînait dans un tourbillon d'émotions qu'elle ne se savait pas capable d'éprouver.

Le lendemain et les jours suivants, à la surprise d'Ellie, Feargal proposa de lui faire visiter la région. Elle accepta, se berçant du prétexte qu'en si peu de temps elle ne pourrait s'attacher à lui au point de souffrir. Et elle appréciait tant sa compagnie…

Durant cette période, Ellie écarta délibérément de ses préoccupations la pensée de l'amie de son grand-père qu'elle avait pour mission de retrouver. Sans s'en rendre compte, elle se laissait gagner par la philosophie irlandaise qui accorde si peu d'importance au temps. Ainsi laissa-t-elle Feargal monopoliser le sien. Comment il se débrouillait avec la conduite de la ferme, ça demeurait un mystère. Et quand Ellie lui posa la question, il l'éluda, se contentant de sourire d'un air équivoque.

Il lui fit visiter le château voisin, l'emmena dans de longues promenades en voiture, et, le dernier jour de ces « vacances impromptues », selon son expression, il la conduisit à Bettystown. Une fois la voiture garée sur le champ de foire à présent désert, ils se dirigèrent main dans la main vers la plage. Celle-ci s'étendait sur des kilomètres, sans qu'aucune présence humaine ne se devine. Sable blond, mer émeraude, et un ciel très bleu laissant présager l'arrivée de l'été.

— C'est magnifique ! s'exclama Ellie.

— C'est drôle, quand on voit ça, on a peine à imaginer les corps entassés durant les mois d'été ! Voulez-vous marcher ?

Ils flânèrent sans parler, perdus dans leurs pensées. La seule personne qu'ils rencontrèrent fut un joueur de golf en chandail rouge qui, d'un terrain surplombant la plage, leur adressa de grands signes de la main.

— On ne verrait jamais ça chez nous, fit remarquer Ellie. Ici, les gens sont si chaleureux…

— Oui, et c'est particulièrement vrai quand ils se retrouvent devant une Ellie Browne qui arracherait un sourire au pire grincheux de la terre !

S'immobilisant, il prit le visage de la jeune femme entre ses mains. Ses yeux étaient tendres et rieurs à la fois ; et s'il y demeurait un soupçon de cynisme, Ellie préféra l'ignorer.

— Alors, on se décide à dire la vérité ?

Dans un geste d'exaspération, Ellie se dégagea.

— Je vous l'ai dite !

Feargal prit l'air songeur.

— Je dois admettre que, vous n'avez rien fait pour consolider vos positions.

— Quelles positions ?

— Celles-ci.

Sans prévenir, le fourbe l'attira dans ses bras.

— Reconnaissez que c'est une position pleine de charme ! A moins que vous ne soyez toujours déterminée à bouder votre plaisir ?

— Je suis toujours décidée à attendre l'homme de ma vie, répondit Ellie, légèrement oppressée.

Ce qui était tout naturel. Feargal était un splendide représentant de l'espèce masculine et, dans ses bras, elle se sentait si bien.

Il se pencha doucement vers elle et l'embrassa. Stupidement, Ellie ressentit une vive jalousie à l'égard de toutes ces femmes qui l'avaient précédée dans les bras de Feargal. Quand il rompit leur étreinte, elle dissimula sa déception sous un sourire.

— Les vacances seraient-elles terminées ?

— J'en ai peur. C'était très agréable, Ellie. Ou bien vous êtes une remarquable actrice, ou bien vous êtes réellement naïve, je n'arrive pas à déterminer.

Aucune des deux hypothèses ne convenaient à Ellie, mais elle préférait encore qu'il la prenne pour une oie blanche.

— Je peux vous affirmer que je n'ai jamais su jouer la comédie !

— C'est donc le hasard qui vous a amenée à Slane ?

— Puisque je vous le dis ! J'ai eu le choc de ma vie en vous découvrant sur le seuil de la maison.

Mais sur le visage de Feargal, elle vit réapparaître le doute.

— Pour être aussi méfiant, vous avez dû connaître de drôles d'expériences avec les femmes, ne put-elle s'empêcher de lui faire observer.

— Avec elles, j'ai surtout connu l'ennui. Elles sont si prévisibles. Si je vous invitais à dîner ? En récompense de votre gentillesse.

— Voilà ce que j'apprécie chez vous, Feargal : vos airs protecteurs !

Si Ellie avait espéré le vexer, c'était raté. Il éclata de rire.

— Vous savez que j'aurais pu énormément vous apprécier. Il y a quelque chose de si attirant dans les ingénues.

Encore une fois, Ellie choisit de ne pas répondre. Ils regagnèrent la voiture dans laquelle Feargal l'aida à s'installer.

— Avez-vous déjà visité un de nos pubs ? demanda-t-il en mettant le contact.

— Non.

— Voilà qui manque à votre culture ! C'est beaucoup plus qu'un endroit où l'on se rend pour boire. C'est le véritable cœur de la vie villageoise. Que vous cherchiez de quoi vous restaurer, un conseil, de la compagnie ou quelqu'un avec qui faire un brin de causette, allez au pub !

— On aime bavarder en Irlande ?

— C'est un de nos passe-temps favoris. Vous avez l'air triste. Quelque chose vous tracasse ?

— Non.

Et elle était sincère. Un peu déçue peut-être, par elle autant que par lui, mais pas triste. En soupirant, elle décida de secouer son humeur morose.

Ils étaient parvenus devant le Hall. Feargal coupa le contact et se tourna vers Ellie.

— Je vous attends ici. Vous avez cinq minutes pour vous préparer. Je vous emmène au pub, comme promis !

Ellie acquiesça d’un signe de tête et se hâta vers la maison. Cinq minutes plus tard, elle retrouvait Feargal qui l’attendait, adossé à la voiture. Il contemplait d’un air morne les massifs de rhododendrons. Soudain, il lui parut sombre et distant. Lorsqu’il l’entendit, il redressa la tête et un sourire contraint vint éclairer ses traits.

— Vous avez oublié de vous brosser les cheveux.

— Non, je…

Elle s’interrompit et enleva son chapeau.

— Dire que j’ai failli vous prendre au sérieux !

Feargal lui tendit la main, et, bras dessus, bras dessous, ils descendirent sans se hâter au village.

4.

— *Ceol tradistiunta*, déchiffra laborieusement Ellie, arrêtée devant la pancarte qui trônait à l'extérieur du pub. Qu'est-ce que cela signifie ?

— Musique traditionnelle, traduisit Feargal.

— Oh ! s'exclama Ellie, ravie. On jouera du violon et tout ça ?

— « Et tout ça », parfaitement.

Quand ils pénétrèrent dans le pub, une fois de plus, Ellie se fit la réflexion que Feargal était très connu à Slane. On le saluait, lui souriait, et l'on dévisageait avec une curiosité non dissimulée celle qui l'accompagnait. Il l'entraîna à une table à l'écart.

— Ne pouvons-nous nous asseoir devant ? On serait plus près des musiciens.

— Justement, ces places sont réservées aux gens susceptibles de participer. A moins que vous ne soyez volontaire ?

— Oh là là, non ! Si vous m'entendiez chanter ! Le pub se viderait en un clin d'œil.

Feargal sourit avec indulgence puis demanda :

— Que souhaitez-vous boire ?

— De la vodka avec une rondelle de citron, c'est possible ?

— Oui, naturellement. Et pour le repas ?

— Ce que vous voudrez… pourvu que cela ne comporte pas de viande. Une salade, par exemple.

Ellie suivit des yeux Feargal qui se rendait au bar pour commander. C'était si triste de penser que c'étaient les derniers moments qu'ils passaient ensemble.

— *Dia duit !*

Surprise de s'entendre ainsi interpeller, Ellie se retourna vivement pour se retrouver en face d'un homme d'un certain âge, qui lui souriait de ses yeux bruns aux paupières plissées.

En hésitant, Ellie lui rendit son sourire.

— Désolée, je ne comprends pas le gaélique.

— Ça veut dire bonjour.

— Ah oui ! *Jeea ditch*, bredouilla-t-elle.

— Non, non ! En retour, vous devez dire : *Dias muire duit.*

— Hmm. *Heera smoora ditch*, répéta-t-elle, très appliquée.

— Très bien ! Vous êtes anglaise ? En vacances ?

— Oui.

— Et que pensez-vous de notre pays ?

— Il est superbe. Ça ne ressemble pas du tout à l'Angleterre.

— Pour ça, non ! fit-il en lui adressant un clin d'œil. Et vous êtes venue écouter les *seans nos ?*

— Je ne sais pas ce que c'est ! confessa-t-elle en riant.

— Plutôt une façon d'interpréter des chansons, dit Feargal qui venait d'arriver.

Il adressa un signe de tête à l'homme qui sourit avant de rejoindre ses compagnons de table.

— Le chanteur ne doit pas chanter deux vers de la même manière, poursuivit Feargal. Certaines chansons n'ont d'ailleurs que deux lignes.

— Je ne sais jamais si vous êtes sérieux ou si vous vous moquez de moi, se plaignit Ellie.

— En l'occurrence, je suis sérieux. Votre salade va arriver.

Ellie le remercia, puis ne sachant plus que dire, se tourna vers la scène improvisée. Justement, un homme prenait place avec son violon. Instantanément, les conversations s'interrompirent.

Du coin de l'œil, Ellie observa Feargal. Regrettait-il aussi la fin de leur amitié ? C'était bien peu probable. Il se plaisait en sa compagnie, et ça s'arrêtait là. Ellie, en revanche, s'était mise à l'apprécier un peu trop…

En étendant un peu la main, elle pouvait frôler la sienne, posée sur son genou. C'était une belle et forte main aux longs doigts déliés. Et si elle se penchait un peu, son épaule viendrait au contact de la sienne.

Tandis que s'élevaient les accords poignants, Ellie souhaita passionnément qu'il la tienne serrée contre lui. Est-ce que ce sentiment de déchirement intérieur était particulier aux amoureux ? Ellie n'en avait aucune idée. Un souvenir fit venir un sourire sur ses lèvres : elle se revit, à quatorze ans, attendant avec fébrilité le passage du jeune livreur de journaux. Mais depuis lors, plus rien de semblable ne lui était arrivé !

Un tonnerre d'applaudissements salua la fin du morceau. Avant que les chants ne commencent, on apporta à Ellie sa salade.

— Vous ne mangez pas ? demanda-t-elle à son compagnon.

— Je n'ai pas faim.

Ellie tourna son attention vers le contenu de son assiette. Sa gorge était toutefois si serrée qu'elle avait l'impression qu'elle ne pourrait avaler une bouchée.

La chanson était triste également et, au fur et à mesure que la soirée avançait, Ellie se sentait devenir de plus en plus mélancolique. Elle qui était habituellement d'humeur si joyeuse, eut l'étrange impression qu'une fée malicieuse l'avait brusquement métamorphosée.

Il faisait nuit noire quand ils quittèrent le pub. Marchant en silence au côté de Feargal, Ellie leva la tête vers les étoiles. Un soupir lui échappa.

— Vous êtes triste ?

— Un peu.

— Je comprends que ces airs puissent rendre mélancolique. Si vous me parliez un peu de vous, Ellie. Que faites-vous en Angleterre ?

— Rien. Je n'arrive pas à trouver de travail. Et nombreux sont mes camarades d'université qui se trouvent dans le même cas.

— Ce problème n'est pas le privilège de l'Angleterre.

— Je sais, c'est un cercle vicieux. Les employeurs préfèrent des gens qui ont de l'expérience, mais comment voulez-vous acquérir de l'expérience sans travailler ?

— Vivez-vous avec vos parents ?

— Non, je loue une chambre dans un appartement. Je ne suis pas riche, mais en faisant attention...

— Vous parents ne vous aident pas ?

— Ils pensent que je devrais déjà être indépendante. Et ils n'ont sans doute pas tort. De toute façon, ça ne me dirait rien de vivre à la maison.

— Vous ne vous entendez pas bien avec vos parents ?

— Si. On pourrait presque dire que papa et moi sommes de bons amis. Seulement, je crois que je déçois profondément ma mère. Je suis incapable de répondre à son attente.

— Et qu'attend-elle de vous ?

— Elle me voudrait bon chic, bon genre, et, surtout, mariée. Elle me regarde et pousse de petits soupirs navrés. Elle a des sourires pleins de sous-entendus, comme si, vraiment, elle se demandait d'où je sors. Seulement, si moi je me plais comme je suis..., ajouta Ellie d'un ton pathétique.

— Vous êtes de tempérament plutôt bohème, non ?

— Plutôt !

— Et vous refusez le mariage ? Vous préférez vous amuser sans contrainte.

— Cessez vos allusions stupides, je vous en prie ! Bien sûr que je souhaite me marier.

Pour mieux convaincre Feargal qu'elle n'avait aucune vue sur lui, Ellie aurait sans doute dû mentir. Mais elle n'aimait pas le mensonge. Tant pis ! Il continuerait à penser ce qu'il voulait.

— Et j'aimerais avoir des enfants, reprit-elle. Mais pas avec n'importe qui.

Et soudain, elle se rendit compte qu'une boule lui obstruait la gorge et que ses yeux s'étaient embués de larmes. « Je ne veux pas rentrer chez moi, pensa-t-elle. Je veux rester ici, où les gens sont si chaleureux... »

— A quoi pensez-vous ?

— A des bêtises, répondit-elle en secouant la tête.

Car elle pensait aussi que l'Irlande était la patrie de Feargal… Seulement, jamais elle ne pourrait lui expliquer l'effet qu'il produisait sur elle ; combien, près de lui, elle se sentait entourée et protégée.

— Nous voici arrivés, dit-il. Partez-vous demain ?

— Oui, répondit-elle.

Qu'aurait-elle pu ajouter ?

— En ce cas, autant nous dire au revoir tout de suite.

Il prit entre ses paumes le visage frémissant d'Ellie.

— Tout aurait pu être différent, n'est-ce pas ?

— Oui.

Avec un sourire dans lequel ne transperçait aucun regret, Feargal effleura d'un baiser les lèvres de la jeune femme.

— Soyez prudente, Ellie. Promettez-moi de perdre cette manie de suivre les hommes jusque chez eux. Ils ne seront pas tous aussi…

— Courtois ?

— Hmm.

D'un geste brusque, il lui fit franchir le seuil. Il se dirigeait vers son bureau quand Ellie se souvint qu'elle n'en avait pas terminé avec lui.

— Feargal ! Vous ne m'avez pas dit combien je vous devais.

Il la considéra un moment en silence.

— Rien, répondit-il enfin, un peu sèchement pour le goût d'Ellie. L'expérience en valait la peine.

Puis, la saluant d'un signe de la tête, ainsi qu'une simple connaissance, il referma la porte derrière lui.

Tout semblait aller très bien pour Feargal. Il aurait dû en être de même pour Ellie, mais ce n'était pas du tout le cas. Tout d'abord, elle aurait mille fois préféré payer le prix de sa pension plutôt que d'être considérée comme un objet d'expérimentation. Ensuite, elle se sentait infiniment triste, comme si la mélancolie des paysages irlandais avait fini par pénétrer son âme.

Dans la pièce commune, elle trouva la mère de Feargal occupée à tricoter en se chauffant les pieds au feu de bois.

— Bonsoir, mon petit ! Je vous ai peu vue ces derniers jours. C'est ma faute bien sûr, j'avais l'esprit ailleurs. Comment s'est déroulée cette chasse au farfadet ?

La chasse au farfadet ? Mais elle remontait à un million d'années-lumière !

— C'était très bien ! déclara Ellie en se forçant à sourire. J'en ai même trouvé un. Un faux, bien entendu.

— Bien entendu, renchérit la vieille dame. Vous n'avez pas eu beau temps.

— Pas vraiment. Les montagnes me semblaient menaçantes dans leur nuage de brume, et j'étais trempée ! Que tricotez-vous ?

La mère de Feargal sourit. Dans ses yeux passa un éclair moqueur semblable à celui qu'Ellie avait souvent vu dans un autre regard.

— Je n'en sais rien moi-même ! Je me suis dit que j'allais utiliser mes vieux pelotons de laine. Ça pourrait être une écharpe ; mais qui porterait une aussi étrange chose ?

Et, joignant le geste à la parole, elle déploya sur ses genoux un ouvrage tout bariolé de couleurs.

— Quelqu'un comme moi ! dit Ellie.

— Quelle bonne idée ! Elle sera pour vous.

— Je ne voudrais pas…

— Acceptez, Ellie. Ça me ferait tellement plaisir !

— A moi aussi, naturellement ! J'étais venue vous annoncer mon départ et vous remercier de votre chaleureuse hospitalité. Dire que je ne sais même pas votre nom. Depuis presque une semaine que je suis ici, je n'ai pas pensé à vous le demander.

— Mon fils a monopolisé votre attention, n'est-ce pas ? Notre nom de famille est McMahon.

— McMahon ? Mais c'est le nom de…

Ce n'était pas possible ! Echouer ici par hasard et s'apercevoir qu'elle se trouvait chez les gens mêmes dont elle était supposée chercher la trace… « Ne te monte pas la tête ! se reprit-elle aussitôt. Des McMahon, il doit y en avoir plein la région. »

Presque certaine qu'il ne pouvait s'agir des mêmes personnes, et ignorant ce qu'elle allait déclencher, Ellie demanda :

— Y a-t-il beaucoup de McMahon dans le comté ?

— Quelques-uns, oui. Pourquoi cette question, mon enfant ?

— C'est-à-dire que… je suis dans cette région pour une raison bien précise ; et je ne voudrais pas divulguer des secrets…

— Je comprends. Pourtant, si je vous promets mon entière discrétion, je pourrais vous aider dans vos recherches. Concernent-elles une famille McMahon ?

— Exactement. Du moins la femme que je cherche a-t-elle épousé un McMahon. Elle s'appelait Marie O'Donn…

Quelque chose dans l'expression de la mère de Feargal arrêta Ellie. Ses yeux s'agrandirent de stupéfaction.

— C'est vous, n'est-ce pas ?

— Il est exact que je me prénomme Marie, que je suis une O'Donnell et que j'ai épousé un McMahon. Mais que signifie… ?

— Rien de grave, je vous assure. J'ai seulement quelque chose à vous remettre !

Ellie bondit sur ses pieds et se rua vers sa chambre d'où elle rapporta le paquet soigneusement emballé qu'elle déposa sur les genoux de la vieille dame.

— C'est vraiment une coïncidence extraordinaire ! s'exclama-t-elle joyeusement. Dire que vous êtes la personne que je cherchais ! Ne prenez pas cet air… Il s'agit seulement de lettres et d'un bibelot que, d'après Gramps, vous seriez contente de posséder. Il dit que vous l'avez toujours admiré.

— Gramps ?

— Mon grand-père ! Il a fait votre connaissance il y a très longtemps, quand vous viviez en Angleterre. David Harland, ça vous dit quelque chose ? Vous avez travaillé pour lui !

— David ! s'exclama la mère de Feargal. Vous êtes la petite-fille de David Harland ?

La vieille dame scrutait le visage d'Ellie comme pour y déceler une ressemblance.

— Après toutes ces années, c'est incroyable ! On a raison de dire que les ennuis viennent vous chercher jusque chez vous.

Désemparée, elle regardait le paquet comme si elle s'attendait à ce qu'il prenne vie et la morde. Enfin, avec un soupir, elle se mit à en dénouer la ficelle. Dépliant le papier, elle en tira une danseuse de bronze qu'elle contempla longuement. Enfin, elle sourit tristement.

— Elle est belle, dit doucement Ellie.

— Oui. Il la conservait sur son bureau. Mon Dieu, Ellie, il y a si longtemps, j'étais si jeune. Fraîchement débarquée de mon Irlande natale, je me figurais que je trouverais sans mal un emploi de bureau…

Les yeux de la vieille dame se perdirent dans un lointain passé.

— C'était après la guerre, vous comprenez. Les femmes s'étaient mises à travailler, par nécessité d'abord, les hommes ne pouvant plus subvenir à leurs besoins, puis parce qu'elles avaient pris goût à leur indépendance. J'étais désespérée, je n'avais plus d'argent. Et puis j'ai rencontré votre grand-père qui s'est ému de ma détresse.

— Il vous a proposé du travail ?

— Oui, mais il avait déjà une secrétaire. Alors il m'a confié l'entretien de son bureau. Un peu de ménage, garnir les vases de fleurs fraîches. Ce n'était pas grand-chose, mais ça m'a permis de tenir jusqu'à ce que je trouve mieux. C'était un brave homme.

Pourtant, quand la mère de Feargal releva la tête, Ellie surprit de l'inquiétude dans son regard.

— Que vous a-t-il dit de moi ?

— Pas grand-chose, répondit Ellie, un peu étonnée. Seulement qu'il vous avait connue autrefois et que vous aimeriez peut-être récupérer les lettres et la statuette.

— C'est tout ?

— Oui, naturellement. Cela ne vous fait-il pas plaisir ?

— Si, bien sûr…, bredouilla la pauvre femme. Cependant, il vaudrait mieux tenir Feargal à l'écart de tout cela…

— Que tiens-tu à me cacher ? fit une voix venant du seuil de la pièce.

— Rien du tout ! dit très vite Mme McMahon, incapable cependant de dissimuler le volumineux paquet. Ce sont de petits cadeaux qu'Ellie m'a offerts.

Traversant la pièce, Feargal prit la ballerine des mains de sa mère.

— Belle pièce. C'est très aimable à vous, Ellie.

Cependant, pour quelque mystérieuse raison, il ne paraissait pas satisfait du tout. D'un air soupçonneux, il dévisagea les deux femmes avant de pointer un doigt vers le paquet.

— Et ça ?

— Ce n'est rien, dit énergiquement Mme McMahon. Crois-tu que ce soit l'heure de faire des scènes ? Je dois me lever tôt demain, je préfère aller me coucher.

Et serrant contre elle le paquet, Mme McMahon se leva. Abasourdie, Ellie vit Feargal le lui arracher des mains.

— Des secrets, maman ?

— Rends-moi ça immédiatement, Feargal McMahon !

Il était sur le point d'obtempérer quand, s'échappant du colis, une pile de lettres glissa à terre. Plus prompt que sa mère, Feargal les ramassa. Quand il les examina, son expression se durcit.

— David Harland, dit-il d'un ton sévère. Qu'est-ce que ça vient faire ici ?

D'un air résigné, Mme McMahon regarda tour à tour Ellie et son fils.

— Ellie a apporté ces lettres. C'est sa petite-fille.

— Sa *quoi* ?

— Sa petite-fille, répéta Mme McMahon, à la torture.

Feargal se tourna vers Ellie.

— Vous avez apporté ces lettres chez moi ?

— Oui… enfin, non ! J'ignorais que votre mère était la personne que je cherchais !

— Vraiment ?

— Vraiment ! Et ces lettres sont destinées à votre mère, pas à vous ! ajouta-t-elle, irritée de le voir les éparpiller sans considération.

— Je sais très bien à qui elles sont, figurez-vous, gronda Feargal.

Devant cette nouvelle et inquiétante facette de sa personnalité, Ellie frissonna. Que pouvaient contenir ces lettres de si terrible ? A sa connaissance, il s'agissait d'une correspondance purement amicale. Alors, pourquoi ce brusque accès de colère ?

— Je ne comprends pas, dit-elle. Ce ne sont que des lettres.

Mais devant le regard de haine qu'il lui jeta, elle recula d'un pas.

— Qu'avez-vous donc ?

— Pauvre Ellie, si innocente, si pure ! Il ne s'agit que d'une nouvelle coïncidence, je suppose ?

— Parfaitement ! Il n'y avait pas d'adresse sur le paquet. Je savais seulement que la personne avec laquelle je devais entrer en contact habitait Slane. Oh ! et puis, pensez ce que vous voulez ! J'ai ma conscience pour moi ! J'espérais que votre mère serait contente d'avoir ces lettres !

— Elle l'est, n'en doutez pas ! Combien, mademoiselle Browne ?

— Que... que voulez-vous dire ?

— Je vous demande quelle somme vous comptez m'extorquer.

— Feargal ! intervint Mme McMahon. Elle ne...

— Je ne comprends pas..., balbutia Ellie avec l'impression de naviguer en plein cauchemar.

— Allons, ce rôle de maître chanteur vous va comme un gant !

— Du chantage ! s'écria Ellie, horrifiée. Vous êtes devenu fou !

Avec un ricanement de mépris, Feargal s'empara des lettres qu'il jeta dans le feu.

— Feargal ! cria sa mère. Non ! Ça ne changera rien de toute façon !

Et, frénétiquement, elle tenta de les arracher aux flammes.

— Tu veux les conserver ? demanda Feargal d'un ton incrédule, après tous les ennuis que…

— Oui, je les veux ! Oh ! Feargal, je t'en prie, rends-les moi !

Avec une moue dégoûtée, il s'empara du tisonnier et parvint à sortir le paquet du feu. A coups de talons, il éteignit les flammes. Cela fait, il se tourna vers Ellie.

— Dire que j'ai failli me laisser prendre à vos airs innocents ! Et quand je vous ai crue enfin résolue à céder la place, cette petite surprise ! Seulement, pourquoi remettre ces lettres à ma mère ? Pourquoi pas à moi ? Que vous a-t-elle fait ?

— Mais… rien.

— Alors, pourquoi cette volonté de la blesser ?

— Qui a prétendu que je voulais la blesser ?

Interdite, Ellie dévisageait l'un après l'autre les deux protagonistes de la scène.

— Je ne comprends réellement pas votre fureur, insista-t-elle. Je pensais…

— Vous pensiez que c'était un moyen facile de gagner de l'argent ! A tout le moins, d'assouvir une vengeance. Dans quelle autre optique votre grand-père vous les aurait-il remises ?

— Gramps n'était pas ce genre d'individu ! se récria Ellie. Il me les a confiées avant de mourir parce que…

— Il est mort ! s'écria Mme McMahon, visiblement bouleversée.

— Il y a quelques mois de ça. Expliquez-vous, je vous en supplie ! Quel crime ai-je commis ? Madame McMahon, je ne voulais pas vous faire de peine…

Brusquement, Ellie se rendit compte que, occupés à tendre l'oreille aux sons aigus d'une voix de femme qui parvenait jusqu'à eux, ils ne l'écoutaient plus.

— J'aurais dû m'en douter ! s'écria amèrement Feargal. Quel sens de l'à-propos ! C'est ce que j'étais venu te dire, ajouta-t-il, s'adressant à sa mère. Phena arrive. Et si vous faites la moindre allusion devant elle, dit-il à l'intention d'Ellie, je vous tue !

A temps pour que la nouvelle arrivante ne l'aperçoive pas, Feargal dissimula les lettres sous le coussin d'un fauteuil. Phena était une femme petite, à l'aspect doux et avenant. Blonde, bien coiffée, discrètement maquillée, elle était vêtue avec recherche. Etait-ce donc là cette sœur dont Feargal souhaitait éviter la rencontre ? Du seuil, elle leur jeta un regard amusé.

— Je n'espérais pas qu'on déroule le tapis rouge pour moi, mais pourquoi me dévisager comme si j'étais le diable incarné ! Que se passe-t-il ?

— Rien du tout, répondirent en même temps Mme McMahon et son fils.

Le premier, Feargal se reprit.

— Désolé, nous avions une petite discussion.

— Encore ?

— Oui, Phena, encore. Dors-tu ici cette nuit ?

— Oui, mon cher frère. Si toutefois tu le permets.

— Arrête, Phena. Je ne suis pas d'humeur à plaisanter ! Je vais demander à Rose de préparer ta chambre.

Sans un regard pour les autres, il sortit.

— Que lui arrive-t-il ? demanda Phena en s'approchant pour embrasser sa mère.

— Ce n'est pas son jour, c'est tout, répondit évasiment Mme McMahon.

— Ça m'en a tout l'air !

— Phena, laisse-moi te présenter Ellie. Elle partage notre toit depuis quelques jours.

— Bonsoir, Ellie, dit aimablement Phena.

— Bonsoir, balbutia la jeune femme.

Cependant, de peur que d'autres drames n'éclatent, elle se dépêcha de s'excuser.

— Je vous laisse. Je suppose que vous avez à parler.

Et sur des souhaits de bonne nuit vaguement formulés, Ellie sortit.

5.

Ce n'était vraiment pas le moment d'aller trouver Feargal pour lui demander ce que tout cela signifiait. Il serait sûrement plus avisé d'attendre le matin.

Cessant d'arpenter sa chambre, Ellie s'assit sur son lit. Elle n'en revenait pas d'avoir provoqué une telle scène. D'autant qu'elle ne comprenait pas de quoi il retournait. Avisant Arthur, elle le serra contre elle, espérant trouver un peu de réconfort à son doux contact. Dire qu'elle avait cru bien faire… Mieux que jamais, Ellie comprenait la sagesse populaire qui veut que l'enfer soit pavé de bonnes intentions.

Comment ce malheureux paquet de lettres avait-il pu déclencher un tel drame ? Estimant que les lire aurait représenté une véritable indiscrétion, Ellie les avait simplement feuilletées. Et cette rapide approche lui avait permis de se faire une idée de leur innocence. C'étaient les lettres d'une très jeune femme à un homme qui aurait pu être son père. Leur contenu ne laissait rien apparaître de trouble dans leur relation. Seulement, évidemment, le grand-père d'Ellie était marié ; et, à l'époque, une amitié entre un père de famille et une jeune fille était sans doute très mal vue. En tout cas, Ellie restait persuadée que c'était bien de cela qu'il s'agissait : une pure et chaste amitié.

Et puis, les faits remontaient à presque quarante ans ! A une époque où Marie O'Donnell n'était pas encore mariée. Alors, pourquoi la vue de ces lettres avait-elle produit un tel effet sur Feargal ? Et pourquoi Phena devait-elle tout ignorer à leur sujet ? Ellie pouvait toujours essayer de se renseigner auprès de Terry. A condition de parvenir à la rencontrer, car la jeune femme semblait toujours très occupée.

A ce moment, un coup frappé à la porte fit sursauter Ellie.

— Ellie ?

La voix de Feargal semblait si incroyablement froide et distante qu'elle eut la tentation de l'ignorer. Pourtant, le connaissant, elle savait que s'il était déterminé à lui parler, rien ne l'arrêterait. En outre, elle aussi avait des points à éclaircir, même si elle aurait préféré pour ça qu'il se trouve dans un autre état d'esprit…

Malgré ses réticences, Ellie se leva pour aller ouvrir. Il n'y avait pas trace de chaleur dans le regard de Feargal, pas l'ombre d'un sourire sur ses lèvres. Pour tout dire, il paraissait très en colère.

— Entrez, dit-elle du bout des lèvres.

— J'en avais bien l'intention !

Sur ces mots, Feargal franchit le seuil de la pièce et referma la porte derrière lui. Avec une grimace, Ellie recula jusqu'au lit.

— Pourquoi êtes-vous fâché après moi ? lui demanda-t-elle. Et pourquoi êtes-vous aussi certain que je suis venue avec le dessein de vous faire chanter ?

— Vous pouvez aussi bien que moi répondre à cette question.

— Feargal ! Cessez de tourner autour du pot et expliquez-moi une bonne fois pour toutes ce qui se passe ! Qu'y a-t-il de si terrible dans le fait d'avoir apporté ces lettres ? Pourquoi Phena doit-elle tout ignorer ?

— Veuillez avoir l'obligeance de laisser ma sœur en dehors de tout cela ! Et à ce propos, je vous serais reconnaissant de parler un peu moins fort.

— Répondez-moi. Pourquoi vous entêtez-vous à croire que je suis venue en ennemie ?

Debout, près de la porte, les bras croisés, Feargal la dévisageait avec insistance.

— Que vous a raconté votre grand-père au sujet de ma mère ?

— Rien de particulier, répondit Ellie, fronçant les sourcils dans son effort pour se rappeler. Je me souviens qu'il m'a dit combien elle était douce et jolie.

— Je ne doute pas de l'admiration qu'il lui portait ! rétorqua Feargal d'un ton incisif. Et votre grand-mère ?

— Grand-mère ? Pourquoi grand-mère m'aurait-elle parlé d'elle ? Je ne pense pas qu'elle l'ait connue. Et même dans ce cas, jamais elle ne se serait permis de colporter des rumeurs. Je peux vous assurer que ce n'était pas son genre !

— Elle est également disparue ?

— Il y a un certain temps déjà. Le cœur, je crois.

— Et votre grand-père ?

— Il est mort dans son sommeil, répondit tristement Ellie. Feargal, ajouta-t-elle, ne me regardez pas comme ça. Je vous assure que je ne sais rien de plus.

— Vous ignorez les raisons du retour en Irlande de ma mère ?

Une fois de plus, Ellie fouilla sa mémoire. Enfin, elle hocha la tête.

— Oui. Je sais seulement qu'elle est rentrée chez elle et qu'ils s'écrivaient de temps à autre.

— « Ils s'écrivaient de temps à autre » ! parodia méchamment Feargal. Elle avait dix-huit ans, et aucune expérience du monde. On avait omis de la prévenir que l'Angleterre n'est pas un endroit pour les jeunes filles. Et dire que, quand elle est rentrée, il lui écrivait pour savoir si tout allait bien !

Enfin, Feargal, s'écria Ellie, déconcertée et agacée par l'étrange sensation de tourner en rond, si vous m'expliquiez de quoi nous parlons ?

— De Phena, répondit-il froidement.

— Phena ? Je croyais que nous devions la tenir en dehors de cette conversation !

Un accès de rage crispa le visage de Feargal.

— Je vous interdis de me regarder avec cet air innocent ! Vous n'avez donc aucune pudeur !

— Encore une fois…

— Allez-vous prétendre ignorer qu'elle est la fille illégitime de votre grand-père ?

— Comment ? Enfin, Feargal, ne soyez pas stupide !

Comme il s'avançait, menaçant, Ellie prit peur. Se levant précipitamment, elle recula jusqu'à se retrouver bientôt le dos au mur. Dans un geste dérisoire de défense, elle leva le bras.

— Vous voulez vraiment me faire croire que Gramps… que mon grand-père a fait un enfant à votre mère ?

Brutalement, Feargal lui écarta le bras.

— Il l'a mise enceinte et l'a abandonnée ! Et si vous n'arrêtez pas de me regarder avec ces grands yeux effarouchés, je vous jure que je vais devenir violent.

— Devenir violent ? Quel euphémisme ! Au nom de quoi, je vous prie, serais-je au courant ? Si vos suppositions n'étaient aussi infâmantes, ça en deviendrait comique ! D'ailleurs, je ne crois pas un mot de cette histoire !

— Vous accusez ma mère de mensonge ?

— Ne mélangez pas tout ! J'essaie seulement de vous expliquer que Gramps ne peut être le père de son enfant !

Ellie avait d'excellentes raisons de se montrer aussi péremptoire. Il avait été reconnu que son grand-père ne pouvait procréer, et ses enfants étaient tous deux adoptés.

— Que me racontez-vous là ! s'écria Feargal en reculant d'un pas. Si votre grand-père n'était pas responsable, vous ne seriez pas ici, à essayer de trouver un biais pour rentrer dans la famille !

— Si je suis votre pensée, vous croyez que mon grand-père a abusé de votre mère après avoir découvert qu'elle attendait un enfant ? Et pour faire bonne mesure, vous supposez que, lorsque j'ai découvert la chose, ce que je m'empresse de nier, je me suis précipitée ici pour vous faire chanter ? C'est bien ça ? Mais pourquoi voudrais-je à tout prix me faire admettre au sein de votre famille ? Je ne suis pas une enfant trouvée que je sache ! Et dites-moi : votre mère a-t-elle explicitement accusé Gramps de sa grossesse ?

Comme Feargal ne répondait pas, Ellie lui jeta un regard acéré.

— De quoi avez-vous peur, Feargal ?

Le visage amer, il continuait de la regarder ; elle voyait toutefois qu'il réfléchissait.

Mme McMahon savait-elle que Gramps était incapable de concevoir ? Ellie avait l'impression que non. Mais pourquoi voulait-elle à tout prix lui faire endosser la responsabilité de cette paternité ? Avait-il eu vent des histoires qu'elle faisait courir sur son compte ?

— Votre père était-il au courant ? demanda-t-elle.

— Naturellement. C'est lui qui a élevé Phena. Elle avait deux ans quand il a épousé mère.

— Je comprends à quel point ça a dû être pénible pour elle. Il y a quarante ans, les gens toléraient très mal les mères célibataires.

— C'est tellement vrai qu'elle s'était acheté une bague et prétendait être veuve.

— La croyait-on ?

— Comment voulez-vous que je le sache ! Ça lui donnait tout de même un vernis de respectabilité. Par la suite, seul mon père a su la vérité.

— Et Phena ?

— Oui, admit Feargal avec un sourire rempli d'amertume. Phena sait. Elle a fait des pieds et des mains pour découvrir le fin mot de l'histoire.

— Et vous ne voulez pas qu'elle apprenne que j'ai apporté ces lettres de peur que ça ravive une ancienne blessure ?

— C'est ça.

Tout en sachant qu'elle n'avait aucune raison de l'être, Ellie se sentait coupable d'avoir ramené au jour des souvenirs qu'il aurait mieux valu laisser à jamais enfouis.

— Je suis désolée, dit-elle. Et vous pouvez compter sur moi pour n'en souffler mot à personne.

— Vous avez tout intérêt, dit-il d'un ton peu amène. Ainsi, vous renonceriez au chantage ?

— Bien sûr !

— Pas de vendetta ?

— Ma famille se moque bien de vos histoires ! Tout comme moi, d'ailleurs.

— A aucun moment il ne vous était venu à l'idée que vous pourriez causer du tort en apportant ces lettres ?

— J'étais loin d'imaginer une telle situation ! Je pensais qu'il s'agissait d'une simple amitié.

— Une amitié ! Comment avez-vous pu être aussi naïve ? Vous trouvez normal qu'un homme marié soit ami avec une toute jeune fille ?

— En tout cas, il ne l'a pas séduite !

— Ils ont trouvé l'enfant dans une rose ?

— Vous n'êtes pas drôle ! Et puis, vous ne m'avez toujours pas répondu : votre mère a-t-elle catégoriquement accusé mon grand-père ?

— Oui.

Ça, c'était la catastrophe ! Que dire à présent sans accuser Mme McMahon de mensonge ? Etait-ce à Ellie d'intervenir ? Les jambes coupées par l'émotion, elle s'adossa au mur.

— Je ne sais plus..., balbutia-t-elle.

— Eh bien, moi, je vais vous dire la vérité ! Votre grand-père a profité de son innocence et quand le mal a été fait, il lui a donné de l'argent et l'a réexpédiée en Irlande ! Voilà comment il s'est conduit ! Il n'y a pas de quoi être fière, allez ! Il ne s'agissait nullement d'un intermède romantique !

— Grand-père n'aurait jamais fait ça, se défendit Ellie.

— Vous n'allez tout de même pas me raconter qu'il l'aimait ?

— Puisque je vous dis que je ne sais plus rien...

— Oh ! si, Ellie, vous savez. Ou bien les lettres devaient servir un dessein que j'ignore, ou bien vous êtes une sale petite calculatrice venue ici pour nous causer des ennuis.

— Pourquoi voudrais-je du mal à des gens que je ne connais pas ?

— Par intérêt. Car vous avez besoin d'argent, Ellie, ne me racontez pas d'histoires. Ces vêtements...

— C'est un choix !

— Un choix, répéta Feargal avec un regard méprisant pour sa tenue. Vous vous moquez de moi ?

— Je ferais mieux d'en rire, effectivement ! Vous m'accusez d'abord de vous poursuivre de mes assiduités et, ensuite, de vouloir exercer je ne sais quel chantage sur votre mère. C'est grotesque !

— Quand vous déciderez-vous à laisser tomber le masque et à réclamer l'argent que vous considérez vous revenir ?

— De quel argent parlez-vous ?

— De celui que votre grand-père a remis à ma mère pour prix de sa tranquillité.

— Comment pouvez-vous être aussi affirmatif ?

— Après la mort de mon père, en triant ses papiers, je suis tombé sur une lettre. C'est une preuve tangible, non ?

— Taisez-vous, je vous en prie !

Ellie ne voulait croire ni son grand-père susceptible d'avoir séduit une jeune fille, ni la jeune Marie coupable de légèreté. Pourtant, une chose était sûre, quels qu'aient été les événements passés, ils impliquaient son grand-père. Pourquoi aurait-il remis de l'argent à la jeune femme alors qu'il ne *pouvait* être le père de son enfant ? Et pourquoi n'avait-il pas prévenu Ellie des ennuis au-devant desquels elle allait ? A cela, une seule réponse possible : il ignorait tout des rumeurs qui circulaient sur son compte. Avait-il rencontré Marie O'Donnell alors qu'elle était déjà enceinte et était-il tombé amoureux d'elle ? Et comme il ne pouvait l'épouser, avait-il tenu à lui assurer une existence confortable ?

— Ils étaient peut-être amoureux…, suggéra Ellie.

— Toujours vos histoires à l'eau de rose !

— Ce sont des choses qui arrivent, ne vous en déplaise ! Peut-être que Gramps a jugé que votre mère serait plus heureuse sans lui.

Il le fallait bien puisqu'il était marié… De toute façon, jusqu'à ce qu'elle obtienne la vérité de Mme McMahon, comme elle ne voulait pas trahir son secret, il lui fallait bien continuer d'argumenter dans le vide.

— On peut être amoureux au point de préférer le bonheur de l'autre plutôt que le sien propre ! s'entêtat-elle. Ou alors, Gramps s'est dit que cet enfant méritait un père plus jeune.

— Selon vous, il a donc agi par altruisme ?

— Parfaitement ! Il l'a aimée plus que lui-même. Ça ne vous est jamais arrivé ?

— Non.

— Eh bien, je continue de prétendre que ça existe !

— Votre grand-père aurait donc conseillé à ma mère de prendre son enfant, de rentrer chez elle et de l'oublier, c'est ça ?

— Pourquoi pas ? Après tout, à travers les lettres, nous n'avons que le point de vue de votre mère.

— Vous les avez donc lues ?

— Pas du tout ! J'y ai simplement jeté un coup d'œil afin de m'assurer qu'elles ne contenaient rien de compromettant.

— Vous m'en direz tant ! Ce qui me surprend, je le reconnais, c'est que vous ne soyez pas davantage déçue de votre échec. A moins que vous n'ayez pas dit votre dernier mot.

— Cessez donc de me prêter des intentions que je n'ai pas ! Si Donal ne m'avait joué une farce aussi stupide…

— Donal est au courant de tout cela ?

— Absolument pas. Il savait seulement que je projetais de me rendre à Slane et, nous connaissant tous les deux, il a dû se dire que ce serait amusant de provoquer une rencontre.

— Pour s'amuser ?

— Je sais que ça peut paraître étrange, mais quelle autre raison aurait-il eu ?

Oui, comment expliquer le comportement de Donal ? Mais, soudain, le jour se fit dans l'esprit d'Ellie. En hésitant, elle releva la tête.

— A moins que… Maura, la sœur de Donal, connaissait le nom de famille de celle que je recherchais. Et si elle en avait parlé à Donal ? Il a peut-être fait le rapprochement avec vous…

— Et il aurait trouvé *amusant* que nous nous rencontrions avant ?

— Je peux seulement vous assurer que je n'ai rien prémédité. En outre, je vous donne ma parole de ne jamais rien révéler à Phena. Aussi, quel mal ai-je commis ? Pouvez-vous me l'apprendre ?

Feargal se contenta de hocher la tête d'un air ironique.

— Dites-moi, Feargal, reprit Ellie, une chose me tracasse : cette histoire est-elle à l'origine de votre inimitié pour Phena ?

— J'aime bien Phena ; ce que je ne supporte pas, c'est sa perpétuelle agressivité.

— Pourquoi est-elle ainsi ? Votre père ne l'a-t-il pas acceptée ?

— Bien sûr que si ! Il les aimait toutes les deux, ma mère et elle. Cependant, quand Phena a découvert la vérité, elle en a énormément voulu à mère. Après ça, elle a consacré toute son énergie à rechercher son père, cet homme dont le nom figure sur son acte de naissance, mais qui n'a jamais existé.

— Elle n'a donc pas été déclarée comme l'enfant de mon grand-père ?

— Non. En outre, Phena ne supporte pas de n'être pas l'héritière légitime du manoir.

Les épaules basses, Feargal se dirigea vers la fenêtre et regarda au-dehors.

— Elle était l'aînée, murmura-t-il. Et pourtant, le domaine m'est revenu. Tout comme moi, mon père savait qu'elle se serait empressée de tout vendre pour se procurer l'argent frais dont elle avait besoin pour ses recherches. Très dépitée, elle est allée s'installer en Angleterre pour traquer ce Kent.

— Qu'est-ce que Kent vient faire là-dedans ?

— C'est le nom du prétendu premier mari de mère. David Anthony Kent. Sans doute le pseudonyme de votre grand-père.

Ellie avait la sensation que sa tête allait éclater. Plus elle avançait dans cette histoire, et plus elle la trouvait absurde. Apparemment, Marie O'Donnell avait mis sur pied toute une fable à laquelle sa famille croyait dur comme fer.

Tout à coup, une idée déplaisante naquit dans le cerveau d'Ellie. David Anthony étaient les prénoms de son grand-père, certes, mais aussi ceux qu'il avait donnés à son fils adoptif… Alors, que signifiait tout cela ?

— … seulement, comme il n'a pas quitté sa femme, disait Feargal, Marie O'Donnell n'a eu d'autre solution que de retourner en Irlande où elle a prétendu que son jeune époux était mort à l'étranger, et qu'elle ignorait jusqu'à l'endroit où il se trouvait enterré. C'était très habile, mais aussi très frustrant pour sa fille.

— Et comme Phena n'a jamais pu découvrir trace de l'existence de David Anthony Kent, elle a compris que sa mère avait menti.

— Déterminée à découvrir coûte que coûte la vérité, elle a recherché des gens qui auraient connu sa mère en Angleterre. Il y en avait très peu, mais, par malchance, elle a rencontré quelqu'un qui se souvenait d'elle.

— Et qui connaissait la vérité ?

— Oui. A savoir que le seul homme qu'ait connu ma mère était David Harland, chez qui elle était employée. Oh ! elle n'était pas la première naïve Irlandaise à tomber dans les mailles du filet.

— Pauvre Phena. A-t-elle rencontré mon grand-père ?

— Ce qui est curieux, c'est qu'elle n'a jamais rien dit à ce sujet. Alors qu'elle se montre généralement plutôt prolixe.

— A-t-elle beaucoup souffert de cette histoire ?

— Enormément. Je ne connais personne de plus aigri qu'elle.

« Comme c'est triste », pensait Ellie. Et pourtant, la jeune femme qu'elle avait rencontrée ne lui semblait pas particulièrement amère.

— Tout d'abord, reprit Feargal, mère a vigoureusement nié que David Harland fût son père…

— Pour l'admettre par la suite ?

— Oui.

— Eh bien, dit Ellie, une nuance d'espoir dans la voix, tant qu'elle n'en saura pas plus, la situation restera inchangée.

— Elle a tout intérêt à le rester ! fulmina Feargal.

— Ce n'est toujours pas moi qui parlerai ! se défendit Ellie. Je pars demain, au cas où vous l'auriez oublié.

— Vous abandonneriez sans regret une chance de récupérer un peu de notre fortune !

— Je me moque pas mal de votre argent !

— Vraiment ? Par simple curiosité, dites-moi un peu qui paie votre luxueux hôtel de Dublin ? Vous avez donc gardé une poire pour la soif ?

— Vous êtes méchant ! Me croirez-vous si je vous dis que c'est mon père ?

— Je croyais qu'il vous laissait vous débrouiller seule ?

— Apparemment, il espère qu'un homme fortuné tombera irrésistiblement amoureux de moi ; ce qui lui ôterait définitivement le souci de mon avenir.

A son sourire plein de sarcasme, Ellie vit qu'il était tenté de la croire. Il menaça pourtant :

— Si j'entends courir la moindre rumeur sur votre compte…

— Que ferez-vous ? Vous me frapperez ?

— Oh non ! je n'utilise jamais la force quand il existe de plus subtils moyens.

— Vous pensez vraiment que je pourrais me conduire de cette manière ?

— Oui, je le pense !

Sur ces mots, Feargal se dirigea vers la porte qu'il ouvrit d'un geste brusque. Tous deux se figèrent en découvrant Phena.

— Oh ! oh ! fit-elle d'un ton persifleur. On dirait que j'interromps une belle romance !

— Tu n'y es pas du tout, répondit Feargal d'un ton glacial.

Et après un dernier regard chargé de menaces en direction d'Ellie, il s'en alla.

— Alors, pas d'histoire d'amour ? insista Phena.

— Non, vraiment pas.

Si Phena venait la voir dans l'intention de bavarder, elle allait être déçue. Ellie ne se sentait pas d'humeur à affronter deux membres de la famille McMahon dans la même soirée. Pourvu, toutefois, que Phena n'ait rien surpris de leur conversation. A en juger par son air dégagé, il ne le semblait pas. En outre, si Feargal avait eu le moindre soupçon, il ne les aurait pas laissées seules.

Brusquement, Ellie sentit le poids de la fatigue s'abattre sur ses épaules. Dans ces conditions, elle se sentait parfaitement incapable de réfléchir.

— Bonsoir, Phena, je vous verrai demain, avant mon départ.

— Parce que vous partez ?

Phena eut un regard surpris, puis, agitant en signe d'au revoir ses ongles délicatement peints de rouge, s'éloigna dans le couloir.

Ellie eut tout juste la force de se traîner jusqu'à son lit. Feargal avait vraiment une bien piètre opinion d'elle. C'en était désespérant. Machinalement, elle ramassa Arthur qui était tombé à terre. « Je ne fais que des bêtises », lui confia-t-elle, remplie d'amertume.

En même temps, elle commençait à y voir plus clair. Et si le fils de Gramps était le père de cet enfant ? Et qu'il n'ait pu ou voulu épouser Marie ? C'était pure spéculation de sa part. Pourtant, elle croyait se rappeler un scandale qui avait agité la famille, et qui concernait son oncle. Elle pourrait interroger sa mère là-dessus. Seulement, ce n'était pas le genre de femme à livrer ce qu'elle considérait comme devant rester secret…

L'esprit rempli de confusion, Ellie s'allongea dans le noir. Demain, elle aurait un entretien avec la mère de Feargal. Et ensuite, elle quitterait pour toujours le Hall.

Elle s'éveilla en sursaut, le lendemain matin, et il lui fallut un certain temps avant de recouvrer ses esprits. Dans le couloir, elle entendait les intonations aiguës de la voix de Terry. Sautant à terre, elle ouvrit la porte de sa chambre et regarda à l'extérieur. Terry se trouvait accoudée à la fenêtre du couloir tandis que Rose s'éloignait d'un pas précipité vers l'escalier. Incertaine de l'accueil que lui réservait la jeune femme, Ellie se préparait à battre en retraite quand Terry, se retournant, l'aperçut.

— Venez voir ça ! s'exclama-t-elle.

Ellie la rejoignit et, regardant par la fenêtre, découvrit avec stupéfaction une foule de touristes japonais, caméras au poing, qui remontaient l'allée.

— D'où viennent-ils ? s'étonna Terry. Il est à peine 8 heures.

— Je ne sais pas, répondit Ellie, prise de court.

Terry éclata de rire.

— Je m'en doute ! Comment allez-vous ? J'ai entendu des échos de la scène d'hier soir !

— Tout cela est si triste. Finalement, je n'assisterai pas à votre mariage.

— Mais pourquoi ? s'exclama Terry, sincèrement désolée.

— Parce que votre frère refuse de croire que je ne suis ni une menteuse ni un maître chanteur.

— Ne vous inquiétez pas pour ça ! s'écria Terry avec l'assurance d'une sœur qui croit connaître son frère. Feargal vous aime bien, je vous assure. Le problème avec lui, c'est qu'il est très cynique. Enfin, il a sans doute des excuses. C'est le plus bel homme de ce côté de la Boyne, et les femmes ont tendance à euh… s'intéresser d'un peu trop près à lui.

— Je ne m'intéresse pas à lui ! se récria Ellie.

Ce n'était pas l'exacte vérité, aussi devint-elle écarlate. Terry rit sans méchanceté.

— Ça ne change rien au fait que je doive partir, reprit Ellie.

— Vous n'y êtes pas obligée. Je sais que Feargal vous a houspillée ; mais quand il est en colère, il ne pense pas la moitié de ce qu'il dit. Quelle famille, n'est-ce pas ! Quant à Phena, elle s'imagine avoir été spoliée de son héritage. Je sais que ça a été dur pour elle, mais Feargal était prêt à lui donner tout ce qu'elle voulait en contre-partie. Elle a préféré jouer les martyrs et le lui faire chèrement payer.

— Quelle injustice !

— C'est triste à dire, mais la vérité est que Phena n'est pas une bonne personne. Elle était déjà peste avant cette histoire au sujet de son père. C'est Feargal le plus à plaindre. Chacun à sa façon, nous faisons reposer sur lui le poids de nos soucis. Mère, elle-même, refuse d'admettre qu'il n'a pas le temps de s'occuper d'elle comme papa le faisait. Il l'a beaucoup trop gâtée, et elle est parfois impossible. Seulement, papa n'avait à s'occuper que de la ferme tandis que Feargal a beaucoup d'autres sujets de préoccupation. D'abord, et avant tout, c'est un homme d'affaires. Il le faut pour qu'il puisse subvenir à nos besoins à tous. Non, vraiment, Feargal n'a pas la partie facile.

Terry eut un petit rire.

— Et regardez-le, ajouta-t-elle avec un geste en direction de la fenêtre. N'est-il pas digne d'admiration ? Confronté à une telle situation, n'importe qui s'arracherait les cheveux ! Mais pas lui. Il garde son calme en toute circonstance. Pourtant, je sais pertinemment qu'il ne parle pas un mot de japonais !

Regardant par-dessus l'épaule de Terry, Ellie aperçut Feargal, le chien sur les talons, environné de gens qui gesticulaient avec frénésie. Terry avait raison, il paraissait parfaitement dominer la situation.

— Je ferais mieux d'aller à sa rescousse, dit soudain Terry.

— Vous parlez japonais ?

— Non, répliqua en riant la jeune femme. Et vous ?

Comme Ellie hochait négativement la tête, elle ajouta :

— A tout à l'heure ! Et, surtout, ne quittez pas cette maison sans m'avoir revue.

Et sur un geste amical, Terry se précipita dans l'escalier.

Restée seule, Ellie regagna sa chambre. Lorsqu'elle fut prête, elle se mit en devoir de faire ses bagages. Elle était agenouillée sur sa valise pour tenter de la fermer quand elle entendit un bruit de pas dans le couloir. Un instant plus tard, tel un ouragan, Terry faisait irruption dans sa chambre.

— Ellie ! Savez-vous cuisiner ?

— Un peu. Pourquoi cette question ?

— Parce que ces Japonais réclament un petit déjeuner et que nous n'ouvrons jamais le restaurant avant 10 h 30. Rose et Mary n'arriveront pas avant midi et je ne sais pas où les joindre !

— Et Phena ?

— Phena ? Vous plaisantez ! Elle ne sait même pas faire cuire un œuf à la coque ! Et le saurait-elle qu'elle ne s'abaisserait pas à mettre les pieds dans une cuisine. Quant à moi, je dois me rendre à mon travail.

— Je comprends, dit en soupirant Ellie.

— En ce cas, faites quelque chose, Ellie Browne avec un « e » ! Ne restez pas plantée là !

Ellie dévala l'escalier, sortit par la porte de derrière et vola plus qu'elle ne courut à travers la pelouse jusqu'au restaurant. Pourquoi agissait-elle ainsi, elle ne le savait pas elle-même. Feargal n'avait pas vraiment mérité son aide.

Il ne la gratifia même pas d'un regard. En deux mots, il expliqua à sa sœur que les Japonais étaient déjà attablés et qu'il allait chercher des œufs et du pain. Une seconde plus tard, il avait disparu.

— Ellie, je vais être en retard à l'école ! gémit Terry tout en ouvrant les placards pour lui montrer où se trouvaient les choses.

— A l'école ?

— Je suis professeur, répondit Terry en consultant sa montre. Oh ! il faut absolument que j'y aille, je suis déjà en retard !

Là-dessus, elle aussi s'était évanouie dans la nature.

Ellie ne savait trop à quel saint se vouer. Le percolateur n'était pas en marche, ç'aurait été trop long d'attendre qu'il soit opérationnel, avait expliqué Feargal, mais les bouilloires commençaient de siffler. Par l'entrebâillement de la porte, Ellie jeta un coup d'œil dans la salle. Seigneur ! Ils étaient plusieurs dizaines assis autour des tables et papotant comme des écoliers dissipés. Ellie disposa les sucriers sur un plateau, prit une profonde inspiration et pénétra d'un pas assuré dans la salle.

Le silence qui s'ensuivit fut terrifiant. Un sourire de commande aux lèvres, Ellie déposa bravement un sucrier sur chaque table. Elle allait distribuer les menus quand Feargal, brusquement reparu, les lui arracha des mains.

— Ce sont ceux du déjeuner, dit-il.

De dessous le comptoir, il tira une autre pile de menus.

— Prions le ciel pour que, s'ils ne parlent pas anglais, ils sachent au moins le lire !

Lorsque Ellie revint de la salle, Feargal versait avec habileté l'eau bouillante dans une impressionnante rangée de tasses.

— Où est Terry ? demanda-t-il.

— Partie à l'école. Elle était déjà en retard.

Ellie ne comprit pas ce qu'il marmonnait entre ses dents, mais jugea imprudent de lui demander de répéter. Quand elle pénétra de nouveau dans la salle de restaurant, tous les regards se braquèrent sur elle. Le cœur battant, elle s'approcha de la première table.

— Avez-vous choisi ? demanda-t-elle avec un gracieux sourire.

Un flot d'incompréhensibles paroles jaillit de la bouche de son interlocuteur et elle dut se retenir pour ne pas éclater de rire. Alors, plaçant le menu bien à plat sur la table, de la pointe de son stylo, elle désigna la carte des boissons et mima le fait de boire. En face de la ligne qui proposait du café, elle dessina une tasse et sa soucoupe. Des applaudissemment saluèrent sa prestation ; son interlocuteur se tourna vers ses compatriotes et traduisit. Encouragée, Ellie continua de passer, de la même façon, le menu en revue. Enfin, rayonnante, elle revint dans la cuisine.

— Seize cafés ! annonça-t-elle. Suivi de euh...

Elle s'interrompit pour consulter sa liste.

— ... six toasts, cinq œufs à la coque avec des mouillettes, deux...

— Nous n'avons pas de mouillettes.

— Bien sûr que si ! Il suffit de détailler une tranche de pain beurré en lamelles. Deux œufs sur canapé et deux bols de Rice Crispies.

— Nous n'avons pas de Rice Crispies.

— Feargal ! Nous en avons !

Avisant des corn flakes sur l'étagère, Ellie s'en empara.

— Ça ressemble à des corn flakes, ça a le goût de corn flakes mais ce sont des Rice Crispies !

— Que Dieu nous ait en sa sainte garde ! s'écria Feargal, amusé. Occupez-vous des toasts pendant que je sers le café.

Une demi-heure plus tard, dans une cuisine en désordre, ils s'asseyaient enfin devant leur propre petit déjeuner.

— Je continue à penser que vous ne pouvez pas les faire payer pour ce gâchis, disait Ellie.

— Ne me confondez pas avec une société philanthropique !

— Les œufs brouillés étaient trop cuits !

— Personne ne s'est plaint !

— Comment savoir ? On ne comprend pas un mot de ce qu'ils racontent !

— Ils avaient l'air content, trancha Feargal.

Comme il regardait le menu qu'Ellie avait orné de ses dessins, elle vit qu'il avait du mal à contenir sa gaieté.

— Vous pourriez le faire imprimer, suggéra-t-elle.

— C'était remarquable ! Bien, je crois que nous ferions mieux de remettre cette cuisine en ordre avant l'arrivée de Mary. Elle risque de faire une attaque devant ce spectacle.

A la surprise d'Ellie, Feargal ne l'abandonna pas. Il sut même se montrer efficace. Il avait beau jouer les grands seigneurs, apparemment, il ne dédaignait pas mettre la main à la pâte.

Quand la cuisine eut repris son aspect initial, Feargal salua Ellie d'un bref signe de tête puis s'en alla.

Ellie étendit les torchons sur le plan de travail. Si seulement elle n'avait pas apporté ces maudites lettres, ils n'auraient pas eu cette stupide querelle ! Ç'aurait pu être si amusant de travailler avec lui.

« Oublie, Ellie. Episode clos ! Va voir sa mère, obtiens une explication et quitte au plus vite cette maison. »

Malheureusement pour Ellie, Mme McMahon demeura

introuvable. Cherchait-elle à l'éviter ? Ce serait compter sans l'entêtement de la jeune femme. Elle ne partirait pas sans avoir tiré cette histoire au clair.

Et Feargal McMahon pouvait bien penser ce qu'il voulait, ça lui était égal !

6.

Ellie regagna le Hall en fin d'après-midi, bien déterminée à s'entretenir avec Mme McMahon avant de partir. Cependant, comme elle pénétrait dans la pièce commune, elle trouva Feargal en compagnie de sa mère.

— Pas encore partie ? demanda-t-il avec une ironie méchante.

Très déçue de voir ses plans contrariés, Ellie parvint néanmoins à sourire.

— Je souhaitais parler à votre mère avant de vous quitter.

— Bonsoir, Ellie, fit Mme McMahon en agitant une main amicale.

Cependant, son sourire restait crispé et son regard morne.

— Feargal me racontait justement comment vous l'avez aidé ce matin. Votre idée de dessiner sur les menus était si astucieuse !

Ellie s'attendait à tout, sauf à des compliments sur ses exploits du matin. Que Feargal en ait parlé à sa mère la stupéfiait. Elle le regarda, en pure perte, car il s'absorbait dans la contemplation, passionnante au demeurant, de la grille de l'âtre.

— Avez-vous passé une bonne journée ? reprit Mme McMahon, si touchante dans son effort pour se montrer aimable qu'Ellie renonça à sa froideur.

— J'ai visité Newgrange. L'endroit est affreusement propre ! s'écria-t-elle avec une grimace comique. On dirait qu'un régiment de femmes de ménage, serpillière en main, se cache derrière chaque pilier. Quant à l'architecture, elle me semble relativement récente. Un veau paissait l'herbe des talus si bien que… oh ! et puis, ça n'a pas d'importance.

— Insinueriez-vous que ce château a été construit à l'usage exclusif des touristes ? demanda Feargal d'une voix feutrée.

Préférant l'ignorer, Ellie sourit à Mme McMahon.

— Je me suis également rendue à Navan et à Trim. Sur le chemin du retour, j'ai découvert un adorable bâtiment ancien reconverti en boutique d'artisanat. La vendeuse n'en revenait pas ; elle dit que personne ne s'arrête jamais là-bas. Elle était si contente de me voir que…

— Vous vous êtes sentie obligée de lui acheter quelque chose !

— C'est à peu près ça !

De derrière son dos, Ellie tira un chapeau de feutre qu'elle avait jusque-là tenu caché.

— La vendeuse n'avait pas de sachet pour l'emballer, expliqua-t-elle avec son gracieux sourire.

— Avez-vous visité l'abbaye de Mellifont ?

— Non. J'irai peut-être en partant, ajouta-t-elle à l'intention de Feargal.

— Vous n'assisterez pas au mariage, constata Mme McMahon d'un ton désolé. Quoique… c'est peut-être mieux ainsi, poursuivit-elle avec un rapide regard en direction de son fils.

C'était curieux ; elle paraissait sincèrement désolée qu'Ellie ne soit pas présente à la cérémonie. Pourtant, logiquement, elle aurait dû souhaiter la voir disparaître au plus vite de son horizon.

— J'aurais aimé vous parler avant mon départ, madame McMahon, dit Ellie. Seule à seule.

La physionomie de Mme McMahon exprima son désarroi intérieur.

— Et peut-être me direz-vous enfin ce que je vous dois, termina Ellie.

— Beaucoup plus que ce que vous avez en poche, intervint Feargal.

Ellie soutint son regard.

— Peut-être, mais croyez bien qu'il s'agit d'une dette involontaire, répliqua-t-elle.

— Je n'en doute pas, dit-il sèchement.

Puis, après s'être incliné, très raide devant elle, il sortit. Se tournant vers Mme McMahon, Ellie décida de ne pas tergiverser.

— Nous avons à parler, dit-elle doucement.

— Je ne pense pas que...

— Mais si ! Je sais que ce ne sont pas mes affaires, et j'ai horreur de me mêler de ce qui ne me regarde pas, mais comprenez que j'ai absolument besoin de savoir pourquoi vous prétendez que Gramps est le père de Phena... ou plutôt : Gramps a-t-il su que vous affirmiez cela ?

— Comment pouvez-vous être aussi sûre qu'il n'est pas son père ?

— Parce que Gramps ne pouvait avoir d'enfants. Son fils et sa fille ont été adoptés.

Une expression d'intense stupéfaction sur le visage, Mme McMahon considéra Ellie. Puis elle éclata d'un rire nerveux.

— C'est tout moi ! Choisir le seul homme qui ne pouvait être responsable de mon état et lui faire confiance pour ne jamais rien révéler !

— Il savait donc ?

— Bien sûr, mon petit. Je ne suis pas entièrement dénuée de principes.

— Je ne voulais pas...

— Naturellement, dit Mme McMahon en tapotant la main d'Ellie. J'ai toujours su qu'un jour la vérité éclaterait. Les squelettes finissent toujours par glisser hors des placards, n'est-ce pas ? Et, pour ça, ils choisissent généralement le pire moment...

— Est-ce son fils le responsable ? demanda en hésitant Ellie.

— Mon Dieu ! Non. Qui vous a mis cette idée en tête ?

— Le nom sur l'acte de naissance. Feargal a mentionné un certain David Anthony Kent. Et comme il se trouve que ce sont aussi les prénoms du fils de Gramps...

— Je vois que Feargal s'est longuement étendu sur le sujet. Pourquoi pas, après tout ? Il était si certain que vous étiez au courant de tout. Je suis navrée de vous faire vivre de si mauvais moments.

— Ç'aurait été moins terrible si j'avais eu une petite idée de ce dont il parlait.

— Evidemment, dit en soupirant la pauvre femme.

Puis, fixant Ellie de son regard implorant :

— Puis-je vous faire confiance, mon petit ?

— Bien sûr, madame.

— Si quelqu'un mérite des explications, c'est bien vous. Je ne citerai pas de nom, le secret de la naissance de Phena, je l'emporterai dans ma tombe. Sachez seulement que son père n'était pas anglais. J'étais déjà enceinte en quittant l'Irlande.

Comme Ellie restait sans voix, elle poursuivit :

— Je l'ignorais, évidemment ; sinon, je ne serais jamais partie.

Le regard de la narratrice se fit distant tandis qu'elle faisait revivre des événements appartenant à un lointain passé.

— Si j'étais restée en Irlande, la vie n'aurait pas été facile pour moi, loin de là ; mais j'ose affirmer que j'aurais fait de mon mieux pour assumer. Enfin, le destin en a décidé autrement, et peut-être était-ce mieux ainsi... Je vous ai expliqué combien votre grand-père s'était montré généreux. Malheureusement, au moment où je reprenais espoir, je découvrais ma grossesse. Il m'a trouvé un jour, pleurant toutes les larmes de mon corps. Et parce que c'était un homme bon et compréhensif, je me suis confiée à lui. Il s'est occupé de tout, soins médicaux, hospitalisation... Nous étions même convenus de faire adopter l'enfant. Pourtant, lorsque je l'ai tenue dans mes bras, si petite, si fragile, j'ai su que je ne pourrais jamais faire une chose pareille. C'est alors qu'il a imaginé l'histoire de mon veuvage qui me permettrait de rentrer tête haute en Irlande.

— Il n'était donc pas question d'imputer la paternité de Phena à mon grand-père !

— Tout a parfaitement fonctionné jusqu'à ce que Phena décide de se rendre en Angleterre afin de rechercher ses racines. N'y trouvant trace que de votre grand-père, elle en a tiré les conclusions qui paraissaient s'imposer. Et c'est là que je suis terriblement fautive, car j'ai trouvé plus simple de ne pas la détromper. J'ai écrit à David pour lui demander ce qu'il en pensait, et il m'a répondu que c'était très bien ainsi.

— Je l'imagine avec son petit sourire, disant : « Faites au mieux et ne vous souciez pas de moi. » Phena l'a-t-elle rencontré ?

— C'est assez curieux, car elle n'en a jamais parlé ; non plus que David, d'ailleurs.

— Et son vrai père ? Ne pouvait-il vous épouser ?

— Le pauvre ! Il était marié, sans aucun espoir de se libérer ! Il n'a jamais su que le bébé était de lui. Ç'aurait été trop injuste.

— Vous l'aimiez ?

— Oui, et d'une certaine manière, je n'ai jamais aimé que lui. Ça a été ma punition, voyez-vous. Bien sûr, j'ai aussi aimé Tom McMahon, mais c'était très différent.

— Je comprends…, murmura Ellie.

Si son grand-père avait jugé bon de garder le silence sur cette affaire, ce n'était certainement pas à elle de rallumer les vieilles querelles.

— Qu'allez-vous faire des lettres ?

— Je les ai détruites la nuit dernière. Je n'ai conservé que le billet qui les accompagnait, et la statuette, bien sûr.

— Il est donc impossible que Phena découvre la vérité ?

Mme McMahon secoua tristement la tête.

— N'est-ce pas trop douloureux que votre grand-père passe pour un séducteur ?

Ellie réfléchit un instant.

— Je suis surtout blessée que Feargal le juge si sévèrement. Vous comprenez, j'adorais mon grand-père. Je m'entendais mieux avec lui qu'avec mes parents.

— Il vous manque ?

— Beaucoup.

— Je suis navrée de vous demander un tel sacrifice. Mon fils est parfois si dur. Dans ses veines coule le rude sang irlandais de nos aïeux… Ellie, à présent que vous savez la vérité, ou, du moins, ce que je puis en divulguer, accepterez-vous d'assister au mariage de Terry ? Ça me ferait tellement plaisir. Il me semble que ce serait rendre un peu de ses bontés à David.

— C'est impossible !

— Si j'essayais d'arrondir les angles avec Feargal ?

Ellie se demanda comment la pauvre femme l'aurait pu, liée comme elle l'était par son secret.

— Je ne crois pas que ce soit une bonne idée. Feargal est pressé de me voir décamper. A ce propos, pourriez-vous m'expliquer pourquoi il se montre si méfiant à mon égard ?

Mme McMahon hésita un instant avant de répondre :

— Je ne veux absolument pas excuser son comportement, mais les femmes se montrent si… avides. Pour avoir vécu quelques malheureuses expériences, il a l'impression qu'elles n'en veulent qu'à son argent. Je souffre pour lui et souhaite de tout mon cœur qu'un jour il trouve le bonheur… Alors, mon petit, acceptez-vous de rester quelques jours de plus parmi nous ?

— Il me semble que ce serait bien maladroit. Ma présence risquerait de provoquer des tensions et je m'en voudrais toute ma vie d'avoir jeté ne serait-ce qu'une ombre sur le bonheur de Terry. Non, réellement, il vaut mieux que je parte.

— Vous avez sans doute raison, admit à regret Mme McMahon. Mais auparavant, voudriez-vous avoir la gentillesse de me rendre un service ? Je ne peux pas compter sur Phena, et Terry est sans cesse par monts et par vaux. Voilà : je voudrais que vous veniez jeter un coup d'œil à ma toilette de cérémonie. J'ai grand-peur de l'avoir mal choisie et de me retrouver travestie en jonquille.

Ellie ne put réprimer un sourire.

— En ce cas, je vais vous donner mon avis !

— Merci beaucoup ! s'écria Mme McMahon.

Comme elle étreignait affectueusement Ellie, Feargal entra dans la pièce.

— Je vais sortir ma robe, venez dès que vous serez prête ! dit-elle.

Et sur un vague sourire, elle sortit.

— Que se passe-t-il ? demanda froidement Feargal.

— Rien du tout. Votre mère m'a simplement demandé de la conseiller au sujet de sa toilette. Vous n'avez donc pas écouté derrière la porte ?

Feargal fixa sur Ellie son regard impénétrable.

— Les murs sont épais, très chère, répondit-il enfin. Ne craignez-vous pas d'aller parfois un peu trop loin ?

— Ça met du piment dans l'existence, répondit Ellie avec désinvolture.

— J'aimerais savoir si mère a réussi à vous convaincre de la culpabilité de votre grand-père. Si tant est que vous ayez eu besoin d'être convaincue.

Le regard obstinément fixé au sol, Ellie hocha la tête.

— Votre mère m'a tout expliqué.

— Pauvre petite Ellie, dit Feargal d'un ton moqueur. Vous devez regretter votre démarche.

— Il est certain que j'aurais préféré ne jamais avoir entendu parler de ces satanées lettres ! s'écria rageusement Ellie. Ça aurait évité des ennuis à tout le monde !

— Vous savez ce que je crois, Elinor Browne ? dit Feargal en lui prenant le bras pour l'attirer à lui. Je crois que votre existence est en elle-même une source de tracas.

— Dans les circonstances présentes, je ne peux que vous donner raison !

L'insistance du regard de Feargal commençait à la mettre mal à l'aise. L'expression des yeux si bleus, si fascinants la bouleversait. Elle s'en voulait de demeurer sous le charme de celui qui l'avait si cruellement humiliée. Et pourtant, aussi affreux que cela puisse être de le reconnaître, elle avait terriblement envie qu'il la prenne dans ses bras et l'embrasse comme il l'avait fait auparavant. Quel mauvais tour lui jouait le destin ! Pour une fois qu'elle rencontrait un homme qui l'amusait et savait l'émouvoir, rien n'était possible entre eux.

— Comme si je n'avais pas assez d'ennuis…, murmura Feargal contre sa bouche.

Osant à peine respirer, Ellie ferma les yeux. Un dernier baiser, c'était tout ce qu'elle souhaitait… Il le lui accorda et, en dépit de tout, elle y puisa un certain réconfort.

— Vous êtes douce et chaude, et terriblement attirante, Ellie Browne. Heureusement que je suis payé pour savoir de quel bois vous êtes faite…

— Pauvre fou ! s'écria impulsivement Ellie. Je ne comprendrai jamais votre aveuglement !

— Il est peut-être encore pire que vous ne l'imaginez, dit-il, sibyllin. Allez-vous-en, Ellie. Je ne veux plus jamais vous revoir. Je pars immédiatement pour Kildare où un de mes chevaux court demain dans la Curragh. Ça vous laisse le temps de libérer la place !

— Qu'est-ce que la Curragh ? demanda machinalement Ellie.

— Le berceau du Derby irlandais. Phena vient avec moi.

— Votre cheval a-t-il des chances de gagner ?

— Je l'espère, en tout cas.

— Encore de l'argent à sacrifier sur l'autel de votre dieu.

— C'est vraiment ce que vous pensez de moi ?

Se détournant, Ellie hocha négativement la tête.

— Non, Feargal. Bonsoir.

Sans un regard en arrière, elle sortit. Sur le palier de l'étage, elle s'arrêta afin de reprendre contenance car l'attitude de Feargal l'avait blessée. La porte de la chambre de Mme McMahon était ouverte. Sur le seuil, Ellie s'immobilisa, déconcertée par l'indescriptible fouillis d'objets qui encombraient la moindre parcelle d'espace disponible. Les meubles eux-mêmes semblaient se disputer la place.

Ellie souriait, amusée, lorsque son regard tomba sur la toilette que Mme McMahon avait étalée sur le lit. Elle ne put dissimuler sa désapprobation. Mme McMahon la considéra avec anxiété.

— Si vous voulez mon avis, c'est très joli, dit Ellie en approchant, mais…

— … mais ça ne me convient pas ?

— Ça affadit le teint, dit Ellie en plaçant la robe devant Mme McMahon pour mieux juger de l'effet.

Puis, devant le regard navré de la pauvre femme, elle ne put s'empêcher de proposer :

— Si vous voulez que je vous accompagne demain à Dublin, nous échangerons cette robe contre quelque chose de plus approprié. Feargal restera un moment absent, il ne saura donc pas que j'ai prolongé mon séjour.

— Vous feriez ça pour moi ! Vous ne m'en voulez donc pas ?

— Je ne veux surtout pas que la mère de la mariée ressemble à une jonquille ! dit gentiment Ellie.

— Si vous saviez comme je déteste faire des courses. J'achète n'importe quoi et me retrouve avec des vêtements que je suis incapable de porter ! C'est tout de même extraordinaire.

D'un geste dégoûté, la mère de Feargal rangea la robe dans son carton.

— J'aimerais tellement que vous puissiez assister au mariage. Croyez-vous que ce soit vraiment impossible ?

— De toute façon, je n'aurais rien à me mettre ! plaisanta Ellie.

— Vous craignez qu'on vous prenne pour la parente pauvre ? Ne vous en faites pas : je me charge d'expliquer vos goûts excentriques ! Enfin, Ellie, vous savez mieux que moi ce que vous avez à faire. Pourtant, j'aurais *tellement* aimé que les choses soient différentes…

7.

Après avoir pris son petit déjeuner, Ellie se mit en quête de Mme McMahon. Tout en sachant que Feargal ignorerait toujours qu'elle lui avait désobéi, elle éprouvait un désagréable sentiment de culpabilité. « La vie est bien compliquée », se dit la jeune femme en hochant la tête d'un air désabusé. Elle était bien décevante aussi.

— Vous êtes sûre que ça ne vous ennuie pas ? demanda Mme McMahon en l'apercevant. Je pourrais demander à Feargal de m'accompagner demain.

— Il serait enchanté de courir les magasins en votre compagnie ! répliqua Ellie avec un malicieux sourire.

— Si j'insiste, il le fera, dit Mme McMahon en esquissant une grimace. Seulement, je ne suis pas assez folle pour ça. Alors, tant pis, il est dit que cette corvée vous incombera !

Ellie avait tout de suite senti que Mme McMahon était faible de caractère. Elle fut tout de même étonnée de constater à quel point elle était influençable, car si elle n'avait pas été là pour guider son choix, la pauvre femme serait ressortie du magasin avec une toilette aussi catastrophique que la robe jaune.

Elles finirent par tomber d'accord sur un classique tailleur bois de rose, accompagné d'un chapeau et de gants d'un ton légèrement plus soutenu. Paradant dans sa nouvelle tenue devant le miroir, Mme McMahon n'en revenait pas.

— Je n'aurais jamais cru avoir tant de classe, disait-elle avec une joie naïve. Et puis, je me sens toute rajeunie ! Ellie, vous êtes un amour !

Les deux femmes regagnèrent Slane enchantées d'elles-mêmes.

— Laissez-moi au village, proposa Mme McMahon. J'ai une ou deux courses à faire. Je rentrerai à pied, ça me fera du bien.

— Dans ce cas, je ferais mieux de vous faire tout de suite mes adieux.

— Oh ! s'exclama Mme McMahon, sincèrement désolée. J'avais oublié que vous partiez !

— J'ai été très heureuse de faire votre connaissance. Si jamais vous venez en Angleterre, j'aimerais vous revoir.

— Ça me ferait également plaisir, dit Mme McMahon d'un ton qui sous-entendait qu'elle ne croyait pas cela possible. Au diable Feargal et son éternelle méfiance ! ajouta-t-elle. C'est à cause de lui que vous nous quittez. Quoique je doive admettre que si, d'une manière ou d'une autre, Phena venait à apprendre que vous êtes la petite-fille de David Harland, nous n'aurions pas fini d'en entendre parler !

Sans relever, Ellie déposa un rapide baiser sur la joue de l'aimable personne.

— J'espère que le mariage de Terry sera très réussi, dit-elle en lui adressant un signe d'adieu.

Signe que lui rendit en soupirant Mme McMahon.

Le cœur gros, Ellie regagna le Hall. Comme elle pénétrait dans la chambre de la mère de Feargal pour y déposer sa nouvelle toilette, elle s'immobilisa, interdite, sur le seuil. Phena s'y trouvait déjà, très occupée à fouiller dans la boîte à bijoux de sa mère.

— Ne prenez pas cet air horrifié ! s'écria la jeune femme en levant la tête. Je ne suis pas un cambrioleur !

— Ce n'est pas… je ne pensais pas vous trouver ici, c'est tout. Je passais simplement déposer ceci.

— Nous sommes revenus tôt ce matin, dit Phena, soulevant le papier soyeux qui enveloppait le tailleur.

En le découvrant, elle poussa une exclamation railleuse avant de se retourner d'un bloc vers Ellie.

— Vous êtes sa petite-fille ! dit-elle d'un ton accusateur.

— Mais je…

— Je dis que vous êtes la petite-fille de David Harland ! Et ce bout de papier mentionnait des lettres. Où sont-elles ?

Profondément bouleversée, Ellie reconnut le billet qui accompagnait l'envoi de son grand-père.

— Je ne sais pas, bredouilla-t-elle.

— Ne mentez pas ! Ce billet fait état de lettres que vous deviez apporter à ma mère. Où sont-elles ?

— Je n'en sais rien, s'entêta Ellie. Vous n'auriez pas dû lire ce mot. Il ne vous était pas destiné.

— Comment ça « je n'aurais pas dû » ? J'ai bien le droit de chercher à savoir ce qui se trame derrière mon dos !

Ellie dut se forcer au silence. Elle savait que le moindre mot risquait d'être mal interprété. Les yeux agrandis par la contrariété, elle se contenta de fixer Phena.

— Vous êtes ma nièce, dit cette dernière en fronçant les narines avec mépris.

— Pas du tout.

— Nierez-vous être sa petite-fille ?

— Non, mais…

— Mais quoi ? fit une voix glaciale derrière son dos.

Faisant volte-face, Ellie découvrit Feargal dont le visage n'exprimait rien de bon.

— Ce n'est pas… je ne suis pas… Oh ! non ! s'écria-t-elle enfin, ne voyant aucune issue.

— Bien, bien ! Entre donc, mon cher frère, plus on est de fous, plus on rit, dit Phena d'une voix désagréable. Ellie était justement en train de s'expliquer au sujet des lettres.

— C'est faux !

Ignorant Ellie, Feargal s'avança vers sa sœur et, d'un geste prompt, lui arracha le billet qu'elle tenait encore entre ses doigts. Il le parcourut brièvement du regard avant de le chiffonner.

— C'est bien de mère de laisser traîner ça !

— Tu sais très bien qu'elle n'a pas de tête ! fit méchamment observer Phena. Ainsi, Ellie va entrer dans notre petite communauté. Aura-t-elle sa part du gâteau ou devrais-je partager la mienne avec elle ?

— Je ne veux rien !

— Elle n'aura rien !

Les deux répliques étaient sorties en même temps de leur bouche.

— En ce cas, je ne m'explique pas sa présence ici. Et ne venez pas me raconter qu'elle a agi par pure bonté d'âme, je n'en croirais rien !

— Je ne sais pas pourquoi elle est venue, dit Feargal. Je ne sais même pas pourquoi elle est encore ici.

— J'ai accompagné votre mère à Dublin pour qu'elle y change sa tenue de cérémonie. Je venais chercher ma valise quand…

— Quand elle m'a découverte fouillant dans la boîte à bijoux de mère.

— Peut-on savoir pourquoi ?

— Je cherchais mes pendants d'oreilles, mon cœur ! Ceux que j'ai prêtés à mère lors de ma dernière visite. Et je suis tombée sur ce billet. Tu imagines ma joie en découvrant derrière moi la petite Ellie. Elle allait pouvoir s'expliquer immédiatement !

— Il n'y a rien à expliquer, répliqua Feargal. Ces lettres ne contenaient rien d'important.

— Pourquoi aurait-elle pris la peine de les apporter ?

— Je t'ai déjà dit que je n'en sais rien. Demande-le-lui toi-même.

Se tournant vers une Ellie plus morte que vive, Phena la dévisagea sans douceur.

— Eh bien ?

— C'est Gramps qui m'a demandé de les remettre à votre mère.

— Il n'a pas pris la peine de me laisser un message, à moi, sa fille chérie, perdue depuis si longtemps ?

— Non.

— J'aurais dû m'en douter. Tout le monde a le droit d'être au courant sauf moi, la principale intéressée ! Tenez surtout Phena à l'écart de tout cela ! Et pas un dans le tas qui ait eu le courage de m'en parler !

Feargal posa une main amicale sur l'épaule de sa sœur.

— Ces lettres ne renfermaient rien que tu ne saches déjà.

— Rien que je ne sache déjà ! s'écria Phena en se dégageant de l'étreinte de son frère. Tu appelles « rien » la preuve tangible de ma filiation avec mon père ?

S'avançant vers Ellie, Phena s'empara de son poignet qu'elle secoua sans ménagement.

— Avez-vous une petite idée de ce que c'est que de n'être la fille de *personne* ? Mais non, la petite Ellie Browne ne peut pas comprendre ; elle a une famille, elle, et bientôt deux, si elle sait y faire.

— Je ne veux plus jamais entendre parler des McMahon !

— Pas même de mon cher frère ? Vous feriez mieux de vous dépêcher de mettre le grappin dessus avant que d'autres n'y parviennent. Il est très convoité, vous savez ! Je n'irais pas jusqu'à dire que c'est pour son argent…

Ecœurée par ces propos, Ellie se tourna vers Feargal afin de voir comment il réagissait. Curieusement, il n'avait pas l'air furieux comme elle s'y attendait, mais plutôt triste. Comme si la méchanceté de sa sœur l'atteignait davantage qu'il ne l'aurait souhaité.

— Je ne convoite rien, dit fermement Ellie, et je trouve lamentable que vous vous montriez, l'un comme l'autre, à ce point soupçonneux à l'égard du genre humain. Vous voyez vraiment le mal partout.

— Il *est* partout ! La vie est parfaitement injuste.

— Parce que c'est ainsi que vous voulez qu'elle soit ! Par exemple, vous ne pouvez tout de même pas supposer que les femmes n'en veulent qu'à l'argent de…

— Laissez, ordonna Feargal. Je suis capable de me défendre tout seul.

— Je n'en doute pas, figurez-vous ! Mais je ne peux pas rester là à entendre des inepties sans protester !

— Taisez-vous ! Phena, continue, je te prie.

— Le coup classique ! riposta Phena, haineuse. Tu veux me faire parler jusqu'à ce que je dise quelque chose de vraiment énorme ! Vous me faites bien rire, allez. La nouvelle a déjà dû faire le tour du village. « Comment, vous ne savez pas ? C'est incroyable. Les McMahon se sont découvert une lointaine parente, anglaise avec ça ! » J'en passe et des meilleures !

— Je ne suis pas parente avec vous ! s'écria Ellie. Dites-le-lui, ajouta-t-elle en tournant un visage suppliant vers Feargal.

— Lui dire quoi ? Que vous n'êtes pas venue pour nous faire chanter, ou bien que vous ne faites pas partie de la famille ?

Ellie blêmit. Ces deux êtres renfermaient vraiment au plus profond de leur chair le poison du doute.

— Je n'ai rien fait de mal, murmura-t-elle, et vous le savez très bien.

— Je suppose que votre grand-mère vous a donné sa bénédiction, dit aigrement Phena.

— Laissez ma grand-mère où elle est !

— Elle a pourtant sa part de responsabilité. C'est elle qui m'a empêchée de rencontrer mon père.

— Comment cela ?

— Ne faites pas l'innocente, ça vous va très mal.

— Vous avez vu ma grand-mère ? Lui avez-vous dit qui vous étiez ?

— Naturellement. Et vous savez comment elle m'a reçue ?

— Je suppose qu'elle vous a mise à la porte.

— En quelque sorte.

Ellie comprenait la réaction de sa grand-mère. Mieux que quiconque, elle savait que son mari n'avait pu concevoir d'enfants, que ce soit dans ou hors des liens du mariage. Pourtant, elle imaginait aussi la détresse de celle qui avait été rejetée.

— Je comprends votre amertume, et pourquoi vous m'en voulez tant…

A ce moment, on entendit bruyamment claquer la porte d'entrée, et un brouhaha de voix monta jusqu'à eux.

— Que se passe-t-il encore ? grommela Feargal.

Il se dirigea vers la porte, mais, avant de sortir, dévisagea les deux femmes l'une après l'autre.

— Pas un mot de tout cela à mère. C'est bien compris ?

A présent, on percevait distinctement les lamentations de

Terry. A travers des phrases au débit haché, Ellie comprit qu'elle était allée prendre livraison de sa robe de mariée et qu'elle était très déçue du résultat. Pour comble de malheur, sa couturière venait de partir en vacances, et sa remplaçante n'y connaissait rien. Qu'allait-elle devenir ? Elle préférait encore annuler son mariage que se rendre à l'autel ainsi fagotée !

Rose choisit ce moment pour sortir de la pièce commune en se frottant les mains, disant que c'était la punition de Dieu qui tombait sur leurs têtes. Mme McMahon, maladroite, envenima les choses en affirmant que la robe n'était pas si mal que ça. Terry lui rétorqua qu'il fallait être aveugle pour ne pas voir qu'elle tombait sur elle aussi gracieusement qu'un sac à pommes de terre. Mme McMahon, prétextant un subit mal de tête, se jeta alors dans l'escalier, fuyant lâchement le lieu du drame.

Feargal descendit à la rencontre de sa sœur.

— Que vais-je devenir ? se lamenta Terry

— Nous allons trouver une autre couturière.

— Qui serait assez folle pour reprendre le travail d'une autre ?

— Je m'en charge, dit Feargal d'un ton plein d'assurance.

— De toute façon, il est trop tard !

— Il n'est jamais trop tard, répliqua Feargal en lui tapotant l'épaule.

— Fais donc confiance à Feargal McMahon. Il est tout-puissant, tu le sais aussi bien que moi ! intervint férocement Phena.

— Phena ! Ce n'est vraiment pas le moment ! gronda Feargal.

— Evidemment, ça retombe sur moi ! Normal. Je n'ai jamais été un membre à part entière de cette famille !

Sur ces mots, Phena se précipita dans sa chambre dont elle claqua la porte de toutes ses forces derrière elle. Eberluée par l'ouragan qui venait de souffler sur leurs têtes, Ellie demeurait terrée dans son coin. Devant le visage marbré de larmes de Terry, elle réagit néanmoins.

— Me permettez-vous de jeter un coup d'œil sur votre robe ?

Elle était si lasse de cette famille que même le regard de Feargal qui eût dû la faire rentrer sous terre la laissa indifférente. Passant devant lui, elle prit le bras de Terry.

— Rose, voudriez-vous nous apporter du thé dans la chambre de Terry ? demanda-t-elle.

— Je peux pas ! J'ai toutes les chambres à préparer pour les invités et…

— Faites ce qu'on vous dit ! ordonna Feargal.

Tout en souhaitant avoir, une fois pour toutes, quitté cette maison de fous, Ellie poussa Terry vers sa chambre.

— C'est affreux, j'ai l'air d'une bonbonne ! s'écria la jeune femme, une fois la porte refermée derrière elles.

— Passez votre robe.

Terry s'exécuta, puis, les bras ballants, la mine désespérée, s'exhiba à la critique d'Ellie.

— Vous voyez ? Cette robe est affreuse.

— Elle n'est pas affreuse, c'est seulement qu'elle ne vous va pas, dit Ellie après examen. Si nous ôtions ces volants… Et puis, il faudrait changer le col et reprendre la taille…

Ellie entraîna Terry jusqu'au miroir à pied où, tirant en arrière l'excès de tissu qui surchargeait les hanches, elle essaya de donner meilleure allure à la robe.

— Alors, qu'en pensez-vous ?

Terry, cependant, fut tout juste capable de faire entendre un gémissement de détresse.

— Si je retire soigneusement les volants et que ça ne vous plaise pas, je pourrai toujours les recoudre…, hasarda Ellie. Nous supprimerons aussi ces horribles rembourrages d'épaules.

— Faites ce que vous voulez ! s'écria Terry. Je m'en moque !

— Ne vous laissez pas aller, dit gentiment Ellie. Avez-vous des ciseaux, une boîte à couture ?

— Je vais vous les chercher. C'est drôle, je ne me

souvenais pas de toutes ces fanfreluches quand j'ai fait les essayages.

— Je crois que la couturière a éprouvé le besoin d'en rajouter. Mais pour quelqu'un de grand et mince comme vous, les lignes classiques conviennent mieux.

Les deux jeunes femmes passèrent le restant de la journée enfermées dans la chambre de Terry avec du thé et des sandwichs. Terry observait anxieusement Ellie qui décousait, piquait, retaillait inlassablement.

Il était près de minuit quand la future mariée essaya de nouveau sa robe.

— Oh ! Ellie, murmura-t-elle, extasiée. On dirait que ce n'est plus du tout la même robe !

Ellie sourit devant son expression heureuse.

— Sans vous, je ne sais pas ce que je serais devenue ! Vous êtes une bénédiction du ciel !

Impulsivement, Terry sauta au cou d'Ellie et l'étreignit affectueusement.

— Je vais montrer ma nouvelle toilette à maman, je suis sûre qu'elle n'arrive pas à dormir !

« Une bénédiction du ciel », répéta Ellie, restée seule. Tristement, elle se mit à ramasser les morceaux de tissu épars dans toute la pièce. Tout bien considéré, elle était plutôt une envoyée du diable…

— Voici donc notre petite fée ! fit une voix sarcastique.

Se retournant brusquement, Ellie aperçut Feargal, debout dans l'embrasure de la porte, son habituel sourire aux lèvres.

— Pas maintenant, Feargal. Je suis trop épuisée pour une joute oratoire.

— Vraiment ?

— Vraiment. Et puis, ce que vous pensez de moi m'est bien égal maintenant.

— Parce qu'avant, ça ne l'était pas ?

— Eh bien, non, ça ne l'était pas. Je tenais à votre estime parce que je vous aimais bien. Voilà. Etes-vous satisfait ?

— Extatique.

— Puisque nous n'avons plus rien à nous dire, bonsoir, Feargal.

Sans insister, il se retira. C'était tellement vrai qu'Ellie en avait par-dessus la tête d'eux tous ! « Oh ! Gramps, quel beau legs tu as fait à ta petite-fille », songea-t-elle, le cœur serré.

Avant que Terry ne revienne, elle courut se réfugier dans sa chambre. Serrant contre elle l'ours Arthur, elle s'approcha de la fenêtre pour observer le ciel plein de nuages.

Le jugement de Feargal, la rancœur de Phena, quel fardeau ça avait dû représenter pour les frêles épaules de Mme McMahon. Ellie se demandait si elle aurait eu le courage de traverser toute une vie dans ces conditions. Enfin, dès le lendemain, elle quitterait cette maison pour ne plus jamais revenir. C'en était fini pour la petite Ellie de cette famille d'Irlandais au tempérament si vif.

Quand elle s'éveilla le lendemain, Ellie se rendit compte qu'elle ne supporterait de revoir aucun des McMahon. Elle craignait trop qu'ils n'essaient, une fois de plus, de l'entraîner dans un de ces drames qui formaient le tissu de leur existence.

Espérant que cette fois ce serait définitif, elle refit ses bagages. Malheureusement, tandis qu'elle se glissait dans le hall, des éclats de voix en provenance du bureau parvinrent jusqu'à ses oreilles. Comble de malchance, la porte était ouverte. Elle essayait de passer sans être vue quand Phena jaillit telle une tigresse.

— Encore là ?

— Seulement pour quelques minutes…

Phena la poussa rageusement pour se diriger vers l'escalier. Feargal l'avait aperçue, inutile de songer à fuir. Ellie prit sa respiration et entra.

— Que voulez-vous ? interrogea sans douceur Feargal.

— Régler mes dettes.

Tirant son carnet de chèques de son sac, Ellie attendit qu'il lui indiquât un chiffre.

— Allez déjeuner, dit Feargal après un instant de réflexion. Je prépare votre note pendant ce temps.

— Tout compte fait, l'argent vaut mieux que l'expérience, ne put s'empêcher de faire remarquer Ellie.

— Il est certain que parfois l'expérience revient très cher. Comme dans votre cas. A la lumière des récents événements, Phena pense pouvoir me réclamer un appartement plus grand. Le mariage de Terry me ruine, mais du moins est-elle contente de sa robe. Elle m'a coûté une fortune mais ne ressemble plus en rien à l'original, chemins de perles et froufrous ayant été jetés aux ordures. Aussi, peut-être comprendrez-vous, petite Ellie Browne avec un « e », que je préfère arrêter là l'expérience.

Qu'aurait pu répliquer Ellie ? De toute façon, avant qu'elle ait eu la chance de pouvoir ouvrir la bouche, Phena faisait de nouveau irruption dans la pièce.

— Pas encore partie ? Décidément, vous vous incrustez ! Feargal, j'ai oublié de te parler des meubles…

— Nous verrons ça plus tard. Je suis occupé.

— Pauvre chéri !

Phena se tourna vers Ellie, un sourire hypocrite aux lèvres.

— Moi, je trouve normal que ceux qui ont toutes les chances subissent également quelques inconvénients !

— Vous appelez ça de la chance !

— Feargal a la ferme, les terres, la maison…

« Et sa mère à charge, et vous, et Terry et les problèmes de chacun… », songea Ellie en aparté.

— … mais la pauvre petite Ellie Browne n'aura rien du tout, termina railleusement Phena.

— La petite Ellie Browne n'a besoin de rien. Et d'abord, je ne suis pas petite !

— Mais pauvre, si, rétorqua Phena avec un regard de mépris pour les vêtements d'Ellie. Enfin, vous avez réussi à embobiner mère…

— Elle s'est montrée très gentille pour moi.

— Normal, non ? Vous êtes la petite-fille de son amant, après tout. Vous avez dû en échanger des confidences ! Des nouvelles de Huw ? ajouta-t-elle en se tournant vers son frère, témoin silencieux de leur échange.

— Oui. Il sera là demain.

— Quel malheur qu'Ellie ne puisse le rencontrer ! Ils se seraient bien entendus. Huw aime les jolies femmes.

— Va-t'en, Phena.

— Pourquoi ? Huw et toi vous croyez tous les droits parce que vous êtes des enfants légitimes ! C'est ça ?

— Arrête, s'il te plaît ! Personne n'a jamais fait de différence entre nous. C'est dans ta tête que ça ne va pas. Ellie, laissez-nous.

Trop heureuse d'échapper à la confrontation du frère et de la sœur, Ellie ne se le fit pas répéter deux fois. Après cette entrevue, elle ne craignait plus rien. Personne ne pourrait se montrer aussi odieux que ces deux-là.

Quand elle eut terminé son petit déjeuner, Ellie chercha Mme McMahon pour la saluer avant son départ. Cette dernière demeurait toutefois introuvable. Rose lui apprit qu'elle l'avait vue s'éloigner en direction des étables à traite. Ellie la remercia d'un signe de tête et sortit.

Il faisait très beau. Un gai soleil inondait la campagne, les oiseaux chantaient. Pourtant, Ellie aurait préféré quitter le Hall par une journée pluvieuse. En passant devant l'enclos des chevaux qui lui avaient paru si tristes le premier soir, elle s'arrêta. C'étaient en fait de beaux animaux pleins de vie et de santé dont la robe bien étrillée luisait au soleil.

— Vous attendez un miracle ?

Oh ! non. Par pitié, pas elle ! Pas Phena ! Pourtant, c'était bien l'irascible jeune femme qui s'était glissée au côté d'Ellie, un sourire méchant aux lèvres. En l'observant de plus près, Ellie s'aperçut qu'elle avait pleuré. Dans un brusque élan de compassion, elle posa la main sur son bras.

— Je suis désolée pour les lettres. Avant de venir ici, je n'avais jamais entendu parler de vous, ni de votre mère, ni d'aucun d'entre vous. Je n'avais aucune idée des ennuis qu'elles créeraient.

Se dégageant, Phena recula d'un pas.

— Vous voudriez me faire croire ça ?

— Je vous jure que c'est la vérité ! Je suis désolée de

vous avoir rappelé de tristes souvenirs. Jamais je n'aurais cherché sciemment à vous faire du mal.

Ce fut toutefois en vain qu'Ellie chercha sur le visage de Phena une trace de compréhension. Elle s'apprêtait à repartir quand la jeune femme l'arrêta d'un geste.

— Combien vous a-t-il laissé ?

— Qui ? Grand-père ?

— Bien sûr, « grand-père » ! singea méchamment Phena.

— Pas grand-chose. De quoi faire le voyage en Irlande, en tout cas.

— Ce sont donc vos parents qui héritent. Mais ça vous reviendra plus tard.

— Je ne vois guère que la maison… Vraiment, Phena, ne vous considérez pas spoliée. Et puis, il n'y a pas que l'argent qui compte. Vous avez une famille aimante. C'est plus que beaucoup n'auront jamais.

— Qu'en savez-vous ?

La rancœur déformait les traits de Phena au point de la rendre laide. Sans ajouter un mot, elle reprit le chemin de la maison. Qu'aurait-elle éprouvé à sa place ? se demanda Ellie. Sincèrement, elle ne pouvait dire. En soupirant, elle se dirigea vers les bâtiments de la ferme.

Elle jetait un coup d'œil à l'intérieur d'une étable quand elle aperçut Feargal, en bras de chemise, bataillant contre une pièce de machine. Décidément, dans cette famille, ils étaient pires que des diables. On les voyait surgir de leur boîte aux endroits les plus inattendus !

— Vous me cherchiez ?

— Non, je voulais simplement saluer votre mère.

Bien qu'elle ait très vite détourné son regard, Ellie avait eu le temps de noter qu'il avait la peau hâlée, qu'il était très beau et qu'il s'essuyait les mains sur sa chemise…

— Vous ne devriez pas faire ça ! s'exclama-t-elle.

— Vous avez fait la causette avec Phena, dit-il sans relever.

Ellie savait par avance qu'il était inutile d'essayer de se disculper, aussi se contenta-t-elle de hausser les épaules.

— M'avez-vous préparé ma note ?

Feargal hocha la tête d'un air amusé.

— Vous savez, Ellie, si je ne vous méprisais autant, je vous admirerais. On vous donnerait le bon Dieu sans confession.

— Et je le mériterais !

— Qu'avez-vous dit à Phena ?

— Que j'étais désolée ; ce qui est exact ! D'une certaine manière, je la comprends. Ce qui lui arrive est sûrement terrible.

— Oh ! oh…

— Parfaitement ! Je suis sincère. Et ne venez pas me raconter que ma venue a envenimé les choses ! Phena était tout aussi aigrie avant.

— Mais moins intéressée. Et je n'aime pas du tout vos façons d'insinuer que *moi*, je ne la comprends pas.

— Finissons-en. Dites-moi ce que je vous dois et vous ne me reverrez plus de votre vie !

— Vous tenez à payer ?

— Absolument.

Feargal saisit Ellie par le bras et l'attira à l'intérieur de l'étable. A son regard, Ellie comprit brusquement ce qu'il avait en tête.

— Vous êtes fou ! Lâchez-moi !

— Non.

Il arrivait très rarement à Ellie de perdre son sang-froid. Mais quand elle le perdait, c'était pour de bon. Rassemblant ses forces, elle lança à Feargal un violent coup de pied dans le tibia. Elle le vit grimacer de douleur ; il ne lâcha pas prise pour autant.

— Vous voulez vous battre ?

— Non, je veux partir !

— Vous partirez, je vous le promets. Mais seulement quand vous m'aurez dit toute la vérité. Et rappelez-vous qu'à ce genre de petit jeu, je suis toujours gagnant.

— Je suis peut-être « petite », mais nous autres Anglais, nous nous battons jusqu'à notre dernier souffle !

— Prenez-vous les Irlandais pour des poules mouillées ?

— Non, mais ce qui les perd, c'est leur tempérament trop vif !

— Ne généralisez pas, ma chère enfant. Ça pourrait vous porter malheur !

Comme Feargal se penchait, Ellie rassembla toute son énergie pour lui échapper. Malheureusement pour elle, dans son effort, elle trébucha et s'étala sur un tas de foin. La dominant de toute sa taille, les mains aux hanches, Feargal l'observait d'un air narquois.

— Et maintenant ?

Hors d'haleine, et rendue encore plus furieuse par le calme qu'il affichait, Ellie voulut se relever. Cependant, plus prompt qu'elle, Feargal s'agenouilla et, la prenant par les poignets, l'immobilisa.

— Je veux la vérité ! Que saviez-vous avant votre départ d'Angleterre ? Comment avez-vous persuadé Donal de nous présenter l'un à l'autre d'une façon aussi rocambolesque ?

Ellie eut une moue de mépris.

— Donal ? Je le connais à peine !

— Ça n'empêche rien.

— Vous vous considérez donc comme le genre de type qu'on peut manipuler à sa guise ? Il est vrai que si j'étais celle que vous croyez, j'aurais connu votre penchant pour les jolies filles et votre seuil très bas de tolérance à l'ennui ! Mais ce que je ne comprends vraiment pas, c'est la raison pour laquelle quelqu'un ferait des pieds et des mains pour entrer dans une famille de fous !

— Nous sommes peut-être fous, mais nous avons de la fortune. Il me semble me rappeler que le souhait de votre mère était justement de vous voir faire un riche mariage.

— Accusez mes parents de faire partie du complot pendant que vous y êtes !

— Pourquoi pas ? Votre père a bien financé une partie du voyage.

— Ecoutez, si cela était et que j'aie tout combiné, je ne me serais pas amusée à vous faire des confidences ! Allons, admettez que votre histoire ne tient pas debout ! Je vous dis la vérité !

— Et vous veniez me rejoindre dans cette étable pour m'en convaincre ?

— J'ignorais que vous étiez ici !

— Phena vous aura renseigné.

— Quelle arrogance ! Pour un homme intelligent, vous êtes drôlement stupide ! Allez vous imaginer que la gent féminine dans sa totalité ne pense qu'à vous séduire !

— Voici enfin le vrai visage d'Ellie Browne. Quel air méchant !

— Si je suis méchante, vous n'êtes qu'un ours mal léché !

— Moi, un ours mal léché ?

— Parfaitement !

— Il y a encore peu de temps, vous ne pensiez pas ça de moi.

— C'est que je ne vous connaissais pas !

— Vous ne me connaissez pas davantage.

Tout en prononçant ces paroles, lentement, Feargal se pencha sur Ellie.

8.

La nouvelle proximité de Feargal troubla Ellie.

— Quels que soient vos mobiles, reprit-il, et en dépit de son caractère, Phena ne méritait pas ça.

— Vous croyez que je ne m'en rends pas compte ? Et combien de fois devrais-je vous répéter que je n'ai aucun mobile caché ?

— De même qu'il était parfaitement superflu de rappeler au souvenir de ma mère des événements qui gagneraient à être oubliés.

— Je le sais aussi bien que vous ! Pourquoi ne me croyez-vous pas ? Comment pouvez-vous être aussi suspicieux ?

— C'est que vous n'êtes pas la première à me tourner autour ! Encore que je doive reconnaître que vous êtes de loin la plus habile et la plus… séduisante. Et le plus drôle, c'est qu'en dépit de ce que je pense de vous, je continue à vous trouver diablement attirante.

— Je suis heureuse de pouvoir affirmer qu'il n'en est pas de même pour moi !

— Menteuse ! Avouez que ce serait dommage de perdre le bénéfice de votre extraordinaire prestation.

— Ce serait un immense soulagement, au contraire ! Et vous pouvez attendre jusqu'à la fin des temps que je vous supplie de me lâcher ! Je ne vous donnerai jamais ce plaisir, Feargal McMahon !

— Il existe différentes manières de faire plaisir…

— Pour vous, peut-être ! Pas pour moi !

— Vous croyez ?

Bien qu'elle fût sur ses gardes, Ellie ne sentit pas venir le coup. Et l'eût-elle prévu qu'elle n'aurait pu, de toute façon, rien faire pour l'éviter. Retenant ses poignets d'une seule main, de l'autre Feargal lui immobilisa la tête, puis, avec une lenteur calculée, posa ses lèvres sur les siennes.

— Et ne me dites pas que ce n'est pas ce que vous vouliez, chuchota-t-il.

Ellie voulut crier, mais aucun son ne sortit de sa gorge. Ce n'était pas juste. Non, vraiment pas juste. Et pourquoi fallait-il qu'au lieu de la rudoyer il se fasse caressant ? Ellie s'efforça de rester impassible ; qu'au moins il ne devine pas son bouleversement intérieur… Dommage, d'ailleurs, de ne pouvoir se laisser aller à la griserie de son baiser. C'était exactement celui qu'elle avait toujours rêvé qu'on lui donnât.

Même les solides mains qui la retenaient prisonnière avaient cessé de lui faire mal. Au contraire, les pouces caressant l'intérieur de son poignet faisaient courir plus vite le sang dans ses veines. Les battements de son cœur s'accéléraient en même temps qu'une étrange langueur l'envahissait…

Que lui arrivait-il ? Tournant brusquement la tête de côté, Ellie cria, effrayée de cet inconnu qui se révélait à elle.

— Non ? demanda Feargal, moqueur.

— Non ! Et ce n'est pas bien d'utiliser ce genre d'arme. C'est bas et méprisable.

— Parce que vous croyez que les femmes se gênent ?

— Je ne crois rien du tout ! Et maintenant, lâchez-moi ! Je ne suis pas un objet !

— Et moi, je dis que vous aimez être traitée en objet. Vous êtes toute rouge, votre peau est brûlante, votre cœur bat vite. Ce sont des signes qui me permettent d'affirmer que vous me désirez.

— Cela aurait pu être, mais dans d'autres circonstances !

D'un air de doute, il la lâcha et se leva.

— Quelles que soient les circonstances, corrigea-t-il.

Et il ajouta sans que ne subsiste la moindre trace d'humour dans sa voix :

— Considérez votre dette éteinte. Et qu'on ne vous voie plus rôder dans les parages.

— C'est mon plus cher désir.

— Et si j'entends circuler la moindre rumeur sur notre compte…

— Que ferez-vous ?

— Vous me le paierez très cher.

Voilà, il était parti, l'odieux, le méprisable, le cynique individu. Après avoir hâtivement réparé le désordre de sa toilette, Ellie courut jusqu'à la maison, monta dans sa chambre prendre sa valise et redescendit quatre à quatre l'escalier. Sa voiture était garée devant la porte. A bout de nerfs, elle jeta ses bagages dans le coffre et se glissa derrière le volant.

Non ! Elle ne resterait pas une minute de plus dans cette maison où on l'avait humiliée de la pire façon qui soit. Des larmes de rage lui brouillant la vue, elle tourna la clé de contact. A présent, une foule de répliques appropriées lui venait à l'esprit ; mais il était trop tard.

Qu'avait donc cette maudite voiture ? Ellie coupa le contact, manœuvra de nouveau la clé sans qu'aucun bruit, pas même le plus léger toussotement, se fasse entendre. La portière du côté du passager s'ouvrit brusquement, la faisant sursauter.

— Des ennuis ? suggéra Feargal. Ce n'est pas votre jour, poupée.

— Si vous essayiez de vous rendre utile pour changer et regardiez ce qui cloche ?

— S'il vous plaît.

— S'il vous plaît, marmonna-t-elle entre ses dents.

— Vous savez fort bien ce qu'il y a.

— Non, et j'aimerais l'apprendre !

Avec un haussement d'épaules agacé, Feargal sortit de la voiture et souleva le capot.

— Quel malheur ! J'espère que vous savez réparer. Dans le cas contraire, vous allez devoir accepter un peu plus longtemps notre hospitalité.

— Que se passe-t-il ?

Profondément ulcérée, Ellie considérait le moteur.

— Vous trouvez normal cette courroie qui flotte ? demanda ironiquement Feargal.

— Feargal !

La voix de Terry les surprit tous les deux. Elle se tenait sur le perron, toute frémissante d'impatience.

— Feargal ! Il faut que je te parle ! C'est urgent !

D'où elle se trouvait, Ellie ne pouvait entendre leur conversation, elle constatait cependant qu'ils échangeaient des propos animés. Enfin, avec un haussement d'épaules, Feargal passa devant sa sœur et pénétra dans la maison. Terry s'approcha alors d'Ellie toujours debout à côté de la voiture.

— C'est moi, dit Terry avec un sourire d'excuse.

— Je ne comprends pas.

— C'est moi qui ai mis votre voiture hors service. Oh ! Ellie, je ne voulais pas que vous partiez ! Vous ne pouvez pas me faire ça la veille de mon mariage ! Maman aussi veut que vous restiez, et Feargal a dit que c'était d'accord.

— Non, Terry, c'est impossible. S'il vous plaît, ne me demandez pas ça ! Réparez la voiture que je puisse m'en aller.

— Je ne peux pas ! s'écria Terry, triomphante. Declan m'a expliqué comment il fallait procéder pour la mettre en panne, mais pas comment on répare ! Feargal le fera plus tard. Allons, venez.

— Je descends au village chercher un garagiste, dit Ellie, résignée.

— Vous ne voulez vraiment pas rester ?

— Je ne peux pas. Oh ! Terry, essayez de comprendre !

— Je vous aime beaucoup, Ellie. Allons, cessez de vous faire prier.

Déjà, Terry avait fait le tour de la voiture pour sortir les bagages du coffre.

— Terry, ne me faites pas ça…

— Vous ne voudriez pas me contrarier la veille de mon mariage ?

— Non, bien sûr, mais…

— Puisque je vous dit que Feargal se tiendra tranquille.

Quelle famille ! Ils semblaient tous avoir appris l'art de manipuler les gens au berceau. Et Feargal qui allait être persuadé qu'elle avait tout manigancé. Un intense découragement s'abattit sur les épaules d'Ellie.

— Vous allez venir avec moi à Drogheda ! s'écria Terry. Nous prendrons le bus ; ce sera amusant comme tout. Je vous montrerai la tête d'Oliver Plunkett, à l'église St Peter.

— Magnifique ! s'écria Ellie, retrouvant un brin d'humour. C'est exactement ce qu'il me faut.

Avec un rire joyeux, Terry aida Ellie à transporter ses bagages jusqu'à sa chambre, puis l'entraîna à travers les rues du village jusqu'à l'arrêt d'autobus. Ellie avait la sensation d'avoir perdu le contrôle de ses actes. On aurait dit un rêve où la fatalité se serait acharnée sur elle. Enfin, cette escapade avait du moins le mérite de l'éloigner de Feargal… Si seulement ça avait pu être sa tête coupée qu'on lui présente sur un plateau !

Il se trouva qu'Ellie fut très satisfaite de son après-midi, sans doute parce que, inconsciemment, elle ressentait un urgent besoin de secouer la tension de ces dernières heures. En compagnie de Terry, elle voyait les choses sous un autre angle ; et elle revivait en voyant tous ces visages amicaux autour d'elle. Entre les incursions de Terry dans diverses boutiques pour des achats de dernière minute, elles se rendirent à l'église St Peter. Ellie frissonna devant la tête embaumée de l'évêque Oliver Plunkett qui avait été pendu, écartelé et dépecé au gibet de Londres, en 1681. Terry considérait la relique avec émerveillement tandis qu'Ellie trouvait à cette exhibition un côté morbide propre à donner des cauchemars.

Quand elles regagnèrent le Hall en fin d'après-midi, Terry, qui devait fêter ses adieux au célibat avec des amies, insista pour qu'Ellie l'accompagne. Cette dernière se sentait pourtant beaucoup trop lasse. Après une rapide incursion dans la cuisine, elle s'enferma dans sa chambre pour le restant de la soirée.

Elle entendit arriver les invités, des murmures de conversations, des éclats de rire et, du fond de sa solitude, en ressentit une désagréable sensation d'exclusion. C'était d'autant plus déplaisant qu'elle ne se souvenait pas avoir éprouvé pareil sentiment. Elle sentait que, en la blessant profondément, Feargal avait entamé son équilibre. Un livre à la main, elle attendit patiemment qu'arrive l'heure où elle pourrait raisonnablement gagner son lit et essayer de dormir. Encore une journée et c'en serait fini des McMahon.

Le chaos qui préside ordinairement aux matinées de mariage était au rendez-vous. Ce qui fit que, dès le moment où Ellie se leva, elle n'eut plus un instant pour réfléchir. Dans tous les coins de la maison, on se heurtait à du personnel engagé pour aménager les lieux et qui posait des questions auxquelles elle était bien incapable de répondre.

Le traiteur avec ses employés arriva trop tôt et gêna la personne qui s'occupait des arrangements floraux. La cérémonie n'ayant lieu qu'à 2 heures de l'après-midi, les invités désœuvrés venaient se mettre dans les jambes des travailleurs. Terry faillit avoir une crise de nerfs. En voulant être partout à la fois, Mme McMahon ne faisait qu'ajouter à la confusion ambiante.

Phena se tenait dédaigneusement à l'écart de ce remue-ménage. Malheur à qui aurait eu l'idée de s'adresser à elle ! Huw, version aux yeux bruns de Feargal, accompagné d'une ravissante jeune fille blonde, semblait prendre un malin plaisir à compliquer les choses. Feargal, pour sa part, demeurait invisible.

Le chien, surexcité, dut être enfermé dans l'étable où il hurla lugubrement à la mort. Une des demoiselles d'honneur dut être portée manquante. Mme McMahon fut incapable d'aider sa fille à s'habiller, car, venant de comprendre que celle-ci allait partir et qu'elle ne la reverrait plus *jamais*, elle venait de sombrer dans un noir désespoir.

Faisant pour une fois front commun, Rose et Mary refusaient de laisser le libre accès de la cuisine aux serveuses dont elles n'appréciaient pas l'allure citadine et qu'elles accusaient de mettre leur nez partout. La demoiselle d'honneur manquante finit par arriver avec une histoire invraisemblable pour expliquer son retard à laquelle personne ne prêta attention.

Bref, de quelque côté qu'elle se tournât, Terry ne pouvait espérer de réconfort ; aussi, quand elle vint frapper à la porte de sa chambre, Ellie découvrit-elle une future mariée en pleurs.

— Tout va de travers, pleurnicha Terry quand Ellie lui demanda la raison de ce désespoir. C'est une catastrophe ! Et je ne trouve pas Feargal.

— C'est le seul à avoir conservé un peu de bon sens dans cette maison, dit Ellie plus sèchement qu'elle ne l'aurait voulu.

Sanglotant à fendre l'âme, Terry s'assit sur son lit.

— Je vous en prie, ne dites pas ça ! C'est censé être le plus beau jour de ma vie.

— Tout va s'arranger, je vous le promets, répliqua Ellie d'un ton encourageant. Et ce sera réellement le plus beau jour de votre vie ! Vous allez commencer par prendre une douche.

Quand finalement Terry fut prête et que chacun eut défilé devant elle avec des cris d'admiration, que Mme McMahon eut versé quelques larmes supplémentaires d'attendrissement, Ellie poussa tout le monde dehors.

— Ça va ? demanda-t-elle à la future mariée.

— Très bien, maintenant. Grâce à vous ! Comment me trouvez-vous ?

— Superbe ! répliqua Ellie. A présent, on peut dire que vous irradiez le bonheur !

Rêveuse, Terry s'admirait dans le miroir. Soudain, elle s'aperçut qu'Ellie n'était pas prête.

— Ellie ! dépêchez-vous d'aller vous habiller ! Vous allez rater la cérémonie.

— Ecoutez, si ça ne vous ennuie pas, je préfère attendre votre retour. Je n'ai aucune tenue convenable pour me rendre à l'église. Pas même un chapeau.

— Vous ne me verrez donc pas ! s'exclama Terry, si désappointée qu'Ellie s'empressa de la rassurer.

— Je vous promets d'aller assister à la sortie de la messe ! Et maintenant, puis-je me retirer ?

— Oui, certainement. Je vous remercie infiniment. Si vous n'aviez pas été là… Croyez-vous que Feargal soit prêt ?

— Je n'en sais rien. A tout à l'heure, Terry.

Au même instant, on frappa à la porte. Le cœur d'Ellie se serra, car à n'en pas douter…

La porte s'ouvrit, et Feargal parut, extrêmement séduisant dans son costume anthracite, l'air impassible d'un héros de légende.

— Feargal, murmura sa sœur, tu es si élégant. Tu vas briser tous les cœurs si ce n'est déjà fait !

— Et toi, tu ressembles à une princesse !

Il affectait de ne pas voir Ellie, qui, tout en sachant que c'était stupide, en ressentit chagrin et humiliation.

— Les voitures sont en bas, ajouta-t-il en tendant une main à sa sœur. Es-tu prête ?

La jeune femme eut un pathétique hochement de tête et, comme si elle aussi avait oublié l'existence d'Ellie, sortit sans lui prêter attention.

S'efforçant de chasser ses idées noires, Ellie remit un peu d'ordre dans la chambre avant de sortir. Se marierait-t-elle jamais ? Verrait-elle dans son regard un reflet de ce bonheur intense que semblait éprouver Terry ? Un jour, peut-être. Mais ce ne serait pas avec Feargal qu'elle connaîtrait cette joie.

La vie était si étrange. Pourquoi fallait-il qu'elle se soit éprise du seul homme qui ne pourrait jamais l'aimer ? Le cœur rempli d'amertume, Ellie se dirigea vers la fenêtre du couloir afin de regarder partir la noce. Elle vit Feargal, souriant, pousser Terry dans une voiture blanche et s'asseoir à son côté. Alors, de toutes ses forces, elle souhaita disparaître de la surface de la terre.

Une fois dans sa chambre, elle demeura les bras ballants, ne pouvant s'empêcher de songer à ce qui aurait pu être. « Plus que quelques heures, et tu recouvreras ta liberté », se dit-elle pour se consoler. Oui, mais, la liberté, pour quoi faire ? Bien sûr qu'elle allait rentrer chez elle et retrouver son existence inutile, sa solitude.

Mécontente d'elle-même, la gorge serrée, elle se rendit dans la salle de bains. Après la douche, elle enfila sa robe de velours rouge, celle qui lui paraissait le mieux convenir pour la circonstance.

Si son sourire était moins éclatant que d'ordinaire, nul parmi le joyeux groupe de retour de l'église ne parut s'en apercevoir. Prenant place à la table du repas de noces, étincelante de cristaux et de porcelaine blanche et ornée de roses rouges, Ellie décida de faire contre mauvaise fortune bon cœur. Elle participa aux agapes, applaudit aux discours, congratula les jeunes mariés et bavarda avec ses voisins sans rien laisser paraître de son trouble intérieur.

Elle avait la sensation d'être dédoublée et d'assister en spectatrice à l'événement. Avec le recul, elle observait les femmes et leurs incroyables chapeaux, les hommes vêtus de leurs plus beaux effets. Elle but le champagne qu'on lui servit, répondit aux questions qu'on lui posait et sourit aux commentaires qu'on lui fit gentiment sur sa tenue si originale.

Quand Feargal prit la parole, Ellie baissa les yeux, car elle ne voulait pas revoir dans son regard l'expression du mépris dont il l'accablait. Son discours fut aisé, plein d'humour, et elle se demanda s'il n'avait pas l'habitude de prendre la parole en public.

Et quand les toasts eurent été portés, que l'imposant gâteau eut été coupé, que les flashes des appareils photo eurent crépité, les gens s'éparpillèrent aux quatre coins de la maison en attendant que les tables soient desservies. Ressentant un impérieux besoin de prendre l'air, Ellie sortit.

Blue se lamentait toujours dans son étable. Ellie s'y glissa et réconforta de son mieux le pauvre animal. Cependant, quand elle dut le quitter, ses hurlements reprirent de plus belle.

Elle regagnait la maison lorsqu'elle vit entrer Donal, avec à son bras une jeune fille brune. Elle ne perdit pas un instant pour se jeter sur lui.

— Donal ! J'ai à te parler.

— Que se passe-t-il ? demanda-t-il avec un rire qui sonnait faux. Tu es finalement arrivée là où tu voulais aller !

— Pour ça, oui.

— Alors, pourquoi cette tête ? Tu devrais me remercier.

— Te remercier de m'avoir ridiculisée ? C'est la meilleure !

— Que me racontes-tu là ?

En deux mots, Ellie lui expliqua de quoi il retournait, mais fut très dépitée de le voir éclater de rire.

— Je suis sincèrement désolé de ce malentendu, Ellie !

Furieuse, elle le planta là. Un peu plus tard, bavardant avec Mme McMahon, Ellie vit Donal aborder Feargal. Allait-il s'excuser ? Feargal le traiterait-il avec la rudesse qu'il méritait ? Elle l'espérait sans trop y croire.

Une demi-heure plus tard, comme l'orchestre attaquait un morceau et que les gens se rassemblaient pour danser, Ellie calcula le temps qui allait encore s'écouler avant que les époux ne quittent le Hall et qu'elle-même puisse partir. Sa valise était déjà dans le coffre de sa voiture, réparée par les soins de Feargal. Il ne lui resterait plus qu'à se changer et filer au plus vite loin de cet endroit maudit.

Debout près d'une fenêtre, Ellie vit Feargal raccompagner Phena et celui qui était fidèlement demeuré à son côté toute la journée. Bientôt, leur voiture s'éloignait tandis que Feargal leur adressait de grands signes d'adieu. En voilà deux qui avaient bien de la chance, se dit-elle.

Afin de dissiper cet instant de cafard, Ellie décida de rejoindre les autres. Ce faisant, elle heurta Donal qui approchait, un sourire contrit aux lèvres.

— On dirait que tu sors d'un interrogatoire, constata-t-elle sèchement.

— Je peux t'assurer que ça n'a pas été une partie de plaisir ! Feargal ne paraissait pas ravi de mes explications.

— Je m'en doute, figure-toi !

— Mais qu'est-ce que vous avez tous ? Pourquoi tout ce drame autour d'une anodine plaisanterie ?

— C'est Maura qui t'as renseigné ?

— Oh ! tout à fait incidemment. J'étais sûr qu'il s'agissait de la famille de Feargal parce qu'ils sont les seuls McMahon de Slane. Enfin, Ellie, que tu le croies ou non, c'était un moyen de te rendre service.

— Et de t'amuser à mes dépens !

— Ce n'était pas bien méchant, reconnais-le. D'ailleurs, je ne croyais pas vraiment que Feargal se rendrait à Rosslare, ni qu'il viendrait à l'hôtel te retrouver. Et comment pouvais-je deviner que tu ne trouverais à te loger qu'au Hall ?

Prenant Ellie par le coude, Donal l'entraîna à l'écart de l'agitation provoquée par une petite demoiselle d'honneur poursuivant un camarade.

— Franchement, je ne comprends pas pourquoi Feargal est aussi furieux.

— C'est une longue histoire, répondit Ellie d'un ton amer. Et puis, de toute façon, ça n'a plus d'importance.

— Tu es sûre ?

— Absolument.

— Il me semblait que Feargal te plaisait.

— Je ne sais plus. Peut-être…

— Ellie ! Tu es exaspérante, à la fin !

— Toi aussi, figure-toi.

Et avec une tape amicale sur le bras, Ellie le planta là. Elle n'avait pas fait trois pas qu'elle se heurtait à Feargal.

— Veuillez m'excuser, dit-elle froidement.

— Je vous cherchais. J'ai à vous parler.

— Dommage parce que, moi, je n'ai rien à vous dire.

— Donal m'a tout expliqué, dit-il en la prenant par le bras.

— Je sais, répondit Ellie en se dégageant.

Et, adressant un étincelant sourire à un jeune homme plutôt stupéfait, elle l'entraîna vers la piste de danse. Par la suite, dès qu'elle apercevait Feargal, elle s'arrangeait pour s'éloigner dans la direction opposée.

Quand Terry et Declan furent prêts à partir pour l'aéroport d'où ils devaient s'envoler pour la Grèce, Ellie fut dans les premiers à leur souhaiter un bon voyage et tout le bonheur du monde. Après quoi, gagnant la terrasse par les vastes portes-fenêtres, elle se réfugia dans l'ombre.

Après le départ des mariés, la soirée changea subtilement de ton. Les conversations se firent moins guindées, les boissons coulèrent plus librement. Un homme attaqua les premières mesures d'une ballade dont la mélancolie trouva écho dans le cœur d'Ellie.

Les Irlandais savaient certainement faire battre le cœur des femmes, mais ils savaient aussi cruellement les blesser… Elle se demanda si Feargal savait chanter. Probablement. Il savait tout faire. Sauf juger les gens.

9.

— Vous partez, Ellie ?

Ellie se tourna lentement pour découvrir Feargal, debout près d'elle, le visage illuminé par le clair de lune.

— Je rentre chez moi.

— Vous serait-il possible de m'accorder cinq minutes ?

C'était une requête et non un ordre et, de la part de Feargal, le fait était à marquer d'une pierre blanche. Sans qu'elle cherche à résister, il la poussa doucement vers le muret de pierre où il la fit asseoir.

— J'ai toujours fait confiance à mon instinct, dit-il d'un ton calme et posé. Et la seule fois où je ne l'ai pas fait, je m'en suis amèrement repenti.

Le regard perdu sur le jardin noyé de lune, Ellie ne répondit pas. Elle entendit le son clair des verres qui s'entrechoquaient comme il les posait sur le mur, le bruissement du tissu de sa veste qu'il ôtait pour la placer sur ses épaules. Il lui tendit une coupe de champagne qu'elle accepta avec un haussement d'épaules las, puis s'assit près d'elle, si près qu'elle sentait la chaleur de son corps.

— Dites quelque chose, Ellie, pria-t-il

— J'en ai assez dit comme ça…

D'un air morne, elle contemplait dans son verre les bulles irisées qui montaient à la surface.

Feargal soupira.

— C'est donc à moi de parler… Au début, je ne nourrissais aucun soupçon à votre égard, seulement un intérêt suscité par les propos de Donal. Encore que je doive reconnaître que je me demandais pourquoi il me parlait ainsi de vous. Quoi qu'il en soit, me trouvant à Rosslare le jour de votre arrivée, j'avoue que ça m'a amusé de chercher à vous voir. Je ne m'attendais pas à repérer aussi facilement votre voiture, mais alors, j'ai pris plaisir à vous suivre ; et quand vous vous êtes arrêtée à Wexford, la curiosité m'a poussé à faire de même.

— Et l'ennui, ne put se retenir d'ajouter Ellie.

— Hmm, oui, l'ennui aussi. Je vous ai observée jusqu'à ce que vous remarquiez mon petit manège. J'ai vu que vous vous mépreniez sur mes intentions, et j'ai trouvé drôle de vous faire cette farce. Je tenais à comprendre pourquoi Donal vous trouvait si originale. Tout de suite, j'ai dû admettre que vous étiez adorable. Et *différente*. Je savais que vous vous rendiez à Dublin, Donal m'avait même signalé l'hôtel où vous deviez descendre. C'est pourquoi, m'ennuyant au-delà de toute expression au dîner auquel j'assistais, j'ai décidé d'essayer de vous revoir. Dolores a bien entendu insisté pour m'accompagner ; et comme c'est mon rôle de la promener dans le monde, je n'ai pu soulever aucune objection. Et je dois avouer que je vous trouvais tout aussi délicieuse qu'à Wexford. En vous quittant, j'avais donc la ferme intention de m'arranger pour que nous fassions plus ample connaissance. Malheureusement, vous êtes venue sonner à ma porte avec des histoires à dormir debout au sujet d'une certaine Sadie. J'ai été très déçu de constater que vous étiez comme les autres et…

— Mais finalement, vous avez trouvé amusant de voir jusqu'où j'irais, c'est ça ?

— Oui. Et plus vous vous montriez gentille, chaleureuse et drôle, et plus je me creusais la cervelle pour comprendre comment une fille comme vous avait pu se comporter avec un tel sans-gêne.

— Bien entendu, il n'était pas question de croire en mon innocence.

— Je n'y arrivais pas non plus.

— C'est pourquoi dans le cadre romantique de la plage de Bettystown, vous m'avez fait comprendre que l'intermède était terminé et que nous n'avions plus qu'à nous dire adieu… Alors, selon vous, la petite Ellie a jeté ses dernières cartes : les lettres. Comme vous avez dû être content de recevoir cette preuve de votre perspicacité !

— Oui, admit simplement Feargal.

— C'était trop beau pour être vrai ! La séductrice s'incrustant dans la place grâce à la vilenie de son grand-père…

D'un air dégoûté, Ellie termina son verre et se leva. Elle n'alla toutefois pas loin. En un rien de temps, Feargal la rattrapait et, posant une main ferme sur ses épaules, l'obligeait à s'arrêter.

— Ignorez-vous que pessimisme et raison ne font pas bon ménage ? Et puis, il aurait pu se faire que votre famille, blessée d'apprendre l'odieux comportement de votre grand-père, vous ait envoyée en éclaireur et…

— Vous croyez donc toujours que les Anglais n'ont pour but dans la vie que de chercher noise aux Irlandais !

— Je vous assure que ça n'a rien à voir avec votre nationalité. Cependant, le fait que vous refusiez de seulement envisager l'hypothèse de la culpabilité de votre grand-père me contrariait beaucoup et j'en ai conclu que les lettres étaient bien un moyen de vous introduire dans notre famille.

— Vous avez un complexe de persécution, ce n'est pas possible autrement !

— Peut-être réagiriez-vous de façon identique si vous aviez dû endurer la moitié de ce que j'ai enduré. D'ailleurs, vous m'accusez d'aveuglement, mais vous n'avez jamais voulu considérer les choses de mon point de vue.

— Je ne trouve pas que vous ayez fait beaucoup d'efforts pour vous mettre à ma place ! rétorqua sèchement Ellie.

— Peut-être pas. Cependant, vous n'avez pas une sœur comme Phena. Vivre avec elle, c'est vivre sur un volcan qui menace en permanence d'entrer en activité. Elle me terrifie.

— Ne me racontez pas d'histoires ! Vous n'avez jamais eu peur de votre vie.

— Qu'en savez-vous ? En ce moment même, je suis mort d'inquiétude à l'idée que vous puissiez partir sans m'avoir pardonné.

— Comment voulez-vous que je vous croie ?

— Vous feriez mieux d'admettre que j'admirais et avais un penchant certain pour la petite porteuse de mauvaises nouvelles. Mais bien que j'aie fait mon possible pour ne pas tomber sous le charme de votre sourire, c'est pourtant ce qui s'est produit… Ellie, dites-moi, pourquoi, contre toute évidence, persistez-vous à refuser de croire à la culpabilité de votre grand-père ?

Ellie le regarda, mais baissa très vite les yeux. Enfin, se libérant, elle se dirigea vers la porte.

— Ellie ?

Elle l'ignora. Que répondre sans trahir le secret de Mme McMahon ? Consciente de la présence de Feargal sur ses talons, elle rentra dans la maison et emprunta l'escalier.

— Ne me répondrez-vous pas ?

— Non, dit Ellie qui ayant atteint sa chambre essayait d'en refermer la porte.

Cependant, Feargal avait déjà posé son pied dans l'interstice. Avec un haussement d'épaules désabusé, Ellie abandonna la partie. Otant la veste, elle la tendit à Feargal, puis ramassa le jean et la chemise qu'elle avait préparés pour se changer avant de partir et s'enferma dans la salle de bains. Peu de temps après, elle en émergea pour trouver Feargal assis sur son lit. Feignant toujours de l'ignorer, Ellie rangea la robe de velours dans sa valise qu'elle referma. En se redressant, elle s'aperçut alors que Feargal avait pris Arthur en otage et tendit la main pour le récupérer.

— Il ne veut pas partir, dit Feargal.

— Si, naturellement !

Ellie lui arracha l'ours des mains, et le fourra sous son bras, puis, s'emparant de sa valise, gagna la porte.

— Vous ne voulez pas savoir ce qui arrive à Phena ? Je vous ai vue nous observer par la fenêtre.

— Non.

— Elle a décidé d'épouser Peter Noonan, son cavalier. C'est un Canadien qu'elle repousse depuis des années. Pourquoi elle accepte maintenant, je vous le donne en mille. Elle n'a pu supporter de rencontrer la légitime petite-fille de son père.

Ellie laissa tomber ses bagages et fit volte-face.

— Vous auriez le toupet de faire rejaillir sur moi la responsabilité de son départ ?

— Vous êtes sa nièce, après tout.

— C'est faux !

— Vraiment ?

— Oh ! et puis pensez ce que vous voulez.

La sortie d'Ellie manqua de dignité car elle était si encombrée par ses bagages qu'elle dut s'y reprendre à deux fois pour franchir la porte.

— Vous allez m'obliger à vous suivre jusqu'en Angleterre..., murmura Feargal.

— Pourquoi me suivriez-vous ?

— Comment vous ferais-je la cour si vous êtes là-bas et moi ici ?

— Me faire la cour ? A moi !

Avec un énigmatique sourire, il avança vers Ellie qui, préférant ne pas tenter le diable, lui claqua énergiquement la porte au nez. Précipitamment, elle dévala l'escalier. Un petit groupe d'invités qui bavardait dans le hall parut surpris de son comportement ; elle leur adressa un sourire poli. Derrière elle, le pas précipité de Feargal se faisait entendre. Dans un ultime effort, Ellie traîna sa valise jusqu'à l'entrée.

— Vous permettez ?

D'une main passée par-dessus son épaule, Feargal lui maintint galamment la porte ouverte.

Ellie remercia, les lèvres pincées.

— Feargal ! Que se passe-il ? fit alors la voix de Mme McMahon. Que fait Ellie avec cette valise ? Elle ne nous quitte tout de même pas...

— Non, répondit Feargal.

Et prenant sa valise des mains d'Ellie, il poussa la jeune femme jusqu'à sa voiture.

— Vous vous trompez, je pars ! cria-t-elle.

— Mais naturellement.

Ellie s'immobilisa pour le regarder bien en face.

— Pourquoi avoir dit le contraire à votre mère ?

— Parce que je suis un affreux menteur.

— Ça ne marche pas, Feargal. A aucun prix je ne resterai.

— Est-ce que j'essaie de vous retenir ?

Avec un pathétique soupir, Ellie reprit le chemin de sa voiture.

— Et elle a intérêt à démarrer ! grommela-t-elle entre ses dents.

— Elle démarrera.

Ellie attendit que Feargal ait déposé sa valise dans le coffre. Alors, Arthur toujours sous le bras, elle s'installa au volant. Dès la première sollicitation, le moteur ronfla. Ellie avait passé la première et s'apprêtait à démarrer quand Feargal ouvrit la portière du passager et se coula malaisément dans le siège.

— Que pensez-vous faire ? interrogea Ellie d'un ton glacial.

— Partir avec vous, bien sûr.

— Vous avez perdu la tête !

— Ça se pourrait, répondit-il avec cet agaçant sourire.

— Pourriez-vous m'expliquer ce qui vous arrive ?

— Vous le savez très bien. J'ai besoin de mieux connaître une étonnante petite beauté prénommée Ellie. Je veux savoir pourquoi elle a supporté sans broncher un vilain ours mal léché, pourquoi elle s'est donné la peine de venir au secours de la sœur dudit ours quand personne ne se souciait du fait qu'elle ait l'air d'un épouvantail le jour de son mariage…

— Vous lui auriez trouvé une couturière !

— Et pourquoi elle s'est penchée sur le sort de la mère de l'ours, une dame qui a jeté l'opprobre sur le nom de son grand-père…

— Que dites-vous ?

— Il n'est pas le père de Phena. Non, ne dites rien. Ce serait trop bête de trahir un serment jusqu'ici si bien respecté. Sachez seulement que ma mère, pressée par mes questions, m'a tout avoué. Nous n'avons pas été très chics avec vous, ni les uns ni les autres, n'est-ce pas ?

Prenant le visage d'Ellie entre ses mains, Feargal déposa un baiser sur son nez.

— Je ne mérite pas que vous m'accordiez une deuxième chance, Ellie. Et pourtant, je prie le ciel pour que vous le fassiez.

— Pourquoi ?

— Parce que je vous ai attendue si longtemps…

— Vous m'avez attendue ?

— Oh ! Oui. Et si vous insistez pour partir…

— Avec vous à mon côté ?

— Ellie, je vous suivrai où que vous alliez, mais pour tout dire, je préférerais que nous restions ici, à Slane. Parce que si vous m'obligez à partir, que deviendront la ferme et mes chevaux et le domaine ?

— Je n'en sais rien.

— Quoique par le passé j'ai maintes fois songé à fuir mes responsabilités, peut-être suis-je meilleur que je n'en ai l'air, parce que je me rends compte que je suis incapable de faire ça. Pourtant, à présent que Terry est partie, je n'ai plus la responsabilité que de mère ; une longue existence stérile s'étend devant moi, sans ma petite Ellie qui a apporté le soleil dans cette maison. Et tu sais, continua-t-il, son visage tout proche du sien, je puis t'assurer que tu as une part de responsabilité dans ce gâchis.

— J'aurais dû m'en douter !

— Souviens-toi : tu as quitté des yeux le farfadet.

— Ah ! C'est vrai…

Dans l'ombre, Ellie devina l'éclat de son sourire.

— Je t'avais pourtant bien prévenue… Alors, si au lieu de te diriger vers l'embarcadère du ferry, nous nous rendions dans ma maison des monts Wicklow ?

— Pourquoi ferions-nous cela ?

— Parce que ce serait trop bête que tu aies fait tes bagages pour rien.

— Excellente raison !

— C'est à gauche, au bout de l'allée.

La joie gagnait peu à peu Ellie. De peur de changer

d'avis si elle avait le loisir de réfléchir, elle desserra le frein à main et engagea la voiture le long de la pente.

— Tu veux que je conduise ?

— Non, répondit-elle en hochant gravement la tête.

Moins d'une heure plus tard, ils s'arrêtaient devant la maison de Feargal, un cottage bas au toit de chaume. Ellie vibrait d'appréhension.

— Tu ne sors pas ? demanda doucement Feargal.

— Non, enfin, si… Feargal, je…

Il se pencha et s'empara des clés de contact.

— On ne sait jamais, murmura-t-il, et Ellie sentit le souffle de son haleine sur sa joue.

Avec quelque difficulté, il s'extirpa de l'étroit habitacle et fit le tour de la voiture.

— Je ne…, bredouilla Ellie.

L'enlevant sans plus de façons dans ses bras, Feargal se dirigea vers le cottage dont il franchit le seuil et referma derrière lui la porte du talon. Une fois à l'intérieur, il ne lâcha pas Ellie mais l'emporta, toujours dans ses bras, vers ce qu'elle jugea être une chambre. Précautionneusement, il la déposa sur le couvre-lit de patchwork. Puis il lui ôta ses chaussures, retira les siennes, dénoua sa cravate et la rejoignit sur le lit.

Il ne la touchait pas. Soulevé sur un coude au-dessus d'elle, il la regardait.

— Jusqu'à mes trente ans, dit-il, à quelques exceptions près, il me semblait que je possédais tout ce qu'un homme peut désirer. Je plaignais mes amis mariés et pères de famille ; pourtant, au fil des ans, mon point de vue s'est modifié. J'ai eu envie de rencontrer quelqu'un que je pourrais aimer et qui m'aimerait, une femme qui me sourirait quand je pénétrerais dans une pièce, qui serait heureuse de me voir rentrer à la maison, non parce qu'elle attendrait quelque chose de moi, simplement parce que ce serait moi… Et un jour, au marché de Wexford, j'ai aperçu un petit bout de femme au charmant sourire, drôle à regarder, pas sophistiquée pour deux sous, et je me suis dit que c'était *elle*, la femme que mon cœur attendait.

Alors, je me suis approché ; et, de près, elle était tout aussi adorable. Malheureusement, c'était aussi le début d'une incroyable série de malentendus. Et, y repensant, je n'arrive pas à comprendre comment j'ai pu être aussi stupide…

Avec un soupir, Feargal effleura la joue d'Ellie. Très émue, mais ne sachant encore trop que penser, la jeune femme leva les yeux vers lui.

— Phena est-elle réellement partie à cause de moi ?

— D'une certaine façon, oui. Tu as joué un rôle de catalyseur. Je crois qu'elle a toujours eu peur de construire sa propre existence, par crainte de manquer autre chose. Peter Noonan l'a patiemment attendue pendant près de six ans. Et, finalement, je ne sais si c'est le fait de voir Terry heureuse, de se sentir vieillir, ou parce que je lui ai appris que je comptais me marier…

— Que dis-tu ?

— Je compte me marier, oui. Enfin, bref, elle a accepté la proposition de Peter.

Incapable de lui demander d'éclaircir le sens de ses précédentes paroles, Ellie demanda un peu sottement :

— Crois-tu qu'elle sera heureuse ?

Avec un sourire amusé, Feargal hocha la tête.

— Je l'espère. Au fond, c'est ma faute si elle a conçu tant de ressentiment. Je n'ai sans doute pas su m'y prendre avec elle. Phena était plus âgée que moi, tu comprends, et quand la mort de père m'a propulsé au rang de chef de famille, elle a eu l'impression que j'usurpais sa place.

Puis, sautant du coq à l'âne, Feargal demanda :

— As-tu déjà été amoureuse, Ellie ?

— Non… Et comme j'ai horreur des demi-mesures, je n'ai pas eu non plus d'aventures, mis à part, évidemment, des flirts adolescents. J'avais besoin d'une petite étincelle qui se faisait désespérément attendre.

— Et… maintenant ?

Osant à peine regarder Feargal, Ellie fit signe que oui de la tête.

— Oh ! Ellie ! s'écria-t-il en la prenant dans ses bras, c'est si bon de te serrer contre moi et de t'embrasser…

Fermant les yeux, Ellie se laissa aller à la griserie de l'instant. Jamais elle n'aurait soupçonné qu'un baiser puisse receler autant de mystère. Elle n'aurait pas assez de toute sa vie pour en épuiser la magie… Feargal était tout amour, toute tendresse ; il n'exigeait rien qui eût pu l'effaroucher.

Des milliers d'années-lumière plus tard, quand leur baiser prit fin, Ellie nicha sa tête au creux de son cou.

— Je ne savais pas qu'un baiser pouvait être aussi… aussi… agréable, bredouilla-t-elle.

— Je comprends, dit-il en caressant le velours de ses cheveux. Ellie, tu es si douce, si chaude, si exquisément vivante… Je veux tout de toi !

Incapable de parler, et encore moins de bouger, Ellie observait, fascinée, le jeu de ses lèvres mobiles.

— *Gra ma chroi*, murmura-t-il.

— Qu'est-ce que ça veut dire ?

— Ça signifie « amour de mon cœur ».

Un flot de joie submergea Ellie. Le cœur battant, elle savourait son bonheur.

— Tu parais bien sûr de toi, dit-elle enfin.

— Je le suis ! Pas toi ? Oh ! je comprends, va. Je me suis comporté de manière odieuse. C'est que je désirais si ardemment ta venue qu'en voyant réduits en cendres mes projets d'avenir j'ai réagi avec l'excès du désespoir. Ellie, je remets mon sort entre tes mains. Tu peux me faire énormément souffrir, tu sais.

Il sourit.

— De tout temps, il en a été ainsi. Les amants s'aiment et se déchirent.

— Les amants…, répéta Ellie, savourant la consonance du mot.

— C'est ce que nous serons bientôt, je l'espère. Ce soir et pour toute la vie.

— Oui, dit Ellie en blottissant sa tête au creux de l'épaule de Feargal, mon amant pour toujours.

A paraître le 1er septembre

Best-Sellers n°526 • roman

Le temps d'un été - Emilie Richards

Trois femmes – Tessa, sa mère et sa grand-mère – se retrouvent dans la propriété familiale, une grande demeure de Virginie, chargée d'histoire et de souvenirs, où ont vécu plusieurs générations avant elle. Tessa, la plus jeune des trois, noyée dans le chagrin d'avoir perdu sa petite fille, s'est éloignée peu à peu de son mari. Nancy, sa mère, n'a quant à elle jamais cessé de lutter pour échapper à ses origines. Mais à présent qu'elle mène une vie confortable et mondaine, elle est persuadée que son mari ne l'a pas épousée par amour, et qu'elle a trahi celle qu'elle est vraiment. Helen, la grand-mère, est une battante qui a fait face aux épreuves toute sa vie durant, mais s'est murée dans une solitude têtue, prétendant n'avoir besoin de personne et négligeant ses talents artistiques. Toutes trois, bien qu'unies par un lien indestructible, se sont repliées sur leurs propres blessures. Mais si chacune est hantée par un secret douloureux, elles vont tenter, le temps d'un été, de se remettre à croire en l'espoir.

Best-Sellers n°527 • roman

Un été au lac des Saules - Susan Wiggs

A vingt-sept ans, Olivia Bellamy a déjà deux fiançailles annulées derrière elle. Et alors qu'elle s'attend à une demande en mariage, son petit ami lui annonce leur rupture. Pour tromper son désespoir, elle accepte la proposition de sa grand-mère : passer l'été au lac des Saules pour remettre en état le camp de vacances appartenant à ses grands-parents et où, enfant, elle a passé tous ses étés. Pour la décoratrice de talent qu'elle est, la mission est passionnante. D'autant plus que l'endroit est paradisiaque et empreint de nostalgie… même s'il ne lui évoque pas que de bons souvenirs. Adolescente mal dans sa peau et fragilisée par le divorce de ses parents, elle y a, à l'époque, beaucoup souffert. Une seule personne, alors, l'aidait à supporter le rejet des autres… une personne à laquelle elle se refuse de penser : le passé est passé. Mais voilà que, le jour où se présente l'entrepreneur venu l'aider à réaliser son projet, elle reconnaît avec stupéfaction Connor Davis, le garçon qu'elle a secrètement aimé durant son adolescence… et qui lui a brisé le cœur.

Best-Sellers n°528 • thriller

Jusqu'au bout du mal - Michelle Gagnon

A peine remise d'une grave blessure et déterminée à retrouver sa confiance en elle après avoir frôlé la mort, l'agent spécial Kelly Jones refuse l'idée de ne pas reprendre le travail sur le terrain. Aussi décide-t-elle envers et contre tout d'accompagner Jake Riley, son fiancé, ainsi que son équipe d'élite, pour d'une périlleuse mission de libération d'otage. Une mission qui la conduit dans les bas-fonds de Mexico. Mais malgré son courage, Kelly redoute secrètement de ne plus être à la hauteur. C'est alors que dans les bidonvilles de Mexico, elle retrouve l'homme qu'elle recherche depuis des années. Un tueur machiavélique qui semble désormais mettre en scène un effroyable rituel macabre en choisissant ses victimes, des enfants, dans la frange la plus pauvre de la société. Horrifiée et décidée à saisir cette ultime chance de faire ses preuves, Kelly se sépare momentanément de Jake et de son équipe pour se lancer seule dans une mission plus périlleuse que jamais…

Best-Sellers n°529 • thriller

Noire était la nuit - Lisa Jackson

Le jour de son quinzième anniversaire, à La Nouvelle-Orléans, Abby Chastain a vu sa mère se jeter par la fenêtre de l'hôpital psychiatrique Notre-Dame-des-Vertus où celle-ci vivait enfermée, victime d'hallucinations. Et personne n'a jamais su quelle terrifiante vision avait bien pu pousser Faith Chastain à commettre l'irréparable. Vingt ans plus tard, Abby est encore hantée par le souvenir de cette tragédie. L'hôpital, désormais abandonné, est promis à la destruction. Mais Abby pressent qu'il n'a pas révélé tous ses secrets. Et, lorsque des meurtres en série sont commis, elle comprend que les démons du passé sont en train de se réveiller : toutes les victimes ont un lien avec elle, ou avec l'hôpital. A commencer par son ex-mari, sauvagement assassiné. Un lien secret que l'inspecteur Montoya va devoir comprendre pour empêcher le dangereux psychopathe de poursuivre sa série macabre. Mais le tueur, lui, a d'autres plans…

Best-Sellers n°530 • thriller

Elles étaient si jolies - Andrea Ellison

Quand le lieutenant de la brigade des homicides de Nashville, Taylor Jackson, découvre la scène de crime qui l'attend au bord d'une autoroute par une étouffante journée d'été, elle reconnait instantanément la signature de l'Etrangleur du Sud : une victime jeune, jolie, et des indices macabres qui ne laissent aucun doute sur l'identité du meurtrier. Profondément choquée par cette effroyable mise en scène, Taylor est prête à tout pour arrêter l'assassin, avec l'aide de son amant Jack Baldwin, un célèbre profiler du FBI. Car elle ne s'est pas dévouée corps et âme à ce métier pour se laisser manipuler par un tueur psychopathe qui la provoque en laissant derrière lui des poèmes. Des poèmes qui vont la mener dans les beaux quartiers de Nashville qu'elle connaît bien, là où les secrets sont si bien préservés au nom des apparences.

Best-Sellers n°531 • suspense

Noire révélation - Brenda Novak

Madeline, rédactrice en chef du journal de Stillwater, n'avait que 16 ans lorsque son père, le respectable Révérend Barker, a mystérieusement disparu de la petite ville. Vingt ans ont passé depuis, et tout le monde, y compris sa belle-mère et son demi-frère, lui conseille d'oublier ces douloureux souvenirs. Mais un hasard vient bouleverser leur existence et raviver le drame : la voiture de Barker est retrouvée au fond d'une carrière abandonnée. Contre l'avis de tous, Madeline engage Hunter Solozano, un détective privé, pour l'aider à remonter cette piste. Mais de sulfureux indices sont retrouvés dans la voiture de Barker, qui laissent Madeline perplexe. Et sa propre famille, au lieu de lui venir en aide, se mure dans le silence et cherche à la détourner de son enquête. Comme si tous étaient complices d'un passé trouble, soigneusement caché à Madeline ces vingt dernières années. Comme si le démon qui s'était emparé de la ville vingt ans plus tôt était sur le point refaire surface…

Best-Sellers n°532 • historique

Le secret d'Elysse - Brenda Joyce

Irlande, 1839

Si Elysse De Varenne occupe une place d'honneur dans la haute société irlandaise, elle n'ignore pas les cruelles rumeurs qui circulent sur son mariage. Des rumeurs qu'elles s'efforcent de démentir par tous les moyens. Pas question d'admettre qu'elle n'a pas vu son époux depuis le jour où ils ont échangé leurs vœux, et encore moins que leur union n'a jamais été consommée ! Car on ne tarderait pas alors à découvrir le scandaleux secret qui a poussé le ténébreux Alexi De Varenne à l'épouser six ans plus tôt… Hélas, son personnage de parfaite épouse vole en éclats lorsqu'après six ans d'absence, Alexi décide de rentrer en Angleterre. En effet, comment continuer à faire croire en leur mariage quand l'irrésistible Alexi refuse de lui adresser la parole ?

Best-Sellers n°533 • historique

Le mystérieux fiancé - Shannon Drake

19ème siècle, Londres.

Sous la protection des Carlyle depuis son enfance, Ally a grandi dans un havre de paix, loin des troubles qui agitent le royaume. Et si cette existence dorée a des inconvénients – comme celui d'être promise à un inconnu –, Ally a bien conscience que ses origines modestes auraient pu la conduire à un sort moins enviable. Aussi est-ce résignée qu'elle se rend au bal qui officialisera ses fiançailles avec Mark Farrow, l'époux que son parrain lui a choisi. Mais alors qu'elle est en chemin, sa voiture est attaquée par un ténébreux bandit. L'homme, aussi inquiétant que séduisant, fait aussitôt naître en elle un désir implacable. Un désir qu'elle s'efforce de réprimer pour lui tenir tête : comment ose-t-il s'en prendre à elle, Alexandra Grayson, pupille du puissant comte de Carlyle ? Son argument, elle le sait, est peu convaincant… Pourtant, contre toute attente, l'homme la libère dès qu'il apprend son nom, visiblement bouleversé par sa découverte…

GRATUITS !

2 ROMANS*et 2 CADEAUX surprise !

OUI ! Envoyez-moi mes **2 romans offerts*** de la collection que j'ai choisie et mes **2 cadeaux surprise gratuitement**.
Sauf contrordre de ma part, j'accepte ensuite de recevoir chaque mois les romans de la collection choisie, simplement en consultation.

* 1 roman pour la collection Nocturne et pour l'offre Maxi.

☛ COCHEZ la collection choisie et renvoyez cette page au Service Lectrices Harlequin – BP 20008 – 59718 Lille Cedex 9

- ❑ **AZUR** ....ZZ2F56 .... 6 romans par mois 25,75€
- ❑ **HORIZON** ....OZ2F54........ 2 volumes doubles par mois 15,29€
- ❑ **BLANCHE** ....BZ2F53........ 3 volumes doubles par mois 21,46€
- ❑ **LES HISTORIQUES**.....HZ2F52........ 2 romans par mois 15,49€
- ❑ **BEST SELLERS**...........EZ2F53 .... 3 romans tous les deux mois 23,20€
- ❑ **NOCTURNE** ....TZ2F52......... 2 romans par mois 15,49€
- ❑ **MAXI** ....CZ2F54......... 4 volumes triples tous les deux mois 28,89€
- ❑ **PRÉLUD'**.....................AZ2F54........ 4 romans par mois 25,39€
- ❑ **PASSIONS** ....RZ2F53 ....3 volumes doubles par mois 23,20€
- ❑ **BLACK ROSE**.............IZ2F53 .... 3 volumes doubles par mois 23,20€

N° d'abonnée Harlequin (si vous en avez un) ⌴ ⌴⌴⌴⌴⌴⌴⌴⌴

Mme ❒ Mlle ❒ Nom : ____________________

Prénom : ____________________ Adresse : ____________________

____

Code Postal : ⌴⌴⌴⌴⌴ Ville : ____________________

Tél. : ⌴⌴⌴⌴⌴⌴⌴⌴⌴⌴

E-mail : ____

❒ Oui, je souhaite recevoir par e-mail les offres promotionnelles des éditions Harlequin.
❒ Oui, je souhaite recevoir par e-mail les offres promotionnelles des partenaires des éditions Harlequin.

Date limite : 30 novembre 2012. Vous recevrez votre colis environ 20 jours après réception de ce bon. Offre soumise à acceptation et réservée aux personnes majeures, résidant en France métropolitaine, dans la limite des stocks disponibles. Offre limitée à 2 collections par foyer. Prix susceptibles de modification en cours d'année.Conformément à la loi Informatique et libertés du 6 janvier 1978, vous disposez d'un droit d'accès et de rectification aux données personnelles vous concernant. Par notre intermédiaire, vous pouvez être amenée à recevoir des propositions d'autres entreprises. Si vous ne le souhaitez pas, il vous suffit de nous écrire en nous indiquant vos nom, prénom et adresse à : Service Lectrices Harlequin BP 20008 59718 LILLE Cedex 9.